AF237321

SCHATTENSPRINGEN

Janice L. Zuern

Das Buch

Manchmal würde Laya am liebsten alles hinter sich lassen: die Schule, ihre fiesen Mitschüler, ihre ignoranten Eltern. Eine Hausparty droht für sie zum schlimmsten Abend ihres Lebens zu werden – bis sie auf Jarrad trifft. Seine verständnisvolle und zugleich undurchschaubare Art fasziniert sie. Am Ende einer langen Partynacht fassen sie den Plan, irgendwann gemeinsam abzuhauen. Doch Laya ahnt nicht, dass Jarrads Vergangenheit ihn verfolgt, eine Vergangenheit, vor der er nicht einfach fliehen kann.

Die Autorin

Janice L. Zuern wurde 1995 in Toronto geboren. Sie hat einen Bachelor in Nanotechnologie und studiert im Masterstudiengang Journalismus in Würzburg. Der Jugendthriller „Schattenspringen" ist ihr Debütroman. Im Rahmen eines Schreibwettbewerbs erschien 2020 ihre erste Kurzgeschichte in der Sammlung „Zukunftschreiben statt Schwarzmalen: 11 Mutmachgeschichten zu Klimawandel und Umweltschutz".

SCHATTENSPRINGEN

Janice L. Zuern

ROMAN

Janice L. Zuern
Schattenspringen

Janice Krebs
Eichenstr. 15, 86899 Landsberg
www.jl-zuern.de
info@jl-zuern.de

© 2020 Zuern, Janice L.
Herstellung und Verlag: BoD – Books on Demand, Norderstedt
ISBN: 9783752646450

Umschlaggestaltung: Beate Krebs

Alle Rechte vorbehalten.
2. Auflage 2020

1

Greta stand vor ihrem Schrank und zerknitterte das gelb geblümte Kleid in ihren Händen.

„Meinst du, ich sollte es anziehen?"

„Klar, ist doch hübsch. Und sommerlich, passt also gut." Ich bemühte mich, meine Stimme begeistert klingen zu lassen, aber es gelang mir nicht.

Greta hielt sich das Kleid vor den Körper und legte den Kopf schief.

„Es ist zu kurz, oder? Laya?"

„Es hat draußen über dreißig Grad. Nichts ist zu kurz." Ich zupfte an meinem eigenen Kleid, ein Billigteil, dehnte den schwarzen Stoff bis über die Knie, aber sobald ich losließ, sprang er in seine ursprüngliche Form zurück. Ich hatte es an meinem sechzehnten Geburtstag gekauft, in dem Irrglauben, dass die rein rechtliche Möglichkeit in Discos zu gehen auch dazu führte, dass ich es tat. Heute hatte ich es zum ersten Mal aus dem Schrank gezogen.

„Ich will nicht, dass es beim Tanzen hochrutscht. Das wäre mir so peinlich. Ich müsste immer darauf achten, dass es richtig sitzt." Sie warf einen Blick auf ihre Armbanduhr. „Mist, wir müssen bald los."

„Lass dir Zeit." Ich schob die Klamottenhaufen auf ihrem Bett zur Seite und ließ mich auf die Matratze fallen. „Ich hab nichts dagegen, hier noch ein bisschen zu liegen. Ist grad so gemütlich."

Greta lächelte, ihre Mundwinkel zuckten. Sie sagte nichts.

„Zieh einfach das an, worin du dich wohlfühlst." Ich griff nach dem Stoffpanda am Ende ihres Bettes, um meinen Händen eine Beschäftigung zu geben.

„Also nicht das Kleid", sagte sie und schaute mich fragend an.

Ich zuckte mit den Schultern. „Wenn du dich damit unwohl fühlst."

Sie biss sich auf die Lippe. „Nein, das ist blöd. Ich zieh es an. Wozu hab ich es mir sonst gekauft?"

Sie zog das Kleid über ihr Top und ihre kurze Hose und drehte sich vor dem Spiegel ihrer Schranktür. Kopfschütteln. „Nein, ich fühle mich darin wirklich nicht wohl."

Ich stöhnte leise.

„Tut mir leid. Ist das letzte Mal, dass ich mich umziehe, okay? Ich bleibe jetzt einfach bei einer Jeans und einem Top. Was meinst du, wer alles kommt?" Sie zog das Kleid aus und warf es zu mir aufs Bett.

„Alle natürlich. Der ganze verdammte Jahrgang – hat sie nicht sogar Leute aus der Realschule nebendran eingeladen?" Ich warf einen Blick auf meine Hände, sah, dass sie den armen Stoffpanda zu erwürgen drohten, und lockerte meinen Griff.

Gretas linkes Augenlid fing an zu zucken. „Und Mark und Philip? Denkst du, sie werden kommen?"

„Klar, die lassen sich doch keine Party entgehen. Louise, Scott, Adam, alle werden da sein." Mein Magen verkrampfte sich, während die Namen meinen Mund verließen, und ich stellte mir vor, wie ich zur Toilette stürzen und mich übergeben würde. Wie Greta mir beruhigend die Hand auf die Schulter legen und sagen würde, dass ich zu krank für eine Party war. Aber mein Magen hatte sich gut im Griff. So ging es mir oft – schlecht, aber nicht zu schlecht, um aufzufallen.

„Wahrscheinlich treffen wir sie gar nicht. Es werden so viele Leute kommen."

„Von denen uns die meisten schon kennen."

„Ja, aber nur in der Schule. Vielleicht hilft eine Party ja." Sie warf einen Blick zu ihrer Zimmertür und senkte ihre Stimme. „Wenn Alkohol im Spiel ist, versteht man sich immer besser mit den Leuten. Vielleicht merken sie dann, dass wir gar nicht so übel sind. Wir können doch auch Spaß haben, oder? Wir können auch cool sein."

„Ja", erwiderte ich trocken, „wir sind sowas von cool."

Ihr kurzes Lachen wurde zu einem Seufzer. „Ich weiß, dass du das ironisch meinst. Aber immerhin hat sie den ganzen Jahrgang eingeladen, was uns miteinschließt. Das ist doch schon mal was."

Ich lachte verzweifelt auf. „Wow. Wie *nett* von ihr. Stell dir das mal vor: ‚Leuteee, ich feiere mit euch meinen Achtzehnten und ihr seid alle eingeladen – oh, bis auf Greta und Laya'. Oh Mann."

Ich hatte für Julias Worte meine Stimme ein paar Töne höhergeschraubt und Greta damit ein vorwurfsvolles Lächeln entlockt.

„Es ist ein Anfang. Vielleicht wird jetzt alles besser."

„Ja. Ganz bestimmt." Meine Stimme triefte vor Ironie. Reiß dich zusammen, sagte ich mir. Ich hatte oft genug versucht, Greta diese Hausparty auszureden. Aber heute war ihr Geburtstag und den wollte ich ihr nicht verderben.

Sie verschwand im Bad und ließ mich mit einem elenden Gefühl zurück. Mein Blick wanderte über aufgerissene Schubladen, umgedrehte Jeansbeine und das Regalbrett mit Hardcover-Büchern über ihrem Schreibtisch. Diese dicken Fantasy-Wälzer, die sie so sehr liebte. Sie waren das einzige, was in diesem Chaos an die frühere Greta erinnerte. Die, die nicht auf Partys ging, die das Laken auf ihrem Bett glattstrich und die Schubladen ihres Kleiderschranks schloss.

Greta öffnete die Zimmertür, ohne ganz einzutreten, als wollte sie etwas vor mir verbergen. „Ich bin fertig. Wir können los."

Ich nickte, schob mich von ihrem Bett und zupfte wieder an meinem Kleid. Ich hatte das Gefühl, dass es in der letzten Stunde geschrumpft war. Vielleicht hätte ich ein längeres anziehen sollen. Vielleicht … aber jetzt war es zu spät. Ich konnte mich nicht erst über Greta aufregen und dann den gleichen Mist abziehen. Während ich ihr die Treppe nach unten folgte, hörte ich sie leise sagen: „Wenn wir nicht gehen, wird es nur noch schlimmer."

Im Wohnzimmer empfing uns ihre Mutter und strahlte uns an. „Meine beiden hübschen Mädchen! Mensch, ihr seht so toll aus. Ich bin wirklich neidisch." Linda trug ihre krausen, graubraunen Haare wie immer in einem Dutt und lachte uns mit tausend winzigen Fältchen im Gesicht an. Äußerlich sah sie alt aus, aber ihre hellblauen Augen leuchteten in kindischem Eifer. Sie legte ihrer Tochter einen Arm um die Schulter und da erst verstand ich, warum Greta sich vorhin so geniert hatte. Sie hatte sich geschminkt. Verstohlen betrachtete ich ihre feinen Gesichtszüge, ihre blauen Augen waren von einem schwarzen Strich umrandet und ihre Lippen glitzerten.

„Na dann, wollen wir los?" Linda schlüpfte in ihre Sandalen und schnappte sich den Autoschlüssel. Greta und ich setzten uns auf die Rückbank.

„Ihr wisst ja, ihr könnt mich jederzeit anrufen", betonte Linda während der Fahrt, „egal wann, ich hole euch ab. Ich bleibe bis dahin sowieso wach." Sie drehte das Radio auf und summte mit. Ich kurbelte das Fenster herunter und ließ den warmen Wind über mein Gesicht wehen. Die Straßen lagen bereits im Schatten, die Luft fühlte sich dicht an und es roch nach Abgasen.

„Und wer ist das nochmal, der euch da eingeladen hat?", fragte Linda. Eine Baustelle verengte die Straße und sie musste abbremsen.

„Sie heißt Julia", sagte Greta, „sie ist in unserem Jahrgang und feiert heute ihren achtzehnten."

„Na, so ein Zufall. Am gleichen Tag wie du!"

„Ja, aber ich glaube, sie hatte schon gestern Geburtstag."

„Ihr hättet ja zusammen feiern können."

„Ja, Mama, so in etwa ist es ja auch. Sie hat ihre zweihundert Freunde eingeladen und ich Laya. Es hätte also keinen Unterschied gemacht. Nur, dass sie nicht mit mir hätte feiern wollen."

„Ach Schatz, ich bin mir sicher, eure Klassenkameraden würden euch mögen, wenn sie euch nur besser kennenlernen würden. Aber eigentlich spielt das auch keine Rolle, denn du bist perfekt, so wie du bist, ganz egal was andere sagen."

Ich schwieg. *Perfekt.* Dieses Wort in Verbindung mit meiner Person wäre meinen Eltern nie über die Lippen gekommen. Nein, keine Chance. Aber wer war schon perfekt? Es war doch lächerlich, wie Linda ihre Tochter mit übertriebenen Komplimenten überhäufte.

Als wir Julias Haus erblickten, fing Greta an zu lachen. „Du und Papa solltet euch vermutlich glücklich schätzen, dass ich nicht so beliebt bin, so eine Party hätte euch ein Vermögen gekostet."

„Tja, Julias Eltern können sich das offenbar leisten", sagte Linda bewundernd, „was für eine Gegend!"

Die Spitze des dunkelblauen, pyramidenförmigen Dachs lag in der Abendsonne. Ein ausladender Balkon schmiegte sich an die cremefarbenen Wände des Hauses, das untere Stockwerk wurde von einer Hecke verborgen.

„Ruft an, wenn ich euch abholen soll", sagte Linda ein weiteres Mal, „habt einen schönen Abend, ihr zwei!"

Wir stiegen aus und öffneten ein quietschendes Gartentor. Laute Musik drang aus der offenen Eingangstür. Julia lehnte daneben an einer Säule und quatschte mit zwei anderen, ein Bier in der Hand.

Eigentlich hatte ich vorgehabt, ohne Begrüßung an den dreien vorbei ins Haus zu marschieren. Aber Greta wurde langsamer, fiel hinter mir zurück, und ich hörte ihre helle, zerbrechliche Stimme. „Hallo."

Ich sah, wie Julia ihren beiden Gesprächspartnern einen Blick zuwarf – doch dann breitete sich zu meiner Überraschung ein Lächeln auf ihrem Gesicht aus, sie stieß sich von der Säule ab und kam auf Greta zu.

„Hey, naaaaa?" Ihre Stimme rutschte innerhalb eines Wortes ein paar Oktaven in die Höhe. Sie ging an Greta vorbei und umarmte zwei Jungs, die gerade durch das Gartentor kamen. Sie plauderten zu dritt und schenkten uns keine Beachtung mehr. Ich deutete zum Eingang und Greta nickte. Ihre Augen hatten aufgehört zu glänzen und starrten matt und versunken vor sich hin. Klasse. Ich warf Julia einen wütenden Blick zu, aber ich traute mich nicht, etwas zu sagen. Was hätte ich auch sagen sollen? *Warum habt ihr euch solche Blicke zugeworfen? Warum ignoriert ihr uns?* Das war lächerlich – und genauso hätte Julia reagiert. Mit Gelächter.

Greta hatte zu mir aufgeholt, und gemeinsam betraten wir das Haus. Das Wohnzimmer platzte vor Menschen und deren Ausdünstungen, und überforderte alle Sinne auf einmal. Tanzende, lachende, quatschende Menschen, es roch nach Schweiß, Deo und Bier, rote Plastikbecher wurden durch die Gegend geschwenkt, feuchte Haut berührte meinen Arm.

Verblüfft blieb ich stehen, und prompt trat mir jemand auf die Zehen. Ich biss die Zähne zusammen und widerstand dem Drang, laut zu fluchen. Immerhin war es so voll, dass wir tatsächlich eine realistische Chance hatten, Mark den ganzen Abend lang nicht zu begegnen.

„Oha", rief ich über den Lärm und drehte mich zu Greta, „das ist –" Ich brach ab, als ich ihr Gesicht sah. Ihr Blick flackerte über die knapp bekleideten Menschen, in die Enge getrieben wie ein Reh. Auf einmal sah sie noch verletzlicher aus als sonst, wirkte noch kleiner, und ich wusste, dass sie es sich anders vorgestellt hatte. In ihrer Vorstellung hätte Julia uns umarmt, wie sie die beiden Jungs umarmt hatte, dann hätte sie angeboten, uns das Haus zu zeigen, und wir hätten uns im Anschluss zu ein paar Leuten gesetzt und bei ihrem Spiel mitgespielt, was auch immer es war. Und nebenbei noch etwas getrunken. Vielleicht sogar aus roten Plastikbechern, ja, das könnte sein. Aber rote Plastikbecher waren auch schon alles, was Traum und Wirklichkeit gemeinsam hatten.

„So feiern andere ihren achtzehnten Geburtstag", sagte Greta so leise, dass ich es kaum verstand, „und was mache ich? Ich besuche den Geburtstag einer anderen." Sie redete mit sich selbst und ich war froh, nicht antworten zu müssen. Mir fiel nichts ein, was es hätte besser machen können.

„Komm, wir holen uns was zu trinken!", rief ich ihr zu, packte ihre Hand und schleifte sie mit. Das hochprozentige Zeug war mit ein paar Schüsseln Snacks auf einem Buffet aufgereiht, darunter befanden sich jede Menge Bierkisten.

„Für dich gibt es leider nur Bier", sagte Greta zu mir und da wusste ich, dass sie sich wieder eingekriegt hatte.

„Pff. Ein Monat noch", erwiderte ich schnippisch, „ich sehe sowieso älter aus als du, das merkt niemand, wenn ich ein bisschen Rum trinke."

Sie lächelte. „Okay, ich erlaube es dir. Ausnahmsweise."

„Oh, wie gütig von dir." Ich grinste zurück. „Die paar Tage, die du älter bist, musst du ausnutzen, was?"

„Klar." Sie kicherte. „Du kennst mich doch."

„Wart's ab, bis wir dreißig sind. Dann kriegst du die Panik, wenn da eine drei an erster Stelle steht, während ich noch in meinen Zwanzigern bin."

„Weißt du, was das heißen würde? Dass wir dann schon über fünfundzwanzig Jahre befreundet wären."

Wir mischten uns beide ein Glas Cola mit Rum und blieben am Buffet stehen. Greta trank einen großzügigen Schluck, dann steckte sie sich ihre freie Hand in die Hosentasche. Ich wünschte, ich könnte dasselbe tun. Kurz stellte ich mir vor, wie steif ich für andere aussehen musste, und hörte die Stimme meiner Mutter: *Lass die Schultern nicht so hängen, Maus.* Aus dem Augenwinkel sah ich Julia, wie sie geschmeidig neben einem älteren Jungen tanzte, und wünschte, ich wäre genauso locker wie sie.

Jemand rempelte mich an. „Ihr seid im Weg, stellt euch woanders hin."

Wir hasteten zur Seite und machten uns auf die Suche nach einem Sitzplatz. Auf dem Sofa war man bereits in der zweiten Reihe angekommen, vier Mädchen saßen verteilt auf drei Schößen, die beiden Sessel waren ebenfalls besetzt. Dann entdeckte ich die offene Terrassentür. Draußen war es etwas ruhiger, ein paar Leute hatten Liegestühle in Beschlag genommen, andere spielten an einer Tischtennisplatte. Ein blaues Schimmern aus dem Augenwinkel erregte meine Aufmerksamkeit und ich blieb wie erstarrt stehen.

„Die haben sogar einen Pool", murmelte Greta mit der gleichen Bewunderung, die vorhin in Lindas Stimme geklungen hatte, „guck mal, der hintere Liegestuhl ist noch frei, wollen wir uns da hinsetzen?" Jetzt schien sie verstanden zu haben, was mich störte. „Oh Laya, tut mir leid, wir können auch woanders hin."

„Nein", sagte ich langsam, „geht schon."

Ich achtete darauf, dem Wasser nicht zu nahe zu kommen, als wir an den besetzten Liegestühlen vorbeiliefen und uns auf dem hintersten niederließen. Zwei einsame Zuschauer auf der Ersatzbank, abgeschottet von der Party. Aber wenigstens war es hier ruhiger. Eine Weile nippten wir an unserem Rum Cola und beobachteten ein paar Leute, wie sie an der Tischtennisplatte Bierpong spielten. Greta seufzte von Zeit zu Zeit und wir wechselten mit dem Getränkeholen ab, um unseren Platz nicht zu verlieren. Weitere Grüppchen gesellten sich nach draußen, manche sprangen in den Pool, andere wickelten Tabak oder Gras in kleine Papierstückchen und rauchten.

Irgendwann sagte Greta aus dem Nichts: „Ach Laya, warum kann nicht einfach ein super netter Typ auf mich zukommen und mich auf einen Kaffee einladen? Warum muss es immer so kompliziert sein? Oder warum setzen sich nicht zwei süße Jungs neben uns, fragen uns Dinge und bringen uns zum Lachen. Und dann laden sie uns auf ein Doppeldate ein und etwa ein halbes Jahr später, also im Winter, schlendern wir zu viert über den

Weihnachtsmarkt und spielen abends zusammen Risiko oder Monopoly."

Ich musste lachen, aber bevor ich antworten konnte, drangen Gelächter und Schreie zu uns und dann stürmte eine ganze Meute in den Garten, schubste sich gegenseitig in den Pool, machte Arschbomben ins Wasser und spritzte sich nass.

„Du Spasti!" Ich hätte diese Stimme überall erkannt. Scott. Kurz darauf entdeckte ich ihn mit seinem hellbraunen Lockenschopf mitten im Pool und neben ihm war Mark. Ein Gefühl überkam mich, als würde mein Körper auf den Grund eines Sees sinken. Marks weiße Zähne blitzten und die blonden Haare klebten ihm nass auf der Stirn. Er hielt die Hand flach über dem Wasser, jeden Moment würde er einen weiteren Schwall in Scotts Richtung schicken. Sein Lachen zog die Aufmerksamkeit einiger Leute auf sich und er machte sich daran, Scott eine ordentliche Abreibung zu verpassen. Ich schaute weg. Sah stattdessen wieder den Leuten an der Tischtennisplatte bei ihrem Trinkspiel zu.

„Ich hole uns nochmal was zu trinken", sagte Greta und stand auf, „Cola mit Rum?"

Ich nickte nur und blieb sitzen, doch sobald sie außer Sichtweite war, wurde es noch unerträglicher.

„Hey!", hörte ich ein Rufen. „Hey, du! Hallo? Ist da jemand?"

Ich drehte mich zurück zum Pool und errötete. Die Worte galten mir. Julia stand im Becken, ihre gebräunten Schultern fingerbreit mit Wasser bedeckt, und fixierte mich mit einem überlegenen Blick.

„Du siehst aus, als würdest du dich langweilen. Komm doch zu uns in den Pool und hab'n bisschen Spaß!"

Ich schüttelte hastig den Kopf. „Nein danke. Ich meine, ich – ich hab Spaß, ich wollte sowieso gerade reingehen." Ich stand auf und ging mit zittrigen Beinen am Pool vorbei. *Scheiße. Jetzt hättest du ein Mal die Gelegenheit gehabt bei etwas mitzumachen und lehnst ab.* Ich wusste genau, dass zahlreiche Augenpaare auf mir lasteten und mir stumm *Langweilerin!* nachriefen.

Plötzlich traf mich ein Stoß von der Seite, ich taumelte und sah überrascht auf. Mark kam auf mich zu. Er war nicht mehr im Wasser, er stand direkt vor mir, mit seinem Raubtierlächeln und den eisblauen Augen. Noch während ich versuchte, mein

Gleichgewicht zu fangen, schubste er mich erneut und ich fiel rückwärts. Ein Schrei zuckte durch die Nacht, ein lautes Platschen, und dann war überall nur noch Wasser. Ich strampelte, versuchte Abstand zu gewinnen, aber es presste mich zusammen, floss durch meine Adern und füllte meine Lunge. Gelächter schallte durch den Garten, zwischen meinem eigenen Keuchen rief jemand „Ey, was geht denn mit der ab?", während ich kämpfte, nach Luft schnappte. Meine Beine. Ich versuchte zu treten, aber jemand hatte sie mit Klebeband umwickelt, ich konnte sie nicht bewegen. Meine Arme schlugen wie Nudelhölzer nutzlos durch die Gegend. Das Lachen der anderen hallte durch meinen Kopf und ich wünschte mir nichts sehnlicher, als weit weit weg zu sein. Auf einmal spürte ich Arme an meinem Oberkörper und ich dachte: Jetzt ist es vorbei, Mark wird mich unter Wasser drücken. Die Arme zogen mich, aber ich wusste nicht in welche Richtung, alles war dunkel und voller tanzender Pünktchen. Dann berührte etwas meine Finger, das war der Rand, ich konnte mich festhalten. Ich hustete und wusste, dass ich mich einfach nur festhalten musste, egal was kommen mochte, nicht mehr loslassen. Wieder legten sich Arme um meinen Brustkorb und hoben mich aus dem Wasser. Ich protestierte, als der nasse Stein meinen Fingern entglitt, aber im nächsten Moment saß ich auf festem Boden.

„Alles okay?", fragte eine tiefe Stimme. Leise und fremd. Langsam klarte mein Sichtfeld auf, die Pünktchen verschwanden. Dunkle, ernste Augen starrten mich an und ich wusste nicht, was ich ihnen antworten sollte. *Ob alles okay ist? Vielleicht kannst du es mir sagen. Ich weiß es nicht, wirklich nicht.* Tränen brannten in meinen Augen und ich war fast froh nass zu sein, so würde wenigstens das nicht auffallen. Hitze schoss mir ins Gesicht. Mein Kleid klebte wie eine zweite Haut an meinem Körper – was, wenn es durch das Wasser durchsichtig wurde? Oder wenn es im Pool hochgerutscht war?

„Komm, wir sollten gehen", sagte der Typ. Er saß vor mir in der Hocke und streckte mir eine Hand entgegen, die ich nicht nehmen konnte. Ich war wie gelähmt. Saß mit hängenden Schultern und von mir gestreckten Beinen auf dem kalten Boden, fühlte mich wie ein Kleinkind. Der Schock steckte mir immer noch in den Gliedern. Das Gefühl des Ertrinkens, im Wasser und im Gelächter der anderen.

Hände legten sich um meine Oberarme und halfen mir, mich aufzurappeln. Ich sah mich nicht um, immer nur auf den Boden. Die anderen waren noch da, ich hörte es an ihren Stimmen, den unterdrückten Lachern, die allmählich ausgelassener wurden. Die Stimmung kam wieder in Schwung, während ich in Begleitung des jungen Mannes den Garten verließ.

„Wir müssen nicht durchs Haus, es gibt einen Weg außen herum", hörte ich ihn sagen. Ein paar Laternen beleuchteten einen geschlängelten Kiesweg, die Geräusche wurden leiser und ich hatte endlich wieder das Gefühl, atmen zu können. Es war warm, die Luft drückend, aber ich sog sie gierig in mich auf.

Ich ließ mich auf eine Bank fallen und starrte mit hängenden Schultern über die Umrisse eines Blumenbeets, schwarze Zweige und Blüten erhoben sich aus der dunklen Masse.

„Wie geht's dir?"

Die Besorgnis in seiner Stimme rührte mich. Warum war er immer noch hier? Warum hatte er mich nicht am Pool sitzen lassen und ein bisschen gelacht, so wie die anderen?

„Gut", krächzte ich mit bebender Unterlippe. Etwas Warmes löste sich aus meinem Augenwinkel und rann über meine Wange.

„Ist dir kalt?"

„Es geht schon. Dir?" Ich sah kurz zu ihm. Die Spitzen seiner Haare glänzten leicht im Schein einer Wandleuchte, sie waren noch nass, aber er hatte sie sich aus dem Gesicht gestrichen. Er sah jünger aus, als ich ihn zunächst eingeschätzt hatte, vielleicht ein paar Jahre älter als ich. Seine Nase war lang und schmal, und in der Dunkelheit sahen seine Augen tiefschwarz aus, umrahmt von dichten Wimpern. Bestimmt einer der Studenten, mit denen Julia so angegeben hatte.

Meine Gegenfrage überraschte ihn. „Nein, alles bestens. Ist ja warm genug."

„Danke", sagte ich leise.

Er nickte nur. „Diese Leute am Pool – triffst du die öfter?"

„Ich hab die meisten Kurse mit ihnen."

„Du solltest ihnen aus dem Weg gehen."

Ein verzweifeltes Lachen entfuhr mir. „Das versuche ich schon seit der siebten Klasse.“

Er schwieg und ich biss mir auf die Lippe. Ich hätte die Klappe halten sollen.

„Dann war das also keine einmalige Sache“, stellte er leise fest. „Wer ist der blonde Kerl?“

„Meinst du Mark? Den mit der hellgrünen Badehose?“

„Genau den.“

„Er ist ein Arschloch.“

Ich hörte ihn leise lachen. „Das erklärt einiges.“

In der Dunkelheit scharrte etwas über den Kies und mein Körper spannte sich instinktiv an. Fast erwartete ich Marks Lächeln aus den Schatten auftauchen, aber es war ein Fremder. Seine stechend schwarzen Augen fixierten mich und ich konnte nicht anders, als seinem Blick auszuweichen. Die anderen aus meinem Kurs hätten sich über ihn lustig gemacht, über sein übergroßes T-Shirt und die verschlissene Camouflage-Hose, über seinen unförmigen Kopf, bei dem einem der Begriff „Kartoffel“ früher oder später in den Sinn kam. Aber er verströmte auch etwas Beunruhigendes, etwas, das einem sagte, ihm besser nicht allein in einer dunklen Gasse zu begegnen.

„Da bist du“, sagte er mit einer überraschend leisen Stimme, „dachte, wir haben noch was zu erledigen.“

„Jetzt nicht“, erwiderte der Typ neben mir.

Das Gespräch der beiden riss mich aus der Abgeschiedenheit des Gartens, zwang mich zurück in die Realität. Mark hatte mich in den Pool geschubst, aber davor, davor war Greta aufgestanden, um uns Drinks zu holen, und sie war nicht wiedergekommen.

„Ich muss sowieso nach meiner Freundin suchen“, murmelte ich.

„Ist sie hier?“

„Ja, sie wollte uns was zu trinken holen.“

„Du willst da wirklich wieder reingehen?“, fragte der Typ neben mir.

Ich zuckte hilflos mit den Schultern. „Ich kann sie auch nicht allein lassen. Die anderen −“

„Faisal kann nach ihr suchen. Er wird sie zu dir rausschicken, wenn er sie gefunden hat. Wie sieht sie aus?“

„Äh, sie hat hellbraune Locken bis zum Kinn, sehr helle Haut. Und sie ist klein", stotterte ich vor mich hin, „und sehr dünn. Sie … trägt eine kurze Hose und ein weißes Top mit roten Blumen drauf."

Dieser Mann, Faisal, drehte sich wortlos um und ging. Der Kies knirschte unter den Sohlen seiner Stiefel. Stiefel. Auf einer Sommerparty. Ich starrte ihm hinterher und hätte am liebsten die Hand ausgestreckt, um ihn festzuhalten. Mein Körper war ausgelaugt, zittrig vor Schwäche, aber ich wusste, dass ich Greta helfen musste.

„Ich muss sie selbst suchen. Ich kann hier nicht tatenlos rumsitzen." Ich stand auf und zog an meinem Kleid. Der nasse Stoff löste sich kurz und sog sich wieder an meine Haut.

„Denkst du, sie würden ihr etwas antun?" Er war ebenfalls aufgestanden und schob sich die Hände in die Hosentaschen. Er trug eine dunkelblaue Jeans und ein schwarzes, an den Ärmeln hochgekrempeltes Hemd, beides bis auf die Haut durchnässt. Aber er ließ sich nichts anmerken.

„Ich weiß es nicht."

„Ich helf' dir."

Überrascht von der Selbstverständlichkeit seiner Worte sah ich zu ihm auf. Er war fast einen Kopf größer als ich, aber sein Gesicht lag im Schatten und ließ keine Regung erkennen.

„Ich heiße übrigens Jarrad", bot er nach kurzem Schweigen zögerlich an.

Und zum ersten Mal traute sich wieder ein kleines Lächeln auf mein Gesicht.

„Laya", erwiderte ich zaghaft.

„Okay Laya, wahrscheinlich wird sie irgendwo im Haus sein, oder?"

„Ich denke schon. Oder sie ist zurück zum Pool, da saßen wir vorhin."

„Lass uns erst mal drinnen nachsehen."

Wir folgten dem Kiesweg bis zur Eingangstür, begleitet vom Quietschen meiner nassen Sandalen, und betraten von dort das Haus. Die Leute standen so dicht gedrängt wie zuvor, die Luft war schwül und gesättigt von dem Geruch nach Deo, Schweiß und Zigaretten. Ich blieb dicht hinter Jarrad und musterte ihn, während wir uns einen Weg durch die Menge bahnten. Nass waren seine Haare schwarz erschienen, nun trockneten sie und nahmen einen dunklen Braunton an. Ich dachte daran, wie offen und ehrlich er mich angesehen hatte, dort am Pool. Ich hatte das Gefühl, dass er mir nicht nur aus Höflichkeit geholfen hatte – sondern weil es etwas in ihm berührt hatte.

Wir kamen an dem langen Tisch mit den Getränken vorbei. Greta war nirgends zu sehen. Jarrad blieb so abrupt stehen, dass ich fast mit ihm zusammenstieß. Meine Hand landete auf seinem Rücken, ich murmelte „Entschuldigung", aber er hörte es nicht. Er starrte über die Köpfe der Leute hinweg in Richtung Garten und sein Körper schien festgefroren zu sein.

„Da stimmt etwas nicht", sagte er. Ich folgte seinem Blick und sah, was er meinte: An der Terrassentür gab es ein Gedränge, die Leute wollten nach draußen.

„Komm mit." Wieder begab er sich in die Masse der Menschen, drängte sie zur Seite und sorgte dafür, dass ich hinter ihm blieb. Dann stolperten auch wir nach draußen, zeitgleich mit drei anderen. Bevor ich mich orientieren konnte, war Jarrad verschwunden.

„Oh mein Gott!" Das helle Kreischen eines Mädchens übertönte die Musik und ich drehte mich instinktiv nach rechts, von wo es hergekommen war. Eine Menschentraube verdeckte den Pool und ich schloss mich ihr an, stellte mich auf die Zehenspitzen und da sah ich es. Blutrote Kringel wirbelten durch das Wasser und verzweigten sich zu einem abstrakten Gewächs, das immer größer und komplexer wurde. Am Rand kniete Faisal, und er hielt etwas in den Armen.

Ich fiel.

„Lasst mich durch." War das meine Stimme? „Lasst mich durch!" Die Worte klangen schrill in meinen Ohren, aber sie wirkten, man machte mir Platz und dann legten sich Finger um mein Handgelenk und zogen mich näher.

„Ist sie das? Laya, ist das deine Freundin?" Jarrads Gesicht tauchte vor mir auf und redete auf mich ein. Ich nickte stumm. Ein Gedanke formte sich in der Leere meines Kopfes und ich klammerte mich verzweifelt daran fest, froh, etwas Sinnvolles von mir geben zu können. „Wir brauchen einen Notarzt!"

„Hab ich schon gerufen", sagte Faisal. Er hatte Greta auf den Boden gelegt, sein Shirt ausgezogen und es ihr um die Stirn gewickelt. Und jetzt verstand ich, woher das Blut kam. Es war ihr Kopf. Ganz ruhig lag sie da, fast, als würde sie schlafen. Dann sah ich ihr linkes Bein. *Oh Gott.* Ich musste würgen, aber es kam nichts heraus. Es sah aus, als hätte man es abgebrochen und im falschen Winkel wieder angebracht.

„Los, geht zur Seite", hörte ich Jarrad rufen und die Menge hinter mir setzte sich in Bewegung. „Na los, macht schon, der Notarzt muss hier durch."

Ein Schleier hatte sich über mich gelegt und ließ meine Sinne abstumpfen. Ich spürte eine sanfte Berührung an meiner Schulter, nicht mehr als eine Feder, Geräusche klangen dumpf, dann mischte sich eine Sirene darunter, Stimmen redeten auf mich ein und ich antwortete automatisiert. Gretas Körper wurde auf eine Trage gelegt. An ihren Haarspitzen bildeten sich rötliche Tropfen, die langsam hinabkletterten und sich fallen ließen. Sie zerplatzten am Boden und hinterließen eine Wasserspur, die vom Pool durch das Haus wanderte und im Krankenwagen verschwand. Ich folgte ihnen, bis meine Hände das harte Metall des Gartentors zu fassen bekamen und sich festhielten.

„Ist sie eine Freundin von dir?"

Eine blaue Uniform drängte sich in mein Sichtfeld. Sie gehörte einer Frau mit blondem Pferdeschwanz.

Ich nickte beklommen.

Eine Hand legte sich auf meine Schulter. „Es tut mir leid, dass das passiert ist. Komm, wir gehen ein bisschen zur Seite." Ihr Griff verstärkte sich und ich gab dem Druck nach. Das Gartentor gab einen protestierenden Laut von sich, als sich meine Finger lösten, und ich dachte, wie es hätte sein können, wenn wir uns vor wenigen Stunden dazu entschieden hätten, nicht dieses Tor zu öffnen. Wir hätten zusammen ins Kino gehen können, danach einen ruhigen Abend verbringen, Kakao trinken und quatschen. Über die Schule, wie deprimierend es war, allein zu sein, über die Hoffnung, dass eines Tages alles besser werden würde, vielleicht nach dem Abi, im Studium. Dann wären wir wieder auf die Schule zu sprechen gekommen und unser Gespräch hätte sich im Kreis gedreht, weiter und weiter, aber das machte nichts, denn es half uns.

Ich lief zwischen Gartenzaun und der Polizistin, ihre Hand noch immer auf meiner Schulter. Nach ein paar Metern blieb sie stehen und wir setzten uns auf den Rand eines sechseckigen Steinkübels, der zur Verkehrsberuhigung auf der Straße stand. Sirenen gingen los und ich zuckte zusammen. Als ich aufsah, brauste der Krankenwagen davon. Die Sirenen wurden leiser und hinterließen eine unheimliche Stille.

„Wie heißt du?"

„Laya. Seidel."

Ihre Stimme war beruhigend, floss wie ein Bach durch mich hindurch und ich vergaß das Meiste unseres Gesprächs. Sie fragte nach Greta, und ob ich wüsste, was passiert war, aber ich wusste es nicht.

Wir gingen wieder zurück zu den Partygästen, die sich in kleinen Grüppchen auf der Straße und im Garten verteilten. Die Musik war aus; Stimmengewirr erfüllte die Luft, eine wilde Mischung aus Aufregung, Betrunkenheit, die ersten Gerüchte, die sich ausbreiten würden. Für mich klang es wie wütendes Bienensummen.

„Gibt es jemanden, den ich für dich anrufen kann?", fragte die blonde Polizistin.

Ich zögerte. „Ich möchte zu ihr ins Krankenhaus", sagte ich.

„Wenn du willst, kann ich dich hinfahren", bot Jarrad an. Ich zuckte zusammen. Hatte nicht bemerkt, dass er neben mir stand, Hände in den Hosentaschen vergraben und mit angezogenen Schultern.

Die Polizistin blickte fragend von mir zu Jarrad und wieder zurück.

Ich nickte.

„Ich glaube nicht, dass du deine Freundin im Moment besuchen kannst", sagte sie zögerlich.

„Ist mir egal."

Sie fragte nach Gretas Eltern und ich gab ihr die Telefonnummer, dann gingen Jarrad und ich zu seinem Auto, das in einer Nebenstraße parkte. Die Lichter eines schwarzen BMWs blinkten auf und ich fragte mich, ob seine Eltern so reich waren wie Julias und sie sich daher kannten. Aber eigentlich spielte es auch keine Rolle.

„Sie wird es überleben." Jarrads Stimme durchbrach die Stille im Auto.

Ich sah zu ihm und wagte kaum zu hoffen, dass er recht haben mochte. „Woher weißt du das?"

„Sie war noch am Leben. Ihr Zustand war nicht gut, aber schien sich nicht schnell verschlechtert zu haben. Sie hatte eine Platzwunde am Kopf und ihre Beine – dazu kann ich nichts sagen. Aber sie wird es überleben."

„Bist du Sanitäter?"

Er lächelte schwach. „Nein."

Ich schluckte. „Danke, dass ihr geholfen habt."

„Ist doch klar."

„Keine Ahnung. Kein anderer ist ihr zu Hilfe geeilt. Sie muss da im Wasser gelegen haben und –" Mir kamen Tränen, still bahnten sie sich ihren Weg über meine Wangen. Ich konnte kaum mehr sprechen. „Wie konnte das passieren?"

„Faisal meint, sie wäre vom Balkon gefallen, der war fast direkt über dem Pool. Sie muss irgendwie auf der Kante gelandet sein."

Ein kleines Schluchzen entwich meinem Mund, es war mir peinlich, aber ich konnte nichts dagegen tun. Vor meinem inneren Auge sah ich Gretas gebrochenen Körper und ein lautes Knacken hallte durch meinen Kopf, als ihre zierlichen Knochen auf dem Stein aufschlugen, immer und immer wieder. Die Vorstellung davon grub sich tief in meine Gedanken und je mehr ich dagegen ankämpfte, desto aufdringlicher wurde das Knacken.

„Tut mir leid", sagte Jarrad leise. Ich konnte nicht antworten, ohne in Schluchzen auszubrechen. Tränen verschleierten die Windschutzscheibe und die Dunkelheit, die sich dahinter erstreckte. Jarrad nestelte in dem Fach zwischen uns herum und reichte mir ein Taschentuch.

„Sag mal", meinte er zurückhaltend, „denkst du, es war ein Unfall? Oder hat das jemand mit Absicht getan?"

Ich zuckte hilflos mit den Schultern. „Zutrauen würde ich es denen", flüsterte ich.

Der Wagen bremste ab und bog auf den Besucherparkplatz. Sobald wir hielten, sprang ich heraus, dann zögerte ich kurz.

„Laya?"

„Ja?" Ich beugte mich zurück ins Auto und unsere Blicke trafen sich. Er strahlte eine tiefe Ruhe aus, die mich unbewusst aufatmen ließ und mich daran erinnerte, dass es mehr gab, mehr als diese Party, mehr als Frankfurt, mehr als den heutigen Abend. Und für einen Moment fühlte ich mich nicht allein.

„Pass auf dich auf, okay?"

Ich nickte, murmelte „Danke für's Herfahren" und drückte die Autotür zu. Überquerte eine Straße, dann den Vorplatz des Krankenhauses. Die langen Reihen beleuchteter Fenster wirkten beruhigend auf mich und ich hoffte, dass Greta in einem dieser Zimmer lag und atmete. Ich hoffte es so sehr, dass mir ein letztes Mal Tränen kamen. Ich wischte sie weg, bevor ich die Notaufnahme erreichte.

2

Das Wochenende verbrachte ich überwiegend im Krankenhaus. Greta war nicht aufgewacht, aber ihr Zustand war stabil. Die Worte eines der behandelnden Ärzte klangen mir im Kopf nach, während ich ihre geschlossenen Lider betrachtete: *Wir können froh sein, dass sie am Leben ist. Es hätte auch anders ausgehen können. Sie hat eine Rückenmarksschädigung. Zum jetzigen Zeitpunkt lässt sich nicht einschätzen, ob sie jemals wieder laufen wird ...*

Ich wechselte mich mit ihren Eltern ab, an Gretas Bett zu sitzen. Ich erklärte Linda, was ich wusste, aber meine Befürchtungen ließ ich weg. Was das Beschuldigen von anderen anging, war Linda mindestens genauso schlimm wie Greta. In ihren Augen waren alle Menschen Kinder Gottes und wenn ich auch nur angedeutet hätte, dass Gretas Sturz mehr als ein Unfall sein könnte, würde sie mir entweder nicht glauben oder von mir enttäuscht sein. Vermutlich beides.

Die Zeit verging langsam, aber irgendwann war das Wochenende vorbei und Greta noch immer bewusstlos. Ich musste wieder in die Schule. Meine Eltern hatten auf den Unfall entsetzt reagiert, aber das Leben – und für sie vor allem das Schulleben – musste für mich weitergehen. Auch ohne Greta.

Aus Protest kam ich am Montag zu spät. Das Müsli schmeckte nach Pappe, alles in mir sträubte sich, Schuhe anzuziehen und aus dem Haus zu gehen. Ich stöpselte mir Kopfhörer ins Ohr, hörte die Foo Fighters und Linkin Park und drehte die Lautstärke auf, bis die Drums alle Außengeräusche auslöschten. Aus zwei Minuten Verspätung wurden fünf, dann zehn. Ich nahm zwei Treppenstufen auf einmal in den ersten Stock, mein Herz hämmerte im Rhythmus der Musik. Ich drückte die Stopptaste und zog die Stöpsel aus den Ohren. Aus den Klassenzimmern drang Stimmengemurmel. Ich drückte die Klinke von Raum 104 herunter und alle sechsundzwanzig Augenpaare richteten sich auf mich. Verdammt. Warum hatte ich nur so getrödelt?

Frau Karrenkamp ließ ihre mit Kreide bewaffnete Hand sinken. Kurz öffnete sie für eine Zurechtweisung den Mund, aber sie verschonte mich. Ihre knöchernen Hände winkten mich nach hinten, dann widmete sie sich wieder dem Tafelbild. Ich verzog mich mit hochrotem Kopf an meinen Platz und starrte die ersten Minuten nur auf die Arbeitsplatte, bis sich mein Puls beruhigt hatte.

Ich packte meine Sachen aus und versuchte dem Unterricht zu folgen. Mathe. Vor langer Zeit hatte ich Mathe mal gemocht, damals in der Grundschule, sogar bis zur sechsten Klasse. Bis Greta und ich in eine neue Klasse gekommen waren. Es hatte nicht lange gedauert, bis Mark und ein paar andere realisierten, dass wir zu schüchtern waren, um uns gegen blöde Kommentare zu wehren. Die Sticheleien mochten für andere harmlos gewirkt haben, aber für Greta und mich änderte es alles. Es änderte, wie wir mit den anderen umgingen, wie oft wir lächelten, wie oft wir uns im Unterricht meldeten. Und dann, nach ein paar Wochen, bekamen wir den ersten Test zurück und in dem irrsinnigen Glauben, uns damit einen Gefallen zu tun, lobte der Lehrer Greta vor der ganzen Klasse für ihre gute Note. Ab da war es vorbei für uns. Die anderen hatten endlich einen Grund, für den sie uns mobben konnten.

Mittlerweile schlug ich das Mathebuch nur noch auf, wenn mich jemand dazu zwang, und ich hatte keine Ahnung, was es mit diesen Bernoulli-Experimenten auf sich hatte, die sich da weiß auf dunkelgrün an der Tafel abhoben.

Meine Gedanken schweiften zu dem Mann, der mich aus dem Pool gezogen hatte. Jarrad. Wie geht es dir, hatte er gefragt. War bei mir geblieben, hatte mir bei der Suche nach Greta geholfen. Und ich hatte ihn wegfahren lassen. Natürlich, in Gedanken war ich bei Greta und sowieso völlig durcheinander gewesen, aber trotzdem wusste ich, dass es ein Fehler war. Ich hätte ihn nach seiner Nummer fragen sollen, nach irgendwas. Jetzt war es zu spät. Vielleicht war es Einbildung oder Wunschdenken, aber ich war mir sicher, dass wir uns gut verstanden hätten.

„Wie geht es Greta?", hörte ich die sachliche Stimme von Frau Karrenkamp und zuckte zusammen. Das Blut schoss mir in den Kopf, mein Herz pochte so laut, dass ich Angst hatte, Katrina neben mir könnte es hören.

„Nicht so gut", stammelte ich und zwang mich unter dem Adlerblick der Lehrerin weiterzureden. „Sie ist noch nicht aufgewacht."

„Dann hoffen wir, dass das bald passiert." Damit gab sie sich zufrieden und drehte der Klasse den Rücken zu. Ein paar Mädchen starrten mich immer noch an und ich tat so, als sei ich mit dem Abschreiben der Tafel beschäftigt. Stattdessen schraffierte ich die Kästchen auf dem Blatt Papier vor mir. Meine Hand zitterte und der Stift schoss über die Ränder, malte ein blaues Wollknäuel, das immer dichter und hässlicher wurde. Die Blicke waren das Schlimmste. Worte waren wenigstens eindeutig, aber ein Blick konnte vieles bedeuten. Auf Worte konnte man antworten; Blicke musste man stumm ertragen. Vielleicht hätte ich es einfach mal mit einem aggressiven „Was guckst du?" probieren sollen.

Sobald es zur Pause klingelte, warf ich alles in meine Tasche und verließ als Erste das Klassenzimmer. Auf der Mädchentoilette schloss ich mich in einer Kabine ein, packte im Stehen mein Pausenbrot aus und biss lustlos hinein. Ohne Greta verging die Zeit noch langsamer. Aber hier war ich wenigstens in Sicherheit vor blöden Kommentaren. Ich las die Botschaften, die andere Schüler an die Toilettenwand gekritzelt hatten. *I luv Andre. Fuck school. Tits. TITS. Lena ist ne Bitch.* Ich war verwundert, meinen Namen dort nicht zu finden. Andererseits gab es noch neun weitere Kabinen.

Der Lärm der Pause drang in den Raum, als jemand die Tür aufstieß.

„Nee, ich glaub das wird nichts. Meine Eltern schieben voll Stress, die Polizei war da und so. Echt beschissen. Ich meine, es tut mir ja voll leid für die, aber für uns ist das richtig Stress und meine Family kann am wenigsten was dafür. Sie hätte halt nicht so viel trinken sollen." Julia seufzte. „Ich hasse es, wenn diese Kids sich nicht mehr unter Kontrolle haben, sie ist doch keine vierzehn mehr."

„Sie hätte sich halt nicht auf Jungs einlassen sollen, die ihr 'ne Nummer zu groß sind."

„Was meinst du?"

„Naja. Wenn sie wirklich dachte, dass sie bei Philip oder Scott landen könnte, ist sie echt –" Der Wasserhahn wurde aufgedreht und übertönte Louises Stimme.

Das zerkaute Brot in meinem Mund schmeckte verdorben. Ich steckte die Brotdose zurück in meinen Rucksack und die schwarzen Eddingzeichnungen von Genitalien verschwammen vor meinen Augen. Der Wasserhahn hatte längst aufgehört zu rauschen, es war still geworden, bis auf ein stetes Tropfen. *Wenn sie wirklich dachte, dass sie bei Philip oder Scott landen könnte.* Sie. Greta. Das konnte nicht sein. Und doch hatte Louise diese Namen mit dem Unfall in Verbindung gebracht. Philip und Scott. Hatten sie Greta irgendwie verarscht? Sie wäre doch nie freiwillig ins Obergeschoss gegangen, sie hätte mich nie alleine gelassen.

Die Schulglocke klingelte, ich hob meinen Rucksack auf und schlurfte aus der Kabine. Auf dem Rückweg zum Klassenzimmer kam ich an ein paar Mädchen aus meinem Biologiekurs vorbei, hörte einzelne Wortfetzen wie „hat die jemals 'n Ton rausgebracht? Ich weiß nicht, ich finde sie voll komisch" und „wahrscheinlich will sie nur Aufmerksamkeit", und hastete mit gesenktem Kopf an ihnen vorbei. Dass man auf Worte antworten kann, nehme ich zurück. Was hätte ich dazu sagen sollen? Ich wusste nicht einmal, ob sie über mich redeten. Die Frage war nur: über wen sonst?

In der Stunde darauf ärgerte ich mich, dass ich nichts gesagt hatte. Diese Mädchen, das waren doch nur Mitläufer, plapperten das nach, was andere ihnen in den Mund gelegt hatten. Mit denen wäre ich doch fertig geworden. Aber in diesen Momenten spürte ich nur das Blut durch meine Adern pochen, mein ganzer Kopf hämmerte, während Worte wie weggefegt waren.

Ich war keine Trinkerin, aber manchmal wünschte ich mir, in der Schule ein bisschen beschwipst zu sein. Das lockerte die Zunge und vielleicht würde mir im richtigen Moment ein Konter einfallen. Und wenn nicht, machte es mich wenigstens gleichgültig.

Ich war froh, als dieser qualvolle Schultag vorbei war. Noch fünf Wochen bis zu den Sommerferien – wie sollte ich das ohne Greta durchstehen?

Wenn sie wirklich dachte, dass sie bei Philip oder Scott landen könnte … Die Erinnerung an Louises Worte hinterließ einen fahlen Geschmack in meinem Mund. Philip und Scott. Irgendwie hingen sie mit Gretas Sturz zusammen.

Ich sollte zur Polizei gehen. Aber ich wusste, dass ich es nicht tun würde. Noch nicht. Ich musste warten, bis Greta aufwachte. Dann würde ich sie fragen, was passiert war, denn das wäre das Beste für sie.

Also ging ich nach Hause, spürte die Last des Rucksacks auf meinen Schultern und die drückende Mittagshitze. Ich hatte meine Trinkflasche heute Morgen vergessen, und mein Mund war wie ausgetrocknet. Mein Handy vibrierte an meinem Bein und ich zog es aus der Hosentasche. Unbekannte Nummer.

„Hallo?"

„Hallo Laya, hier ist Linda. Greta ist aufgewacht! Wenn du möchtest, kannst du …"

„Ich bin so schnell ich kann da!"

Hoffnung keimte in mir auf, eine Hoffnung, wie ich sie das ganze Wochenende über nicht verspürt hatte. Ich rannte los, Schweiß trat mir auf die Stirn, aber ich wurde erst langsamer, als ich die Haltestelle erreichte. Ich nahm den Bus, musste einmal umsteigen, und eine dreiviertel Stunde später drückte ich die Klinke zu Gretas Zimmer herunter und da war sie, mit dem dicken Verband um den Kopf und ihrem Lächeln, das ich die letzten Tage vermisst hatte. Mitleid und Schuldgefühle überrollten mich und ich schluckte heftig, wollte nicht schon wieder weinen.

„Laya! Wie geht's dir?"

Ich verdrehte die Augen. „Den Satz hätte ich doch stellen sollen. Wie geht's *dir*, Greta?"

„Ach, ganz gut. Ich bin müde, aber ehrlich, ich fühle mich gut", beteuerte sie, als sie mein ungläubiges Gesicht sah. „Ich spüre kaum was, keine Schmerzen. Ein bisschen Kopfweh. Ab und zu Übelkeit, aber das ist normal, hat der Arzt gesagt. Ich habe wohl eine Gehirnerschütterung."

„Und – und sonst?"

Sie lächelte erschöpft. „Ich bin erst seit heute Morgen wach, ich schätze mal, ihr wisst besser Bescheid. Ich spüre meine Beine nicht." Ihr Lächeln schwand. „Aber der Arzt meinte, das könnte vorübergehen."

„Du spürst deine Beine nicht", wiederholte ich betroffen.

„Ja … im Moment. Aber ich kann Therapien machen. Sobald meine Brüche geheilt sind. Das wird bestimmt alles wieder."

Ich schaute von ihr zu Linda, die mit übereinandergeschlagenen Beinen auf einem Plastikstuhl saß und Gretas Hand hielt. „Das klingt ganz schön heftig."

„Naja, so genau kann man das noch gar nicht sagen", meinte Greta hastig, „also sollten wir uns nicht zu viele Gedanken machen, vielleicht wird alles gut."

Ich zog einen Stuhl heran und setzte mich mit hängenden Schultern neben ihre Mutter. „Und erinnerst du dich daran, wie es passiert ist?" Fragmente des Gesprächs drängten sich in meine Gedanken. *Wenn sie wirklich dachte … Philip oder Scott …*

Sie schüttelte den Kopf. „Leider nicht. Der ganze Abend ist wie ausgelöscht. Komisch, oder? Mama hat mir erzählt, was du weißt, also wahrscheinlich hab ich zu viel getrunken, richtig? Wer fällt sonst einfach von einem Balkon?"

Meine Hände fingen an zu schwitzen. „Greta, ich … ich glaube nicht, dass du allein dafür verantwortlich bist." Ich sah sie nicht an, als ich redete.

Greta und Linda schwiegen.

„Wie meinst du das?", fragte Greta schließlich.

Ich öffnete den Mund; brach ab. Was ich da auf der Toilette mitgehört hatte, würde sie sehr verletzen. Und am Ende würde sie Louise glauben. Würde die Schuld bei sich suchen.

„Du warst nicht so betrunken", sagte ich, „nicht so, dass du nicht mehr wusstest, was du tust. Du – du wärst nicht einfach nach oben gegangen und auf diesen Balkon –" Linda legte ihre Hand auf mein Knie und ich zuckte zusammen.

„Schon gut, Laya. Darum geht es nicht. Es ist nun mal passiert, aber niemand, wirklich niemand, hat Schuld daran. Es war ein Unfall. Okay?"

Meine Augen wurden feucht. „Ich hätte für dich da sein sollen, Greta. Es tut mir leid."

„Jetzt hör aber auf", meinte sie erschrocken, „es ist doch nicht deine Aufgabe, mich rund um die Uhr zu betreuen. Es war meine eigene Schuld und niemand sonst kann etwas dafür."

„Gretchen, so etwas möchte ich nicht nochmal hören", sagte Linda, „selbst die Polizei hat gesagt, dass es sehr wahrscheinlich ein Unfall war. Nachdem Greta sich nicht erinnern kann und auf der Party niemand bei ihr war, als es passiert ist. Also macht euch bitte beide keine Gedanken mehr darüber, okay? Ihr könnt nichts dafür." Sie redete in diesem übertrieben verständnisvollen Tonfall, den sie ständig verwendete und bei dem ich gute Lust hatte, mir die Ohren zuzuhalten und ‚lalalalala' zu schreien. Ich sank mit hängenden Schultern zurück, die Plastiklehne drückte sich in meinen Rücken.

Ich hatte mir vorgenommen, so lange wie möglich bei Greta zu bleiben, aber an diesem Abend schaffte ich es nicht. Ständig suchte ich einen Vorwand, das Zimmer zu verlassen, ging auf die Toilette, kaufte mir eine Packung Chips am Automaten. Ich lehnte mich mit der Stirn an das kühle Glas und schloss die Augen. War ich feige? So feige, dass ich nicht einmal Greta die Wahrheit sagen konnte?

Was macht das schon für einen Unterschied. Sie würde mir sowieso nicht glauben, denn das würde ja bedeuten, schlecht über Philip und Scott denken zu müssen. Es würde bedeuten, dass man sie verarscht hatte. Und dass an dem Tag, an dem alles hätte besser werden sollen, das Schlimmste passiert war.

Ich verabschiedete mich bald, und während ich mit dem Bus durch die Stadt ratterte, schob ich den ganzen Freitagabend in die Tiefen meines Gedächtnisses. Ich wollte nichts mehr davon wissen, es machte mich krank. Warum gab es solche Menschen wie Mark und Scott? Wer ließ das zu? Und warum waren immer sie die Gewinner des Lebens? Das war so unfair.

Hör auf damit! Das hat doch keinen Sinn.

Ich schloss die Augen und lehnte meinen Kopf an die Scheibe. Die Abendsonne wärmte meine Haut und ich stellte mir vor, wie hell erleuchtet mein Gesicht sein musste. Ich fing an zu schwitzen, der Bus hatte keine Klimaanlage. Irgendwie hoffte ich, meine Haltestelle zu verpassen, ich hätte es als Zeichen gesehen, für immer so weiterzufahren. Aber das ging nicht. Die Sonne verschwand bald hinter den Häusern und der Bus würde auch nicht ewig fahren. Eine automatisierte Frauenstimme kündigte meine Haltestelle an und übertönte das Röhren des Motors und die Gespräche der Menschen.

Ich stieg aus, blieb auf dem Bürgersteig stehen und sah dem Bus hinterher. Was, wenn ich sitzen geblieben wäre? Wenn ich immer weitergefahren wäre, raus aus Frankfurt, bis über die Grenzen Deutschlands, dann vielleicht Europas? Warum nicht? Was hinderte mich? *Das weißt du doch. Erstens, morgen ist Schule. Zweitens, du bist noch nicht volljährig. Die Polizei würde dich*

suchen, und so weiter. Und drittens, es ist lächerlich. Denkst du,
all deine Probleme würden sich dann in Luft auflösen? Na, eines
schon, gab ich zurück. Ein blondes Problem mit den kältesten
Augen der Welt.

Als ich die Haustür aufschloss, ärgerte ich mich. Vor zehn
Minuten hatte ich noch die Chance gehabt, ich hätte einfach
nur *nichts* tun müssen, nur sitzen bleiben, und der Rest hätte
sich dann ergeben. Jetzt war es zu spät.

Meine Eltern redeten beim Abendessen über einen unverschäm-
ten Arbeitskollegen. Elias, mein jüngerer Bruder, aß reihenweise
Salamischeiben belegt mit Butter, bis es meiner Mutter auffiel
und sie ihn dazu überreden konnte, die Salamischeiben pur zu
essen – das sei viel gesünder. Als Nachtisch gab es für ihn dann
Salami mit Nutella.

Ich begnügte mich mit einem Käsebrot und verzog mich auf
mein Zimmer. Ich wünschte, ich wäre länger im Krankenhaus
geblieben. Ich vermisste Greta. Ich vermisste es, dass sie neben mir
im Klassenzimmer saß. Sie war die einzige, die mir zuhörte. Sie
und Jarrad, ein Fremder, den ich wohl nie wieder treffen würde.

Am nächsten Morgen holte ich den Rum aus der Vorratskammer
und packte ihn in meine Tasche. Nein, ich hatte nicht vor, mich
zu betrinken. Ich musste nur ein bisschen lockerer werden, genug,
um neue Freunde zu finden.

Es war ziemlich bescheuert, wenn man sozial so unbeholfen
war, dass man nicht mehr normal mit Menschen reden konnte.
Mit Greta konnte ich das und mit der Kassiererin im Supermarkt
klappte es ja auch, aber sobald ich die Schule betrat, legte sich in
meinem Kopf ein Schalter um. Ich konnte nichts dagegen tun.
Vielleicht, weil Mark den Schalter kontrollierte.

Der Alkohol allein würde natürlich nicht ausreichen. Ich
brauchte einen Vorwand. Ich konnte nicht einfach grundlos
Leute anquatschen. Aber ich konnte mit dem Rauchen anfangen.

Die Raucher standen immer gerade außerhalb des Schulgelän-
des, hinter dem Basketballplatz. Jeder, der rauchen wollte, war da,
egal ob Brillenträger oder langhaarig oder Punker. Niemand würde
es komisch finden, wenn ich dabeistand, solange ich rauchte.

Rauchen ist total uncool. Meine Mutter wieder. Hatte Elias und mir vor ein paar Jahren eine Moralpredigt gehalten. Der Auslöser war, glaube ich, ein Elternsprechabend.

Man muss nicht rauchen, um dazuzugehören. Wenn ihr nett seid und auf die Menschen zugeht, werden sie euch mögen.

Zum Totlachen. Nicht einmal Elias hatte ihr das damals abgekauft. Es gab einen Grund, warum er ab der sechsten Klasse angefangen hatte Markenklamotten zu tragen, Sneakers und Jeans, die ihm bis in die Kniekehlen rutschten. Nett sein reichte eben nicht.

Diesmal begann meine Pause wieder auf der Mädchentoilette. Ich holte die Rumflasche aus meiner Tasche, der Beweis dafür, wie erbärmlich mein Vorhaben war. Hätte ich diese Szene in einem Film gesehen, ich hätte mich fremdgeschämt. Und Mitleid gehabt.

Mein Magen drehte sich, als ich den Verschluss öffnete.

Was, wenn sie nein sagten? Ich hatte selbst keine Zigaretten dabei. Wenn sie mich ignorierten?

Dann kommst du eine Woche nicht aus dem Bett und heulst dich aus.

Aber das wird schon nicht passieren, oder? Ich hatte mir den perfekten, absolut lässigsten Satz gestern schon zurechtgelegt und vor dem Spiegel geübt. *Habt ihr 'ne Kippe für mich?*

Oder war Zigarette besser? Klang Kippe vielleicht zu aufgesetzt?

Langsam setzte ich die Flasche an meine Lippen und nahm ein paar Schlucke. Scharf und süßlich brannte der Rum in meiner Kehle. Die Bauchkrämpfe wurden schlimmer, aber das lag nicht am Alkohol. Mit dem war alles in Ordnung. Es war diese dumme Idee, die ich mir in den Kopf gesetzt hatte und gegen die sich mein Körper wehrte. Ich wollte keine weitere Zurückweisung. Ich hatte genug von schiefen Blicken und Geflüster hinter vorgehaltener Hand.

Aber wenn ich nichts tue, werde ich mein Leben lang allein bleiben. Die Vorstellung einer alten Frau, die ihr ganzes Leben in Einsamkeit und ohne Liebe verbracht hatte, erschien auf einmal erschreckend naheliegend. Zur Ablenkung trank ich einen weiteren großzügigen Schluck. Dazu war der Rum ja da. Er würde dafür sorgen, dass ich meine Chance nicht mit zittrigen

Fingern und einem hochroten Kopf verpatzte. Nur musste er dazu endlich wirken.

Nach ein paar weiteren kleinen Schlucken packte ich die Flasche weg und wischte mir mit dem Handrücken über den Mund. Dann schlenderte ich so cool wie möglich aus dem Schulgebäude, über den Pausenhof und vorbei am Basketballplatz. *Shit. Was zum Teufel tue ich hier?* Meine Gedanken gingen an die Decke. Ich hatte mir nur den ersten Satz überlegt, aber was, wenn mir danach nichts einfiel?

Von weitem versuchte ich die Gesichter der kleinen Gruppe zu lesen, versuchte herauszufinden, wer nett war und mit wem ich etwas gemeinsam haben könnte. Der Mut verließ mich, bevor ich bei ihnen stand. Grimmig, gelangweilt, gelangweilt, geradezu böse. Moment. Mein Blick flatterte zurück. Diese Kopfform war unverkennbar. Das musste Jarrads Freund sein, der sich auf die Suche nach Greta gemacht hatte.

Im ersten Moment wollte ich kehrt machen und weglaufen, weil der Typ mir total unheimlich war, aber ich zwang mich dazu weiterzugehen. Denn als nächstes kam mir, dass ich durch ihn vielleicht wieder Jarrad sehen würde. Das klang genauso traurig wie alles andere, was mir heute durch den Kopf gegangen war. Aber ich war so tief gesunken, da spielte das auch keine Rolle mehr.

„Habt ihr 'ne Ki–Zigarette für mich?" Hitze stieg mir ins Gesicht. Nicht einmal diesen einfachen Satz bekam ich hin.

Ein Rothaariger, mit einem Meer aus Sommersprossen im Gesicht, streckte mir wortlos seine Schachtel hin. Ich nahm mir eine der Zigaretten und das Feuerzeug und zündete sie an. Ich steckte das braune Ende zwischen die Lippen und zog daran, wie ich es hundertfach gesehen hatte, ohne dass mir der Gedanke gekommen war, einmal dasselbe zu tun. Der Rauch reizte meine Lunge und ich schloss den Mund, bevor mich ein Hustenanfall überkommen würde. Tränen schossen mir in die Augen.

Ich war überrascht, dass keiner meine Reaktion mitbekommen hatte. Sie redeten mit gedämpften Stimmen und zogen gemächlich an ihren weiß-braunen Stängeln. Ausatmen. Das war es, was ich vergessen hatte.

Aus dem Augenwinkel warf ich Faisal einen Blick zu. Er tat so, als hätte er mich nicht erkannt. Auch gut. Dann würde ich ihn eben auch nicht kennen.

Ich versuchte dem kargen Gespräch zu lauschen, aber das war echt anstrengend. Mein Kopf fühlte sich leicht an, mein Körper schwer und träge. Dunkel erinnerte ich mich daran, warum ich überhaupt angetrunken war, und beschloss, mir wenigstens ein bisschen Mühe zu geben, um die nüchterne Laya nicht ganz im Stich zu lassen.

„Hat hier jemand Alk?" Der Rothaarige schnüffelte in der Luft. „Riecht irgendwie so."

Das war mein Stichwort. „Ich hab Rum dabei. Wollt ihr was?" Ich packte die halbvolle Flasche aus und reichte sie in die Runde. Der Schnaps schien mir ein bisschen Anerkennung einzubringen.

„Is' wenigstens reines Zeug", meinte ein Junge mit schwarzen Dreads und schnippte eine Aschesäule zu Boden. Als ich genauer hinsah, entdeckte ich in seinen Haaren ein kleines Stück Käse und ein braunes Klümpchen, das wie ein Hundeleckerli aussah. „In den auf Macs letzter Party hat jemand reingepisst."

„So'n Arschloch."

Selbst in angetrunkenem Zustand fiel es mir schwer, an dem Gespräch teilzunehmen. Was war das denn für eine Antwort? Oder war ich schon zu betrunken, um einfache Zusammenhänge zu verstehen? Ich grübelte eine Weile, bis mir die Rumflasche wieder in die Hand gedrückt wurde. Sie war leer.

„Freitag steigt 'ne Party. Im Warehouse."

„Lohnt es sich, da hinzugehen?", fragte ich und versuchte gelassen zu klingen.

Die Jungs starrten mich alle verständnislos an. Der Typ mit den Dreads ließ sich schließlich zu einer Antwort herab. „Gibt Alk und Gras."

Ich interpretierte das als Ja.

„Cool", sagte ich. Ich hatte immerhin schon mehr zu diesem Gespräch beigetragen als die meisten. Viel besser hätte es vermutlich nicht laufen können.

Ich zog ein weiteres Mal an meiner Zigarette, um nicht unhöflich zu wirken, und trat sie mit dem Fuß aus.

Am Ende der Pause kannte ich außer Faisal keinen einzigen Namen, dafür die Lieblingszigarettenmarke des Rothaarigen und alle noch so verrückten Zutaten, die dieser ‚Mac‘ jemals in den Alkohol gegeben hatte, den er an seinen Partys ausschenkte. Ich war ihnen egal, das wusste ich. Aber wenigstens musste ich nicht allein sein.

Auf dem Weg durch das Klassenzimmer fühlte sich mein Gehirn leicht an, als würde es ein paar Zentimeter höher schweben und mich dabei beobachten, wie ich mit erhobenem Kinn an den Pulten von Jessica und Louise vorbeilief. *Scheiß auf Mark und die anderen.*

Aus dem Augenwinkel sah ich, wie Scott sich die Nase zuhielt und er und Adam in unterdrücktes Lachen ausbrachen. *Ignorier sie. Ist doch egal.*

Aber das ging nicht. Bevor ich an meinem Platz war, hörte ich Marks laute Stimme hinter mir: „Boah scheiße, stinkt die nach Alkohol.“

Frau Dietrich, die Deutschlehrerin, schaute auf, sonst immer ganz beschäftigt, wenn jemand aus der Klasse über Greta und mich gelästert hatte. „Laya, stimmt das? Du weißt, dass Alkohol auf dem Schulgelände verboten ist?“

Ich nickte nur und ging zu meinem Platz in der letzten Reihe.

„Fräulein, du schaust bitte zu mir, wenn ich mit dir rede!“

Mit erhitztem Gesicht drehte ich mich um. Ich sah sie einfach an, wie ein unterwürfiger Hund, der von seinem Herrchen einen Befehl erwartete. Wie man redete, hatte ich vergessen.

„Alkohol ist ein Schritt zu weit, haben wir uns verstanden?“ Sie schüttelte den Kopf. „Ausgerechnet du müsstest es doch besser wissen, nach dem, was Greta zugestoßen ist.“

Ich weiß nicht mehr, wie ich die Tränen für mich behalten konnte. Irgendwie schaffte ich es. In der Zwischenpause flüchtete ich auf die Toilette, aber ich wusste, wenn ich jetzt anfing zu weinen, würde ich nicht mehr aufhören. Und ich wollte nicht mit geröteten Augen zurück in den Unterricht. Als ich meine Hände wusch, tippte mir ein Mädchen mit fransigen schwarzen Haaren auf die Schulter. „Du hast da was.“ Ich griff mir an den Rücken, ertastete Papier und zog einen Zettel von meinem T-Shirt, den jemand mit Tesa festgeklebt hatte. *Kick me.*

„Oh." Meine Augen brannten. *Nicht weinen. Bloß nicht weinen.* Das Mädchen lächelte kurz, vielleicht mitleidig, und verschwand in einer Kabine. Ich ging zurück ins Klassenzimmer, stand die letzten Schulstunden durch und auch den Nachhauseweg.

Aber dann, irgendwann, wurde es zu viel und ich gab auf. Konnte nicht mehr stark sein. Ich heulte, presste mein Gesicht ins Kissen und ärgerte mich über mich selbst, weil ich zuließ, dass Mark mein Leben zerstörte. Weil ich zu feige zum Kontern war, schon immer zu feige gewesen war. Wie oft hatte er Greta Streberin genannt? Wie oft hatte Louise über ihre Kleidung gelacht? Und ich blieb stumm. Kam mir dumm und hilflos vor, wollte etwas sagen und tat es doch nicht.

Als meine Eltern nach Hause kamen, hatte ich mich wieder beruhigt. Ich wartete, bis meine Augen nicht mehr gerötet waren, dann gesellte ich mich zu ihnen in die Küche. Vielleicht würde es ja guttun, mit jemandem zu reden – wenn auch nicht über den heutigen Tag.

„Na Laya, wie war dein Tag?", fragte meine Mutter gut gelaunt und ich unterdrückte ein verzweifeltes Aufheulen. Ausgerechnet heute interessierte sie sich dafür?

„Ganz gut", log ich, „und deiner?"

„Sehr interessant, ich habe mich heute mit einem Kollegen aus dem koreanischen Vertrieb unterhalten, das war wirklich spannend. Irgendwie riecht es hier nach Alkohol, kann das sein? Und Zigaretten, bah." Sie rümpfte die Nase und ihr Blick fiel auf mich. „Du hast doch nicht etwa geraucht?"

Ich hätte am liebsten mein Gesicht in den Händen vergraben und laut aufgestöhnt. Warum? Warum wollte man mich für diesen kläglichen Versuch, Freunde finden zu wollen, mit allen erdenklichen Mitteln bestrafen?

„Nein, aber eine Freundin von mir raucht", behauptete ich, selbst ein bisschen überrascht, wie leicht mir diese Lüge von der Zunge glitt. Andererseits erfand ich schon seit der siebten Klasse Freunde. Meine Eltern wussten nichts von Mark, nichts von meiner Unbeliebtheit oder dass Greta meine einzige Freundin war. Ich hatte für sie ein sorgfältiges Lügenkonstrukt errichtet und aufgrund ihres mangelnden Interesses an meinem Leben hatte es bisher wunderbar funktioniert.

Wie so oft in letzter Zeit, quälte mich das Gefühl, von der Welt verlassen worden zu sein. An diesem Abend telefonierte ich mit Greta, aber ich traute mich nicht, ihr von den Rauchern zu erzählen. Greta hatte sich oft gewünscht, mehr dazuzugehören. Während ich so getan hatte, als kümmerte mich das alles nicht im Mindesten, hatte sie den kichernden Mädchengruppen sehnsüchtige Blicke zugeworfen. Und nun tat ich das, was ich all die Jahre bei ihr verurteilt hatte. Ich tat Dinge, die ich selbst nicht wollte, sagte Dinge, die mir fremd waren. Ich war ein Mitläufer und es war mir ziemlich peinlich. Also schlüpfte ich wieder in meine alte Rolle, erzählte ihr von Marks Boshaftigkeit, so wie sie es von mir gewohnt war. Redete ein bisschen über den Schulstoff, weil sie danach fragte. Und irgendwie fühlte ich mich besser, nach dem Telefonat. Auch wenn eine Stimme in meinem Hinterkopf *Feigling* flüsterte und ich wusste, dass morgen alles von Neuem beginnen würde.

3

Die letzte Woche hatte ich meistens nur zugehört und Alkohol verteilt. Niemand stellte mir Fragen, vermutlich kannten sie nicht einmal meinen Namen. Aber ich hatte eine indirekte Partyeinladung und musste die Pausen nicht allein verbringen – ich schätze, damit sollte ich erstmal zufrieden sein.

Erst jetzt fiel mir auf, dass auch Faisal, seitdem ich dabei war, kein Wort gesagt hatte. Also hatte auch ihn niemand angesprochen. Und jetzt, wo ich so darüber nachdachte – keiner schien sich wirklich für den anderen zu interessieren. Die Gemeinsamkeit war das Rauchen.

Seufzend legte ich mir eine Kette um den Hals und betrachtete mich im Spiegel. Versuchte mir vorzustellen, was ein anderer bei mir sehen würde. Die grünen Augen fielen auf, die hatte ich von meiner Mutter. Aber ihre flammend roten Haare hatte sie mir nicht vererbt, stattdessen umrahmte ein strähniges Blond mein Gesicht. Eigentlich sah ich nicht übel aus. Jedenfalls nicht so, dass man sich über mich lustig machen oder mir Blicke voller Abscheu zuwerfen musste. Zweifelnd biss ich mir auf die Unterlippe. Was, wenn ich ein völlig falsches Bild von mir hatte?

Der Typ mit den Dreads hatte mir und dem Rothaarigen (wir waren beide minderjährig) angeboten, uns reinzuschmuggeln. Er kannte den Türsteher und das wär' easy. Es war nett von ihm, mich mit dem Auto mitzunehmen. Meinen Namen kannte er deswegen noch lange nicht und für mich hieß er ab jetzt einfach Dreads.

Ich sollte am Hauptfriedhof auf sie warten und als ich dort auf einer Bank saß, die Beine übereinandergeschlagen und nervös mit einem Fuß wippend, musste ich lächeln. Es war der erste Abend, an dem ich wegging und Elias zur Abwechslung allein zu Hause blieb. Er hatte sich aufs Sofa gelümmelt, mit einer Packung Chips auf dem Bauch, die Augen auf den Fernseher fixiert. Meine Eltern waren bei Freunden. Ich hatte meine neuen Sandaletten angezogen, die seit ihrem Kauf unbenutzt im Schrank lagen. Und ich hatte fast zwei Stunden im Bad verbracht.

Als dann auch noch ein Auto direkt vor mir hielt und ich Dreads auf dem Fahrersitz erkannte, bekam ich richtig gute Laune.

Ehrlich gesagt hatte ich bis jetzt daran gezweifelt, dass er auftauchen würde.

Ich setzte mich auf die Rückbank und Dreads brauste ohne ein Wort der Begrüßung los. Neben ihm auf dem Beifahrersitz hatte Sommersprosse, der Rothaarige, seine Beine aufs Armaturenbrett gelegt. Die Scheiben waren vom Dunst beschlagen, die rauchige Luft reizte meine Augen, aber keiner der beiden hielt es für nötig, ein Fenster zu öffnen. Sommersprosse streckte mir eine Bong entgegen und ich nahm sie, eher aus Reflex. Zum Glück drehte er sich wieder nach vorne, ich tat so, als würde ich daran ziehen, und reichte die Bong kurz darauf zurück. Dann drehte Dreads die Musik auf und mir platzte fast das Trommelfell.

Ein tiefer, wummernder Bass mischte sich zur Elektromusik, und als ich einen Blick aus dem Fenster warf, entdeckte ich das Warehouse: Eine alte Fabrikhalle aus Backstein und Wellblech, mit einem Turm aus Autoreifen neben dem Eingang. Kleine Grüppchen tummelten sich auf dem Parkplatz, auf unserer Suche nach einer freien Lücke trat Dreads immer wieder hart in die Bremse. Sommersprosse fing an zu fluchen und mir wurde langsam schlecht. Ich war froh, endlich auszusteigen und die frische Nachtluft einzuatmen.

Wir folgten drei Jungs mit Skinny-Jeans und schwarzgefärbten Haaren zum Eingang, den Geruch von Gras und Tabak in der Nase. Grünes und violettes Licht flackerte durch die zerbrochenen Fensterscheiben. Am Eingang schenkte Dreads dem Türsteher eine Packung Zigaretten, sie tauschten ein paar freundschaftliche Worte aus und dann waren wir drin.

Eine schwarze Masse bewegte sich vor uns im Rhythmus der Musik, wie Wellen nachts auf offenem Meer. Überwältigt von dem Anblick blieb ich stehen und hätte Dreads und Sommersprosse fast aus den Augen verloren. Schnell holte ich zu ihnen auf. Sie fläzten sich auf ein Sofa am Rand der Fabrikhalle, der Bezug voller Flecken, die sich im dämmrigen Licht dunkel abzeichneten. Dreads nahm ein kleines durchsichtiges Tütchen aus seiner Jackentasche und grinste. Ich hatte ihn noch nie so grinsen sehen. Er kippte weißes Pulver auf seinen Handrücken und zog sich das Zeug durch die Nase. Danach war Sommersprosse dran. In der Vorahnung, dass ich als nächstes kommen würde, schüttete ich mir als Geste imaginäres Trinken in den Mund und verschwand so schnell wie möglich.

Rauchen war schon schlimm genug. Ich hatte keine Lust, mein restliches Leben davon abhängig zu sein. Alle zwei Stunden aufspringen zu müssen, egal, ob es kalt war, ob man gerade im Zug saß oder im Kino einen Film schaute. Aber Drogen waren nochmal eine Spur heftiger.

Die Bar war mitten auf der Tanzfläche, und bis ich es geschafft hatte, mich durch die Menge zu drängen, waren meine Arme voller Bier und fremdem Schweiß. Bier und Shots, mehr Auswahl gab es nicht.

Erst mal langsam angehen, dachte ich und bestellte ein Bier. Ich musste es bestimmt fünf Mal brüllen, bevor ich von einem Barkeeper gehört wurde.

Mit meinem Getränk in der Hand bahnte ich mir einen Weg an den Rand der Halle, wo es etwas ruhiger war. Ich entdeckte das verseuchte Sofa, aber es war leer.

Ratlos steuerte ich einen Stapel Paletten an und ließ mich darauf nieder. Mit dem vollen Becher war es sowieso schwierig, durch die Menge zu laufen. Ich würde erst austrinken und mich dann auf die Suche nach den Rauchern machen.

Das Bier war abgestanden, bevor ich den Becher geleert hatte. Ich brachte ihn zurück zur Bar und drehte eine kurze Runde durch die Halle. Keine Spur von Dreads oder Sommersprosse. Mein Weg endete wieder an der Bar, diesmal bestellte ich ein Bier und einen Shot. Ohne Pegel war das hier kaum auszuhalten.

Ungeduldig wartete ich auf meine Bestellung und dachte sehnsüchtig an unsere Terrasse, wo ich jetzt auf einem Liegestuhl sitzen, in den Sternenhimmel blicken und einen Erdbeersmoothie trinken könnte. Stattdessen dröhnte ich mir die Ohren zu und das wahrscheinlich auch noch für nichts.

Sobald der Barkeeper mir die Getränke gereicht hatte, drehte ich um und machte mich auf den Weg zurück zu dem mir vertrauten Stapel Paletten. Der Boden war mittlerweile voll mit leeren Plastikbechern, Pfützen, deren Inhalt ich gar nicht so genau kennen wollte, und aufgeweichten Zigarettenstummeln. Die Luft war dunstig, vollgesogen mit Rauch und der Wärme hunderter Menschen, und meine Kleidung begann, die Feuchtigkeit und den Gestank der Umgebung aufzunehmen. Ich konzentrierte mich auf meine zwei Becher, beide fast bis zum Rand gefüllt. Ich hatte Glück – der Palettenstapel war immer noch frei. Als ich dort lehnte, an meinem Bier nippend, entdeckte ich ein bekanntes Gesicht am Rand der Halle. Jarrad. Mein Herz klopfte heftig und etwas wie Freude oder Adrenalin strömte durch meinen Körper. Sollte ich auf ihn zugehen? Nein. Nein, das traute ich mich nicht.

Sofort ärgerte ich mich über diesen Gedanken. Ich *traute* mich nicht? Wie bescheuert war das denn?

Geh hin! Sprich ihn an.

Und was zur Hölle soll ich sagen?

Du bedankst dich für seine Hilfe letzten Freitag.

Dieser Einfall war genial. Keine Ahnung, wem ich dafür zu danken hatte, aber er war genial.

Ich umklammerte meine beiden Becher etwas fester und ging auf Jarrad zu, ohne ihn aus den Augen zu lassen. Er redete mit zwei Männern, aber ich beachtete sie kaum.

Dann stand ich neben ihnen. Mein „Hey" ging in der lauten Musik unter, aber Jarrad bemerkte mich, zunächst nur mit einem flüchtigen Blick – dann sah er ein zweites Mal zu mir und in seinem Gesicht veränderte sich etwas. Sein Kiefer spannte sich an, seine Augenbrauen zogen sich zusammen. Mein Mut verließ mich. Ich hatte keine Freudensprünge erwartet – aber musste er seine Ablehnung so unverhohlen zeigen? Jarrads Gesprächspartner, zwei Mittdreißiger, der eine mit Glatze, der andere stark gebräunt und zwei Köpfe größer als ich, starrten mich an. Jarrad schob mich an der Schulter weg von den beiden.

„Was machst du hier?"

Ich öffnete den Mund, aber heraus kam nur sinnloses Gestotter. „Ich wollte …"

„Du solltest nicht hier sein. Fahr nach Hause."

Die Worte fühlten sich an wie ein kräftiger Schlag in die Magengrube. Ich presste die Lippen aufeinander, sah ein letztes Mal in sein verschlossenes Gesicht – dann drehte ich mich um und lief weg. Halbnackte Körper drängten sich mir in den Weg, Bier spritzte auf meine Kleidung, meine Zehen wurden nass, als ich in eine Pfütze trat. Es war mir egal. Meine Kehle schnürte sich zu und ich spürte ein Brennen in den Augen. Meine Füße trugen mich ins Freie, während Tränen auf meiner Wange kitzelten. Ich rannte weiter und weiter, bis ich keine Luft mehr bekam.

Dann ließ ich mich auf den Boden fallen. Kantige Steine und spitze Gräser kratzten an meinen Beinen, aber das war alles unbedeutend. Mark, die Raucher, meine Eltern – was spielte das noch für eine Rolle.

Wieso tust du das, Jarrad? Ich verstand es nicht. Ich zog die Beine eng an meinen Körper und schlang die Arme um meine Knie.

Durch einen verwaschenen Tränenschleier starrte ich ins Nichts und langsam fing ich an, es zu begreifen. Und ich kam mir dumm vor. Seine netten Worte, die Suche nach Greta und die anschließende Fahrt zum Krankenhaus, für ihn nichts weiter als eine Pflicht, die Pflicht, dem armen Mädchen zu helfen, das sich selbst nicht helfen konnte. Wir waren nicht beide ungefähr im selben Alter, ich war ein Kind und er der Erwachsene. Wie hatte ich das nicht sehen können.

„Ooch, sei doch nicht so traurig, Kleine."

Ich schreckte auf und wischte mir hastig über die Augen. Ein Mann verdeckte die Lichter des Warehouse, eine schwarze Silhouette, die ihren Schatten auf mich warf.

Er kam näher und mit jedem Schritt knirschten die Steine unter seinen Schuhen. Es waren Stiefel, ähnlich der, die Faisal getragen hatte, schwarz und geschnürt. Aber das hier war anders, das hier war keine Hausparty, kein Garten in einer friedlichen Wohnsiedlung. Ein seichter Wind brachte die Gräser zum Flüstern und plötzlich war ich hellwach, mein Körper in Bereitschaftshaltung. *Gefahr!*, schrie alles in mir. Ich rutschte zurück, ignorierte die spitzen Steine, die sich in meinen Hintern bohrten, ließ den Mann nicht aus den Augen, gesichtslos in der Dunkelheit.

„Kein Grund, Angst vor mir zu haben", säuselte er in lockendem Singsang, der mich an das Zischen von Schlangen erinnerte, „ich weiß doch, was du brauchst."

Ich versuchte meine Chancen auszurechnen, das Warehouse zu erreichen, bevor er mich einholte, aber dann, würde es dort überhaupt jemanden interessieren?

„Wehe du kommst näher", drohte ich und meine Stimme versiegte in einem Piepsen. Die beiden Becher hielt ich fest umschlossen, bereit, ihm jeden Moment den Alkohol in die Augen zu werfen. Ein widerliches Lachen kam aus seinem Mund, das mir einen Schauder über den Rücken jagte. Der Geschmack von Magensäure und altem Bier stieg in mir auf.

„Ich habe Freunde", log ich, „die werden gleich wieder da sein." In einem Anflug von Panik dämmerte mir, dass der Alkohol nach meiner holprigen Flucht vermutlich längst verschüttet worden war. Ich hatte keinen anderen Plan, ich hatte nichts, und ich war völlig allein.

„Du hast keine Freunde", sagte er herablassend, „ich hab dich beobachtet. Niemand wird dich vermissen."

„Da warst du wohl nicht sehr aufmerksam", knurrte plötzlich eine zweite Stimme, tiefer und wütender, „los, verpiss dich."

Ich stockte. Das durfte doch nicht wahr sein.

Der Mann wandte sich von mir ab und sah mit einem Lächeln nach, wer ihn unterbrochen hatte.

Dann begann er leise zu lachen. „Du?", fragte er höhnisch.

Jarrads Gesicht lag im Schatten, aber ich spürte, wie er sich anspannte.

„Verschwinde", sagte er leise, aber der Fremde schien seine gute Laune nicht so einfach aufgeben zu wollen.

„Was willst du denn machen, Kleiner?"

Es passierte so schnell, dass ich die Bewegung von Jarrads Hand gar nicht sah. Ich hörte nur ein Stöhnen und der Typ taumelte zwei Schritte nach hinten, direkt auf mich zu. Ich rutschte zurück.

„Is' das deine kleine Schlampe oder was?" Der Fremde keuchte, aber sein Tonfall klang belustigt. „Ey, kriegst du nix Besseres? So besonders is' sie nich', kann ich dir sagen, sobald ich —" Er schrie auf, als ihn ein weiterer Schlag mitten ins Gesicht traf.

„Fick dich." Er spuckte auf den Boden und trat zurück, sein rechter Zeigefinger zeigte drohend auf Jarrad. „Ich schwör, ich mach dich fertig." Er sah auf mich herab und lächelte, seine Augen zwei schwarzglänzende Käfer in dunklen Höhlen. Dann verschwand er.

Jarrad atmete schwer. Die Hände hatte er immer noch zu Fäusten geballt, sein Blick folgte dem Fremden in die Dunkelheit. Dann machte er ein paar schwerfällige Schritte auf mich zu und blieb vor mir stehen.

„Alles okay?" Seine Stimme klang angeschlagen.

„Ja", murmelte ich und rappelte mich auf. Die beiden Plastik-becher lagen umgekippt auf dem Boden.

Jarrad vergrub die Hände in den Hosentaschen und nickte zum Warehouse.

Wortlos machten wir uns auf den Weg zurück. Ich spürte, wie er mich hin und wieder von der Seite ansah, aber ich hatte keine Kraft zu reden. Ich stand immer noch unter Schock und gleich-zeitig versuchte ich zu verstehen, warum Jarrad mir in einem Moment half und mich im nächsten anschnauzte.

Plötzlich blieb er stehen und hielt mich am Arm fest.

„Du hast ja geweint."

Ich drehte mein Gesicht weg. *Bitte, frag nicht warum.*

„Laya, sieh mich an." Warum war seine Stimme wieder so ruhig? Und er erinnerte sich an meinen Namen ...

Ich gab nach. Aber ihm in die Augen zu schauen, schaffte ich nicht. Mein Blick blieb an der Naht seines T-Shirts hängen.

„Es tut mir leid."

Misstrauisch blinzelte ich ihn an.

„Auf diesen Partys laufen 'ne Menge verrückter Gestalten rum. Das ist nicht ganz ohne, vor allem wenn man allein ist und noch dazu ein junges Mädchen. Ich wollte bloß, dass du die Party verlässt."

Ich wandte mich ab und wischte mir mit dem Handrücken über die Augen. „Okay."

Für einen Moment standen wir uns schweigend gegenüber. Dann legte er mir eine Hand auf die Schulter und beugte sich näher, um meinen Blick einzufangen. „Ich hätte mich anders aus-drücken sollen, tut mir leid. Ich hab dich ziemlich verärgert, oder?"

„Hmpf", machte ich nur, was ihn zum Lächeln brachte.

„Versprich mir, dass du dich nie wieder von so einem Idioten runterziehen lässt, der meint, er müsse dich belehren oder dir etwas vorschreiben, okay?"

Ich lachte erstickt. „Ich versuch's."

„Möchtest du zurück zur Party?"

„Ich – ich weiß nicht, ich sollte glaub ich erst nach einem Spiegel suchen."

Er lachte leise. „Du hast tatsächlich gewisse Ähnlichkeiten mit einem Panda."

„Was, ehrlich? Oh nein." Ich seufzte niedergeschlagen.

„Ach, ist doch halb so wild. Ich weiß, wo wir einen Spiegel finden."

„Auf der Frauentoilette?", meinte ich sarkastisch.

„Oh, ich wäre mir nicht so sicher, dass es hier eine Frauentoilette gibt. Aber im oberen Stockwerk wohnt ein Bekannter von mir, der tatsächlich einen Spiegel besitzt. Komm, ich zeig ihn dir."

Jarrad lächelte aufmunternd und seine Augen glühten dabei leicht.

Ich folgte ihm zurück zum Warehouse und zu einer Gittertreppe, die neben dem Eingang an der Außenwand nach oben führte. Eine einzelne Laterne warf ihr spärliches Licht auf die untersten Stufen. Oben angekommen, versperrte uns eine schwere Eisentür den Zugang. Jarrad stemmte sich mit seiner Schulter dagegen, bis sie sich unter lautem Ächzen bewegte.

Die Musik ließ das Stahlgitter unter unseren Füßen erbeben. Wir standen auf einer Galerie; zu unserer linken Seite der Blick auf die Köpfe der Partygäste, an der gegenüberliegenden Wand eine Reihe geschlossener Türen. Jarrad ging zielstrebig auf eine davon zu und stieß sie wieder mit der Schulter auf.

Ich knipste das Licht an. Holzkisten und Styropor türmten sich reihum auf, in der Mitte lagen ein Schlafsack, ein Haufen Kleider und zwei eingedrückte Bierdosen. Ein winziges Waschbecken mit einem verschmutzten Spiegel zwängte sich in die Ecke hinter der Tür.

Ich war wirklich kein besonders schöner Anblick. Meine Augen waren verquollen und von zwei verlaufenen Ringen aus Wimperntusche und Eyeliner umrahmt. Mit Wasser versuchte ich das verschmierte Make-up wegzuwischen, aber das Reiben reizte meine Haut und rötete sie. Zwei Stunden im Bad für nichts. Ich hätte genauso gut ungeschminkt im Schlafanzug herkommen können.

Sobald ich fertig war, setzte ich mich zögerlich auf eine Holzkiste. Jarrad drehte den Wasserhahn auf und ließ das Wasser über seine Hände laufen. Sein Brustkorb unter dem blauen T-Shirt hob und senkte sich, seine Haare hingen ihm verschwitzt in die Stirn.

Dann bemerkte ich, dass er mich durch das trübe Glas des Spiegels ebenfalls beobachtete und schaute schnell zur Seite. Er stellte das Wasser ab und es wurde still, bis auf das leise Wummern der Musik. Der Reihe nach öffnete Jarrad einige Holzkisten und brachte kurz darauf eine Dose Bier zutage. Er setzte sich mir gegenüber auf eine Kiste und öffnete die Dose mit einem Zischen.

„Woher wusstest du das?", fragte ich überrascht.

„Mein lieber Bekannter würde nie ohne ein bisschen Alkohol in Reichweite schlafen. Bei Gelegenheit füll ich seinen Vorrat wieder auf. Möchtest du?"

Ich hatte eigentlich genug Alkohol für meinen Geschmack gehabt, aber ich trank ihm zuliebe ein paar kleine Schlucke und reichte ihm die Dose zurück.

„Wie geht's dir?" Er stellte die Bierdose, ohne zu trinken, auf den Boden.

„Ähm", ich zuckte verunsichert mit den Schultern, „ganz okay?"

Er lächelte schwach und sagte nichts.

„Und wie geht es dir?", fragte ich schüchtern zurück.

Einen Moment lang sah er mich überrascht an. „Ich weiß nicht. Gut, schätze ich. Wieso sollte es anders sein?"

Ich musste lächeln, als ich merkte, dass er genauso unbeholfen mit der Frage umging wie ich.

„Du kennst ihn. Oder? Diesen Mann."

Sein Gesicht verfinsterte sich. „Kennen würde ich es nicht nennen, aber ich bin ihm bereits begegnet."

„Denkst du, er würde mich wiedererkennen? Und es vielleicht noch einmal versuchen?"

Jarrad zögerte. „Ich kann mir nicht vorstellen, dass er das riskiert."

„Wieso riskiert?"

„Weil er es dann mit mir zu tun kriegt." Seine schwarzen Augen musterten mich mit solcher Eindringlichkeit, dass ich ihm glauben wollte.

„Ist wirklich alles okay?", hakte er nach, „du brauchst keine Angst vor ihm zu haben, das versprech' ich."

„Ja, ich denke schon."

„Und deine Freundin?", fragte er leise.

Ich schluckte. „Sie ist gelähmt." Der Gedanke an Gretas Zustand trübte meine Stimmung. „Man weiß noch nicht, ob sie irgendwann wieder laufen kann."

„Das tut mir leid." Er klang bedrückt.

„Sie geht damit ganz gut um. Sie ist immer fröhlich und gut gelaunt, zuversichtlicher als ihre eigenen Eltern."

„Das ist bewundernswert."

Ich lächelte schwach. „Ja. Das konnte ihr niemand wegnehmen. Egal, wie sehr Mark und die anderen es auch versucht haben."

„Kann sie sich an den Unfall erinnern?"

„Nein, bisher noch nicht." *Und vielleicht ist das ja auch gut so.* Eine Lähmung würde Greta nicht aus der Bahn werfen. Aber was auch immer in dieser Nacht vorgefallen war, war möglicherweise zu viel.

„Kennt ihr euch schon lange?"

Ich nickte. „Seit dem Kindergarten. Wir waren immer in derselben Klasse. Ich glaub nicht, dass ich das ohne sie durchgestanden hätte. Sie hat sich die Worte immer mehr zu Herzen genommen als ich, aber dann wiederrum hat sie nie die Hoffnung verloren. Oder ihr gutes Herz. Nur versteckt. Ich meine, es ist komisch. Sie wirkt so schwach und verletzlich und sie hat sich kein einziges Mal gewehrt. Aber innerlich ist sie echt stark."

Ich hörte auf zu reden und lächelte verlegen; Jarrad hatte mich die ganze Zeit über angesehen, ohne auch nur ein Mal den Blick abzuwenden. Er hatte sich nach vorn gebeugt und die Ellbogen auf den Knien abgestützt. Jetzt erwiderte er mein Lächeln, griff nach der Bierdose und richtete sich auf.

„Hast du Hunger?"

„Hunger? Es ist doch mitten in der Nacht", sagte ich überrascht. Ich legte den Kopf schief. „Hmm, warum eigentlich nicht." Ich hatte nichts zu Abend gegessen und durch den Alkohol Appetit bekommen.

„Ich kenne einen Imbiss, der für uns um jede Uhrzeit aufmachen würde."

Wir standen auf und ich warf einen letzten Blick in den Spiegel, nur um festzustellen, dass mein Aussehen ein hoffnungsloser Fall war.

„Schau nicht so kritisch", meinte Jarrad. Wieder beobachtete er mich durch den Spiegel, ein belustigter Ausdruck auf dem Gesicht. „Du siehst gut aus, vertrau mir."

Ich wandte mich verlegen ab und öffnete die Zimmertür. Die Musik schwallte unerträglich laut in den Raum und ich musste dem Impuls widerstehen, mir die Ohren zuzuhalten. Am Ende der Galerie stritten eine Frau und ein junger Mann, beide betrunken.

Wir verließen die Fabrik über den Hinterausgang und liefen schweigend über Schotter, bis wir die nächste Straße erreichten. Ein warmer Wind brachte die Gräser zum Rascheln. Der Bass wummerte gedämpft in der Ferne, aber die Stille um uns herum war aufdringlicher.

„Wie läuft's in der Schule? Kommst du zurecht?"

Das Wort ‚Schule' versetzte mir einen kleinen Stich in der Bauchgegend. Ich zuckte mit den Schultern und murmelte etwas Unbestimmtes.

„Du redest nicht gern darüber, hm."

Ich errötete. Um ehrlich zu sein, war es mir peinlich. Er hatte mich in einem meiner schwächsten Momente erlebt, strampelnd in einem Pool, in dem man stehen konnte, während die anderen über mich gelacht hatten. Es wäre mir lieber gewesen, er hätte mich in einer coolen Situation kennengelernt, lachend und fröhlich, und nicht als die, über die gelacht wurde.

„Schon okay." Er lächelte leicht.

„Und du?", fragte ich, um von mir abzulenken, „gehst du noch zur Schule?"

„Nein. Das hab ich zum Glück hinter mir."

„Zum Glück?"

„Hmhm. Ich hatte auch 'ne ziemlich beschissene Schulzeit."

Erstaunt sah ich zu ihm. „Das hätte ich bei dir gar nicht erwartet."

„Nein? Was hättest du denn erwartet?"

„Ich weiß nicht. Dass du beliebt warst. Oder dass du dich gegen sowas wehren würdest."

Er lachte. „Gut zu wissen. Mittlerweile ja, aber das hab ich mir hart erarbeiten müssen. Früher sah das noch anders aus."

„Und wie hast du es dir erarbeitet?"

Er zögerte. „Nicht auf die richtige Weise, fürchte ich."

„Schade, ich hatte gehofft, dass du ein paar nützliche Tipps für mich hast. Die könnte ich nämlich echt gebrauchen."

„Hmm. Vielleicht, wenn du mir ein bisschen mehr darüber erzählst."

Ich zuckte verlegen mit den Schultern. „Was möchtest du denn wissen?"

„Was hat es mit diesem Mark auf sich?" In seinen Augen blitzte Interesse.

„Ich dachte, das hätten wir letztes Mal schon geklärt."

Er lachte, trank aus der Bierdose und bot sie mir an. „Okay, er ist ein Arschloch. So viel hatte ich verstanden. Und weiter?"

Ich ließ mir mit der Antwort Zeit, kickte einen Kieselstein vor mir her und beobachtete, wie er über den Bürgersteig hüpfte. „Das geht schon ziemlich lange so. In der siebten Klasse waren Greta und ich neu und – ich weiß auch nicht. Wir waren wohl beide zu schüchtern, um auf die anderen zuzugehen." Ich zuckte mit den Schultern und spürte, wie sich meine Wangen erhitzten. „Mark und ein paar andere haben ziemlich schnell gemerkt, dass sie bei uns ihre blöden Kommentare ablassen können, ohne dass wir uns wehren. Und als klar wurde, wie gut Greta in der Schule ist, haben sie nicht mehr aufgehört. Sie hat die anderen zwar öfter abschreiben lassen, aber das hat es auch nicht besser gemacht. Wir waren immer gut genug, wenn es um Hausaufgaben ging, aber bei allem anderen haben sie uns ignoriert oder sich lustig gemacht. Vielleicht hätten wir ihnen von Anfang an die Stirn bieten müssen, keine Ahnung. Vielleicht wäre es auch nur ein weiterer Grund gewesen, uns nicht zu mögen." Ich hatte für meine Verhältnisse bereits viel zu viel geredet und verstummte.

„Wenn Menschen etwas finden wollen, womit sie andere fertigmachen können, finden sie es auch. Man kann alles richtig machen, die richtigen Klamotten tragen und das neueste Smartphone haben, schlecht oder gut in der Schule sein, je nachdem was gerade beliebt ist, und trotzdem gemobbt werden."

„Das ist schade", sagte ich leise.

„Ja, das stimmt."

Ich seufzte mutlos. „Wie hast du das durchgestanden? Die Schule, und all das."

Eine Weile liefen wir schweigend nebeneinander. Ich betrachtete Jarrad von der Seite, versuchte sein Gesicht zu deuten, die Falte zwischen seinen Brauen, der versunkene Blick. Die Stoppeln am Kinn waren letzte Woche noch nicht dagewesen, aber sie standen ihm, ließen ihn nur etwas älter aussehen.

„Keine Ahnung", sagte er dann, „wahrscheinlich hat es mich immer noch nicht losgelassen. Ich bilde mir ein, dass ich da mittlerweile drüberstehe, aber ehrlich –" Er brach ab. Ich sah, dass er, genau wie ich vorhin, einen Stein vor sich her kickte.

„Die Wahrheit ist, dass die Zeit einfach vergeht." Seine Stimme war sanfter geworden. „Es kommt einem nicht so vor, wenn man mittendrin steckt, aber irgendwann ist alles vorbei. Auch die Schule. Und danach muss man schauen, wie man zurechtkommt."

„Sehr ermutigend." Ich versuchte es mit Ironie, aber seine Worte beschäftigten mich mehr, als ich zugeben wollte.

„Tut mir leid. Natürlich kannst du auch diesen Sozialpädagogen glauben, wenn dir das lieber ist. Morgens steigst du in deine unsichtbare Blase und machst den Reißverschluss zu."

Ich runzelte ungläubig die Stirn. „Hast du dir das ausgedacht?"

Er konnte sich ein Grinsen nicht verkneifen. „So kreativ bin ich nicht. Aber du weißt selbst, wie es ist. Ich brauche dir nichts vorzumachen."

Ich zuckte mit den Schultern. „Ich dachte, du kennst vielleicht jemanden mit der Befugnis, Mark von der Schule zu kicken. Das hätte es leichter gemacht."

Er lachte und warf mir einen neugierigen Blick zu. „So eine bist du also. Du würdest den armen Mark einfach suspendieren."

„Ohne mit der Wimper zu zucken."

Wir grinsten uns an, eine Pause entstand, und ich merkte, dass nur meine Schritte hörbar waren. Jarrad bewegte sich hingegen völlig lautlos.

„Laya, vielleicht solltest du die Schule wechseln." Seine Worte klangen zurückhaltend und doch durchschnitten sie die Nacht wie eine scharfe Klinge.

Ich schluckte. „Das kann ich nicht."

„Wieso?"

„Meine Eltern wissen nichts davon. Sie würden nicht verstehen, wenn ich plötzlich auf eine andere Schule wollte."

„Sie wissen nichts von Mark?" Seine Stimme klang gefährlich ruhig.

„Nein."

Er verzog missbilligend den Mund. „Sollten nicht die Eltern dafür sorgen, dass es ihrem Kind gut geht? Und stattdessen bekommen sie eine heile Welt vorgegaukelt, während du leidest."

„Sie können ja nichts dafür", verteidigte ich sie.

„Es muss doch einen Grund geben, warum du sie anlügst." Seine Worte kamen gepresst heraus. Ich schwieg, aber Jarrad schien sich nicht beruhigen zu können.

„Es geht hier nicht darum, dass du heimlich Süßigkeiten isst oder sowas, okay? Es geht um dein Leben und das ist verdammt nochmal wichtiger als die Meinung deiner Eltern. Wenn sie ein Problem damit haben, sollten sie sich wohl langsam mit dem Gedanken anfreunden, dass die Welt nicht perfekt ist –"

„Ich hab's versucht, okay?", unterbrach ich ihn, „aber ich kann das nicht mehr, ich ertrage ihre Blicke nicht mehr und diese Sprüche, dass ich offener und netter sein muss –"

„Dann haben sie so ziemlich alles falsch gemacht, was man falsch machen kann!", platzte er dazwischen. Seine Stimme zitterte vor Wut.

Ich blinzelte erschrocken. Mir fehlten die Worte.

Er atmete tief durch. „Tut mir leid. Das zwischen dir und deinen Eltern geht mich nichts an", sagte er steif und beschleunigte seine Schritte.

Ich beeilte mich, zu ihm aufzuholen. „Weißt du, ich habe es wirklich versucht. Mit ihnen zu reden. Aber das hat es für mich nur schlimmer gemacht. Sie haben mir kein Wort geglaubt, es hieß immer nur, ich soll mehr auf die anderen zugehen, netter sein. Sobald ich ein schlechtes Wort über sie verloren hab, war ich in ihren Augen arrogant. Ich konnte es nicht mehr."

Er nickte betroffen. „Okay. Ich wünschte nur, dass du das nicht durchmachen müsstest. Nicht allein."

„So lang ist es ja nicht mehr", sagte ich, obwohl es sich für mich wie eine Ewigkeit anfühlte. „Jetzt dieser Monat und dann noch ein Jahr." Ein Jahr, in dem viel passieren konnte.

Jarrad blieb vor einem dunklen Hauseingang stehen.

„Wir sind da", sagte er zögerlich.

„Oh." Mehrstöckige Wohnhäuser säumten die Straße, Nachkriegsbauten mit schmutzigen, zu Grau verwitterten Farben. Ich ließ meinen Blick an der Fassade nach oben wandern, über dunkle Fenster und Rollläden. Irgendwie beruhigte es mich, dass unter manchen Rollläden ein Spalt Licht nach draußen fiel. Ich mochte es, zu sehen, dass irgendwo noch Leben war.

„Sieht nicht so vertrauenswürdig aus, hm", sagte Jarrad, „aber ich verspreche dir, der Mann ist ein netter Kerl und das Essen ist top."

Verwundert suchte ich nach einem Hinweis auf diesen Imbiss, aber ich fand nichts.

„Wir können auch woanders hingehen", bot er verunsichert an.

Ich schüttelte den Kopf und lächelte. „Wenn das Essen hier so gut ist, muss ich das doch mal probieren."

Er erwiderte mein Lächeln und seine sonst so schwarzen Augen glühten sanft. Dann drehte er sich zum Hauseingang, klopfte zwei Mal und brüllte laut.

„Andrzej! Hier sind zwei Kunden, denen du das Geld aus der Tasche ziehen kannst!"

Von drinnen kam ein lautes Poltern, dann wurde ein kleines Fensterchen aufgeschoben und ein glatzköpfiger Mann mit wulstigem Gesicht musterte uns finster.

„Deutschen, he, immer Bier trinken und schlechter Humor."

Dann grinste er, das Fenster schnappte zu und die Tür wurde geöffnet.

Das Grinsen wurde breiter, als sein Blick auf mich fiel.

„Ahh, hübsche Mädchen, he?" Er zwinkerte Jarrad zu und beugte sich zu ihm. „Ist wichtig he, ist gut, eine schöne Mädchen, die sich um dich kümmert." Er redete gedämpft und doch so laut, dass ich jedes Wort verstand.

„Das ist Andrzej", stellte Jarrad den dicklichen Mann mit lauter Stimme vor und ließ sich von dessen Worten nicht beirren. „Andrzej, das ist Laya."

Andrzej grinste in sich hinein, als würde er über irgendeinen Insider lachen. Dann winkte er uns zu sich ins Haus.

„Wie geht's Zofia?", fragte Jarrad, während wir einen dunklen Gang entlanggeführt wurden.

„Oh." Andrzej schüttelte den Kopf. „Nicht gut, nicht gut. Ich koche für sie, meine arme Zofia. Ist sehr, wie sagt man, nervös. Wegen OP. Aber sie wird es schaffen. Ich sage ihr immer: Jarrad

kennt sich aus. Er weiß, was gut ist für dich und was nicht."
Andrzej knipste das Licht an und zwinkerte uns zu.

Der Raum war kaum größer als mein Kinderzimmer. Zwischen einem Tisch mit drei Stühlen und einer Theke aus Sperrholz hatte man einen etwa fünfzig Zentimeter breiten Durchgang zu einer Hintertür gelassen. Drei Barhocker kauerten vor der Theke wie verlorene Gäste, an der hinteren Wand hatte jemand mit Kreide verschiedene Gerichte auf einem schwarzen Brett angeschrieben. Ich versuchte die krakelige Schrift zu entziffern, bis ich zu dem Schluss kam, dass es sich um eine fremde Sprache handeln musste.

Mit einer Zimmerpalme in der Ecke war die Kapazität des Raumes voll ausgeschöpft.

Das Holz knarzte gefährlich, als wir uns auf die Stühle setzten und Andrzej dabei zusahen, wie er hinter der Theke zu werkeln begann.

„Kennst du Piroggen?", fragte Jarrad mit gesenkter Stimme.

Ich schüttelte den Kopf.

„Das sind gefüllte Teigtaschen. Andrzej füllt sie meistens mit Sauerkraut und Kartoffeln. Ist das okay?"

Ich nickte. „Klingt gut."

„Es gibt Verschiedenes zum Füllen von Pierogi", erklärte Andrzej geschäftig, „Speck, Kohl, so was. Aber meine Lieblings ist Sauerkraut. Ich habe sie gemacht heute Mittag, jetzt werden sie gekocht. Meine Mama in Polen hat immer mit Speck gemacht, aber ich habe ihr irgendwann gesagt: Ich mag mit Sauerkraut und Kartoffeln, ist besser! Dann gab es jeden Tag Sauerkraut Pierogi. Und sie macht immer die doppelte Menge, weil sie gesagt hat: Andrzej, du musst gut essen. Und ihr seht, ich habe gut gegessen, ein bisschen zu gut, he he." Er tätschelte seinen dicken Bauch und lachte in sich hinein. Jarrad und ich konnten uns ein Schmunzeln nicht verkneifen.

Sobald Andrzej Wasser aufgesetzt hatte, kam er zu uns und zündete eine Kerze an, die bereits übergelaufen war und am Tisch klebte. Das Licht tauchte den Raum in ein warmes Orange und die Schatten flackerten.

„Gestern waren wir in Krankenhaus, Zofia und ich. Wir haben gewartet und gewartet, ich schaue auf Uhr, viele Stunden vergangen, sehr viele. Irgendwann sage ich zur Schwester: Wir haben eine Termin, meine Frau ist todkrank, was ist los?" Andrzej hob fragend die Schultern hoch. „Krankenschwester war nicht nett, aber verstehe ich, ist stressig. Aber dann, eine alte Frau keift: Man muss warten, wir sollen froh sein, dass wir Gesundheitssystem in Deutschland benutzen dürfen, alle Ausländer raus, klauen Plätze und machen kaputt." Er schüttelte traurig den Kopf.

Jarrad seufzte. „Solche Menschen gibt's leider überall. Tut mir leid für Zofia und dich."

Andrzej nickte. „Zofia sehr gestresst gewesen. Ist nicht gut für sie." Dann erhellte sich sein Gesicht und er verschwand ohne Erklärung durch die Hintertür.

Jarrad lächelte mir zu. „Sieh mal da", meinte er und machte eine Augenbewegung nach rechts. Ich folgte seinem Blick und entdeckte eine kleine graue Katze, die misstrauisch und geduckt auf uns zu schlich. Jarrad streckte ihr seine Hand entgegen und die Katze drückte ihre Nase daran. Kurz darauf lag sie schnurrend auf seinem Schoß und reckte ihre Pfoten in die Höhe. Jarrad kraulte ihren Bauch, bis die Katze genug vom Streicheln hatte und spielerisch nach seiner Hand krallte.

Ein lautes Klirren kündigte Andrzej an, der drei Gläser und eine Flasche Wein auf den Tisch stellte und sich dann zu uns setzte.

„Kein guter Wein", entschuldigte er sich, „aber Alkohol ist Alkohol, he?"

Jarrad schraubte die Flasche auf und schenkte ein. Dabei erinnerte sich Andrzej an die kochenden Piroggen und er hastete zurück zur Theke. Die graue Katze sprang leichtfüßig zu Boden, enttäuscht, dass Jarrad ihr nicht mehr seine volle Aufmerksamkeit schenkte.

„Möchtest du?" Jarrad schob mir ein gefülltes Weinglas hin. Das flackernde Kerzenlicht reflektierte in seinen Augen. Ein paar dunkle Strähnen hingen ihm in die Stirn.

„Danke", sagte ich leise. Die Atmosphäre hatte was von lauen Sommernächten und gemütlichen Winterabenden vor dem Kamin. Ich fühlte mich zuhause. Ein Zuhause, das ich aus Familienfilmen kannte. Andrzej brachte drei gefüllte Teller. Die Teigtaschen glänzten in einem Bad aus geschmolzener Butter und angebratenen Zwiebeln.

„Prost!", rief er aus und stieß sein Glas gegen unsere, „oder wie man in meine Heimat sagt: Na zdrowie!" Dann grinste er einmal in die Runde und begann zu essen.

„Das sieht wirklich köstlich aus", sagte ich, „danke, dass du dir die Mühe gemacht hast, um diese Zeit …"

Andrzej winkte ab. „Nah. Ich freue mich, wenn gut schmeckt. Ihr müsst schnell essen, bevor alles kalt ist."

Und das taten wir. Ich schlang die Teigtaschen in mich hinein, als hätte ich Monate auf einer Insel verbracht, auf der es nur Seetang gab. Als ich von meinem leeren Teller aufschaute, beobachteten Jarrad und Andrzej mich, beide mit einem breiten Grinsen auf den Backen.

Ich wurde rot. Offenbar hatte nur ich Andrzejs Aufforderung befolgt. Jarrads Teller war noch halbvoll.

„Es hat wirklich gut geschmeckt", verteidigte ich mich, was Jarrad zum Lachen brachte. Ich wäre am liebsten im Boden versunken.

„Du machst richtig", sagte Andrzej, „Essen ist sehr wichtig, ist sehr gut. Am besten ist, wenn Mama bekocht, he?"

Ich lächelte verlegen und trank zur Ablenkung ein paar großzügige Schlucke Wein.

Als mein Glas leer war, griff ich nach der Weinflasche, erwischte aber blöderweise auch noch Jarrads Glas. Klirrend kippte es um und der Inhalt verteilte sich auf seinem T-Shirt.

„Oh, scheiße", entfuhr es mir und ich stellte das Glas schnell wieder auf. Aber für Jarrads Kleidung kam jede Hilfe zu spät.

Andrzej gluckste erfreut, während ich mit hochrotem Kopf auf den immer größer werdenden Fleck starrte.

„Das tut mir wirklich leid", sagte ich verzweifelt.

Jarrad schenkte mir ein schiefes Lächeln und holte ein paar Lappen von der Spüle. „Halb so wild."

„Kann ich dir irgendwie helfen?", fragte ich schuldbewusst.

Er schüttelte den Kopf. „Bei den Temperaturen trocknet das schnell. Ich wechsle das, wenn ich zuhause bin." Dann grinste er mich an. „Möchtest du, dass ich dir Wein einschenke?"

„Ich denke, das wäre eine gute Idee."

Ich sah ihm dabei zu, wie er unsere Gläser auffüllte. „Du hast da etwas", murmelte ich, als er sich über den Tisch zu meinem Glas beugte, und zeigte auf einen Krümel in seinem Mundwinkel.

„Oh", machte er und wurde zu meinem Erstaunen ebenfalls rot. Plötzlich spürte ich auf meinem Top etwas Nasses und hörte im selben Moment Andrzej loslachen.

„Oh Mist, Laya, tut mir leid", rief Jarrad aus. Mein Glas lag umgekippt auf dem Tisch, der Rotwein tropfte von der Kante auf meine Hose. Mein Blick fiel auf Andrzej, der sich vor Lachen nicht mehr einkriegte und schon halb von seinem Stuhl gerutscht war.

Jarrad und ich sahen uns einen Moment lang an, dann prusteten wir beide los.

„Ich … glaube … wir trinken lieber … aus der Flasche", japste ich und wischte mir Tränen aus den Augenwinkeln. Jarrad und Andrzej krümmten sich vor Lachen. Andrzej presste sich den Handballen gegen die Stirn, dann legte er den Kopf in den Nacken und prustete durch Nase und Mund gleichzeitig. Es dauerte eine Ewigkeit, bis wir uns alle drei beruhigt hatten, und Andrzej verlangsamte das Ganze, indem er wahllos auf uns zeigte, nur um dann einem weiteren Lachanfall zu erliegen.

Wir reichten die Flasche herum, bis sie leer war, dann machte sich Andrzej auf die Suche nach mehr Wein. Er ließ die Hintertür offenstehen und ab und zu drang ein unterdrücktes Kichern zu uns.

Die zweite Flasche war schneller leer als die erste. Dazu trug vor allem Andrzej bei, der abwechselnd trank und kicherte und es besonders lustig fand, uns auf irgendwelche Essensreste im Gesicht oder in den Haaren aufmerksam zu machen, die dann – Überraschung – doch nicht da waren.

„Dieses Mal ist keine Verarsche, ich verspreche!" Er zeigte auf meine Haare. Ich verdrehte die Augen und prüfte ihm zuliebe mit meiner Hand nach, ob er vielleicht doch recht hatte.

„Bwahahaha!" Er lachte los und wedelte mit seinem Zeigefinger in meine Richtung.

„Hast du mich schon wieder drangekriegt", meinte ich trocken und Andrzej wackelte zufrieden mit dem Kopf. Jarrad musterte uns amüsiert.

Auf einmal wurde Andrzej ernst; sein Lachen erstarb. „Ich sollte nach Zofia sehen. Ich lasse sie nie so lange allein."

Jarrad nickte. „Kümmere dich um sie. Danke, dass du extra für uns gekocht hast. Ich schau in den nächsten Tagen nochmal vorbei, okay?"

Andrzej klopfte ihm auf die Schulter. „Ist immer lustig mit dir. Und mit Laya auch." Er lächelte offen. „Ich wünsche euch noch eine schöne Nacht, he?"

„Danke", sagten wir beide und brachten unsere Teller zur Spüle.

Andrzej winkte ab. „Nah, ihr braucht nix machen. Genießt das Leben!" Damit scheuchte er uns zur Tür hinaus.

„Schöne Grüße an Zofia", meinte Jarrad. Andrzej, der bis eben noch ziemlich betrunken gewirkt hatte, schien nun in Gedanken ganz bei seiner Frau zu sein. Er winkte uns zum Abschied und schloss die Tür.

„Was ist mit seiner Frau?", fragte ich leise, nachdem wir ein paar Meter gegangen waren.

„Sie hat Bauchspeicheldrüsenkrebs."

„Oh. Das klingt schlimm. Ist es heilbar?"

„Nur durch eine Operation. Das Problem ist, dass sie die Symptome lange Zeit verschwiegen hat. Vielleicht, weil sie dachte, sie könnten sich keine ärztliche Hilfe leisten, ich weiß es nicht genau. Jedenfalls könnte es sein, dass der Tumor mittlerweile gestreut ist und dann wären die Heilungschancen deutlich geringer."

„Du kennst die beiden ziemlich gut, oder?"

Er zuckte mit den Schultern. „Ich hab ihnen mit den ganzen Ärzten geholfen. Ein geeignetes Krankenhaus für die Operation zu finden und sowas eben. Und mittlerweile haben wir einen Arzt, der was taugt. Ich bin zuversichtlich, dass die OP gut läuft."

„Hmm."

„Mach dir keine Gedanken, das bringt nicht viel. Ich hab mir schon oft den Kopf darüber zerbrochen, aber heute ist nicht der richtige Tag dafür. Okay?"

Ich nickte zögerlich.

„Und jetzt? Zurück zur Party?"

Ich war erleichtert, dass der Abend für ihn offenbar noch nicht vorbei war. Aber mir hatte es überall sonst viel besser gefallen, wo man reden konnte, ohne sich anbrüllen zu müssen.

„Du hast recht", unterbrach Jarrad meine Gedanken, „lass uns irgendwo anders hingehen. Ich kenne auch schon genau den richtigen Ort." Seine Augen fingen an zu leuchten. „Wir müssen ein bisschen laufen, aber glaub mir, es lohnt sich."

Gespannt stimmte ich zu und wir machten uns auf den Weg.

„Und was machst du jetzt nach der Schule?", fragte ich interessiert. „Studierst du?"

Er schüttelte den Kopf. „Ich arbeite. Im Bereich Logistik."

„Hmm, darunter kann ich mir nicht so viel vorstellen. Aber klingt interessant."

„Glaub mir, das ist es nicht. Du würdest dich zu Tode langweilen, wenn ich auch nur länger als eine Minute darüber rede."

„Probier's doch mal."

Er grinste. „Das Risiko gehe ich lieber nicht ein."

„Gefällt es dir denn?"

Er zuckte mit den Schultern. „Von irgendwas muss man leben. Ich verdiene ziemlich gut, also ist es okay. Ich hab schon vor Jahren aufgegeben, etwas zu finden, was mir Spaß machen würde."

„Das ist aber schade."

„So ist es eben. Was würdest du denn gerne nach der Schule machen?"

Ausweichend blickte ich zu Boden. „Ich weiß nicht genau."

Es schien ein Thema zu sein, über das wir beide nicht reden wollten, und so liefen wir schweigend weiter.

„Und Julia? Woher kennst du sie?", fragte ich.

„Julia? Ach die. Ich kenn sie nicht wirklich. Nur über Faisal. Wie kommst du darauf?"

„Ach, ich dachte erst, du wärst einer der Studenten, mit denen sie mal so angegeben hat."

„Wie bitte?"

Ich musste grinsen. „Ja, ist echt so. Sie hat überall rumerzählt, dass ihr Freund auf die Uni geht und sie einen Haufen Studenten kennt."

Er lachte und schüttelte ungläubig den Kopf.

Ich verschränkte die Arme vor der Brust, die Luft war abgekühlt und mein Top noch immer feucht. Die Härchen an meinen Unterarmen stellten sich auf.

„So", meinte Jarrad irgendwann betont beiläufig, „du rauchst also?"

„Was? Woher weißt du das?", klagte ich anschuldigend und spürte, wie mir heiß wurde.

„Sag bloß, du hast Faisal nicht erkannt." Er klang amüsiert.

„Doch", murmelte ich, „aber es ist nicht so, wie du denkst. Ich rauche normalerweise nicht."

„Du musst dich nicht rechtfertigen", sagte er sanft.

„Das tue ich nicht", widersprach ich, aber das war gelogen. In diesem Moment wünschte ich mir, standhaft geblieben zu sein. Vielleicht hätten mich andere dafür verurteilt, aber Jarrad nicht. Und nun war ich auch in seinen Augen nichts weiter als eine Mitläuferin.

„Als ich in der sechsten Klasse war, schenkte mir meine Mutter ein Armband, das sie von einer Reise mitgebracht hatte. Ich trug es in der Schule und wurde sofort als Mädchen beschimpft und ausgelacht. Es fühlte sich scheiße an und ich wusste keinen anderen Ausweg, als zu behaupten, dass ich es von einem Mädchen geschenkt bekommen hatte, das auf mich stand. Und um zu zeigen, dass ich an diesem Mädchen kein Interesse hatte, verbrannte ich das Armband vor den Augen der gesamten Klasse. Aber so wie ich mich davor gefühlt hatte, war kein Vergleich zu dem danach." Gedankenverloren blickte er die Straße entlang.

Ich schluckte. „Ich – das ist ja schrecklich."

„Seltsam, oder? Wie grausam Kinder sein können. Ich meine, in der sechsten Klasse. Schau dir diese Sechstklässler doch mal an, die sind kaum so groß wie ihr 4YOU-Rucksack. Die sehen so klein und unschuldig aus, dass ich mir nicht vorstellen kann, wie sie auf solche Ideen kommen können." Seine Stimme klang immer noch freundlich. Aber etwas fehlte. Die tiefe Ruhe, die er sonst ausstrahlte, war verschwunden.

„Gab es bei dir auch so jemanden wie Mark?", fragte ich zögerlich.

„Nicht in meiner Klasse, nein. Da waren diese Jungs, zwei Jahre über mir, alle bereits zwei Mal durchgefallen. Sie hatten es auf viele der jüngeren Schüler abgesehen, wollten, dass sie Alkohol und Zigaretten beschafften. Ich war oft allein und das hat es für sie umso leichter gemacht."

„Und deine Klasse?"

Er zuckte mit den Schultern. „Mit denen konnte ich nicht viel anfangen. Wenn man keine Markenklamotten trug, war man komisch. Aber ich wollte mich nicht beugen. Für mich wär' das ein Zeichen gewesen, eingeknickt zu sein. Anfangs war ich stolz auf mich, dass ich es so lang durchhielt. Aber irgendwann hatte ich vergessen, warum ich das tat, und das einzige, was eine Rolle spielte, war, dass ich keine Freunde hatte. Aber da war es dann schon zu spät."

„Warum hast du nicht die Schule gewechselt?", fragte ich leise.

„Das habe ich." Er stockte. „Aber auch das erst, als es zu spät war."

„Zu spät wofür?"

Er antwortete nicht. Als ich zu ihm sah, merkte ich bestürzt, wie verschlossen und verbittert er auf einmal wirkte.

„Tut mir leid, vergiss es einfach. Sieh mal, die Sterne sehen echt toll aus", versuchte ich ihn abzulenken und zeigte in die schwarze Nacht. „Ich hab das Gefühl, dass heute viel mehr zu sehen sind. Aber vielleicht schaue ich auch einfach zu selten in den Nachthimmel."

Ich konnte Jarrad nicht verübeln, dass er darauf nur mit einem halbherzigen Lächeln und einem flüchtigen Blick nach oben reagierte. „Da vorne gibt's eine Tankstelle. Macht's dir was aus, wenn ich Nachschub hole?"

Ich schüttelte den Kopf, fragte mich aber gleichzeitig, ob er mit dem Alkohol nur das Thema vergessen wollte. Aber wer war ich schon, jemanden für diesen Wunsch zu verurteilen.

Jarrad kaufte eine Flasche Rum und zwei Dosen Bier. Die erste Dose öffnete er im Hinausgehen und bot mir die zweite an. Ich zögerte zunächst, nahm dann aber doch an. Ein bisschen mehr Spaß und ein bisschen mehr Vergessen konnten schließlich nicht schaden.

Während ich gedankenverloren an meinem Bier nippte, leerte Jarrad die Dose in zwei Zügen und schraubte direkt im Anschluss die Rumflasche auf. Dann zerdrückte er die Bierdose in einer Hand und warf sie scheppernd in den nächsten Mülleimer.

„Alles okay?", fragte ich vorsichtig.

„Hm?" Sein Blick wanderte zu mir und er nickte knapp. „Sorry. Ich bin grad ein ziemlicher Spielverderber, was?" Er seufzte tief, ging zurück zum Mülleimer und fischte die Bierdose wieder raus.

„Was machst du da?", fragte ich erstaunt.

Er stellte die Dose neben den Mülleimer und kam zu mir zurück. „Da ist Pfand drauf, irgendjemand wird sich drüber freuen."

Ich war zu verblüfft, um zu antworten.

„Du bist eine gute Zuhörerin, Laya", sagte er dann und fügte mit einem grimmigen Lächeln hinzu, „vielleicht sogar zu gut."

Ich wurde rot vor Freude. „Was meinst du damit?"

Er lachte leise. „Normalerweise bin ich nicht so gesprächig, wenn es um meine Vergangenheit geht."

Das freute mich nur umso mehr. „Deine Erlebnisse sind bei mir gut aufgehoben", versprach ich ihm.

„Das weiß ich." Er blieb stehen und warf mir einen langen Blick zu. „Wir sind da."

Das Gebäude, vor dem wir uns befanden, verwirrte mich mindestens so sehr wie der Imbiss. Es war groß und länglich, mit einem gewölbten Dach und verwitterten Wänden. Riesige, teils zerbrochene Fenster begannen etwa zwei Meter über dem Boden und reichten bis unters Dach.

Ratlos nahm ich das Gebäude in Augenschein. „Muss ich verstehen, was es hiermit auf sich hat?"

Jarrad grinste. „Ich bin gleich wieder da."

Er kletterte eine Regenrinne hoch, hangelte sich zu einem der zerbrochenen Fenster und verschwand.

Ich starrte ihm entgeistert hinterher. War er gerade ernsthaft da eingebrochen? Ich konnte nur hoffen, dass er von mir nicht dasselbe verlangte. Nie im Leben würde ich da hochkommen.

Ein kühler Wind strich über meine Haut und flüsterte mir ins Ohr. Langsam begann ich zu frösteln und rieb mit den Händen über meine Oberarme.

Ein grauenhaftes Quietschen durchbrach die Stille und eine Eisentür öffnete sich schwerfällig nach außen. Jarrad winkte mich heran und ich lief zu ihm. Aber sobald ich den Eingang erreicht hatte, war er längst im Gebäude verschwunden.

„Warte! Jarrad! Was machen wir hier?", zischte ich und tapste ihm hinterher. Es war stockdunkel. Irgendwo tropfte Wasser auf den Boden und mir wurde mulmig zumute. Plötzlich hörte ich neben mir ein Atmen. „Tut mir leid, ich hab versucht den Lichtschalter zu finden."

Kurz darauf ging ein schwaches bläuliches Licht an. Jarrad hatte sein Handy in der Hand.

„Wir finden das auch ohne Licht", meinte er zuversichtlich, „komm mit."

Ich zögerte zunächst, aber als er schon ein paar Schritte gelaufen war und es immer dunkler wurde, folgte ich ihm schleunigst. Ein großer Umriss ragte links von mir in die Höhe und ich zuckte erschrocken zusammen.

„Was ist das hier?", flüsterte ich und klang nicht annähernd so unbesorgt, wie ich es mir gewünscht hätte.

„Eine alte Turnhalle", erklärte Jarrad, sichtlich zufrieden darüber, wie er mich damit überrascht hatte.

„Hier muss es sein", meinte er und blieb vor einer Tür stehen. Quietschend drückte er die Klinke herunter. Noch mehr Dunkelheit. Dann begann auf einmal ein Surren und nach mehrmaligem Flackern ging eine Leuchtstoffröhre an. Ich kniff geblendet die Augen zusammen, aber nachdem ich mich an das grelle Licht gewöhnt hatte, staunte ich.

Vor uns erstreckte sich eine riesige Grube, gefüllt mit gelblichen Quadern aus …

Ich verlor mein Gleichgewicht, als Jarrad mich nach vorne schubste, und plumpste mit einem Schrei in die Grube. Schaumstoff federte meine Landung und es fühlte sich überraschend weich an – fast wie auf einer Wolkendecke. Jarrad warf sich mit einem Jauchzen neben mich und riss dabei die Arme hoch. „Ich vergesse immer, wie wunderbar sich das anfühlt, wie …"

„Auf einer Wolkendecke?"

Er lachte. „Ja, so ungefähr."

Ich seufzte wehmütig. „Stell dir vor, Wolken würden sich wirklich so anfühlen und man könnte dort hinfliegen und auf ihnen herumlaufen."

Begeistert nahm er meine Idee auf. „Und auf die winzige Erde hinabblicken. Alles wäre plötzlich klein und unbedeutend."

Ich nickte enthusiastisch. „Das wäre schön. Nichts würde mehr eine Rolle spielen." Ich seufzte und streckte mich. „Ich wünschte, ich könnte einfach weg. Es müssen ja nicht die Wolken sein, ich würde mich auch mit bestimmten weit entfernten Orten auf der Erde zufriedengeben."

Jarrad grinste und drehte sich zu mir. „Wo würdest du hingehen?"

„In die Berge. In die Wildnis. An einen Ort, an dem man Abstand hat. Von allem."

„Welche Berge?", fragte er neugierig.

Ich zuckte mit den Schultern. „Ich kenne mich ehrlich gesagt überhaupt nicht aus. Die Alpen sind bestimmt schön, aber irgendwie ist mir das zu nah. Ich würde gern weiter weg, vielleicht Slowenien oder noch östlicher."

„Das gehört aber auch zu den Alpen", sagte Jarrad mit einem Grinsen.

„Ja, okay ... aber es klingt viel fremder und geheimnisvoller, findest du nicht? In meiner Vorstellung jedenfalls ist es wunderschön ... und einsam."

„Dann mach das."

„Was?"

Sein Grinsen wurde breiter. „Tu's einfach."

„Du bist angetrunken, du weißt ja gar nicht, was du da sagst."

„Ich mein's ernst", er war vollkommen überzeugt, „lass uns zusammen hinfahren. Nach Slowenien und wenn wir wollen noch weiter, bis in den Süden. Oder wir fahren ans Schwarze Meer."

Ich lachte fassungslos. „Nein, das geht nicht."

„Warum nicht?"

„Ich bin noch nicht einmal achtzehn."

Er zuckte mit den Schultern. „Dann warten wir eben. Stell dir vor, du kannst alles zurücklassen. Mark, die Schule ... und einfach nur stundenlang in völliger Einsamkeit durch die Natur streifen, an Seen und schroffen Felsen vorbei."

Es klang so wunderbar verlockend. Meine Gedanken wanderten zu Mark, Philip und Louise. Gretas Körper auf dem nassen Stein, Louises abfällige Worte über sie, ich strampelnd im Pool, Wasser überall, während Gelächter entfernt in meinen Ohren klang, der perverse Typ, dem Jarrad ins Gesicht geschlagen hatte. Ich wollte weg. Es gab nichts, was mich hier festhielt.

„Okay."

Jarrad lachte begeistert und steckte mich damit an. In diesem Moment dachte ich, dass ich die beste Entscheidung meines Lebens getroffen hatte.

„Darauf müssen wir trinken!" Er kletterte aus der Grube, holte die Rumflasche und setzte sich an den Rand.

„Bis zu meinem Geburtstag müssen wir leider noch warten", meinte ich und kämpfte mich zu ihm durch.

„Wann ist der?"

„Am zweiten August – hey!", rief ich entrüstet, als er mich grinsend mit Schaumstoff bewarf und mir den Weg an den Rand der Grube erschwerte.

Ich warf zurück und auf einmal befanden wir uns mitten in einer wilden Schaumstoffschlacht. Wir schubsten uns gegenseitig in die Grube, jagten uns abwechselnd um den Rand und mit jedem Stück Schaumstoff, das man ergattern konnte, wurde geworfen. Ich bekam irgendwann vor lauter Lachen fast keine Luft mehr und als ich mich schon nach vorne krümmte, schaffte ich es nur noch zu keuchen: „Warte! Ich – Pause."

Jarrad hielt sofort inne und ließ den, mit einem Schaumstoff-würfel bewaffneten Arm sinken.

Dann nahm er Anlauf und machte einen letzten Sprung in die Grube, wo er atemlos liegen blieb.

„Alles klar?"

Ich nickte schnaufend und ließ mich zurücksinken. Langsam verflog das Adrenalin und wich einer Traurigkeit, die sich wie Nebel über mich legte.

„Ich will nicht, dass die Zeit weitergeht", sagte ich. Irgendwie wusste ich, dass der Alkohol für mich redete, aber ich konnte mich nicht stoppen. Ich wollte es nicht, ich wollte reden. „Ich will nicht, dass wieder Montag ist und ich Mark treffen muss und die anderen. Jedes Mal, wenn ich sie sehe, sehe ich Greta am Pool liegen und ich höre ihr Gelächter, aber es wird immer wieder unterbrochen wenn mein Kopf unter Wasser taucht und ich –" Ich schnappte nach Luft, spürte stattdessen das Wasser in meinen Mund dringen, den Widerstand, gegen den meine Arme kämpften, spürte, wie ich kurz davor war aufzugeben. Loszu-lassen. Als es vorbei war, hatte ich Tränen in den Augenwinkeln.

„Hey, was ist los?" Jarrad kletterte auf allen vieren zu mir. Ich schloss die Augen.

„Alles okay", murmelte ich, „alles ist gut."

Ich spürte seine Finger auf meiner Stirn, die mit einer sanften Bewegung meine Haare aus dem Gesicht strichen.

„Stell dir vor, Mark würde einfach so verschwinden", sagte er leise, „von einem Tag auf den anderen."

„Das wäre schön. Nur wird es nie passieren."

„Was wäre, wenn die Menschheit beschließen würde, dass er sterben muss? Würdest du es ihnen erlauben?"

„Es ihnen erlauben? Wie soll das denn gehen? Ist ja nicht so, als hätte ich da was mitzureden."

„Naja, stell dir vor, du hättest die Möglichkeit, darüber zu entscheiden. Was würdest du tun?"

Blinzelnd sah ich ihn an. Ich war bereits zu erschöpft, um über solche Themen nachzudenken, aber ich gab mein Bestes, Jarrads Gedankengängen zu folgen.

„Keine Ahnung", murmelte ich nach einiger Zeit und legte mich wieder zurück in den Schaumstoff. „Ich wünsche mir, dass er *weg* ist. Aber tot …" Auf einmal kam mir ein tröstender Gedanke: „Aber er muss ja gar nicht weg. Weil ich weggehe. Ein Monat noch, dann bin ich achtzehn und dann können wir reisen, wohin wir wollen." Ein verträumtes Lächeln legte sich auf mein Gesicht, ich starrte an die Decke und fühlte mich fast wie unter freiem Himmel.

„Ich bin müde", murmelte ich gähnend und warf Jarrad einen letzten Blick zu. Er hatte die Arme hinter dem Kopf verschränkt und sah mich aufmerksam an. Dann schenkte er mir ein kleines Lächeln und seine Lider schlossen sich halb. Es war das letzte, was ich wahrnahm, bevor ich in den Schlaf driftete.

Das unsanfte Licht der Leuchtstoffröhren weckte mich. Die Fenster waren alle mit Holzbrettern und Plakaten verbarrikadiert, sodass ich nicht feststellen konnte, ob es bereits morgens war. Ich suchte mein Handy, fand es zu meiner Erleichterung in der linken Hosentasche und warf einen Blick aufs Display. Kurz nach elf. Ein Stöhnen signalisierte mir, dass Jarrad ebenfalls wach geworden war. Er rieb sich die Augen und sah mich an. Dann lächelte er breit.

„Du hast mehr Schaumstoff als Haare auf dem Kopf." Grinsend lehnte er sich zu mir und pflückte mir die Schnipsel nach und nach aus den Haaren. Hitze stieg mir ins Gesicht. Da war nichts mehr von dem Alkohol übrig, der mich am gestrigen Abend geschickt durch solche Situationen geleitet hatte.

„Gut geschlafen?", fragte er und sah mich aufmerksam an.

Ich nickte und zupfte den restlichen Schaumstoff von meinem Oberteil, als wäre es das Interessanteste auf der Welt. „Und du?"

„Ebenfalls erstaunlich gut. Trotz Alkohol. Das muss irgendwie am Schaumstoff liegen." Er kletterte aus der Grube und klopfte die letzten Schaumstoffreste von seiner Kleidung.

Ich setzte mich vorsichtig auf und ein kleiner Stich fuhr mir durch den Rücken. Langsam drehte ich meinen Kopf zu beiden Seiten und versuchte, meinen steifen Nacken zu lockern.

Dann folgte ich Jarrad aus der Grube, in Gedanken bei der vergangenen Nacht. Wir hatten uns gut verstanden, aber das mit dem Wegfahren war doch sicherlich nur ein Witz gewesen. Eine Folge des Alkohols. Oder?

Am Rand angekommen, streckte Jarrad mir eine Hand hin und ich ließ mich von ihm hochziehen. Dann wurde sein Gesichtsausdruck plötzlich ernst und er runzelte die Stirn.

„Scheiße, ich hab Faisal total vergessen." Er biss sich auf die Lippe.

„Kann er sich nicht um sich selbst kümmern?", fragte ich verwundert.

„Normalerweise schon – aber sobald Alkohol im Spiel ist, muss man ein Auge auf ihn haben. Alkohol macht ihn fertig. Er sollte es selbst wissen, aber leider trinkt er viel zu gern."

Dann schenkte er mir ein aufrichtiges Lächeln. „Ich hatte schon lange nicht mehr so viel Spaß wie gestern Nacht, das war echt einmalig."

„Das fand ich auch." Mein Herz begann zu rasen und ich war viel zu nervös, um seinen dunklen Augen standzuhalten. Jarrad hob die halbvolle Rumflasche auf und wir machten uns auf den Weg nach draußen.

„War das ein Einbruch?", fragte ich ihn, nun doch etwas besorgt.

„Rechtlich gesehen schon", sagte er leichthin, „aber da ich den Inhaber kenne, erübrigt sich das."

Ich kniff die Augen zusammen, als wir ins helle Sonnenlicht traten, und wartete vor der Turnhalle, bis Jarrad die schwere Tür von innen verriegelt hatte und durch das Fenster geklettert war.

Schweigend liefen wir zurück zum Partygelände. Bei Tag war der Weg gar nicht mehr so lang, wie er mir in der Nacht vorgekommen war.

Als wir das Warehouse betraten, überkam mich ein beklemmendes Gefühl. Der Boden war übersät von Müll, Zigarettenstummeln, Plastikbechern und völlig zerstörten Möbelstücken. Abgerissene Tischbeine, ein Spiegel, der in tausende Scherben zersplittert war. Es sah aus, als hätte ein Dinosaurier gewütet. In den dunklen Ecken lagen reglose Körper, manche wie achtlos hingeworfene Mehlsäcke auf einem Haufen. Ich war sprachlos.

„Komm, Laya", sagte Jarrad ruhig und zog an meinem Arm. Mein Blick blieb an einem Mädchen hängen, das in ihrem eigenen Erbrochenen lag. Jarrad erkannte, was meine Aufmerksamkeit gefesselt hatte und runzelte die Stirn. Er zögerte kurz, kniete sich dann aber neben sie, drehte ihren Körper in die Seitenlage und überprüfte ihre Atmung.

„Keine Sorge, sie lebt", meinte er und riss mich damit aus meiner Starre.

Er führte mich ins obere Stockwerk und wir fanden Faisal in einem der Zimmer. Er sah aus wie all die anderen reglosen Gestalten, ein schwarzer Haufen, der nicht einmal zu atmen schien.

Jarrad lief zielstrebig auf ihn zu und stupste ihn unsanft mit der Schuhspitze.

„Steh auf", raunzte er, aber der Haufen regte sich nicht. Jarrad kniete sich neben ihn und rüttelte so lange an seiner Schulter, bis sich dieser, unter viel Ächzen, bewegte.

„Fuuuuck", stöhnte er und rollte sich mit dem Rücken zu uns.

„Das macht es auch nicht besser", fuhr Jarrad ihn an, „komm, steh auf. Wir müssen los."

„So kann ich da nich' aufkreuzen", murmelte Faisal und drehte sich schließlich zu uns, nur um Jarrad einen flehenden Blick zuzuwerfen. Dann erst entdeckte er mich und sein Ausdruck wurde verschlossen. Verunsichert fixierte ich den Boden und vermied jeglichen Augenkontakt.

„Dir bleibt wohl nichts anderes übrig."

Wortlos hievte Faisal sich in eine sitzende Position und Jarrad reichte ihm seine Hand. Wankend kam er zum Stehen. Seine unreine Haut war blass und glänzte, den Mund hatte er angeekelt verzogen. Jarrad musterte ihn mit gerunzelter Stirn, dann machte er einige Schritte rückwärts und zog mich mit sich. Mit kränklichem Blick starrte Faisal ins Nichts. Bevor ich fragen konnte, was los war, kamen würgende Geräusche aus seiner Kehle und er erbrach sich mitten im Raum.

Ich warf Jarrad einen erschrockenen Blick zu, aber der beobachtete Faisal mit verschränkten Armen.

Faisal hob ein T-Shirt auf und wischte sich damit über den Mund. Dann spuckte er auf den Boden und ging mit einem feindseligen Blick an uns vorbei.

Jarrad drehte sich seufzend zu mir. „Ich werde ihn fahren müssen. Wie kommst du nach Hause?"

„Bus und U-Bahn."

„Ich kann dich mitnehmen, wenn du möchtest. Ist bestimmt schneller."

Ich nickte. „Danke, das wäre echt nett."

Er schenkte mir ein schwaches Lächeln. „Tut mir leid wegen Faisal. Manchmal ist er unausstehlich. Er hat viel gelitten, vor allem unter Frauen. Aber er kann auch ganz nett sein."

„Ich versteh das", murmelte ich und schämte mich dafür, seinen Kopf mit einer Kartoffel verglichen zu haben. Es war ziemlich offensichtlich, weshalb man ihm das Leben schwergemacht hatte. Ausgerechnet ich wusste ja, wie sich so etwas anfühlte.

Als wir die Fabrikhalle erneut durchquerten, lagen immer noch genauso viele Körper wild über dem Boden verteilt.

„Kommen die wieder auf die Beine?", fragte ich Jarrad besorgt.

„Klar", erwiderte er unbeschwert, „ein Tag und die sind fit. Und bei der nächsten Party machen sie wieder dasselbe."

Auch Faisal schien es schon ein wenig besser zu gehen. Er lag auf der Rückbank von Jarrads Auto und hatte die Augen geschlossen. Seine Haut war nicht mehr so käsig und er wirkte beinahe friedlich.

Während der Fahrt bereitete ich mich gedanklich auf den Abschied vor. *Bitte sag du etwas, ich werde mich nicht trauen, das weiß ich jetzt schon.* Ich mochte Jarrad und ich wollte ihn wiedersehen, aber wie sollte ich ihm das sagen? Sollte ich ihm einfach meine Telefonnummer geben oder vielleicht nach seiner fragen? Oder fragen, ob er mal Zeit hatte? Das klang doch alles bescheuert und lächerlich. Dann könnte ich mir ja gleich einen Zettel auf die Stirn kleben: Hallooo, ich hab mich in dich verknallt!

Mein Herz schlug mir bis zum Hals, als wir in unsere Straße einbogen. Wir hatten während der Fahrt kein Wort gesprochen, was es nicht gerade besser machte.

„Ich begleite dich noch", sagte Jarrad ruhig, nachdem er den Motor abgestellt hatte. Faisal schnarchte auf der Rückbank. Wir stiegen aus und liefen schweigsam den Bürgersteig entlang. Es roch nach frittiertem Fisch, ein älteres Ehepaar war beim Mittagessen auf der Terrasse. Kinder spielten und schrien auf der Straße, nebenbei der Lärm von mindestens zwei Rasenmähern. Es gab keinen Tag, an dem nicht rasengemäht werden musste.

„Eine schöne Wohnsiedlung", bemerkte Jarrad mit einer kleinen Handbewegung zu der Häuserreihe. Ich zuckte nur mit den Schultern.

„Es gefällt dir nicht", stellte er fest.

„Nein", gab ich zu, „es ist so heuchlerisch." Ich zeigte auf eine pummelige kleine Frau mit hochgesteckten roten Haaren, die gerade ihre Hecke schnitt. „Die da. Ich weiß, dass sie den alten Mann, der neben uns wohnt, nicht leiden kann. Sie lästert ständig über ihn und weil er schwerhörig ist, denkt sie, er bekommt es nicht mit. Aber wenn sie was von ihm will, ist sie plötzlich ganz nett und überschüttet ihn mit Komplimenten." Mein Blick fiel auf zwei kleine Jungs, die in ihrem Garten herumrannten. Einer von ihnen hatte mal mit Steinen nach einer Katze geworfen. „Alle versuchen sie, die perfekteste Familie vorzuweisen. Aber solche Menschen wie Mark oder Louise, die kommen nicht von einem anderen Planeten. Das sind die Kinder von diesen Familien."

Ich war mir ziemlich sicher, dass weder Mark noch Louise in unserem Viertel wohnten, da ich ihnen außerhalb der Schule noch nie über den Weg gelaufen war, aber so viel anders konnte es bei ihnen nicht sein.

Vor unserem Gartentürchen blieben wir stehen. Jarrad drehte sich zu mir.

„Weißt du, ich hab auch mal in so einer Gegend gewohnt." Er grinste und zwinkerte mir zu.

„Ja, vielleicht sind nicht alle, die hier wohnen, so schrecklich", gab ich murmelnd zu.

Er lachte lautlos. „Das sollte nicht besserwisserisch klingen. Ich versteh dich gut. Ich wollte eigentlich nur sagen … gib nicht auf. Irgendwann triffst du vielleicht doch jemanden, bei dem du weißt, dass es stimmt."

Ich starrte ihn sprachlos an. Du bist das!, schrie eine Stimme in mir, verdammt, merkst du das denn nicht?

„Ich hatte eigentlich keine Erwartungen, als ich gestern zu dieser Party gegangen bin", ein kleines Lächeln umspielte seine Lippen, „es wurde ein echt schöner Abend."

„Das fand ich auch." Ich erwiderte das Lächeln verlegen und schob die Hände in die Hosentaschen.

„Mach's gut, Laya." Er drehte sich um und ging zurück zu seinem Auto. Ich starrte ihm hilflos hinterher. *Verdammt, sag doch was … aber er hat mich auch nicht gefragt. Vielleicht hat er doch nicht so großes Interesse wie ich an ihm.*

Gedankenversunken öffnete ich das Gartentürchen, und als ich mich an der Haustüre erneut umsah, war sein Wagen verschwunden. Ich hatte meine zweite Chance verpasst. Und eine dritte würde ich bestimmt nicht bekommen.

4

Wenn es der Richtige ist, wird sich alles fügen. Wie oft hatte ich mir das in den letzten Jahren eingeredet. Aber der Richtige *war* da, ich wusste es einfach. Und ich war zu blöd gewesen, ihn nach einem Date zu fragen.

Je länger ich darüber nachdachte, desto klarer spürte ich, dass es kein Schicksal war, keine Fügung, es war meine eigene dumme Schüchternheit, meine Zurückhaltung. Ich stand mir selbst im Weg, es war so offensichtlich und ich fühlte mich dabei so hilflos, dass ich hätte heulen können.

Solche Gedanken kamen mir meistens vormittags, während der Schule. Die Nachmittage verbrachte ich träumend auf meinem Bett und hätte am liebsten irgendwelche „Liebt er mich?"-Tests mit Greta gemacht. Vielleicht mit einem Glas Wein in der Hand, damit wir uns nicht ganz so kindisch vorkamen. Aber Greta war nicht hier.

Unsere abendlichen Telefonate und meine Besuche bei ihr warfen wie die Scheinwerfer eines Leuchtturms ihr Licht in mein Leben, hilfreich und gleichzeitig unerbittlich. Es wunderte mich, dass Greta mir die ganze Geschichte mit Louise und Julia noch nicht aus dem Gesicht abgelesen hatte, denn mir selbst schien es, als trüge sich der Konflikt direkt auf meiner Stirn aus. *Du solltest zur Polizei gehen* – damit begann die Argumentationskette, die jedes Mal wie ein Schlitten der gleichen Spurrille im Schnee folgte – *aber ich habe keine Beweise, es würde Greta bloß schaden und wenn Mama und Papa das mitbekommen, erfahren sie auch von dem Mobbing in der Schule.* Abends war mein Kopf voller ungesagter Dinge, ich brauchte Stunden zum Einschlafen und am nächsten Morgen fühlte ich mich wie nach einer durchzechten Nacht.

In der Schule verstummte ich, die Pausen verbrachte ich dort, wo ich meine Ruhe hatte. Ich hatte es aufgegeben, bei den Rauchern zu stehen. Hauptsächlich, weil ich nicht genug Kraft dafür fand. Ich wollte nichts weiter, als in meiner Traumwelt zu verschwinden. Aber nicht alle Lehrer hatten Nachsicht mit mir.

Es war Montag in der vierten Stunde und die Geschichtslehrerin wollte den Stoff der letzten Stunde abfragen. Ich hatte nichts gelernt, also ging ich nach vorne zu ihrem Pult, legte mir eine Hand auf den Bauch und murmelte: „Frau Käthe, ich habe Bauchweh. Wäre es okay, wenn ich mich ins Sanizimmer lege?"

Sie hörte auf, in ihrer Tasche zu kramen, und bedachte mich mit einem kühlen Blick. Sie glaubte mir kein Wort. Lag vielleicht daran, dass ich mich nicht zum ersten Mal vor der Abfrage drücken wollte.

„Ich weiß ja, dass das mit Greta nicht leicht ist, aber die Schule ist nun mal wichtig. Das ist die letzte Stunde vor Notenschluss und das restliche Halbjahr hast du es ja erfolgreich geschafft, dich zu drücken. Ich denke, wenigstens die ersten fünf Minuten meines Unterrichts wirst du schon aushalten." Tatsächlich hatte ich jetzt nicht nur Bauchweh, mir war dazu noch speiübel.

„Du kannst gleich hierbleiben", fügte sie hinzu, als ich gerade zu meinem Platz gehen wollte.

Mit einem knappen Winken und einem „Morgen" brachte sie die Klasse zum Schweigen. Dann war ich dran.

„So. Was hatten wir letzte Stunde?"

„Mhh, zweiter Weltkrieg", murmelte ich. Es war die einzige Frage, die ich noch beantworten konnte – und nicht einmal die ganz richtig, wie Frau Käthe feststellte.

„Genauer gesagt ging es um Hitlers Machtergreifung. Kannst du mir dazu vielleicht ein besonderes Datum nennen und erklären, was an dem Tag passiert ist?"

Nein kann ich nicht, blöde Kuh.

Gekicher kam aus den hinteren Reihen. Frau Käthe ignorierte es hartnäckig und konzentrierte sich ganz auf mich. Ihre Haare hatte sie in einem strengen Pferdeschwanz zurückgebunden und so, wie sie kein Haar entkommen ließ, hatte sie auch mit mir keine Gnade.

Ich schüttelte den Kopf – und versuchte die restlichen Fragen und Lacher irgendwie über mich ergehen zu lassen. Danach fühlte ich mich gerädert. Jedes Gespräch war eins zu viel. Ich wollte nur allein sein.

Es war ein warmer Sommertag und gar nicht so leicht, auf dem Schulhof ein einsames Plätzchen zu finden. In der Nähe des Sportplatzes wurde ich fündig. Ich setzte mich neben das Volleyballfeld in den Schatten des Schulgebäudes, zog meine Schuhe aus und ließ die Gräser meine Zehen kitzeln. Ich schloss die Augen und malte mir aus, in einer Blumenwiese zu sitzen, umgeben von Butterblümchen und Pusteblumen.

„Und was machst du jetzt damit?" Als ich Philips Stimme hörte, wäre ich am liebsten mit den Schatten im Gras verschmolzen.

Ich schlug die Augen auf. Sie schlenderten zum Volleyballfeld, Philip, Mark und Scott, und bemerkten mich nicht.

„Mal sehen", sagte Mark, ein Grinsen auf den Lippen. Er drehte sein Smartphone zwischen seinen Fingern hin und her, dann tippte er darauf herum, zeigte seinen Kumpels das Display und die drei lachten. Sie liefen, als gehörte die ganze Schule ihnen allein, überzeugt, dass niemand ihnen etwas anhaben konnte. Mark mit einem weißen T-Shirt, das seine schmutzig blonden Haare und seine gebräunte Haut betonte, Philip mit Baggyjeans und einem weiten schwarzen Shirt mit Aufschrift in pinken und grünen Neonfarben. Scott verbarg seinen Lockenschopf unter einer Nike-Cap, deren Schild er in den Nacken gedreht hatte.

„Gar nicht übel. Für ’ne Streberin, meine ich", fügte Mark hinzu, „eigentlich schade, dass sie im Krankenhaus ist."

Scott grinste. „Ich schwör, in echt war's noch besser. Und der Spasti hätte es sich durch die Lappen gehen lassen." Er boxte Philip, Philip boxte zurück und meinte nur: „Alter, fick dich."

Marks Blick traf schlagartig auf meinen und ich schaute zu Boden; ich konnte nicht anders, obwohl ich mich im selben Moment dafür hasste. Als ich wieder aufblickte, stieß Mark seine Freunde an, machte sie auf mich aufmerksam. Die drei starrten in meine Richtung – dann kamen sie auf mich zu.

Mark ging vor mir in die Hocke, während seine beiden Freunde wie Bodyguards hinter ihm stehenblieben.

„Was hast du gehört?", fragte er mich und es klang, als würde er ein Kind fragen, was es angestellt hatte.

„Nichts", murmelte ich.

Er schwieg und ich hörte nur seinen Atem. Er roch nach Pfefferminze.

„Du bist ja keine Petze, oder?"

Ich schüttelte den Kopf.

„Gut. Weil wenn du irgendjemandem deine Lügengeschichten erzählst, landen die hier", er wedelte mit seinem Smartphone vor meinem Gesicht herum, „im Netz. Kapiert?" Eine silberne Uhr glänzte an seinem Handgelenk.

Ich nickte, verunsichert, ob ich ihn richtig verstanden hatte. Mark richtete sich auf, aber seine weißen Sneakers verschwanden nicht aus meinem Sichtfeld.

Dann ging er erneut in die Knie, entsperrte das Display seines Smartphones und hielt es mir direkt unter die Nase. Es zeigte das Foto eines Mädchens, nur ihr Oberkörper war zu sehen und man hatte ihr Shirt und ihren BH hochgeschoben, bis über ihre Brüste. Es war leicht verschwommen, aufgenommen in einem Zimmer mit gedimmtem Licht. Dann zuckte ich zurück und starrte Mark voller Entsetzen an.

„Das hättest du nicht erwartet, hm", flüsterte er, „ja, die brave Streberin. Was Mädchen alles tun, um zu gefallen, oder? Aber selbst für sie wäre es ... unschön, wenn diese Bilder im Internet landen, meinst du nicht?"

Ich nickte wieder, während ich das Gefühl hatte, innerlich zerrissen zu werden. *Greta ... die naive, unschuldige Greta. Wie konntest du ihr das antun?*

Ich wollte mein Gesicht in den Händen vergraben und nicht nur das, ich wollte alles vergraben, alles, was mich an diese Bilder erinnern konnte.

„Hey ihr drei, was macht ihr hier hinten?" Louise trug fast die gleichen weißen Sneakers wie Mark, braun gebrannte Beine steckten darin. „Habt ihr sie zum Heulen gebracht?", fragte sie und schüttelte ihre braunen Locken, während sie lachte. „Seid doch nicht so fies, Streber weinen halt, wenn sie eine schlechte Note bekommen." Scott und Philip lachten auch. Mark warf mir einen langen Blick zu, dann richtete er sich mit einem Grinsen auf.

„Verpisst euch. Na los." Eine tiefere Stimme hatte sich unter das helle Gelächter gemischt.

Überrascht blickte ich auf. Faisal stand Mark, Philip, Scott und Louise gegenüber, eine Zigarette im Mundwinkel. Mark schien für einen kurzen Moment seine Sprache verloren zu haben – dann fing er an zu lachen.

„Was zur Hölle willst du denn?", fragte er belustigt.

„Kümmert euch um euren eigenen Scheiß, klar? Erbärmlich, zu viert gegen 'n Mädchen."

„Na, zum Glück bist du ja jetzt da. So hast du dir deinen Traumprinzen vorgestellt, oder?", meinte Mark zu mir und lachte wieder. „Eine picklige Kartoffel."

Ich lief vor Wut rot an und schämte mich so sehr. Wie hatte ich nur Faisals Kopf mit einer Kartoffel vergleichen können? Ich war auf Marks Niveau.

„Kommt schon, das ist langweilig hier, lasst uns abhauen", meinte Louise, aber die drei Jungs zögerten noch.

Faisal packte Mark am Kragen seines T-Shirts und im nächsten Augenblick hatte er ihn in den Sand gedrückt. Marks Lachen verstummte. Faisal knurrte ihm etwas ins Ohr und pustete ihm den Rauch seiner Zigarette ins Gesicht. Dann erst ließ er ihn wieder aufstehen. Mark klopfte sich Sand von den Klamotten, warf Faisal einen hasserfüllten Blick zu und bedeutete Scott, Louise und Philip ihm zu folgen.

„Danke", murmelte ich, sobald die anderen außer Hörweite waren, „das war wirklich nett von dir."

Faisal überraschte mich ein weiteres Mal, indem er sich neben mich ins Gras setzte. Er nahm einen letzten Zug an seiner Zigarette, dann drückte er sie auf der Vorderkappe seiner Stiefel aus. Wir schwiegen und ließen unsere Beine von der Sonne wärmen.

Gretas Gedächtnis hatte vielleicht den ganzen Freitagabend ausgelöscht. Aber ich würde es nicht vergessen. Das Bild von ihr, verschwommen im dämmrigen Licht, ihr durchnässter Körper auf dem harten Steinboden und wie sich ihr Blut in roten Kringeln im Wasser ausgebreitet hatte. Nein, ich würde es nie vergessen. Ich würde diese Erinnerungen in mir tragen wie einen Dämon. Und irgendwann war sie vielleicht bereit, diese Last mit mir zu teilen.

Ich seufzte und ließ meinen Atem durch die Nase ausströmen. Dann wiederholte ich es, bis mein Körper ruhiger wurde und mein Kopf Platz schaffte, für das weiche Gras an meinen Oberschenkeln, den körnigen Sand, verschwommen zu einer beigen Fläche. Faisals laute Atemzüge, sein Geruch nach Rauch und Schweiß.

„Was hast du Mark eigentlich gesagt?", fragte ich zögerlich.

Faisal schaute auf und ein kleines, bösartiges Lächeln schlich sich in sein Gesicht. „Jeder Mensch hat Schwächen. Man muss sie sich nur zu Nutze machen."

Von diesem Tag an trafen wir uns immer in der Pause am Volleyballfeld. Wir redeten kaum. Zu meiner Überraschung rauchte Faisal nicht und äußerte nie den Wunsch dazu, wahrscheinlich mir zuliebe.

Es brauchte drei Tage, bis wir zum ersten Mal ein längeres Gespräch führten, und als es dann soweit kam, war er es, der damit anfing.

„In Jordanien galt ich als Streber."

Verwundert schaute ich auf, dann wurde ich rot. Er hatte also gehört, was Louise neulich über mich gesagt hatte.

„Ich bin kein Streber", murmelte ich.

„Ich weiß."

Nachdem er eine Weile nichts mehr sagte, hakte ich nach.

„Wieso galtst du als Streber?"

„Ich war eben gut in der Schule. Wollte gar nicht so gut sein. Hab nie was gelernt, aber ich hab gern gelesen."

„Was hast du so gelesen?"

„Viele deutsche Bücher. Ich wollte schon immer nach Deutschland."

„Hast du auch den ganzen Mist gelesen, den wir im Deutschunterricht haben? Gerhart Hauptmann und Goethe und sowas?"

Er nickte nur.

Ich musste lachen. „Du bist ja echt ein Streber", witzelte ich, aber Faisal schien das nicht sonderlich lustig zu finden. Ich konnte ihn gut verstehen – mir ging es ja genauso.

„Tut mir leid, das war nur Spaß. Aber ich hätte das nicht sagen sollen."

Er winkte ab.

„Wie lange hast du in Jordanien gelebt?", wechselte ich das Thema.

„Mit siebzehn bin ich nach Deutschland. Also vor bisschen mehr als zwei Jahren."

„Wie war es dort?", fragte ich leise.

„Hab's gehasst. Bis ich hier war, auf mich alleingestellt. Mit lauter Fremden."

„Ich wollte auch immer weg aus Deutschland. Aber wer weiß, vielleicht würde ich es dann vermissen."

„Ich bereue nichts. Ich vermisse nur meine Eltern – aber ich kann ihnen jeden Monat Geld schicken."

„Magst du es hier?"

Er dachte eine Weile nach. „Es ist sauber", sagte er dann, „und ich kann mir hier so viele Bücher leisten, wie ich will. Man kriegt eigentlich immer einen Job, wenn man ihn will, das ist gut. Aber die Menschen sind schwieriger."

„Schwieriger?"

„Jo. In Jordanien gab's auch Streit und Ärger, aber man hat verstanden warum. Hier beschweren sich die Menschen über jeden Scheiß und ohne Grund. Es reicht schon, wenn der Bus fünf Minuten zu spät ist oder der Baum im Garten zu viel Schatten wirft. Kapier ich nicht."

Ich musste grinsen. „Klingt nach Deutschland."

Auf Faisals Stirn glänzten Schweißtropfen. Es war ein heißer Sommertag, aber er trug trotzdem schwarze Kleidung und wie immer seine Stiefel. Die Schulglocke klingelte und ich stöhnte leise auf. Seit ich die Pausen mit Faisal verbrachte, waren sie mit Abstand das Beste an der Schule.

„Sag mal, Laya", meinte er zögerlich, „könntest du mir bei Englisch helfen? Hab ja bald die mündliche Prüfung und die schriftliche hab ich echt verhauen."

„Klar. Nach der Schule?"

Er nickte. Ich lächelte und winkte zum Abschied. Auf dem Weg zum Klassenzimmer stellte ich fest, dass Faisal einer der wenigen Menschen war, bei denen ich mich wohlfühlte. Ich hatte mich mit ihm unterhalten, ohne jedes Wort vorher im Kopf zerkauen zu müssen. Es war okay, wenn ich längere Zeit schwieg. Und er verurteilte mich nicht für das, was ich sagte.

Von Weitem sah Faisals Gesicht vollkommen ausdruckslos aus. Stirnrunzelnd versuchte ich eine Regung zu erkennen, einen Hinweis darauf, ob er bestanden hatte oder nicht.

„Wie lief die Prüfung?", fragte ich, sobald er in Hörweite war.

Sein linker Mundwinkel schob sich kaum wahrnehmbar nach oben. „Gut."

„Erzähl doch mal", drängte ich, „hast du bestanden oder nicht? Was musstet ihr machen?"

Bei manchen Themen war es echt schwer, aus Faisal etwas herauszubekommen. Er tat so, als wüsste die ganze Welt bereits mit einem Wort über jedes Detail Bescheid.

Er zuckte mit den Schultern. „Erst 'ne Bildbeschreibung. *In dis picture you see childs firing tugedder.* Bin zuerst auf das eingegangen, was auffällt, dann der Rest. So war's doch richtig, oder?"

„Ähm, ja – was haben die Kinder gemacht?"

„Gefeiert, das war 'ne Geburtstagsparty."

Ich konnte mir ein Grinsen nicht verkneifen.

„Was ist?", fragte er. „Was ist los?"

„Naja – feiern heißt *celebrating.*"

Er stöhnte auf. „Fuck. Und ich dachte, es lief gut. Naja, der Rest *war* gut, glaub mir. Werd' schon bestehen."

„Das denk ich auch."

„Ok und jetzt kein Wort mehr über Englisch. Lass feiern gehen."

„Du meinst *firing*", zog ich ihn auf und bekam einen bösen Blick zugeworfen.

„Wie auch immer. Lass uns abhauen."

Ich zögerte zunächst und Faisal warf mir fragende Blicke zu. „Keine Zeit?"

Bei dem Gedanken an eine weitere Party überkam mich ein beklemmendes Gefühl. Ich war noch nie ein Partymensch gewesen und Julias Hausparty hatte meine Abneigung nur verstärkt.

Aber dann entschied ich mich doch dafür. Die letzte Party im Warehouse hatte schließlich ein gutes Ende genommen – und es war gar nicht so unwahrscheinlich, Jarrad auf einer Party zu treffen, die Faisal besuchte.

„Also los", sagte Faisal und startete Richtung Schulparkplatz.

„Was – jetzt?" Ich lief ihm hinterher. „Warte! Ich würd' mich gern noch richten. Mit meinen Schulklamotten kriegst du mich auf keine Party."

„Na gut." Er überlegte kurz. „Soll ich dich fahren?"

„Klar, das wäre cool."

Wir setzten unseren Weg zum Parkplatz fort. Schon bei Jarrad hatte ich mich gewundert, wie er sich seinen neu aussehenden BMW leisten konnte – er war schließlich nicht viel älter als ich – aber Faisals Wagen war noch viel protziger. Ein schwarz lackierter Porsche mit getönten Scheiben.

„Wieso habt ihr alle so coole Autos?", fragte ich erstaunt.

„Ihr alle?"

„Naja, du – und Jarrad."

„Connections."

„Solche Connections hätte ich auch gerne." Ich ließ meine Stimme unbehelligt klingen, aber in mir regte sich etwas. Faisal war neunzehn. Seit zwei Jahren in Deutschland. Wie zum Teufel war er zu so viel Geld gekommen, dass er sich einen Porsche leisten konnte?

Faisal grinste kurz und öffnete die Fahrertür. Die Sitze waren so tief, dass man das Gefühl hatte, hinter dem Armaturenbrett zu versinken. Der Motor heulte auf und wir verließen den Parkplatz mit der Geräuschkulisse einer ganzen Motorradgang.

„Protzig", kommentierte ich mit einem provozierenden Unterton und warf Faisal einen Seitenblick zu. Dealte er mit Drogen? War er derjenige, von dem Dreads und Sommersprosse ihr Zeug hatten? Um ehrlich zu sein, so gern ich Faisal auch hatte, diese Option erschien mir ziemlich naheliegend. Ich schob den Gedanken schnell beiseite. Ich wollte ihn nicht als Drogendealer abstempeln und noch weniger wollte ich die Konsequenzen dieses Wissens zulassen. Nein, solange ich keine Beweise hatte, waren wir Freunde …

„Da vorne links", sagte ich, als wir uns einer Kreuzung näherten.

„420 PS hat der Gute", erklärte er stolz.

„Okay." Als ob mir das irgendwas sagte.

„Die Musikanlage könnte dir gefallen. Hat'n richtig geilen Sound." Er drehte den Regler auf. Zu meiner Überraschung lief ein ruhiges Klavierstück.

„Da vorne rechts – du hörst Klassik?"

„Wart's ab."

Als ich mich gerade gemütlich im Sitz zurückgelehnt hatte, in Gedanken versunken und aus dem Fenster schauend, wechselte das Klaviergeplänkel schlagartig zu ohrenbetäubenden Screams. Mir platzte fast das Trommelfell.

Faisal drehte die Musik etwas leiser und meinte: „Ups."

„Ich hab mich zu Tode erschreckt", sagte ich schwach.

„Sorry. Aber du hast es gehört, oder? Die Anlage ist echt top."

„Ich weiß nicht, ob ich jetzt noch was hören kann. Hinter dem Zebrastreifen musst du nach links."

Er grinste zerknirscht.

Langsam beruhigte ich mich wieder. „Du hörst also Metal?"

„Metal und Hip-Hop."

„Ehrlich? Schließt sich das nicht irgendwie aus?"

Faisal zuckte nur mit den Schultern.

„Das ist es." Ich deutete auf das Haus meiner Eltern. Faisal parkte am Straßenrand und wir stiegen aus. Zu meiner Überraschung standen zwei Autos in der Einfahrt.

„Ich glaube, meine Eltern sind zuhause", sagte ich langsam.

„Von mir aus."

Faisal schien es nicht zu stören, also ließ ich das Thema fallen. Sobald ich aufgeschlossen hatte, hörte man das Gemurmel ihrer Stimmen aus der Küche. Ich hätte mich gern lautlos und unbemerkt in mein Zimmer geschlichen, aber Faisal machte das mit seinem umständlich lauten Schuheausziehen unmöglich. Die Stimmen verstummten – „Laya? Bist du das?", rief meine Mutter.

„Jep."

Im nächsten Moment stand sie uns gegenüber. „Hallo, Schatz – oh, ich wusste ja gar nicht, dass du Besuch hast!" Sie lächelte Faisal freundlich zu.

„Das ist Faisal", murmelte ich.

„Es freut mich, Sie kennenzulernen, Frau Seidel", sagte Faisal förmlich und schüttelte meiner Mutter die Hand. Sie schien ganz baff zu sein – und zugleich etwas besorgt.

Mittlerweile hatte auch mein Vater mitbekommen, dass es sich um männlichen Besuch handelte, und er tauchte mit verschränkten Armen im Türrahmen auf.

Auch ihm schüttelte Faisal die Hand, obwohl mein Vater dabei etwas verstimmt wirkte. Im selben Moment ging mir auf, dass sie ihn wahrscheinlich für meinen festen Freund hielten. Und das erklärte auch ihre besorgte und verschlossene Haltung.

Wir standen uns schweigend gegenüber, bis ich es nicht mehr aushielt und auf die Treppe zusteuerte. „Wir sind dann mal oben."

„Warte – Laya!" Die Stimme meiner Mutter klang schon fast panisch.

„Was ist?" Ihre Reaktionen verärgerten mich. Ich war mir sicher, dass die Situation ganz anders gelaufen wäre, wenn ich an Faisals Stelle einen „Mark" mitgebracht hätte. Aber ich machte keine Anstalten sie darüber aufzuklären, dass zwischen Faisal und mir überhaupt nichts lief. Sollten sie ruhig ein bisschen Panik schieben.

„Wir sind heute Abend bei Freunden eingeladen", sagte meine Mutter etwas gequält. Man sah ihr genau an, wie sie verzweifelt nach einem Gesprächsthema suchte und sich ausgerechnet eine Information ausgesucht hatte, die sie in diesem Moment lieber nicht preisgegeben hätte.

„Ok, schön", antwortete ich, „wir gehen weg."

„Weg?", fragte mein Vater argwöhnisch. „Aber hoffentlich nicht auf so eine Party wie mit Greta, oder?"

„Was meinst du damit?"

„Naja", er zögerte, „man sieht ja, wozu dieser exzessive Alkoholkonsum geführt hat."

Ich presste die Lippen aufeinander, während die Wut in mir hochkochte.

„Das war ein Unfall", sagte ich durch zusammengebissene Zähne und stapfte zur Treppe. Es war schlimm genug, die Taten meiner Mitschüler als Unfall darstellen zu müssen. Aber Greta die Schuld daran zuzuschieben, war das Allerletzte.

„Passt einfach auf, will dein Vater dir damit sagen", rief meine Mutter hinterher.

„Jaja, machen wir. Viel Spaß bei euren Freunden."

Schnurstracks lief ich die Treppenstufen ins obere Stockwerk hoch, sodass Faisal gar nichts anderes übrigblieb, als mir zu folgen.

„Wow", war sein erster Kommentar zu meinem Zimmer. Amüsiert ließ er seinen Blick über Haufen dreckiger Wäsche, aufgeklappte Bücher und Jeans mit umgedrehten Hosenbeinen schweifen.

Ich wurde rot.

„Lustig. Bei mir sieht's auch so aus."

„Wirklich?", fragte ich erleichtert.

„Ne, so viele Klamotten hab ich nicht." Grinsend warf er sich auf mein Bett und zog sein Handy aus der Hosentasche.

Ich machte mich daran die schlimmsten Ecken aufzuräumen, bis Faisal sagte: „Scheiß doch drauf, guck, dass du fertig wirst, damit wir endlich loskönnen."

Also durchwühlte ich stattdessen meinen Kleiderschrank nach einem passenden Outfit und verschwand damit im Bad. Es war so lächerlich, dass ich dabei die ganze Zeit nur überlegte, welche Frisur, welches Oberteil und welchen Rock Jarrad am besten finden würde. Oder hätte ich doch ein Kleid nehmen sollen?

Faisal bringt mich um, wenn ich nach einer halben Stunde im Bad nochmal von vorne anfange.

Aber ich konnte einfach nicht aufhören darüber nachzudenken; insgeheim zu hoffen, ihn wieder zu treffen.

Von draußen hörte ich plötzlich einen lauter werdenden Beat, bis ich den Text verstehen konnte: *„Hurry up, hurry up …"*

Ich verdrehte die Augen, aber beeilte mich Faisal zuliebe. Ich schraubte meine Erwartungen sowieso viel zu hoch – am Ende war Jarrad gar nicht auf der Party und je mehr Zeit ich hier investierte, desto enttäuschter würde ich anschließend sein. Eyeliner und Wimperntusche mussten genügen, die Haare ließ ich offen und mein Outfit blieb bei einem schlichten Top und einem Jeansrock.

„Na endlich", meinte Faisal, als ich aus dem Bad kam, „in der Zeit hätte ich 'ne Doktorarbeit schreiben können."

Ich warf einen Blick auf die Uhr. „Es ist erst halb vier! Da hat noch nicht einmal die lahmste aller Partys angefangen."

„Wir gehen ja auch in 'ne Bar. Hab keine Lust zum Tanzen, lass einfach bisschen Chillen."

„Hm, okay." Etwas widerwillig gab ich nach.

Faisal verriet mir auf dem Weg, nach welchen Kriterien er sich für eine Bar entschieden hatte: Sie sollte so lange wie möglich offen haben und Shishas anbieten – und überhaupt war er bei dieser Bar schon seit seiner ersten Woche in Deutschland Stammkunde.

Von außen wirkte nichts daran einladend: Die Fenster waren von innen mit Vorhängen bedeckt, unter dem bröckelnden Putz traten Ziegelsteine hervor und Graffiti beschmierte die Wände. Während Faisal eine mit Metall beschlagene Holztür aufstieß, las ich auf einem Schild daneben: Alrraha. Bar – Lounge – Shisha around the clock. Die Atmosphäre dort überraschte mich. Die Verzierungen muteten marokkanisch an und überall waren Kerzen und kleine Skulpturen. Es roch nach Gewürzen. Jeder Tisch hatte seine eigene abgegrenzte Bucht und eine Wasserpfeife, die Bänke waren mit dicken Polstern überzogen. Ein etwas älterer Mann stand hinter einem Tresen und lächelte uns zu. Faisal grüßte ihn, dann setzten wir uns in eine der vielen leeren Buchten.

„Kann man hier auch sitzen ohne zu rauchen?", fragte ich leise.

Faisal lächelte leicht. „Klar doch. Gibt auch Essen und Getränke."

Es beruhigte mich, dass sich Faisal nicht daran störte. Und es zeigte, dass wir wirklich Freunde waren. Bei den anderen Rauchern wäre es mir peinlich gewesen, so etwas zu fragen, und ich hätte mich einfach dem Gruppenzwang ergeben. Aber es fühlte sich gut an, das zu tun, was man wollte. Ohne verurteilt zu werden.

Eine Bedienung kam zu uns, fragte, welchen Tabak wir haben wollten und ob es sonst noch was sein durfte. Faisal entschied sich nach langem Zögern für Blaubeergeschmack, ich bestellte einen Kaffee. Kurz darauf kam sie wieder, zündete die Kohle an und stellte mir eine Tasse schwarzen Kaffee hin.

„Die nächsten Pausen werde ich wohl wieder allein verbringen müssen", sagte ich, die Hände zwischen die Oberschenkel geklemmt.

Faisal nahm einen langsamen Zug und sah mich an. „Bisschen Schule hab ich noch, auch wenn die Prüfungen rum sind. Erst nächstes Jahr bin ich weg."

„Du willst auf die FOS gehen, richtig?"

Er nickte. „Hast du Angst?"

Ich zögerte. „Vor was?"

„Mark natürlich."

Ich schaute zur Seite und zuckte mit den Schultern. Manchmal schnürte mir die Angst die Kehle zu und manchmal fühlte es sich an, als hätte ich einen Liter Säure getrunken, die dabei war, meinen Magen zu zersetzen. Aber es fiel mir schwer, mit Faisal darüber zu reden.

„Wenn's dir zu viel wird, sag Bescheid. Dann geb' ich dem Mistkerl auf's Maul."

„Hmhm."

Langsam blies Faisal den Rauch in den Raum. Er hatte sich zurückgelehnt, die eine Hand auf der Lehne, die andere um das Mundstück des Shishaschlauchs. „Ohne Scheiß, wenn du paar Wochen Ruhe brauchst, kein Ding. Dann kriegt er eine fette Ladung Prügel. Krankenhausreif. Easy."

„Meinst du das ernst?" Seine Worte klangen wie ein Scherz. Für so etwas konnte er immerhin ins Gefängnis kommen.

„Klar."

Trübselig biss ich mir auf die Lippe. „Ich muss noch ein ganzes Jahr mit ihm aushalten. Ich weiß nicht, wie ich das schaffen soll. Ein paar Wochen sind nichts dagegen."

Faisal schwieg.

„Hast du es so lange ausgehalten?"

„Nee. Aber musste ich auch nicht. Ich lass mir mein Leben nicht von so Abschaum bestimmen."

„Wie soll das gehen? Das einzige, was ich tun kann, ist, alles an mir abprallen zu lassen. Aber das schaff ich auch nicht."

„Du kannst dich wehren."

„Wie denn?" Meine Stimme klang verzweifelt.

„Mach ihm sein Leben zur Hölle, so wie er dir deins zur Hölle macht."

„Aber ich bin allein! Mark hat Freunde, die hinter ihm stehen – wenn ich da irgendwas sage, werden sie es mir nur noch schwerer machen."

„Natürlich fängst du nicht mitten auf dem Schulhof 'ne Prügelei an. Du musst ihn treffen, wenn er empfindlich ist."

Nachdenklich starrte ich auf die Tischplatte. Faisal tat so, als wäre es *leicht*. Als könnte man Mark weh tun. Ich war nicht einmal stark genug ihm die Stirn zu bieten, wenn er allein war. Und er würde nie diese Demütigung durchmachen müssen, vor vielen Menschen bloßgestellt zu werden.

„In Jordanien musste ich auch durch sowas durch. Gab 'ne Gruppe Typen, die sich über … naja, über mich lustig gemacht haben. Hab dadurch immer mehr gelesen, bin da eingetaucht und das war, wie in 'ner anderen Welt zu sein – der Rest ging einfach an mir vorbei."

Für einen Moment sah ich Faisal in die Augen. Er war vollkommen überzeugt von seinen Worten.

„Ich kann das nicht", murmelte ich.

„Klar kannst du das. Du musst einfach alles ignorieren, was sie sagen oder tun. Gar nicht erst anschauen, sofort umdrehen und weg. Nimm dir ein Buch mit in die Schule, dann hast du Ablenkung."

„Kann's ja versuchen."

Er lächelte zufrieden, als hätte er das Problem damit gelöst, und nahm einen weiteren Zug.

„Sag mal", begann ich zögerlich, „warum konntest du mich anfangs nicht leiden?"

Er presste kurz die Lippen zusammen, aber dann entspannten sich seine Gesichtszüge etwas. „Ich kann niemanden leiden. Bin immer erstmal misstrauisch, hatte nix mit dir zu tun."

„Bei mir ist es irgendwie umgekehrt", sagte ich und trommelte mit den Fingerspitzen auf den Tisch, „jedenfalls, wenn jemand nett ist. Dann mache ich mir so viele Hoffnungen und fange an, mich aufzuopfern. Bei meiner Freundin Greta ist das genauso. Vor Jahren kam mal ein neues Mädchen in unsere Klasse. Wir haben uns echt gut mit ihr verstanden. Wir waren ja beide nie sonderlich beliebt und … es war schön, eine neue Freundin zu haben. Dann hat sie irgendwann angefangen Gretas Hausaufgaben abzuschreiben, was okay war. Irgendwann hat sie dann behauptet, sie hätte die Hausaufgaben gemacht und Greta und ich von ihr abgeschrieben. Einmal wollte ich die Hausaufgaben von ihr ab-schreiben, die Greta ihr davor gegeben hatte. Aber sie hat sie nicht rausgerückt, meinte, ich soll sie selbst machen." Ich schüttelte den Kopf. „Und als sie dann mal eine vier in Geschichte hatte, hat sie Greta die Schuld dafür zugeschoben. Weil Greta eine eins hatte und sie nicht. Sie ist total sauer geworden, aber sobald sie sich beruhigt hatte, haben wir ihr verziehen. Ständig war sie beleidigt, wenn Greta und ich mal was zu zweit unternommen haben und ich war jedes Mal richtig wütend. Aber dann war sie plötzlich wieder so nett und ich hab all ihre Anschuldigungen verdrängt. Und dann auf einmal hat sie den Kontakt abgebrochen und nie wieder ein Wort mit uns gesprochen, als wären wir nie Freunde gewesen. Am nächsten Tag hatte sie eine neue beste Freundin."

Faisal lächelte leicht. „Das hätt' mich auch angekotzt."

„Ich bin froh, dass sie uns in Ruhe gelassen hat. Sie hatte nach uns alle paar Wochen eine neue beste Freundin aus der Klasse. Es war schon irgendwie beeindruckend, wie schnell sie Freunde finden konnte … aber genauso schnell ist sie sie auch wieder losgeworden. Ich hätte ihr nur gern mal die Meinung gegeigt, aber sie ist in der achten Klasse weggezogen."

Nun brach Faisal in Gelächter aus. Ich beobachtete ihn überrascht.

„Das ist witzig!"

„Bist du high oder so?"

Er lachte noch lauter. „Von Shisha? Oh Mann, du hast echt keine Ahnung, oder?"

„Was weiß ich", murrte ich.

Er japste nach Luft und beruhigte sich langsam. „Sorry. Also, wo waren wir? Ach ja, bei dieser Schlampe. Auf solche Leute brauchste echt nix geben. Vergiss sie einfach."

„Ich hab das Gefühl, dass die meisten Menschen gar keine engen Freundschaften wollen. Nur Bekannte, mit denen man gut Party machen kann. Aber sobald die ersten Probleme auftauchen, sobald man mal einen schlechten Tag hat und nicht am laufenden Band Witze reißt, laufen sie weg."

Faisal hob die Schultern an und breitete die Arme aus. „Da redest du mit dem Falschen. Ich hatte bisher nur Jarrad als guten Kumpel. Und dich."

Ich lächelte leicht. „Ist nicht so, als hätte ich mehr Freunde aufzuweisen."

Faisal grinste zurück und bestellte sich ein Bier und mir eine Cola. Sobald die Bedienung unsere Bestellung gebracht hatte, stieß er sein Glas an meines. „Auf wenig Freunde! Aber gute."

Es freute mich, dass er so dachte, und wir tranken beide. Mittlerweile waren wir nicht mehr die einzigen in der Bar und die Luft begann dunstig zu werden.

„Weißt du, Laya", sagte Faisal irgendwann, „manche Menschen haben vielleicht einfach nur im falschen Moment nicht nachgedacht. Es gibt doch keinen Grund, warum jemand nicht mit dir befreundet sein will."

Ich zuckte unschlüssig mit den Schultern. Vielleicht gibt es aber auch keinen Grund, warum jemand mit mir befreundet sein *will*, dachte ich und schlürfte gedankenverloren an dem Strohhalm, fast so, als könnte ich damit auch alle negativen Erinnerungen aussaugen. *Selbst Jarrad, bei dem ich dachte, wir wären auf einer Wellenlänge ... andererseits hab ich das ihm gegenüber auch nie gezeigt.* Wieso war ich der Meinung gewesen, er müsse den ersten Schritt machen?

„Du hast eben viele schlechte Erfahrungen gemacht. Wart's ab, das wird schon noch." Faisal musterte mich mit einem lauernden, amüsierten Blick – beinahe so, als wüsste er etwas über meine Zukunft, das man mir vorenthalten hatte.

„Sag mal." Mein Herzschlag verdoppelte sich, als ich diesen absurden Gedanken fasste. Ich trank aus Nervosität einen langen Schluck, bis der Strohhalm saugende Geräusche machte. „Du hast doch Jarrads Nummer, oder?"

Faisals Mundwinkel zuckten und irgendwann konnte er sich das Grinsen nicht mehr verkneifen.

„Was?", fragte ich verunsichert. „Was ist?"

Das Grinsen wurde breiter. „Das ist lustig."

„Wieso?"

„Weil er mich dasselbe gefragt hat."

„Ehrlich?"

Er nickte. „Hat er noch nicht angerufen?"

„Nein. Aber – bist du dir sicher?"

„Klar." Er fragte die Bedienung nach einem Stift und einer Serviette und kritzelte darauf eine Nummer. Nachdem er mir die Serviette gegeben hatte, umschloss ich sie fest mit der Hand und packte sie sorgfältig in meine Handtasche.

„Ganz sicher?"

„Ja verdammt, hältst du mich für bescheuert?"

„Nein. Was – was hat er denn gesagt?"

„Er hat mich nach deiner Nummer gefragt, hab ich doch grad schon erklärt. Was soll er sonst gesagt haben?"

„Na, was *genau* hat er gesagt. Was war der Wortlaut? Und wie sah er dabei aus? Hat sein Gesicht irgendeine Regung gezeigt?"

Entgeistert starrte Faisal mich an. „Warum zum Teufel spielt das eine Rolle?", stammelte er völlig überfordert.

Ich winkte ab. Er würde es nicht verstehen.

„Was zur Hölle geht in deinem Kopf vor?", murmelte er. „Und ich dachte, ich kenne dich."

Ich wurde rot. „Vergiss es. Das ist Mädchenkram, das verstehst du nicht."

„Nie im Leben versteh ich das."

„Komm, wir bestellen noch was", sagte ich schnell, um vom Thema abzulenken. Faisal hob sofort die Hand und verfolgte die Bedienung mit seinem Blick, bis sie ihn sah und an unseren Tisch kam. Nach zwei Drinks wurde es wieder lustig. Faisal war ausgelassen, bemühte sich mit dem Mund Rauchkringel zu formen und erzählte mir Geschichten aus der Zeit, als er gerade nach Deutschland gekommen war.

Es war schön, ihn so begeistert zu sehen, und ich hatte ein schlechtes Gewissen, dass meine Finger danach brannten, die Serviette aus der Tasche zu ziehen und die Nummer darauf in mein Handy zu tippen.

Ein paar Stunden später brachte Faisal mich nach Hause. Ich knipste das Licht im Eingangsbereich an und horchte. Im Haus war es still – entweder meine Eltern waren noch unterwegs oder sie schliefen. Ich war erschöpft, fast zu müde, um meine Schuhe auszuziehen.

In meinem Zimmer warf ich mich aufs Bett und holte die Serviette heraus. Morgen würde ich anrufen, jetzt war es zu spät. Mit einem kleinen Lächeln auf den Lippen schlief ich ein.

5

Das Schrillen des Weckers riss mich aus dem Schlaf. Erschrocken fuhr ich hoch und warf einen Blick auf die Uhr. Sieben. Ich stieß die Decke zur Seite und trottete ins Bad. Als ich mein verschlafenes Ich im Spiegel anstierte, fiel mir ein, dass Samstag war. Verärgert, dass ich gestern Abend vergessen hatte meinen Wecker auszustellen, legte ich mich zurück ins Bett. Dann lächelte ich zufrieden. Es war Samstagmorgen und ich hatte einen ganzen Mark-freien Tag vor mir! Mein Magen wand sich vor Aufregung, als ich an die Serviette dachte und daran, dass Jarrad meine Nummer hatte. Seit wann hatte er sie? Und würde er anrufen?

Um mich abzulenken, stellte ich mein Kissen auf und las, bis meine Mutter von unten „Frühstück!" rief. Ich schlüpfte in meine gemütlichen Shorts und setzte mich mit angezogenen Beinen an den Küchentisch. Meine Mutter werkelte geschäftig an der Küchentheke herum.

„Und, hattet ihr einen schönen Abend?", fragte sie ganz unschuldig und warf einen Blick über ihre Schulter.

„Ja, war gut."

„Geht er eigentlich in deine Klasse?"

„Nee. Er ist auf der Realschule. Macht grad den Abschluss."

„Ah."

Ich sah genauer hin und merkte, dass sie nur dabei war die Gewürze umzusortieren.

„Wie habt ihr euch kennengelernt?" Ihre Stimme klang neugierig und interessiert – als hätte sie keinerlei Vorurteile gegenüber Faisal.

„Bei einer Party." Was sie wohl gesagt hätte, wenn ich Jarrad an Faisals Stelle mitgebracht hätte? *Sie wäre aus dem Häuschen.*

Mein Vater und mein Bruder gesellten sich zu uns und beendeten das Gespräch. Schweigend begann das Frühstück. Elias war der erste, der sich, nach einer Scheibe Brot mit Nutella und Salami, wieder aus dem Staub machte. Fünf Minuten später hörte man die Haustür zuschlagen. Meine Eltern warfen sich einen Blick zu – und zu meinem Erstaunen sah ich hinter ihren verärgerten Mienen Bedrückung.

„Wo geht er hin?"

„Das wissen wir leider auch nicht besser als du." Meine Mutter seufzte leise.

Ich räumte meinen Teller auf und verschwand in meinem Zimmer. Ganz so selbstbewusst wie gestern Abend fühlte ich mich nicht mehr – am liebsten hätte ich Jarrad einfach angerufen und gleichzeitig hatte ich schreckliche Angst davor. Es ist noch viel zu früh dafür, beschloss ich schließlich, wusste aber, dass das auch nur eine Ausrede war. Eigentlich hoffte ich jede Minute darauf, dass mein Handy klingelte.

Als es von meinem Nachttisch aus plötzlich laut zu summen begann, konnte ich mein Glück kaum fassen. Für einen Moment stand ich wie festgefroren mitten im Zimmer – dann stürzte ich zum Bett. Ein Blick auf das Display zeigte mir Gretas Nummer an und verwandelte meine Aufregung kurzfristig in Enttäuschung. Dann freute ich mich jedoch, endlich wieder von ihr zu hören. Am Montag war sie in eine hundert Kilometer entfernte Rehaklinik verlegt worden und seitdem hatte ich sie kaum gesprochen.

„Hey Greta."

„Hi! Laya, ich hab morgen ab elf Uhr frei und es soll schönes Wetter geben! Hast du Lust mich zu besuchen?"

Ich würde über eine Stunde brauchen, um zu ihr zu fahren. Aber ich hatte Lust, also sagte ich ja. Sie fragte mich, ob es Neuigkeiten von meinem heimlichen Verehrer gab – ja, dazu war Jarrad mittlerweile geworden – und ich erzählte ihr, was Faisal mir gestern offenbart hatte.

„Na dann sollten wir schleunigst auflegen", meinte sie aufgeregt, „sonst kann er dich ja gar nicht erreichen."

Ich musste lachen. „So schnell wird es auch nicht gehen."

Sie erkundigte sich noch nach der Schule und ich mich nach ihrem Therapiefortschritt, aber dann begann sie langsam das Gespräch zu beenden und wir verabschiedeten uns.

Ich legte mich aufs Bett, mein Bauch fühlte sich trotz Frühstück leer an. Irgendwann spürte ich an meinem Bein etwas, das nicht zur Decke gehörte. Die Serviette. Ich glättete das Papier und starrte eine Weile auf die Zahlen, bis sie vor meinen Augen verschwammen.

Das hat doch keinen Sinn, dachte ich verärgert und sprang aus dem Bett. Das Handy steckte ich mir in die Tasche meiner kurzen Hose und ging nach unten, um mir Sandalen anzuziehen. Die Nachbarn hatten um diese Zeit wieder alle eine Ausrede, die sie in den Garten lockte. Die einen mähten Rasen, andere schnitten etwas zurecht oder rupften Unkraut und manche waren schon wieder beim Mittagessen auf der Terrasse. Der Geruch nach Bratensoße zog mir in die Nase.

Blöde schnöselige Streberfamilien. Ich warf den glücklichen Gesichtern ein paar böse Blicke zu. Niemals wollte ich so werden. Ein Vierzig-Stunden-Job, ein langweiliges Haus neben langweiligen Familien, vielleicht ein oder zwei Hobbys und Mittagessen um Punkt zwölf. Und das für's restliche Leben. Die Kinder würden entweder wie Mark sein oder von Kindern wie Mark gemobbt werden. Dann musste man ständig den Rasen mähen und Unkraut jäten, weil die anderen Nachbarn sonst lästerten.

Lass uns einfach abhauen ... Jarrad konnte diese Worte nicht ernst gemeint haben. Auch wenn ich es mir wirklich wünschte. Es war genau das, was ich wollte. Weg von dem normalen langweiligen Leben, in dem man gezwungen war zur Schule zu gehen, in dem man sich entweder anpassen musste oder verurteilt wurde.

Weil ich den Blick auf die endlosen Reihen neugebauter Häuser mit ihren schreienden Kindern und rasenmähenden Eltern nicht mehr aushielt, steuerte ich auf die Felder zu, die man von unserem Haus in zwanzig Minuten zu Fuß erreichen konnte.

Nach dem Spaziergang rufst du an. Das jedenfalls nahm ich mir vor und es führte dazu, dass es ein sehr ausgedehnter Spaziergang wurde. Die Hitze war erschöpfend und ich schlenderte vor mich hin, der müde Blick wanderte über die rissige Erde unter meinen Füßen.

Als das Handy an meinem Oberschenkel vibrierte, zuckte ich zusammen. *Bestimmt ist es Greta.* Aber es war nicht Gretas Nummer.

Ich ging ran.

„Hey, ich bin's. Jarrad."

Mein Puls begann zu rasen und ich vergaß für einen Moment, wie man den Mund aufmachte.

„Hi!"

Kurz herrschte Stille. Meine Hände fühlten sich auf einmal so schwach an, dass ich das Handy fester packen musste, um es nicht fallen zu lassen.

„Du wunderst dich bestimmt, woher ich deine Nummer hab." Er klang verlegen.

Ähm, nein …

„Faisal hat sie mir gegeben."

„Ich weiß", gab ich zu.

„Oh." Er schien überrascht. „Normalerweise ist er nicht gesprächig. Aber das rutscht ihm so raus, hm."

Ich musste lachen. „Es war wohl meine Schuld." Ich verstummte. Mist.

„Deine Schuld?", fragte er neugierig nach.

Widerwillig erzählte ich die Wahrheit. „Ich hab ihn auch nach deiner Nummer gefragt. Da hat er es erzählt."

Jarrad sagte nichts, aber ich war mir ganz sicher, dass er breit grinste.

„Dann habe ich ja vielleicht gute Chancen, wenn ich dich frage, ob du heute mit mir in die Stadt gehst." Er wartete ab.

„Deine Chancen sind gut genug, dass du's riskieren kannst."

Er lachte leise. „Triffst du dich heute mit mir in der Stadt?"

Ich nickte, dann fiel mir ein, dass er das nicht sehen konnte. „Ja – ich meine, sehr gern."

„In zwei Stunden an der U-Bahnstation beim Römerberg?"

„Okay."

Sobald ich aufgelegt hatte, joggte ich nach Hause. Es war heiß und ich kam verschwitzt an, aber ums Duschen wäre ich sowieso nicht herumgekommen.

Ich musste mich beeilen. In der Dusche legte ich mir gedanklich ein Outfit zurecht und wog ab, ob es besser war, die Haare offen zu tragen oder hochzustecken. Aber als ich dann angezogen war, hatte ich keine Zeit mehr für eine Frisur, also kämmte ich mir die Haare und ließ sie auf dem Weg zur Haltestelle von der Sonne trocknen.

Im Bus setzte ich meine Sonnenbrille ab und lockerte mein Shirt. Die Klimaanlage war – wie immer – ausgefallen. Die Fahrt verging schnell, während ich mir überlegte, was wir in der Stadt unternehmen würden und ob Jarrad schon Pläne hatte. Ich war ein paar Minuten zu spät und er wartete bereits oben an der U-Bahntreppe, ein ehrliches Lächeln auf den Lippen. Es gab mir Zuversicht.

„Hi!" Ich strahlte zurück.

Für einen Moment standen wir uns gegenüber, beide etwas verlegen. Dann umarmten wir uns.

„Hast du Hunger?" Die Sonne brachte die ockerfarbene Pigmentierung in Jarrads Augen zum Leuchten.

„Eigentlich nicht", sagte ich zögerlich. Zum ersten Mal verstand ich, wie sich Schmetterlinge im Bauch anfühlten. Da blieb einfach kein Platz mehr für Essen. „Aber wenn du Hunger hast …"

Er schüttelte den Kopf. „Dann verschieben wir das auf später."

Wir schlenderten durch die Straßen und sahen uns die Schaufenster an. Wir waren nicht die einzigen, die Straßen waren voll mit Menschen und hupenden Autos, aber die meisten hatten es eiliger. Vor einem Paar grünglänzender Schuhe mit Pailletten blieb Jarrad stehen. „Mal im Ernst: Würdest du sowas tragen?"

Ich schüttelte den Kopf. „Ich steh nicht so auf diesen Schlangenlook. Aber den würde ich anziehen." Ich deutete auf einen besonders hässlichen Pelzmantel, der lose auf den Schultern einer Schaufensterpuppe hing.

„Wirklich?" Jarrad warf mir einen ungläubigen Blick zu.

„Ja, dieses moderne Steinzeitoutfit hat irgendwie was. Findest du nicht?" Jarrads Stirnrunzeln vertiefte sich und ich musste lachen. „Nein, natürlich nicht. Für wen hältst du mich?"

„Irgendjemand muss diesen Mist ja kaufen."

„Du traust mir aber Geschmacksverirrungen zu."

Wir liefen weiter, und Jarrad stupste mich mit der Schulter an. „Wie geht's dir?"

Ich zuckte mit den Schultern. „Ganz gut."

Er lächelte. „Das zählt nicht. Ich meine ganz ehrlich, nicht diese Standardantwort, die man immer raushaut."

„Ich weiß, dass du das meintest", log ich, aber er schien mir kein Wort abzukaufen.

„Du bist so schweigsam heute", sagte er und traf damit einen wunden Punkt. *Warum redet sie nicht? Sei nicht so still … sag doch mal was …* Wie oft hatte ich solche Sätze schon gehört.

„So bin ich immer", sagte ich und bemerkte, wie meine Stimme abgekühlt war, „du hast mich nur noch nie nüchtern erlebt."

Er lachte leise. „Das stimmt nicht. Aber ist schon okay, du musst mir nichts erzählen. Ich red' auch nicht so gern über solchen Kram, also …"

„Wenn du mir erzählst, was dich zurzeit beschäftigt, erzähle ich dir, was mich beschäftigt." Ich sah auffordernd zu ihm. Er blieb stehen und musterte mich unergründlich.

„Okay. Klingt fair." Er ließ den Blick über die vorbeilaufenden Passanten schweifen. „Ich mache mir viele Gedanken über meine Zukunft. Ich habe ein paar Entscheidungen getroffen, die ich gerne rückgängig machen würde."

„Was für Entscheidungen?", fragte ich.

Er zögerte kurz. „Ich würde gern woanders arbeiten."

„Aber das könntest du doch. Du bist doch erst …"

Sein Mundwinkel zuckte. „Zwanzig."

„Da könntest du doch studieren! Du könntest eine komplett andere Richtung einschlagen."

„Hmm. So leicht ist es nicht."

Ich sah ihn verständnislos an und wollte nachhaken, aber er schüttelte schwach den Kopf. „Genug von mir, jetzt bist du dran."

Ich seufzte unzufrieden und wir liefen weiter. „Darauf kommen wir nochmal zurück. Okay, ich … habe nur ein bisschen Angst, was nächstes Jahr passieren wird", sagte ich stockend, „wenn Faisal nicht mehr da ist."

„Vielleicht kann ich ja da sein."

Ich lächelte ironisch. „Willst du etwa wieder zur Schule gehen?"

„Das vermeide ich lieber. Aber ich könnte die ein oder andere Pause vorbeischauen."

Es klang fast zu schön, um wahr zu sein.

„Das wäre nett von dir", murmelte ich und betrachtete unsere Spiegelung, die von einem Schaufenster zum nächsten wanderte, unterbrochen von Fensterrahmen, Werbeplakaten und Türen. In diesem Moment fühlte ich mich verletzbar. So viele Hoffnungen würden sich in mir auftürmen, allein dieses Gespräch hatte schon erste Erwartungen geweckt. Und es gab eine Person, die all diese Hoffnungen in der Hand hielt und nur die Faust zu schließen brauchte, um sie darin zu zerquetschen.

„Im Endeffekt muss ich es alleine schaffen. Während dem Unterricht bin ich ja auch allein. Ich muss mir eben einen Panzer anlegen, dann kann mir das alles egal sein."

Jarrad runzelte die Stirn und blieb stehen, zu mir gedreht.

„Dieser Panzer, von dem du da redest, der kann dich vielleicht in der Schule beschützen. Aber gleichzeitig wird er immer weniger Emotionen durchlassen. Man wird abgestumpft und gefühlskalt, man schottet sich ab. Und es wäre schade, wenn du nicht mehr so oft lächelst."

Ich lächelte verlegen und wich seinem intensiven Blick aus.

„Siehst du. Das würde ich vermissen." Er grinste zurück. „Als ich noch in der Schule war, dachte ich, die Schule wäre mein Leben. Dabei ist sie nur ein kleiner Teil davon, und hätte ich das früher begriffen, hätte sie mir nicht so sehr schaden können. Was ich damit sagen will … das Leben außerhalb der Schule kann auch sehr viel bewirken, wenn man es zulässt."

Sein Blick wanderte über meinen Kopf und fixierte etwas, das hinter mir lag. Sein Grinsen erstarb. „Komm mit." Er griff nach meiner Hand und zog mich in eine Seitengasse, die auf den Main zulief.

Ich stolperte ihm irritiert hinterher und warf einen Blick über meine Schulter, aber da war nichts Ungewöhnliches. „Was ist?"

Ich schaute auf unsere verschränkten Hände und er ließ mich los, als hätte er sich verbrannt. „Ach, nicht so wichtig."

Schweigend folgten wir der schattigen Gasse, die Geräusche der Hauptstraße klangen ab. Immer wieder schaute ich zurück, aber ich konnte nichts sehen, was Jarrads Reaktion erklärte.

Irgendwann stieß er seufzend die Luft aus. „Da war ein Typ, den ich aus der Schulzeit kenne. Er war einer der vier, die es auf mich abgesehen hatten."

„Oh", machte ich betroffen.

„Ich weiß nicht, ob er mich noch kennt, aber ich wollte ihm nicht unbedingt begegnen."

„Ja, das verstehe ich." Ich musterte ihn von der Seite. Seine Stimme klang kontrolliert, aber sein Gesicht war aufgewühlt und ich sah ihn ein paar Mal tief durchatmen. Was hatte ihm dieser Kerl angetan, dass er ihn nach so vielen Jahren noch immer aus der Fassung brachte?

Ich überlegte, wieder seine Hand zu nehmen, aber bevor ich den nötigen Mut aufbringen konnte, fragte er: „Hast du die Ausstellung über die Geschichte des Mains gesehen?"

Ich schüttelte den Kopf.

„Interessiert es dich?"

„Ähm ja, sicher. Warum nicht", sagte ich, in der Hoffnung, es würde ihn auf bessere Gedanken bringen.

Die Luft im Museum war kühl und angenehm. Wir schlenderten durch die Ausstellung und ich wunderte mich, wie interessiert und neugierig Jarrad jede Station begutachtete.

„Du magst Museen, hm", stellte ich fest und dachte daran, wie Elias und ich früher regelmäßig Familienstreits vom Zaun gebrochen hatten, sobald uns unsere Eltern in ein Museum schleppen wollten. Ich mochte Museen immer noch nicht besonders gern, aber ich mochte es, dass Jarrad sich dafür begeisterte.

„Ich mag solche Orte, ja", gab er zu, „es geht mir nicht darum, dass ich unbedingt eine Ausstellung sehen möchte. Ich mag es, weil es so … normal ist."

„Dann machen wir also heute ganz viele normale Dinge?"

Er lachte leise. „Du findest das langweilig, oder?"

„Nein." Ich schüttelte den Kopf. „Ich hätte dich nur anders eingeschätzt."

„Ganz unrecht hast du auch nicht, mit deiner Einschätzung. Ich habe nur vielleicht einfach schon zu viel erlebt."

Seine Worte beschäftigten mich. „Kann man zu viel erleben?"

„Das kommt ganz darauf an, um welche Art von Erlebnissen es sich handelt. Stell dir vor, du erlebst, wie man dir deine Familie wegnimmt. Oder wie du deinen Job verlierst. Von dieser Sorte Erlebnisse hab ich langsam genug gehabt." Er beugte sich nach vorne und inspizierte ein verrostetes Werkzeug in einem Glaskasten. „Ich hätte allerdings nichts gegen eine Weltreise." Er richtete sich auf und schaute mich an. Ein Lächeln umspielte seine Lippen, aber seine Augen blieben davon unberührt, traurig.

Ist es das, was du erlebt hast? Oder waren deine Beispiele aus der Luft gegriffen? Und wie viel haben diese vier Typen aus deiner Schulzeit damit zu tun?

Bevor ich mich entscheiden konnte, ob diese Fragen zu persönlich waren, lenkte er vom Thema ab.

„Du hast ja Gänsehaut auf den Unterarmen." Wir starrten beide auf meine Arme. Sobald mir bewusstwurde, dass es hier kalt war, lief mir ein Schauer über den Rücken.

„Lass uns gehen, oder?", schlug Jarrad vor. „So besonders ist die Ausstellung auch nicht."

Es war später Nachmittag, die Sonnenstrahlen kreuzten diagonal durch die Luft, die Wärme kitzelte angenehm auf meiner Haut. Die Straßenbahnschienen gleißten in der Sonne und ich musste mir die Hand über die Augen halten, um überhaupt etwas zu sehen.

„Schau mal da." Jarrad zeigte Richtung Westen. Ganz in der Ferne häuften sich schwarze Gewitterwolken, die bläuliche Schlieren mit sich zogen.

„Hoffentlich kommt das nicht zu uns."

Es kam ziemlich schnell zu uns. Gerade als wir uns ein Eis gekauft hatten, platschten dicke Tropfen auf den heißen Teer und hinterließen dunkle Punkte. Die Luft roch schwül und sommerlich. Wenige Minuten später standen wir mitten in einem kräftigen Platzregen.

„Meine Wohnung ist ganz in der Nähe!", rief Jarrad über das laute Prasseln des Regens, das von gelegentlichem Donnergrollen übertönt wurde.

Es war warm und irgendwie schön, nass zu werden. Wir hatten es nicht eilig.

Jarrads Wohnung war in einem modernen gläsernen Hochhaus und ich war schon ganz neugierig darauf, sie zu sehen. Seinem Auto und der Fassade dieses Gebäudes nach zu urteilen, musste die Wohnung modern und teuer sein.

Der Aufzug brachte uns in den fünfzehnten Stock. Nur vier Türen zweigten von einem länglichen Korridor ab und Jarrad schloss zielstrebig eine davon auf. Auf dem Klingelschild las ich den Namen ‚Larsson‘.

„Woher kommt dein Name?" Ich ließ meinen Blick über die Garderobe schweifen, an der ein schwarzer Mantel und eine Regenjacke hingen. Gegenüber davon waren ein Spiegel und die Tür zum Badezimmer, aus dem Jarrad zwei große weiße Handtücher brachte.

„Mein Vater ist schottischer Herkunft", sagte er und reichte mir eines der Handtücher, „aber er wurde in Bonn geboren. Wenn es nach meiner Mutter gegangen wäre, würde ich Valentin heißen."

Ich musste lachen und entlockte Jarrad ein kleines, grimmiges Lächeln. „Immerhin eine Sache, die mein Vater richtig gemacht hat."

„Oh."

Er winkte ab. „Egal. Ist eine andere Geschichte. Komm erstmal rein." Er rubbelte sich mit seinem Handtuch die Haare trocken und lief in den Wohnbereich. Seine Füße hinterließen nasse Abdrücke auf dem Boden.

„Wie haben deine Eltern sich kennengelernt?"

Ich folgte ihm und staunte über die Aussicht, die sich mir bot. Die ganze gegenüberliegende Wand war eine einzige Glasfront mit Blick über die Innenstadt.

Fasziniert stellte ich mich davor und starrte in den strömenden Regen, der nur wenige Zentimeter entfernt war. Wenn ich nach unten sah, auf die Miniaturausgaben von Autos und Bäumen links und rechts der Straße, wurde mir ein bisschen schwindlig.

„In einem Club, nichts Besonderes. Mein Vater hat mit Kollegen gefeiert, weil sie irgendeinen neuen Auftrag an Land gezogen hatten."

„Was arbeitet er?"

„Anwalt."

„Cool." Ich fand es wahnsinnig spannend, diese Details über Jarrad zu erfahren. Mein Vater arbeitete in einer Bank und meine Mutter war Steuerberaterin. Die vermutlich langweiligsten Jobs der Welt.

„Wenn du möchtest, kannst du ein T-Shirt und eine Hose von mir ausleihen. Sind vielleicht ein bisschen groß, aber besser als die nassen Klamotten, oder?"

Ich nickte und sah wieder aus dem Fenster, während er nach Ersatzklamotten suchte. Er kam zurück und drückte mir eine Jogginghose und ein schwarzes T-Shirt in die Hand.

„Wenn der Regen aufhört, könnten wir auf den Balkon", sagte er gutgelaunt, „ich finde, es sieht nur nach einem kurzen Sommergewitter aus, meinst du nicht?"

Ich nickte abwesend. „So viele Menschen kannst du von hier oben sehen, wie sie ihrem täglichen Leben nachgehen, einkaufen, spazieren. Nur wenn es regnet, kann man sie nicht auseinanderhalten." Ich beobachtete einen roten Regenschirm, der aus einer Masse an schwarzen Schirmen herausstach. „Fragst du dich manchmal, warum diese Menschen da unten herumlaufen?"

Jarrad musterte mich aufmerksam. „Ehrlich gesagt, nein. Ich bin nicht sehr oft hier oben. Aber wenn, dann bin ich froh, Abstand zu haben. Eine Nachwirkung aus der Schulzeit, vermute ich." Er lächelte gequält. „Ich bin kein Menschenfreund, weißt du. Ich versuche es, aber es ist schwer. Ich bin schnell enttäuscht, wenn jemand einen Fehler macht, und ich verurteile ebenso schnell."

„Dann muss ich ja sehr vorsichtig sein", meinte ich im Halbspaß.

Er winkte ab. „So ist es nicht. Du wärst gar nicht dazu in der Lage. Es ist schwer zu erklären, aber es geht mir vor allem um Menschen, die nur an sich selbst denken. Jeder macht mal Fehler, aber die … interessieren sich nicht für andere. Sie lassen einen im Stich, wenn ihnen etwas nicht passt. Für mich ist Freundschaft ein Synonym für Loyalität, aber vielleicht ist das heutzutage eine altmodische Sichtweise. Heutzutage hat man hundert Freunde, mit denen man Party machen kann. Wenn's ums Saufen geht, kann man sich gut auf sie verlassen, aber darüber hinaus …"

„So geht es mir auch", murmelte ich und erinnerte mich an das, was ich Faisal erzählt hatte. „Ich hab das Gefühl, die meisten wollen nur Bekannte, mit denen man feiern kann. Und sobald es einem mal nicht so gut geht, verschwinden sie plötzlich. Ich meine, Freundschaft – das würde ja bedeuten, dass man auch mal jemandem zuhören müsste."

Jarrad grinste. „Viel zu anstrengend, was erwartest du? Es ist doch viel leichter und angenehmer, über sich selbst zu reden."

Jetzt musste auch ich grinsen – und wir standen uns kurz schweigend gegenüber, beide mit einem verlegenen Grinsen im Gesicht.

„Ich denke, ich sollte mich mal umziehen." Ich hob das schwarze Bündel in meiner Hand hoch und Jarrad nickte.

Die Klamotten waren etwas zu groß, aber dafür schön warm. Als ich zurückkam, hatte auch Jarrad seine nassen Klamotten gewechselt. Er trug ein nachtblaues Hemd, hochgekrempelt bis zu den Ellbogen, und eine schwarze Jeans. Er hatte eine Flasche Bier in der Hand und bot mir was zu trinken an.

„Mir reicht ein Glas Wasser, danke."

Ich beobachtete ihn, wie er ein Glas aus dem Schrank holte und es am Wasserhahn befüllte.

„Und hast du mittlerweile Hunger?", fragte er mit einem Grinsen.

„Ja, ziemlich. Tut mir leid, du musst am Verhungern sein, oder?"

„Verhungern ist übertrieben, aber ich könnte jetzt ein oder zwei Pizzen verschlingen. Wollen wir was bestellen? Oder kochen?"

„Wir könnten Pizza selber machen", schlug ich begeistert vor.

Jarrad grinste. „Keine Ahnung wie das geht, aber unter deiner Anleitung gerne."

„Das zählt jedenfalls definitiv zu den normalen Tätigkeiten, also dürfte es dir gefallen."

„Da hast du recht. Allerdings solltest du nicht allzu viel Hilfe von mir erwarten." Er lächelte milde.

„Ach, du bekommst einfach die langweiligen Aufgaben, Gemüse schnippeln und so."

„Damit kann ich leben."

Jarrads Vorratsschränke gaben außer einer Packung Nudeln und einem Glas Tomatensoße nichts her, also schnappten wir uns einen Schirm und liefen zum nächsten Supermarkt.

Der Regen hatte die Luft abgekühlt und ich begann trotz Ersatzklamotten zu frieren. Jarrad kaufte Tee und Schokolade und überhaupt lud er den ganzen Einkaufswagen voll mit allem Möglichen. Irgendwo fand er eine Kuscheldecke im Angebot, die kam ebenfalls dazu, nachdem er beteuerte, außer seiner Bettdecke nichts Wärmendes zu besitzen.

Zurück in seiner Wohnung drehte er die Heizung auf und kochte Tee. Dann beobachtete er, wie ich mit den Händen den Teig knetete.

„Der sollte mindestens eine Stunde gehen", erklärte ich ihm und wurde verlegen, weil Jarrad mir mit großer Aufmerksamkeit zusah. Schnell widmete ich mich wieder dem Teig, deckte die Schüssel mit einem Küchenhandtuch ab und stellte sie neben die Heizung.

Er lächelte, als ob mein Wissen über Pizzateig etwas Besonderes wäre, und schob mir die dampfende Tasse entgegen. „Hier, der Tee sollte mindestens fünf Minuten ziehen. Steht so auf der Verpackung."

„Danke." Wir standen uns in der Küche gegenüber und keiner von uns wusste so recht, was als Nächstes passieren würde. Jarrad musterte mich und ich trank vor Verlegenheit einen großen Schluck Tee und schrie mit geschlossenem Mund auf. Reflexartig spuckte ich die brühend heiße Flüssigkeit in die Spüle.

Jarrad zog ein Glas aus dem Schrank und füllte es mit Leitungswasser. „Hier, trink was Kaltes." Ich kühlte damit meine verbrannte Zunge.

Besorgt sah er mich an. „Geht's wieder?"

Ich nickte mit vollem Mund und schluckte herunter, sobald das Wasser warm geworden war. „Wenigstens ist mir jetzt nicht mehr kalt."

„Man darf dir einfach keine Getränke in die Hand geben", meinte er kopfschüttelnd; eine Anspielung auf unser Nachtmahl bei Andrzej. „Wenn du mir erklärst, was ich zu tun habe, kannst du dich ausruhen und ich mach die Pizza."

Ich grinste neugierig und setzte mich auf einen Barhocker auf der anderen Seite der Theke. „Okay. Das ganze Gemüse muss gewaschen und in Stücke geschnitten werden."

Er nickte und holte Pilze, Mais, Zucchini, Zwiebeln und Paprika aus der Einkaufstüte – Jarrad hatte gefühlt alles in den Einkaufskorb gelegt, was er auf dem Werbeflyer einer Pizzeria gefunden hatte.

Ab und zu zeigte er mir ein Stück Paprika oder Zucchini und fragte, ob das schlechte Stellen waren, die wegmussten.

„Das macht dir Spaß, oder? Da zu sitzen und mir beim Kochen zuzusehen."

„Oh ja." Ich packte die Decke aus, die auf dem Barhocker neben mir lag, und legte sie mir um die Schultern.

„Das letzte Mal, dass ich gekocht habe, ist schon 'ne Weile her. Nudeln mit Fertigsoße. Normalerweise bestelle ich immer was."

„Gab es einen bestimmten Anlass?"

Er zuckte mit den Schultern. „Ich wollte allein sein. Es gibt Tage, an denen ich nicht einmal den Pizzaboten sehen möchte.

Aber dann wiederrum gibt es ja auch Tage wie heute." Er lächelte, aber seine Augen blieben unberührt und es bedrückte mich.

„Je mehr Abstand man von den Menschen hat, desto mehr zieht es einen in die Einsamkeit. Jedenfalls geht es mir manchmal so. In der Schule, wenn Faisal nicht da ist … dann bleibe ich trotzdem allein. Ich könnte auch zu den Rauchern gehen, aber ich will es nicht mehr. Ganz am Anfang hab ich mich noch bemüht, aber ich weiß, dass ich ihnen egal bin. Und mittlerweile fällt es mir leichter, gleich allein zu bleiben."

„Ach, Laya", sagte er unglücklich, „du bist noch nicht allein. Mach nicht den gleichen Fehler wie ich. Egal wie dumm und ignorant dir die Menschen manchmal vorkommen mögen, gib sie nicht auf."

Ich erschrak über diesen abrupten Stimmungswechsel und fand keine Worte.

„Was für einen Fehler meinst du?", fragte ich schließlich.

„Sich abzuschotten. Ich weiß, dass es der leichtere Weg ist. Und dass du dich fragst, warum du überhaupt Teil dieser Gesellschaft sein willst, die dich immer nur enttäuscht. Die viel von dir erwartet und nichts zu geben scheint. Aber wenn man einmal angefangen hat, sich von den Menschen abzugrenzen, ist es so viel schwerer, wieder zurückzufinden. Und wir brauchen die Nähe zu anderen. Wir sind nicht dafür gemacht, allein zu leben."

„Aber du hast dich doch gar nicht abgeschottet", widersprach ich, „du hast doch vorhin erst gesagt, dass man sich keinen Panzer anlegen sollte."

Er winkte ab. „Ich rede viel. Aber was ich davon selbst umgesetzt habe, steht auf einem anderen Blatt."

Ich schüttelte den Kopf. Konnte es sein, dass ich ein völlig anderes Bild von ihm hatte als er selbst? Seine Worte passten nicht zu ihm, nicht zu seinem Lächeln, das er mir oft schenkte, unseren offenen Gesprächen. Oder dass er mich heute Vormittag angerufen hatte.

„Ist das okay so?", fragte er und deutete auf das fertig geschnittene Gemüse auf dem Schneidebrett. Ich nickte abgelenkt.

Wir sahen uns an und für einen Moment war es, als ließe er zum ersten Mal seinen Schild sinken. Ich konnte spüren, was hinter seinen Worten steckte. Ich spürte, dass er zu kämpfen hatte, dass es ihm schwerfiel, seinem Umfeld gerecht zu werden. In seinen Augen las ich Verletzbarkeit. Es gab Dinge, die ich ihm antun konnte. Worte, die ihn verletzen würden. Irgendwann hielt ich es nicht mehr aus und wandte den Blick ab, zum Fenster. Es hatte aufgehört zu regnen. Schweigend ging Jarrad an mir vorbei und öffnete eine Glastür, die nach draußen auf einen kleinen Balkon führte. Ich folgte ihm.

Die Luft war kühl und windig, aber erfrischend. Es dämmerte, und dicke aufgebäumte Wolken schoben sich über den Himmel.

Nach einem kurzen Moment ging Jarrad wieder rein. Ich starrte auf die Straße, vielleicht vierzig oder fünfzig Meter unter mir. Menschenleer, nur ein paar Autos, die ihr Scheinwerferlicht auf den nassen Asphalt warfen. Kurz darauf gesellte Jarrad sich wieder zu mir, legte mir die Decke um die Schultern und stellte zwei Bierflaschen auf den kleinen Bistrotisch.

Wortlos öffnete er eine und hielt sie mir hin.

Ich schüttelte den Kopf.

„Möchtest du lieber Tee?" Der Wind blies ihm seine Haarspitzen in die Augen und rüttelte an unseren Shirts.

„Nein, danke." Meine Stimme war über das laute Rauschen kaum hörbar. Schweigend standen wir Schulter an Schulter und schauten in das Unwetter. Dunkle Schlieren zogen sich über den Horizont und in der Ferne blitzte es.

Ich warf Jarrad einen Seitenblick zu; ein kleines Lächeln umspielte seine Mundwinkel.

„Was denkst du gerade?", fragte ich ihn neugierig.

Er warf mir einen kurzen überraschten Blick zu. „Hmm, ich", er sah erneut zu mir, diesmal verlegen, „nicht lachen, okay?"

„Nein, wieso sollte ich? Bitte, erzähl es mir."

„Ich musste daran denken, wie ich mir früher – mit zehn oder so – vorgestellt habe, dass Wind und Sturm die ganzen bösen Absichten und Gedanken der Menschen vertreiben. Und ich hab mir ausgemalt, ich wäre eine Art Superman, der mit dem Wind fliegen kann und Verbrecher bekämpft. Weatherman, so hieß er. Seine Schwäche war, dass er bei gutem Wetter mehr oder weniger machtlos war. Jeder Superheld hat doch immer 'ne Schwäche. Damit sie realistischer wirken. Menschlicher." Er trank von seinem Bier. „Ich hab's mir immer gewünscht, bei diesen ganzen dummen abergläubischen Ritualen, die man heutzutage so macht. Kerzen auf dem Geburtstagskuchen ausblasen ... oder wenn ich eine Sternschnuppe am Himmel gesehen habe. Naiv, oder?"

Ich schüttelte den Kopf. „Kein bisschen. Das ist ein wunderbarer Traum."

Er grinste zerknirscht. „Ach, was soll's, weißt du, ich wär immer noch gern ein Superheld."

Ich musste lachen. „Jetzt versteh ich, wieso du mich aus dem Wasser gezogen hast. Und mich von der Party verscheuchen wolltest und diesen Typ geschlagen hast, der so aufdringlich war."

Eine Weile erwiderte er nichts. Sein Ausdruck war wieder finster; tiefe Falten zogen sich durch seine Stirn. Verwundert wartete ich ab, was er als Nächstes tun würde.

„Ich bin kein Superheld, Laya. Ich bin sehr weit davon entfernt."

„Nur, weil du kein cooles Kostüm hast?", meinte ich im Spaß.

„Du weißt gar nichts." In seiner Stimme lag Spott.

Ich kniff die Augen zusammen. „Ich weiß, dass du mir geholfen hast – während die anderen nur danebenstanden. Vielleicht – vielleicht sah es lächerlich aus, aber ich hatte wirklich Angst zu ertrinken. Meine Beine hatten sich verkrampft und ich weiß nicht, was passiert wäre, wenn du mich nicht rausgezogen hättest. Und wenn Faisal und du nicht dagewesen wärt, um Greta zu retten ..."

„Wir hätten dich danach in Ruhe lassen sollen."

„Wie meinst du das? Warum?"

„Ach, Laya. Wir sind verbitterte Menschen, Faisal und ich. Du brauchst jemanden, der dich aufheitert und dich nicht noch weiter nach unten zieht."

„Du bildest dir ganz schön viel ein, zu wissen, was ich brauche und was nicht. Faisal hat die Schule erträglich gemacht. Und ich weiß nicht, was ich ohne ihn machen würde."

Perplex starrte er mich an. Meine Antwort hatte ihn ziemlich überrumpelt.

„Lass uns wieder reingehen", murmelte er irgendwann. Es war mittlerweile stockdunkel, aber der Wind peitschte noch immer gegen die Glasscheiben.

Ich schaute nach dem Pizzateig, der in der Zwischenzeit deutlich aufgegangen war. Ich ließ ihn stehen und kümmerte mich um die Tomatensoße. Jarrad folgte mir mit gerunzelter Stirn, tief in Gedanken versunken. Er ließ sich gegenüber der Theke auf einem Barhocker nieder und schaute mir zu.

„Wie möchtest du deine Pizza belegen?" Ich hatte den Teig bereits ausgerollt und verteilte gerade die letzten Reste Tomatensoße darauf.

„Hm? Oh." Er stand auf und lief um die Theke herum auf meine Seite. Ich griff nach dem Tee, der mittlerweile abgekühlt war, und sah ihm dabei zu, wie er sorgfältig jede Ecke der Pizza gleichmäßig belegte. Das zweite Blech belegte ich, danach kamen beide in den Ofen.

„Möchtest du auch ein Glas Wein?"

Ich nickte und er holte zwei Gläser und eine Weinflasche aus dem Schrank. Wir setzten uns auf sein Sofa, das mit weißem Stoff überzogen war.

„Uh, keine gute Idee, mich mit Wein auf ein weißes Sofa zu setzen", witzelte ich, aber damit konnte ich ihm nur ein schwaches Lächeln entlocken.

Schweigend entkorkte er den Wein und füllte beide Gläser halb auf. Dann stellte er die Flasche zurück auf den Glastisch, lehnte sich zurück und sah mich unverwandt an.

„Faisal wusste, dass mehr in dir steckt. Er hat mir gesagt, ich würde dich unterschätzen ... und er hatte recht."

Ich hörte gespannt zu und verstand kein bisschen, worauf er hinauswollte.

„Aber vielleicht geht es nicht darum, richtig? *Du* bist nicht diejenige, die es ruinieren würde."

„Wie meinst du das?"

„Ich rede nur dummes Zeug. Sorry. Liegt am Bier." Er hatte an diesem Abend schon drei Flaschen getrunken.

„Weißt du Laya, manchmal wünschte ich, ich könnte dich einfach wegbringen von hier, damit du in Sicherheit bist. Deine Klasse, Mark", er tippte sich an die Schläfe, „was zur Hölle geht in ihrem Kopf ab? Kurzschluss? Ich versteh's nicht. Aber manchmal, da will ich es ihnen einfach nur heimzahlen." Er rieb sich mit der Hand über die Stirn und seufzte. „Das ist alles so abgefuckt."

„Vielleicht hätte ich nichts dagegen, von hier wegzugehen", sagte ich leise.

Er betrachtete mich schweigend.

„Faisal hat mir auch schon angeboten, Mark krankenhausreif zu prügeln", redete ich weiter und versuchte einen witzigen Ton beizubehalten, „falls du das damit meintest."

Seine Mundwinkel zuckten leicht. „Das hätte ich mir denken können. Er ist ein loyaler Freund. Das schätze ich sehr an ihm. Ich frage mich nur manchmal, wie viel ihm seine Freunde wirklich bedeuten. Verspürt er irgendeine Art … ‚Liebe'? Ich hab keine Ahnung, ob sein Verhalten einfach nur einprogrammiert ist, oder ob mehr dahinter steckt, Zuneigung oder Sympathie oder was weiß ich."

„Ich weiß, was du meinst", sagte ich, „er zeigt wenig Emotionen. Und er hat sich einen wirklich dicken Panzer angelegt, den er ungern wieder ablegen möchte. Ich könnte mir aber vorstellen, dass es irgendwo ein Mädchen gibt, das sein Herz weichklopfen kann."

Jarrad lächelte leicht. „Ich hatte am Anfang gedacht, dass du diejenige bist."

„Was, ich?" Erstaunt sah ich ihn an. „Nein, wir sind nur Freunde, da bin ich mir sicher."

Hätte es dir denn etwas ausgemacht? Aber diese Frage traute ich mich nicht laut auszusprechen.

Jarrad hatte sein Weinglas abgestellt und betrachtete gedankenverloren seine Handflächen.

„Trinke ich dir zu viel?" Er hob den Kopf und runzelte besorgt die Stirn.

„Ähm – das ist doch deine Sache. Das geht mich nichts an."

„Ich möchte aber wissen, was du denkst. Ich meine, jetzt sitzen wir hier und ich bin schon angetrunken. Es ärgert mich ja selbst, ich will nicht alles mit vernebeltem Bewusstsein erleben. Gerade jetzt. Und ich rede so viel Scheiße. Du solltest hierbleiben, bis ich wieder nüchtern bin. Damit du siehst, dass ich auch ein vernünftiger Kerl sein kann."

Ich lächelte. „Das weiß ich doch schon."

„Ich war bisher jedes Mal angetrunken, wenn wir zusammen waren, oder nicht?"

„Ich weiß nicht, kann sein. Ich war doch auch angetrunken."

„Aber du trinkst gar nicht gern, oder? Und jetzt gerade bist du auch nicht angetrunken. Ich werde heute einfach gar nichts mehr trinken. So."

Ich konnte mir ein Grinsen nicht verkneifen.

„Na, amüsierst du dich?"

„Du bist sehr gesprächig im Moment. Das ist schön."

„Schön also, hm." Er kniff die Augen zusammen, dann erhellte sich sein Gesicht. „Ich hab 'ne gute Idee." Er beugte sich zu mir, als wollte er mir ein Geheimnis anvertrauen, und legte seine Hand auf meinen Oberschenkel. Etwas verlegen warf ich einen kurzen Blick darauf. Er schien es gar nicht zu merken, lächelte nur und stand auf. „Na, komm!"

„Was ist mit der Pizza?"

„Oh, ist sie schon fertig? Dann holen wir sie raus und sie kann abkühlen, bis wir zurück sind."

Ich holte die Pizza aus dem Ofen, zog meine Schuhe an und Jarrad lieh mir eine Regenjacke.

„Wo gehen wir hin?"

„Wirst du schon noch sehen." Er zwinkerte mir zu.

Wir fuhren mit dem Aufzug und als Jarrad die oberste Etage wählte, ahnte ich bereits, was er vorhatte. Aber ich ließ ihm seinen Spaß und sagte nichts. Im Aufzug zog er mir die Kapuze der Regenjacke über den Kopf, ich schob sie wieder runter. Er zog sie wieder hoch, ein jungenhaftes Grinsen im Gesicht. *Er ist angetrunken*, sagte ich mir und fragte mich gleichzeitig, was das zu bedeuten hatte. Sein Verhalten hatte sich geändert, ständig berührten wir uns, scheinbar versehentlich. Ich hatte jedenfalls nichts dagegen.

Wir erreichten die zwanzigste Etage, die Türen schlossen sich hinter uns und ließen uns in der Dunkelheit allein. Jarrad lief voraus und ich tapste blindlings hinterher. „Warte", zischte ich und befreite meinen Kopf von der Kapuze, „ich seh' nicht, wo es langgeht!"

Ich hörte ihn neben mir atmen und im nächsten Moment hatte er meine Hand genommen und zog mich mit. *Gibt's hier keinen Lichtschalter?*, hatte ich fragen wollen. Ich ließ es bleiben. Mir wurde ganz warm und ich war froh, dass man meine rot-glühenden Wangen nicht sehen konnte.

„Pass auf, hier kommt eine Treppe."

Zwölf Stufen mussten wir nach oben steigen, dann hörte ich, wie Jarrad eine quietschende Tür aufstieß, und ein kalter Wind zog an uns vorbei. Wir waren auf dem Dach. Vor uns wölbten sich die grauen Bäuche tiefhängender Wolken, erleuchtet von den Lichtern der Stadt. Jarrad hielt immer noch meine Hand. Wir liefen über graue Steinplatten bis zu einem hüfthohen Geländer und blickten in den Himmel, dann auf die Reihen beleuchteter Fenster der umliegenden Hochhäuser. Ich atmete die frische Luft ein und schloss für einen Moment die Augen. Jarrad stand dicht neben mir; unsere Schultern berührten sich.

Dann machte er zwei Schritte nach vorne und lehnte sich mit dem Oberkörper über die Brüstung.

„Pass auf", schrie ich instinktiv.

Er drehte sich mit einem Lachen im Gesicht zu mir um. „Hast du etwa Angst um mich?" Seine Augen funkelten provozierend.

„Ja", erwiderte ich in anschuldigendem Tonfall, „du bist angetrunken."

Lächelnd kam er zu mir zurück und legte die Hände auf meine Schultern. „Ich bin bei völlig klarem Verstand." Seine Stimme war leise und er schaute mich mit ernsten Augen an. Langsam beugte er sich nach vorne und unsere Lippen berührten sich. Ich konnte das Klopfen des Blutes in meinen Ohren hören, synchron zu meinem Herzschlag. Warm und rau lag seine Hand auf meiner Wange und als er sich von mir löste, blieb sein Gesicht ganz nah an meinem, sein Atem strich über meine Stirn. Ich öffnete die Augen und wir sahen uns an. Seine Iris erschien wieder schwarz und schimmerte leicht. Dann lächelte er ein wenig und zog mir die Kapuze der Regenjacke wieder über den Kopf. Ich stellte mich auf die Zehenspitzen und küsste ihn.

„Du frierst", stellte er fest und legte seine Arme um mich. „Komm, lass uns wieder zurückgehen." Hand in Hand verließen wir das Dach, tapsten durch den dunklen Korridor und nahmen den Aufzug nach unten. Wir sprachen nicht, aber es war kein unangenehmes Schweigen. Zurück in der Wohnung legte er mir die neugekaufte Decke um die Schultern, holte Besteck und zwei Teller aus dem Schrank und lud sie voll mit Pizza. Wir setzten uns an den Esstisch, aßen und grinsten uns ab und zu verlegen an.

„Ist dir noch kalt?"

„Ein bisschen, aber es geht schon wieder."

Fragen schossen mir wie flüchtige Blitze durch den Kopf – was der Kuss für Jarrad bedeutete und wie es weitergehen würde, wie sehr er mich mochte und ob das auch sein erster Kuss gewesen war … so wie bei mir.

„Wie geht es jetzt weiter?", tastete ich mich vorsichtig heran.

Er hörte auf zu essen und sah nachdenklich aus dem Fenster. Auf einmal wurde sein Ausdruck bekümmert und sorgenvoll.

„Was ist los?" Verängstigt wartete ich auf eine Antwort.

„Nichts", er nahm meine Hand und fuhr mit seinem Daumen langsam über meine Handfläche, „ich mag dich sehr, Laya. Ich werde dich anrufen, okay? Ich ruf dich an."

„Okay." Es war nicht die Antwort, die ich mir erhofft hatte. Er war meiner Frage ausgewichen, aber was hatte ich denn erwartet? Dass er unseren Hochzeitstag festlegte? Wahrscheinlich wusste er ganz einfach selbst nicht, wie es weitergehen sollte.

Als wir fertig waren mit Essen, stand ich auf. „Ich denke, ich sollte bald gehen. Es ist schon spät und ich glaube, meine Eltern erwarten mich zuhause."

Er wirkte ein wenig enttäuscht, aber nickte knapp. „In Ordnung. Ich fahre dich nach Hause. Lass das T-Shirt und die Jogginghose an, du kannst sie mir beim nächsten Mal geben."

Wir nahmen den Aufzug bis in die Tiefgarage. Die Hitze hatte sich dort unten über die heißen Tage hinweg angestaut und Einatmen fühlte sich an, als würde man einen Mundvoll Staub schlucken. Auch in Jarrads Auto war es kaum auszuhalten, wenn auch schön warm. Sobald wir die Tiefgarage verlassen hatten, ließ er kurz die Fenster herunter und frische Luft strömte ins Auto. Dann stellte er für mich die Heizung an.

Gedankenversunken sah ich aus dem Fenster. Es war niemals vollkommen dunkel in Frankfurt, etwas, worüber sich mein Vater oft aufregte. Diese ganzen Lichter, Leuchtreklame und Straßenlaternen und Schaufenster. *Light pollution*, betonte er gerne, mit seinem deutschen Akzent. Aber gerade hatte es eine beruhigende Wirkung auf mich. Ein Licht nach dem anderen rauschte an mir vorbei und sie verschwammen zu langgezogenen Linien.

Ich spürte Jarrads warme raue Hand auf meiner. Er drückte mir kurz die Finger und ich drehte mich zu ihm.

„Hey, was runzelst du denn so die Stirn?", fragte er sanft. „Machst du dir Sorgen?"

„Nein", log ich, „alles in Ordnung."

Er warf mir einen kurzen Blick aus dem Augenwinkel zu. „Ich weiß, dass das nicht stimmt. Bitte, sag mir was los ist. Ich möchte, dass du ehrlich zu mir bist."

Ich zögerte lange. „Vorhin, da sahst du so aus, als würde dich etwas bedrücken. Und ich hab das Gefühl, es hatte mit mir zu tun."

Er überlegte eine Weile und holte tief Luft. „Das hatte nichts mit dir zu tun, versprochen. Es gibt da nur ein paar Angelegenheiten, die ich bald klären muss. Unschöne Angelegenheiten."

„Möchtest du mir davon erzählen?" Ich musste unweigerlich an Faisal denken und meine Vermutung über ihn. Irgendwoher musste sein Geld kommen. Und das Gleiche galt für Jarrad. Er war kaum älter als ich, aber wohnte in einem Luxusapartment und fuhr einen BMW. Logistik? Ich warf ihm einen Blick zu. Was bedeutete das? Handel mit Drogen? Handel mit etwas anderem, was sehr viel wert ist? War das der Grund, warum er damit aufhören wollte?

Ich hatte ein schlechtes Gewissen, so über ihn zu denken. Nach allem, was wir in den letzten Stunden gemeinsam erlebt hatten. Nach unserem Kuss. Unseren Worten.

„Es hat mit meiner Arbeit zu tun. Es stehen ein paar unangenehme Aufgaben an und mein Chef kann es nicht leiden, wenn man ihn warten lässt."

„Kann das nicht ein anderer übernehmen, wenn du das nicht machen möchtest?"

„Tja, das wäre denkbar, liegt aber nicht in seinem Interesse."

„Das ist aber nicht sonderlich nett von ihm."

Jarrad lachte kalt. „Er ist auch nicht bekannt für seine Nettigkeit."

„Wenn du mir mehr erzählen möchtest, was für Aufgaben auf dich warten und so, nur zu. Ich höre es wirklich gerne, auch wenn du behauptet hast, dass es langweilig wäre."

Er lächelte voller Zuneigung, aber er beließ es dabei.

„Und was machst du sonst so? In deiner Freizeit?", fragte ich, als ich spürte, dass er nicht weiterreden würde.

„Hmm. Ich mache gern Sport."

„Was für Sport?"

Er grinste kurz, sichtlich verwundert über mein Kreuzverhör. „Naja, Verschiedenes. Kraftsport. Kampfsport. Sowas. Basketball ist auch nicht schlecht."

„Bist du in einer Mannschaft?"

„Nein, nicht wirklich. Ich trainiere mit ein paar Leuten zusammen, aber das ist nur privat."

„Klingt interessant."

„Und du? Womit verbringst du deine Freizeit?"

„Hmm, ich … lese gern", sagte ich ausweichend. Erst jetzt wurde mir mit Beschämung klar, dass ich eigentlich gar keine Hobbies vorzuweisen hatte. Ich war der langweiligste Mensch auf Erden. „Ich würde auch gern mit Sport anfangen", sagte ich leise, „aber ich weiß nicht recht."

„Was hält dich davon ab?"

„Ich habe Angst, es könnte wie in der Schule werden", gab ich zu, „normalerweise wird doch gemeinsam in einer Mannschaft trainiert und was, wenn sie mich nicht mögen?"

Er nahm mitfühlend meine Hand. „Ich würde dir wirklich gern sagen, dass du dir keine Gedanken machen brauchst, aber … ich habe früher selbst erfahren müssen, dass man nicht immer so akzeptiert wird, wie man ist. Ich war eine Zeit lang in einer Basketballmannschaft. Als Kind hat es mir echt Spaß gemacht, aber dann kam die Pubertät und manche Jungs wurden einfach … Idioten. Rücksichtslos, egoistisch. Dumm. In einer größeren Gruppe wird man immer mit einzelnen Personen klarkommen müssen, denen man normalerweise aus dem Weg gehen würde. Das trifft auf die Schule zu, aber genauso auf alle anderen Bereiche des Lebens." Er zuckte mit den Schultern. „Man kann davon lernen, man kann die Mannschaft wechseln, wenn es einem nicht gefällt, oder man lässt es von Anfang an bleiben. Das entscheidest du am besten selbst, ich möchte dir da nicht reinreden."

„Ich weiß nicht, ob mein Selbstbewusstsein das verkraften würde, wenn ich auch dort wieder nur spüren würde, was andere von mir halten", sagte ich mutlos.

„Das ist eine Option. Die andere ist, dass du Menschen kennenlernst, die dich mögen." Er lächelte aufmunternd. „Es gibt sie, weißt du. Es gibt Menschen, die dich mögen werden, wie du bist. Aber du wirst sie nur kennenlernen können, wenn du auch bereit bist, mit Menschen zu tun zu haben, die dich vielleicht nicht mögen."

„Hmm, stimmt", murmelte ich und wusste gleichzeitig, dass ich mich trotz allem nicht überwinden würde.

Wir waren in unserer Straße angekommen. Das ganze Wohnviertel schlief. Hinter den Fenstern war es dunkel und still, teilweise waren die Rollläden heruntergelassen.

Schweigend stiegen wir aus und Jarrad begleitete mich bis zu unserem Gartentor.

„Ich hatte einen sehr schönen Abend", sagte er leise und küsste mich.

„Ich fand es auch sehr schön." Ich kam mir unbeholfen vor.

„Ich rufe dich an, okay?" Er lächelte zuversichtlich und strich mir kurz mit den Fingerspitzen über die Wange.

„Bis bald."

„Schlaf gut."

Ich lief zu unserer Haustür und drehte mich auf der obersten Treppenstufe um. Ich lächelte und fühlte, wie mir warm ums Herz wurde. Jarrad erwiderte das Lächeln, zwinkerte mir kurz zu und winkte zum Abschied. Er wartete, bis ich im Haus war und die Tür hinter mir geschlossen hatte. Dann hörte ich Motorengeräusche, die schnell leiser wurden und schließlich war alles wieder still.

Ich zog meine Schuhe aus und schlich nach oben. Erst als ich auf meinem Bett lag und an die Decke starrte, drangen die heutigen Ereignisse in mein Bewusstsein und mein Herz begann wie verrückt zu schlagen. *Jarrad hat mich geküsst. Geküsst!* Am liebsten wäre ich freudeschreiend durchs Zimmer gehüpft. Aber meine Familie schlief schon und es wäre mir zu peinlich gewesen, sie auf diese Weise zu wecken. Ich kuschelte mich in die weiche Bettdecke und ging den ganzen Abend immer wieder im Kopf durch, bis ich irgendwann – vermutlich nach einigen Stunden – zu müde wurde.

Das Therapiezentrum erinnerte mich an ein Schullandheim. Es hatte etwas Kindliches an sich und man hatte versucht, es schön und gemütlich einzurichten, aber um den großen Speisesaal und die langen Gänge mit vielen identischen Türen, die alle in identische Zimmer führten, war man nicht herumgekommen. An den Wänden hingen Bilder, Basteleien und Zeichnungen von Kindern und der Garten war schön angelegt, mit ein paar Blumenbeeten und gepflasterten Wegen, die sich um Apfelbäume schlängelten. Ich beneidete Greta darum, dass sie hier sein konnte. Insbesondere, wenn mir mit einem schmerzhaften Stich bewusstwurde, dass morgen wieder Montag war. Eine ganze schreckliche Woche wartete auf mich und zu allem Überfluss hatte Faisal bereits angekündigt, morgen nicht in die Schule zu gehen.

Gretas Zimmergenossin war ein nettes Mädchen in unserem Alter. Sie trug eine Brille, hatte Pferdeposter über ihrem Bett hängen und las haufenweise Bücher. Sie und Greta lagen beide auf ihren Betten und hatten die Köpfe auf den Handballen abgestützt, als ich das erste Mal ins Zimmer trat.

„Laya! Schön, dass du gekommen bist. Das ist Lena, sie ist auch erst vor Kurzem hergekommen."

Lena lächelte mich an, ich grüßte zurück. Greta drückte sich in eine sitzende Position und zog einen Rollstuhl an ihr Bett.

„Soll ich dir irgendwie helfen?" Das Bild von ihr, nackt in diesem halbdunklen Zimmer, drängte sich in mein Bewusstsein und ich wollte es einfach nur loswerden, musste mich irgendwie davon ablenken.

„Nicht nötig. Ich kann es schon ganz gut." Sie stützte sich mit den Armen auf den Lehnen des Rollstuhls ab und zog ihren Körper auf den Sitz. „Lass uns in den Garten gehen, oder?"

Ich nickte. *Wie gut sie mit dem Rollstuhl umgehen kann*, dachte ich und versuchte all meine Gedanken in diese Bewunderung zu stecken. Ich wollte nichts anderes von ihr sehen, nur sie mit ihrer sommerlichen Bluse, den blauen lächelnden Augen und ihre schmalen Hände, die an den Rädern drehten und den Rollstuhl in Bewegung setzten. Auf dem Weg nach draußen lief ich neben ihr her, vorbei an unzähligen Kinderzeichnungen und Basteleien. Die Schiebetüren in den Garten öffneten sich für uns. Vögel zwitscherten, Kinder lachten, in der Luft lag ein süßlich-warmer Duft.

„Geht's dir gut, Greta?"

„Ja." Sie strahlte mich an. „Ich bin sehr erleichtert, dass alles so gut gelaufen ist. Weißt du, am Anfang hatte ich Angst, dass es hier genauso werden würde, wie in der Schule – aber die Leute sind so nett hier! Es ist so schön, Laya, ich hätte nie gedacht, dass ich … weißt du, versteh mich nicht falsch, aber ich hatte immer Angst, ich wäre zu … komisch, um Freunde zu haben. Es tut so gut, dass man normal mit anderen reden kann und nicht schief angeguckt wird. Ich wünschte, du könntest hierbleiben, du würdest dich bestimmt auch ganz super mit allen verstehen."

„Und … wie geht es mit dem Laufen?"

„Im Moment noch nicht so. Aber wie du siehst, habe ich gelernt mit dem Rollstuhl umzugehen. Und ich bin zuversichtlich, dass das wieder wird, ganz bestimmt. Aber genug von mir, wie geht es dir? Du siehst glücklich aus, hat sich dein heimlicher Verehrer endlich bei dir gemeldet?"

Ich lachte verlegen. „Ja, kurz nachdem wir telefoniert hatten."

„Ich wusste es!"

„Er heißt übrigens Jarrad."

„Aha", sagte sie interessiert, als würde sie sich gleich Notizen machen, „und worüber habt ihr geredet? Habt ihr ein Date?"

„Ähm ja, *hatten* wir."

„Meine Güte, ihr habt es aber eilig! Wann?"

„Gestern Nachmittag … Abend."

„Warum muss ich dir denn alles aus der Nase ziehen, jetzt erzähl doch mal!"

Ich erzählte ihr alles. Erst in einer groben Version, aber damit gab sie sich nicht zufrieden, also musste ich den genauen zeitlichen Ablauf im Detail schildern.

Sie war völlig aus dem Häuschen und die einzige Frage, die ihr dann noch auf der Zunge lag, war: „Und wann seht ihr euch wieder?"

„Ich weiß nicht, er wollte anrufen."

„Dann hoffe ich für ihn, dass er das tut, sonst kriegt er von mir einen Tritt in den Hintern!"

Ich musste über Gretas entrüsteten Tonfall lachen. Nachdem wir eine Runde durch den Garten gedreht hatten, gingen wir zurück auf ihr Zimmer. Sie hatte Hunger und wollte eine Packung Kekse plündern, die sie dort aufbewahrte. Neben Gretas Zimmergenossin Lena lag jetzt ein zweites Mädchen auf dem Bett, das auch seinen Rollstuhl mitgebracht hatte.

„Hi, Leute! Laya, das ist Katja, ihr Zimmer ist gegenüber von unserem."

Katja sah zwei oder drei Jahre jünger aus, mit blonden Zöpfen und einem Pony. Sie und Lena lasen gemeinsam in einem dicken Wälzer, irgendein Fantasy-Epos. Den Zeigefinger unter eine Zeile gelegt, hob sie den Kopf und lächelte mich mit ihren blauen, offenen Augen an. Das müssen die unschuldigsten Mädchen der Welt sein, dachte ich, während ich zurücklächelte.

Greta legte sich auf ihr eigenes Bett und angelte sich ihre Reisetasche. Dann packte sie ihren ganzen Vorrat an Snacks aus: Kekse, Schokolade und, um eine gute ernährungsbewusste Mutter zu sein, hatte Linda ihr noch eine Packung Nüsse beigelegt. Die ließ Greta aber lieber in der Tasche.

„Peter war vorhin hier", sagte Katja, an Greta gewandt.

„Peter?" Interessiert schaute ich auf.

Greta wurde rot. „Was wollte er denn?"

„Wahrscheinlich zu dir." Katja lächelte. „Ich glaube, er mag dich total, Greta. Und er ist so nett, da hast du wirklich Glück."

„Mensch, Greta, warum hast du das nicht gleich erzählt?" Ich stupste sie begeistert an. Ihr Gesicht färbte sich noch dunkler.

„Ach … ich glaube nicht, dass er … auf diese Weise … mich mag."

„Doch, das denke ich schon", rief Katja überzeugt.

Lena bekräftigte sie. „Ja, er sieht dich immer sehr lieb an! Er traut sich wahrscheinlich nur nicht, etwas zu sagen."

Greta war das Thema sichtlich unangenehm und sie lenkte schnell davon ab. „Es gibt heute leckeren Wackelpudding Laya, den musst du unbedingt probieren."

Sie zeigte mir den Speisesaal, dann aber stellten wir fest, dass es den Wackelpudding nur zum Mittagessen gegeben hatte und das war längst vorbei. Abends würde es die Reste geben und Greta überredete mich dazu, bis zum Abendessen zu bleiben.

Mit naiver Hoffnung hatte ich irgendwie geglaubt, Jarrad würde sofort am nächsten Tag anrufen. Aber er tat es nicht. Tagsüber hatten Greta und ich viel Spaß gehabt, aber als ich abends zurück war und auf mein Handy starrte, nagte die Enttäuschung an mir.

Du wirst mal eine nervige Freundin. Nicht mal einen Tag hältst du aus, du dumme naive Gans.

Ich zog Jarrads Jogginghose an und legte mich ins Bett, sein T-Shirt eng an mich gedrückt. Es roch mehr nach mir und Waschmittel als nach ihm. In Gedanken ging ich immer wieder den Abend mit ihm durch, was wir gesagt hatten, was ich hätte sagen sollen, unsere Berührungen … ich wurde immer wacher, wälzte mich stundenlang hin und her, bis das Liegen ungemütlich wurde. Irgendwann driftete ich in einen unruhigen Schlaf und träumte, dass mir mein Handy in den Fluss gefallen war und Jarrad mich deshalb nicht erreichen konnte.

6

Spuren der vergangenen Partys zeichneten das Warehouse. Jarrads linker Fuß blieb an einer braunen, zähen Masse kleben und er verfluchte Akkinar und Lamar in Gedanken, die dafür zuständig gewesen waren, das Chaos vom Wochenende zu beseitigen. In den Ecken sah er zerdrückte Plastikbecher und auf dem unebenen Boden verteilten sich Kippen und Pfützen wie in einer Mondlandschaft.

„Er wartet schon auf dich", rief eine höhnische Stimme zu seiner rechten. Er ließ den Blick suchend über Paletten, Sofas und die Bar schweifen und entdeckte Val auf einer etwa drei Meter hohen Anhöhe. Sie saß auf einem Stapel Paletten und ließ die Beine baumeln.

„Hat Attila dich jetzt zur Türsteherin degradiert?", gab er zurück.

„Mir ist langweilig." Sie drehte ihm ihre rechte Gesichtshälfte zu, sodass er das riesige Muttermal, das ihre linke Wange bedeckte, nicht mehr sehen konnte. Das war so eine Angewohnheit von ihr – bestimmt hatte man sie früher dafür gehänselt.

„Das sehe ich."

„Ich hoffe, du bekommst Ärger."

Er ignorierte sie und steuerte eine Tür aus schwarz lackiertem Stahl an. Er gab den Zahlencode auf dem Pad neben der Klinke ein und betrat den schmalen Gang. Eine Glühbirne warf ihr spärliches Licht auf die kahlen Wände. Jarrads Schatten stauchte und dehnte sich auf dem Weg zu einer Treppe am Ende des Gangs, die in den Keller führte.

Dort befand sich Attilas Arbeitszimmer. Er hatte in jedem Lokal, das ihm gehörte, einen Privatbereich mit Arbeitszimmer eingerichtet. Normalerweise hielt er sich im Vertil auf, dort standen seine ganzen Bücher und der Großteil seines Spirituosenvorrats, dort bot er seinen Gästen eine Zigarre an und ließ sie die Gemälde an den Wänden bewundern. Die Räumlichkeiten im Warehouse waren vergleichsweise spärlich eingerichtet.

Jarrad klopfte an, hörte ein gedämpftes „Ja." und trat ein. Hinter einem Schreibtisch mit Lederunterlage saß ein breitschultriger Mann mit schwarzen, schulterlangen Haaren, die wie von einem

Ölfilm bedeckt glänzten. Er beugte sich über irgendwelche Unterlagen, die Lesebrille war ihm bis auf die Nasenspitze gerutscht.

Attila kam aus Venezuela, hatte dort beim Militär gedient und war vor vielen Jahren nach Spanien geflüchtet. Viel mehr als das wusste Jarrad nicht über den Mann, der ihn vor sechs Jahren vor dem Heim gerettet hatte. Nein, retten war der falsche Begriff. Das würde Attila zum Helden machen. Aber Attila war kein Held, er war der größte Drecksack Frankfurts.

„Du bist spät dran." Attila machte sich nicht einmal die Mühe, von seinem Papierstapel aufzublicken, und so entschloss Jarrad sich, gar nicht erst zu antworten. Mit verschränkten Armen blieb er vor dem Schreibtisch stehen.

„Wann wirst du den Auftrag erledigen?"

„Ich weiß es nicht."

„Aber du weißt, dass ich nicht so drängen würde, wenn es nicht wichtig wäre. Das Wichtigste für mich ist unsere Familie, Jarrad. Und dieser Mann gefährdet sie." Attila atmete tief auf und lehnte sich zurück. Der Ledersessel knarzte. „Ich gebe dir noch eine Woche. Dann muss es erledigt sein. Hast du mich verstanden?"

„Dann sag mir, warum."

Attila schwieg. Das Ticken einer Uhr füllte die Stille.

„Wenn du mir nicht einmal das sagen kannst, brauchst du von mir nichts zu erwarten." Jarrad drehte sich weg und griff nach dem Türknauf. „Mach deine Drecksarbeit selbst."

Attila hob die Hand. „Warte. Offenbar hast du es nicht begriffen. Du bist nicht in einer Position, Befehle zu geben. Oder dich ihnen zu widersetzen. Hast du mich verstanden? Denn wenn nicht, muss ich es dir beibringen."

Jarrad setzte zu einer Erwiderung an, doch Attila erhob seine Stimme. „Meine Geduld", sagte er laut, „ist langsam zu Ende. Und so sehr ich es auch gutheiße, dass du deine Vergangenheit hinter dir lässt und endlich jemanden kennengelernt hast … würde ich doch keine Sekunde zögern, dir alles wegzunehmen, was dir lieb ist. Wenn das der einzige Weg ist, wie du es lernst."

Jarrads Herz setzte einen Schlag aus, bevor es unregelmäßig weiterpochte. „Du kannst mir nichts wegnehmen", sagte er und versuchte ruhig zu bleiben, „es gibt nichts, was mir etwas bedeutet."

Attila lächelte. Die Falten seines fleischigen Kiefers vertieften sich. „Wir kennen uns zu gut, um uns gegenseitig was vormachen zu können." Sein Gesicht erschlaffte und er durchbohrte Jarrad mit stechend schwarzen Augen. „Ich denke, wir sind fertig hier. Ich habe dir meinen Standpunkt klargemacht. Wenn du es immer noch nicht verstanden hast, kann ich dir nicht helfen."

Ohne einen weiteren Blick zu Attila, öffnete Jarrad die Tür.

„Hübscher Name übrigens. Laya. Gefällt mir."

Jarrad erstarrte und seine Finger verstärkten ihren Griff, als wollten sie die Klinke erwürgen. „Wenn du ihr etwas antust, dann solltest du mich besser zuerst töten", sagte er leise, „andernfalls sorge ich dafür, dass es dir leidtut."

„Ich habe nicht vor, ihr zu schaden. Solange du den Auftrag erfüllst."

„Ich mach's. Ich mach den beschissenen Auftrag."

Attila lächelte, aber seine Augen blieben kalt. „Na, warum denn nicht gleich so."

Jarrad zog wortlos die Tür hinter sich zu. Wut und Hilflosigkeit schienen in ihm zu explodieren, seine Schritte waren viel zu laut und unkontrolliert. Während er die große Halle durchquerte, rief Val ihm Beleidigungen hinterher, aber er ließ sie an sich abprallen.

Vor sechs Jahren war Attila ihm wie der letzte Grashalm in einem abgebrannten Feld erschienen. Und er hatte danach gegriffen, nichtahnend, dass es die schlechteste Entscheidung seines Lebens werden sollte.

Die nächsten Tage verbrachte er wieder in Werths Nähe, folgte ihm zur Arbeit, wartete am Straßenrand, während der Mann sich sein Abendessen – Sushi – mitnahm. Es würde nicht schwer sein, diesen Mann verschwinden zu lassen. Eine Reisetasche packen, den Mercedes zum Bahnhof fahren, die Leiche entsorgen. Aber warum Attila ausgerechnet diesen Mann tot sehen wollte, begriff er nicht. Er hatte nichts über ihn gefunden, der Kerl war absolut harmlos. Noch dazu hatte er als eines von zehn Vorstandsmitgliedern einer Bank nicht allzu viel zu sagen.

Es war Dienstag, zehn Uhr abends, und Werth war gerade bei Tokyo Takeaway, seinem Lieblingsjapaner. Am Horizont verblasste der letzte Streifen Helligkeit. Jarrad hatte den VW Polo, geliehen von Attila, am Straßenrand geparkt, die Motorhaube aufgeklappt und das Zündkabel herausgezogen. Er wartete. Werth kam zurück und überquerte die Gleise, eine Plastiktüte baumelte in seiner Hand. Sein Schatten überholte ihn im Lichtkreis einer gelben Straßenlaterne.

„Entschuldigen Sie", rief Jarrad ihm von der gegenüberliegenden Straßenseite aus zu, „könnten Sie mir kurz helfen? Mein Wagen springt nicht an und ich hab mein Handy zuhause liegen lassen. Kennen Sie sich damit aus?"

Werth war stehengeblieben und musterte Jarrad durch seine rahmenlose Brille. Dann kam er näher. „Bin nicht gerade der Autoexperte", er lachte stockend, „aber ich kann ja sehen, was sich machen lässt."

„Danke, Mann", sagte Jarrad, „echt blöd, um diese Uhrzeit liegenzubleiben. Ich wollte eigentlich zu meiner Freundin, sie macht sich bestimmt schon Sorgen." Warum ist der Kerl so hilfsbereit, dachte er und hasste es noch mehr, ihm wehtun zu müssen.

„Erstmal brauchen wir Licht." Werth zog ein Smartphone aus der Hosentasche seines grauen Anzugs. Er ließ die Taschenlampe seines Handys über den Motor schweifen, dann meinte er: „Aha.", und der Lichtkegel kam schwach zitternd zum Stillstand. „Das Zündkabel ist lose." Er deutete darauf.

„Oh. Das muss ich wohl übersehen haben. Danke." Jarrad steckte das Kabel wieder zurück. „Könnten Sie mal den Motor anlassen? Der Schlüssel steckt."

Werth nickte, setzte sich auf den Fahrersitz und startete den Motor.

„Schalten Sie ihn aus", rief Jarrad, „hier springen Funken."

Werth gehorchte und stieg wieder aus.

„In der hinteren Seitentür hab ich einen kleinen Werkzeugkasten", sagte Jarrad, beugte sich tief über die Motorhaube und tat, als inspizierte er etwas, „da müsste Isolierband drin sein. Könnten Sie mir den mal bringen?"

Werth nickte, öffnete die Seitentür und durchsuchte das Fach. „Hier ist nichts!"

„Könnte sein, dass er auf der Rückbank liegt." Jarrad lehnte sich zurück, dann folgte er Werth lautlos und trat hinter ihn. Er streckte die Hand nach dem grauen Jackett des Mannes aus.

Verharrte. *Fuck.* Das Wort hämmerte durch seinen Kopf. *Na komm schon.* Entsetzt sah er, dass seine Finger anfingen zu zittern.

Und dann spielten seine Gedanken verrückt. Er sah Layas Gesicht zwischen Schaumstoff, ihre Haare waren zerzaust und klebten an den gelben Quadern. In ihren grünen Augen leuchtete Hoffnung. Sie träumte. Von besseren Orten, besseren Menschen, einer besseren Zukunft. Und er wollte ihr diesen Traum nicht zerstören. Er wollte nicht einer dieser Menschen sein, der sie enttäuschte.

Werth stieß einen quiekenden Laut aus. „Junge, Sie haben mich aber erschreckt!" Er hatte sich umgedreht und war zurück auf die Hinterbank geplumpst. Er rieb sich über den Hinterkopf, den er sich wohl an der Karosserie gestoßen hatte.

„Entschuldigung." Jarrad rückte ab. Er ging zurück zur Motorhaube und tat, als würde er am Zündkabel etwas werkeln. „Ich muss den Werkzeugkasten wohl doch vergessen haben. Könnten Sie nochmal den Motor starten?"

Natürlich lief er einwandfrei. Keine Funken.

„Jetzt scheint alles in Ordnung zu sein."

Werth stellte den Motor ab und stieg aus. Jarrad griff nach der Tüte mit Sushi, die neben dem Vorderreifen stand, und reichte sie dem Mann.

„Danke für Ihre Hilfe", sagte er und betrachtete Werths Nase, anstatt ihm in die Augen zu blicken.

„Gut, dass das Zeug nicht kalt wird", sagte Werth mit einem wiehernden Lachen. Seine Nasenflügel blähten sich auf.

„Was?"

„Gut, dass das †"

„Achso. Ja. Guten Appetit. Danke nochmal."

Werth ging zu seinem eigenen Wagen, auf einem Parkplatz fünfzig Meter weiter. Kurz darauf hörte Jarrad ihn wegfahren. Er klappte die Motorhaube zu, ließ sich erschöpft auf eine Bank am Straßenrand fallen. Und vergrub das Gesicht in den Händen.

7

Es war Ende Juli – Notenschluss. Ich hätte mich darüber wie jeder andere normale Schüler freuen sollen, aber das konnte ich nicht, denn zu dieser Zeit hatten die Lehrer immer das Bedürfnis, ihre kameradschaftliche Seite zu zeigen.

Sie setzten sich mit uns in eine Wiese neben dem Pausenhof, alle durften miteinander quatschen und ich quälte mich durch fünfundvierzig elendige Minuten. Die Sportlehrer veranstalteten ein Volleyball-Turnier, unser Englischlehrer ging mit uns Eis essen. Es gab ein oder zwei, die unter lautem Gemurre den Unterrichtsstoff durchzogen, und die, die einfach einen Film abspielten – für zwei Wochen wurden sie zu meinen Lieblingslehrern.

Faisal hatte seinen Abschluss und so verbrachte ich die Pausen wieder allein. Anfangs störte es mich nicht, denn die Freude auf Jarrads Anruf vertrieb so ziemlich alle anderen negativen Gedanken. Aber als er nach zwei Tagen immer noch nicht angerufen hatte, fing mein Selbstbewusstsein an zu bröckeln.

In der Umkleide vor dem Sportunterricht hörte ich Louise und Jessica tuscheln, verdeckt von hängenden Klamotten und Sportbeuteln. Ich war mir fast sicher, dass ich Gretas Namen hörte, aber ich war machtlos.

Als ich nach dem Sportunterricht durch die Aula lief, kam ich an einer Gruppe Schüler vorbei, die lautstark lachten und jubelten. Einer spielte mit seinem Handy Techno ab. Dann erst erkannte ich, um was sie sich versammelt hatten: Den autistischen Jungen aus der Neunten, Georg Stein. Er tanzte, schwenkte dabei seine Arme durch die Luft und trippelte mit den Füßen so schnell er konnte. Versuchte so schnell zu sein wie der Takt. Und die anderen standen um ihn herum und lachten sich kaputt. Wut überkam mich. *Diese Arschlöcher.*

Ich näherte mich der Gruppe und sah, dass einer mit dem Handy filmte. Surferfrisur, die Hose halb über den Arsch gerutscht, sodass die Boxershorts raushingen, knallblaues T-Shirt mit einem dummen Spruch auf dem Rücken. Er kam mir bekannt vor, vielleicht ein Kumpel von Elias.

„Handys sind auf dem Schulgelände verboten!" Eine Lehrerin passierte die Gruppe, wartete kurz, bis der Junge sein Handy eingesteckt hatte, und ging weiter. Kein Wort zur Technomusik. Zu den Lachern.

Ich stand jetzt hinter der Gruppe. Mein Herz hämmerte laut, meine Hände hatte ich zu Fäusten geballt. Ich machte den Mund auf, aber es kam nichts heraus.

Es klingelte, die Musik brach ab und Georg hörte auf zu tanzen. Lachend und kichernd löste sich die Traube auf und die Schüler schwärmten in kleinen Grüppchen zu ihren Klassenzimmern. Georg und ich gingen allein.

Und ich fühlte mich so schlecht und wertlos. Was war ich nur für ein Mensch? Okay, ich war nicht so schlimm wie Mark oder diese Jungs, ich ärgerte niemanden – aber war ich so viel besser?

Ein Mensch ist die Summe seiner Handlungen. Den Spruch hatte ich mal irgendwo gelesen. Aber wenn ich nicht handelte, wenn ich zu feige war – was sagte das über mich aus?

Ich konnte mir nicht vorstellen, dass Jarrad zu seiner Schulzeit ebenso charakterschwach gewesen war. Er behauptete es, aber konnte ein Mensch wirklich so eine drastische Wendung durchlaufen? Was brauchte es dafür?

Nachmittags legte ich mich mit einer Decke und einer Flasche kalten Orangensaft in den Garten und tippte Jarrads Nummer in mein Handy. Löschte die Zahlen. Dann tippte ich sie wieder ein.

Wieso bist du so nervös? Er mag dich … wieso sollte er etwas dagegen haben, wenn du anrufst?

Ich rief an. Scheiß drauf. Was sollte schon im schlimmsten Fall passieren?

Nach einer halben Minute Klingeln meldete sich die Mailbox und ich legte enttäuscht auf. Ich erinnerte mich daran, dass er von *unangenehmen Angelegenheiten* gesprochen hatte. Wollte er das erst hinter sich bringen, bevor er mich anrief? War er möglicherweise im Moment gar nicht in der Stadt? Es beruhigte mich ein wenig, dass es wenigstens einen Grund geben *konnte*, warum er noch nicht angerufen hatte. Und nicht ich dieser Grund war. Ja, es war total bescheuert, irgendwie wusste ich es ja selbst, aber ich machte mir Sorgen, dass er wegen *mir* nicht anrief. Dass er mir alles bloß vorgespielt hatte, dass er vielleicht sogar mit Mark eine Wette am Laufen hatte, in der es nur darum ging, mich rumzukriegen. Oder ihm war im Nachhinein klargeworden, dass Mark doch recht hatte und er wollte lieber nichts mehr mit mir zu tun haben … es waren blöde Gedanken. Hätte Greta so etwas geäußert, ich hätte ihr sofort gesagt, dass das Quatsch ist. Aber diese Gedanken aus dem eigenen Kopf zu vertreiben, war so viel schwerer.

Auf einmal fühlte ich mich ziemlich einsam. Ich freute mich sogar, als meine Eltern nach Hause kamen, und setzte mich zu meinem Vater an den Küchentisch, der auf seinem Smartphone scrollte.

Meine Mutter holte gerade eine Packung Nudeln aus dem Küchenschrank und setzte Wasser auf. „Ich frage mich, was er nach der Schule immer so macht. Er erzählt so selten.“

„Ach, er genießt eben seine Jugend. Vielleicht sogar mit ein paar Mädchen, wer weiß?“ Mein Vater tat ganz cool, als würde es ihn nicht im Mindesten interessieren, wie es bei seinem Sohn so mit den Mädchen lief.

„Das wünsche ich ihm ja auch, aber, ach, es wäre manchmal schön, ein bisschen mehr von ihm zu hören.“

Ich schwieg. Erzählte ich etwa schon zu *viel* oder warum wollten sie von mir nichts hören?

Mein Vater legte das Handy zur Seite, schlug die Zeitung auf und vertiefte sich darin.

„Laya, könntest du aus dem Keller eine Fertigsoße holen?“

Ich stand auf, holte die Soße, setzte mich wieder hin.

„Na, heute Abend nichts vor?“, fragte meine Mutter. Ich schüttelte den Kopf, aber sie war damit beschäftigt, ihr Smartphone aus ihrer Tasche zu holen, und sah es gar nicht.

„Es ist so tolles Wetter, geh doch noch ein bisschen raus, triff dich mit Freunden.“

„Ja, mal schauen.“

„Ach, was lässt du denn so den Kopf hängen. Ist irgendwas?“

„Nee. Naja –“

„Oh, Bernhard, vergiss bitte nicht, dich bei der Anke zu melden. Sie hat mich heute nochmal auf dem Handy angerufen.“

Mein Vater antwortete nicht.

„Bernhard?"

„Hm?" Er blickte fragend von seiner Zeitung auf.

Meine Mutter seufzte. „Du sollst dich bei der Anke melden."

„Jetzt lass mich doch erstmal in Ruhe ankommen."

„Ich sag ja nur, dass du es machen sollst."

„Ist ja gut, ich kümmere mich später darum."

Beim Abendessen redeten sie über Anke. Und über die Einkaufs-liste. Steuern. Die Nachbarn im hellgrünen Haus, die ausziehen mussten, weil der Mann arbeitsunfähig war. Burnout. Dann die anderen Nachbarn, deren Sohn sie in der Zeitung gesehen hatten. Erster Platz bei einem Halbmarathon. Und die Tochter, studierte Maschinenbau und flog demnächst mit einem Stipendium in die USA. Was für eine begabte Familie.

Freitagnachmittag fanden meine Eltern endlich heraus, warum Elias so oft weggewesen war. Sie kamen freitags früher von der Arbeit und wir saßen alle drei in der Küche, als die Haustür aufging und wir gedämpfte Stimmen hörten. Wir lauschten an-gestrengt und irgendwann war ich mir sicher: Da war definitiv ein Mädchen dabei.

Elias kam mit den Händen in den Hosentaschen in die Küche geschlurft und nickte zu einem Mädchen mit hüftlangem braunem Haar. „Das ist Sophia."

Sophia hatte ein weiches Gesicht, eine Stupsnase und war fast einen Kopf kleiner als ich.

„Hallo! Ich freue mich ja so euch kennenzulernen!" Und sie redete mindestens zwei Oktaven höher als normale Menschen. Freudestrahlend schüttelte sie uns die Hand und ich sah sofort, wie entzückt meine Eltern von ihr waren.

„Wir freuen uns auch, das ist ja toll!" Meine Mutter platzte fast vor Begeisterung. „So ein hübsches Mädchen, Elias!"

„Oh, vielen Dank Frau Seidel, das ist wirklich nett von Ihnen."

„Ach." Meine Mutter winkte ab. „Nenn mich ruhig Elisabeth. Wollt ihr etwas zu trinken?"

Elias und seine Freundin setzten sich zu uns an den Tisch.

Ich wusste, dass meinen Eltern tausend Fragen auf der Zunge lagen, aber sie hielten sich zurück.

„Geht ihr in die gleiche Klasse?", tasteten sie sich mutig vor.

„Parallelklasse." Elias rutschte unwohl auf seinem Stuhl hin und her. Er sah aus, als müsste er aufs Klo.

Meine Mutter machte uns allen einen Erdbeermilchshake, der von Sophia – im wahrsten Sinne des Wortes – in den höchsten Tönen gelobt wurde.

„Das freut mich, dass es dir schmeckt, Sophia. Hier braucht es schon viel, dass man ab und zu ein Lob bekommt." Sie lachte freundlich, aber ich verstand ihren Seitenhieb schon.

„Das stimmt überhaupt nicht. Ich sag andauernd, dass der ganze Scheiß gut schmeckt."

„Also normalerweise setze ich euch keinen ‚Scheiß' vor." Wieder dieses ätzende Lachen. Ich wusste ganz genau, dass sie nur so cool reagierte, weil Sophia anwesend war. Normalerweise hätte sie sich über meine Ausdrucksweise aufgeregt.

„Solche Ohrringe suche ich ja schon *ewig*!"

Pass auf, dass du keine Gläser zum Springen bringst. Ich warf einen kurzen Blick auf die Ohrringe meiner Mutter. Stinknormale goldene Stecker.

Die gab's bei Rossmann, lag mir auf der Zunge. Aber ich sagte es nicht.

„Ja? Die hab ich letztes Jahr auf dem Weihnachtsmarkt gefunden und ich musste sie einfach kaufen!"

„Sie, ähm, ich meine du, hast einen wirklich tollen Geschmack, wir sollten mal zusammen shoppen gehen, dann find ich vielleicht auch solche schönen Sachen." Sophia lachte fröhlich.

Ich konnte nicht fassen, was ich da gerade hörte.

„Ja, gerne. Das wäre doch mal was! Ich würde ja gern mal wieder in einem richtigen Einkaufscenter shoppen gehen, da war ich schon ewig nicht mehr." Meine Mutter machte aus dem spaßig gemeinten Vorschlag gleich Ernst.

Ihre Worte trafen mich mehr, als ich je zugegeben hätte. Warum wollte nicht einmal meine eigene Mutter lieber mit mir als mit einem fremden Mädchen shoppen gehen? War ich wirklich so unerträglich? Oder so langweilig?

Wortlos stand ich auf und trottete hoch in mein Zimmer. Ich schloss die Tür. Die Stimmen waren trotzdem noch zu hören. Gelächter.

Ich öffnete das Fenster, stand eine Weile davor und lauschte dem Vogelgezwitscher. Jemand mähte schon wieder seinen verdammten Rasen. Das durfte doch nicht wahr sein. Ich knallte das Fenster zu, schnappte meine Handtasche mit Geldbeutel, Schlüssel und Handy und schlich aus dem Haus. Nicht, dass sie mich wahrgenommen hätten, wenn ich wie ein Nashorn getrampelt wäre.

Ziellos streifte ich durch die Straßen. Irgendwann nahm ich mein Handy aus der Tasche und rief Jarrad an. Wieder nur die Mailbox.

Langsam machte ich mir ein bisschen Sorgen. Und ich sehnte mich danach, ihn zu sehen.

Ich nahm den Bus in die Innenstadt und drängte mich an der langen Schlange vor der Eisdiele vorbei, in der auch wir gestanden waren, als es zu regnen begonnen hatte. Und dann lief ich weiter, in Gedanken bei Jarrad, bis ich vor dem riesigen, gläsernen Gebäude stand. Ich suchte nach seinem Klingelschild. Larsson.

Es dauerte eine Weile, bis jemand den Hörer abnahm.

„Ja?"

Meine Brust presste sich zusammen, als ich Jarrads Stimme hörte. Für einen kurzen Moment verschlug es mir die Sprache.

„Ich bin's. Laya."

Schweigen.

„Komm rauf." Er klang niedergeschlagen.

Ich bildete mir ein, dass das flaue Gefühl in meinem Magen von der Beschleunigung des Aufzugs kam. Aber dann drehte ich den Kopf und begegnete meinem eigenen grünen Blick in den spiegelnden Wänden. Meine Augen waren geweitet, die Pupillen zu winzigen schwarzen Punkten zusammengezogen. Ich kaute an meinen Fingernägeln und das leise Knacken erfüllte die Stille. Ich hatte Angst. Irgendwas stimmte nicht, das spürte ich.

Jarrad öffnete die Tür, bevor ich klingeln konnte. Aus seiner Wohnung drangen Musik, Gelächter und Stimmen.

Als ich ihn sah, hatte ich gleichzeitig das Bedürfnis, mich ihm um den Hals zu werfen und auf dem Absatz kehrt zu machen und wegzurennen. Ich wollte wissen, was los war, und ich wollte allein sein.

„Wie geht's dir?" Meine Stimme war ganz leise.

Er zuckte mit den Schultern. „Das spielt eigentlich keine Rolle."
Sein Gesichtsausdruck war reserviert, seine Worte klangen leblos. „Und dir?"

„G – ganz – okay." Meine Stimme brach. Nichts darüber, dass er mich hatte anrufen wollen. Er lud mich nicht einmal ein reinzukommen. Mit verschränkten Armen stand er in seiner Wohnung und ich außerhalb, und zwischen uns war die Türschwelle, wie eine unüberwindbare Mauer.

„Warum hast du nicht angerufen?" Ich zitterte vor Angst. Es kostete mich viel Überwindung zu fragen. Ich wollte keine Klette sein – aber ich musste es einfach wissen. Er sah mich nicht an, während er antwortete. Sein Blick war irgendwo auf den Boden hinter meinen Füßen gerichtet. „Wir können nicht zusammen sein. Das wird nicht klappen."

Jedes einzelne Wort riss ein kleines Stück aus mir heraus. „W – was?", krächzte ich.

„Es tut mir leid. Bitte komm mich nicht mehr besuchen."

Mir schossen Tränen in die Augen. Ich drehte mich ohne ein weiteres Wort weg und lief zum Aufzug.

„Es tut mir wirklich schrecklich leid."

Vielleicht hätte ich noch etwas gesagt, aber in meinem Hals steckte ein riesiger Kloß und ich konnte nicht mehr sprechen. Der Aufzug war immer noch im fünfzehnten Stock und ich drehte mich nicht noch einmal um. In den Spiegelwänden sah ich meine geröteten Augen zwischen nassen Wimpern und vergrub das Gesicht in den Händen. Ich wollte mich nicht sehen. Dieses blonde, bescheuerte Mädchen, das sich zu viele Hoffnungen machte. Vielleicht hatte Jarrad seinen Freunden davon erzählt und nun lachten sie gemeinsam darüber. Ich fühlte mich so gedemütigt.

Ich erinnerte mich, wie ich anfangs noch ein bisschen Angst gehabt hatte, von ihm verletzt zu werden, wenn ich mich zu sehr öffnete. Aber etwas in mir hatte geflüstert, dass Jarrad anders war. Wie falsch ich lag. Meinen Instinkt konnte man in die Tonne treten. Ich heulte, als ich durch die Straßen lief. Es war mir scheiß egal. Ich heulte auch noch im Bus. Aber als ich von der Haltestelle nach Hause lief und die Sonne ihre letzten wärmenden Strahlen auf den Asphalt warf, beruhigte ich mich.

8

Als ich am Montagmorgen in der letzten Schulwoche das Klassenzimmer betrat, war der Sommer verschwunden. Niemand lachte; Köpfe waren eng zusammengesteckt, die Stimmen zu einem Murmeln gesenkt. Eine Kälte schien sich über den Raum gelegt zu haben und mitten in dieser gespenstischen Stille schluchzte jemand. Ich blieb irritiert an der Tür stehen, niemand beachtete mich. Kein Mark, der einen blöden Kommentar auf Lager hatte, keine kichernde Louise. Langsam ging ich zu meinem Platz, vorbei an Louise und Jessica, die beide schwarze Klamotten trugen. Überhaupt schien schwarz seit heute im Trend zu sein. Was zum – Louise *weinte*? Sie presste ihr Gesicht in Jessicas Schulter und ihr Mund war offensichtlich die Quelle dieser Klagelaute. Sie tat mir fast leid, denn ich hatte sie noch nie in so einem verletzlichen Moment erlebt. *Sie scheint wohl doch ein Mensch zu sein. Irgendwie.*

Sobald ich auf meinem Platz saß, betrat Frau Dietrich, unsere Deutschlehrerin, das Zimmer.

„Hallo, meine Lieben." Meine Lieben?

Sie legte ihre Tasche geräuschlos auf das Pult und setzte sich dann, zu uns gedreht, auf die Tischplatte.

„Was letztes Wochenende passiert ist, war für uns alle ein Schock", sagte Frau Dietrich mit schwerfälliger Stimme. *Und was ist passiert?*

„Ich habe auch erst heute Morgen davon erfahren und ich bin immer noch durch den Wind." Sie schüttelte fassungslos den Kopf und verschränkte die Arme, als würde sie frieren. „Einige von euch wissen schon, dass es am Wochenende einen tragischen Unfall gab, der … einen unserer Schüler betrifft." Sie seufzte und strich sich die kinnlangen blonden Haare hinters Ohr. „Mark Sommer wurde Samstagnacht von einem Zug erfasst. Er ist gestorben."

Ein lautes Schluchzen durchbrach die Stille nach Frau Dietrichs Worten und ich bekam eine Gänsehaut. Mark? Mark – tot? Das konnte nicht sein.

Ich ließ meinen Blick über die Köpfe schweifen und tatsächlich, Mark fehlte. Louise weinte. Philip und Scott starrten auf ihre Tischplatten und sahen ziemlich fertig aus.

Mark tot. Ich konnte es immer noch nicht fassen. Dann erst realisierte ich, welche Gefühle diese Neuigkeit in mir hervorrief: Hoffnung, Freude – ich ertappte mich dabei, wie ich auf der Kante meines Stuhls saß, als würde ich jeden Moment aufspringen wollen. Beschämt ließ ich mich zurücksinken. Natürlich war die Nachricht auch ein Schock – aber ich freute mich über den Tod eines anderen Menschen, das ließ sich nicht leugnen. So weit war es also schon mit mir gekommen.

Das kommt davon, wenn diese Arschlöcher dich jeden Tag fertigmachen ... eigentlich ist es ihre Schuld, sie haben es doch erst geschafft, so viel Hass und Verzweiflung zu erzeugen. Du bist selbst schuld daran, Mark.

Aber ich konnte mich nicht ganz davon überzeugen und war plötzlich ein bisschen erschrocken über meine eigenen Gedanken. Kalt und egoistisch, das war ich geworden. Denn dieser Hoffnungsschimmer lag weiter in der Luft, wie ein süßlicher Duft von Parfum, der Fäulnis und Verfall überdecken sollte.

„Möchte jemand etwas dazu sagen? Seine Gefühle ausdrücken, seid ihr traurig oder vielleicht wütend." Frau Dietrich versuchte sich an einem besänftigenden Tonfall, der mich stark an Gretas Mutter erinnerte und bei mir statt Gesprächigkeit eher einen Brechreiz auslöste.

Niemand wollte. Wahrscheinlich hätten sie geredet, wenn Frau Dietrich nicht dagewesen wäre. Aber so hatte sie vermutlich zum ersten Mal in ihrem Leben eine schweigende Klasse und wusste offensichtlich nicht, wie sie damit umgehen sollte. Ihre Therapiestunde, oder was auch immer das war, funktionierte jedenfalls nicht. Also orientierte sie sich an dem, was sie kannte, und erklärte, wie mit den Motiven Tod, Verlust und Selbstmord in der Literatur umgegangen wurde. Es war ziemlich peinlich, ihr dabei zuzusehen.

Irgendwann schien auch Louise die Nase voll zu haben und rief mit schriller Stimme: „Er hat sich nicht umgebracht! Er war überhaupt nicht der Typ für sowas, er war voll gut drauf und nie depri oder so'n Scheiß."

Frau Dietrich nickte verständnisvoll. „Das wissen wir doch, Louise."

Louises Mund öffnete und schloss sich wie der eines Fisches. Sie wollte etwas entgegnen, wusste aber offenbar nicht was, und ließ sich wieder in ihren Stuhl zurücksinken.

In den Pausen breiteten sich die Gerüchte wie ein Lauffeuer aus und ich hörte Dinge über Mark, die ich noch nie zuvor gehört hatte: Mark war zu dumm gewesen, einen Bahnübergang zu erkennen. Mark war depressiv, weil seine Mutter Alkoholprobleme hatte, und hatte sich umgebracht. Mark hatte Alkoholprobleme und war betrunken auf die Gleise getorkelt. Eine Mutprobe war schiefgelaufen – aber dieses Gerücht starb ziemlich schnell, weil Mark allein gewesen war und vielleicht auch, weil es nicht so interessant klang. Niemand sagte solche Dinge offen oder vor den Lehrern, aber sie fanden ihre Wege von einem Ohr zum nächsten.

Am Tag darauf saß ich während einer Freistunde vor den Physikräumen auf dem Boden und zeichnete. Ich war nicht die beste Zeichnerin, aber es machte mir Spaß, und ich hatte mir vorgenommen, meinen Status von ‚hobbylos‘ zu ‚ich zeichne gerne‘ zu ändern.

Schritte kamen den Gang entlang und ich erwartete, dass jeden Moment jemand um die Ecke biegen würde. Dann verstummten sie abrupt.

„Was, wenn es wegen mir war?" Louise redete leise, aber ich verstand trotzdem jedes Wort. Sie musste direkt hinter der Ecke, drei oder vier Meter von mir entfernt, stehen.

„Hör auf damit, es lag nicht an dir." Das war Jessicas Stimme. Ich versuchte mich wieder auf meine Zeichnung zu konzentrieren, gab aber ziemlich schnell auf.

„Aber wir haben uns gestritten. Ich weiß nicht einmal mehr, was ich gesagt hab … er soll sich nicht so anstellen oder sowas. Und dann ist er gegangen. Er geht *nie* früher! Er war immer der, der am längsten bleibt."

„Wegen so einem Streit wirft man sich aber nicht vor einen Zug."

„Ja … okay. Aber was, wenn er einfach so in Gedanken versunken war und … er war angetrunken. Wenn er den Zug deshalb nicht gesehen hat."

„Aber das hat doch nichts mit dir zu tun. Okay, er war angetrunken –‟

„Nur wegen mir ist er früher gegangen. Hätten wir uns nicht gestritten …‟ Louises Stimme kippte, sie war kurz davor zu weinen.

„So ein Quatsch. Bestimmt war er auch einfach müde. Bestimmt war er müde und wollte nach Hause.‟

Schweigen.

„Wenn er nach Hause wollte‟, sagte Louise zögerlich, „wieso ist er dann nicht zur Haltestelle? Die war doch direkt um die Ecke. Wieso läuft er – keine Ahnung, *zehn* Minuten bis zu diesem bescheuerten Bahnübergang?‟

„Vielleicht wollte er spazieren gehen? Bisschen an der frischen Luft sein? Er war angetrunken, vielleicht dachte er einfach, er könnte nach Hause laufen.‟

„Hm. Dann ist er aber in die falsche Richtung. So dicht war er doch nicht. Oder?‟

„Ich weiß nicht, ich hab das alles nicht so mitbekommen.‟

„Anna wohnt in die Richtung.‟

„Anna? Diese Kleine mit den blonden Haaren?‟

„Ganz genau.‟

„Ach komm. Zu dieser hässlichen Schlampe? Nee, von der wollte er ganz bestimmt nichts.‟

„Mit dem Pegel hätte er wahrscheinlich jede genommen.‟

„Boah nee, das ist doch so 'ne Bitch.‟

„Manche Männer denken halt mit dem Schwanz.‟

„Aber ihr wart doch so ein süßes Paar, das hätte er doch nie … für *so* eine …‟

„Er hat sich halt voll aufgeregt, dass ich mit Luca getanzt hab.‟ Jessica stöhnte. „Aber ihr habt doch nur *getanzt*, da lief doch gar nichts.‟

„Sag *ihm* das mal.‟

Wieder Schweigen. Vielleicht war Louise klargeworden, was sie da gesagt hatte. Denn jetzt putzte sie sich die Nase und dann waren wieder Schritte zu hören. Dann nichts mehr.

Die restliche Woche ließen sie mich in Ruhe. Das Thema Mark beanspruchte ihre gesamte Aufmerksamkeit und so konnte ich in meine deprimierenden Gedanken über Jarrads Abfuhr versinken und mir darüber den Kopf zerbrechen, was für ein schlechter Mensch ich war, weil ich Hoffnung hatte. Hoffnung, dass nächstes Jahr alles besser werden würde. Dass sie mich auch weiterhin in Ruhe lassen würden, wenn Mark nicht mehr da war.

Ich telefonierte mit Greta und natürlich redeten wir ausnahmslos über Marks Unfall.

„Wie konnte ich nur so schlecht über ihn denken? Wie konnte ich mir wünschen, dass er von der Schule fliegt? Ich bin ein schlechter Mensch, ich schäme mich so. Und seine Eltern, seine Geschwister … das muss so schlimm für sie sein!" Greta redete sich ihren Kummer vom Leib. Sie fragte nicht, was ich dazu dachte, und da war ich ziemlich froh. Aber nach dem Telefonat fühlte ich mich noch viel schlechter.

Mittwochnachmittag traf ich mich mit Faisal in der Shishabar und erzählte ihm, dass Mark gestorben war.

„Krass", meinte er dazu, „aber ist doch 'ne gute Nachricht, oder?"

„Eine *gute* Nachricht?" Ich konnte es nicht fassen.

„Klar, jetzt hast du deine Ruhe."

„Aber – er ist tot!"

„Dumm gelaufen, würde ich sagen. Shit happens."

„Aber da kann ich doch nicht froh sein."

„Klar kannst du, der Arsch hat dich jahrelang geärgert, jeder wäre da froh."

Greta nicht, widersprach ich in Gedanken.

„Jeder wäre froh, wenn er weg wäre, aber nicht, dass er tot ist." Ich senkte meine Stimme. „Das Problem ist, dass ich wirklich froh darüber bin. Also, nicht über seinen Tod, aber über die Folgen davon. Klar hätte es mir auch gereicht, wenn er umgezogen wäre oder von der Schule geflogen, aber wenn das nötig ist, um ihn loszuwerden, dann … ich weiß, das macht mich zu einem schrecklichen Menschen, aber ich kann es nicht ändern. Damit sind eben alle meine Probleme in der Schule erstmal gelöst."

„Chill mal. Es wird genug Idioten geben, die wegen ihm rumheulen, überlass das denen. Mark hat das bekommen, was er verdient hat. Jetzt bist du dran." Faisal zwinkerte mir zu. Er war ungewöhnlich fröhlich. Ich hatte ihn noch nie *Zwinkern* sehen, es war irgendwie irritierend.

Faisal reichte mir den Shishaschlauch und ich nahm ihn, mehr aus Reflex, als mit der Absicht daran zu ziehen. „Hier, nimm 'nen Zug, bringt dich schon nicht um. Wir haben 'nen Grund zu feiern, oder?"

Obwohl die letzten Schultage erträglich wurden, war ich ziemlich erleichtert, als ich endlich mein Zeugnis in der Hand hielt und nach Hause konnte. Sechs Wochen Ruhe. Sechs Wochen Langeweile. Sechs Wochen nichts.

Ich war froh, dass die Schule vorbei war. Aber die Sommerferien waren auch nicht besonders verlockend. Meine Familie hatte keinen Urlaub geplant, meine Eltern mussten arbeiten. Greta war in der Rehaklinik. Jarrad war Geschichte und Faisal … okay, ich hatte wenigstens Faisal. Und ich konnte Greta besuchen.

Das tat ich auch gleich am Samstag. Und war überrascht, wie *glücklich* sie war. Ihre Lähmung schien sie kaum zu kümmern und auch Marks Tod erwähnte sie zunächst mit keinem Wort.

„Lena hat mir schon versprochen, dass sie mich auf ihrem Pferd reiten lässt, wenn ich wieder draußen bin. Cool, oder? Ich bin noch nie geritten, aber es klingt sehr aufregend." Greta lag auf dem Bett, mit dem Kopf auf den Händen aufgestützt, und strahlte mich an.

Ich saß neben ihr und griff in die Tüte Gummibärchen, die sie mir hinstreckte. „Ist es denn schon besser geworden? Kannst du wieder bisschen laufen?"

Sie schüttelte den Kopf, ohne dabei betrübt zu wirken. „Nein, aber das wird schon noch, da bin ich mir sicher."

„Du bist doch jetzt schon drei Wochen hier", sagte ich zweifelnd.

„Das ist kein Grund, die Hoffnung aufzugeben", warf Lena vorwurfsvoll dazwischen. Sie lag auf dem Bett gegenüber, die hellbraunen Haare zu einem Pferdeschwanz gebunden. Ihre linke Hand hielt ein Buch aufgeschlagen. „Greta wird bestimmt bald wieder laufen können. Am Anfang dauert das eben ein bisschen."

„Hoffen wir's", murmelte ich und erhielt dafür einen weiteren anschuldigenden Blick von Gretas neuer Freundin.

„Wollen wir bisschen rausgehen?", fragte ich Greta.

Sie nickte und schwang sich in ihren Rollstuhl.

„Möchtest du mitkommen, Lena?"

„Ich wollte eigentlich mit dir allein etwas besprechen", sagte ich hastig. Ich wusste, dass das Lena gegenüber nicht nett war – aber ich hatte im Moment wenig Lust darüber zu reden, wie toll alles war, was Lena machte.

„Lena ist nett, oder?", meinte Greta, als wir allein im Garten waren.

„Ja, sie ist super."

Ich verschränkte die Arme und spürte, wie mir der Schweiß in Tropfen an der Seite herunterlief und in dem Stoff meines lockeren Tops versickerte.

„Geht's dir nicht gut? Du siehst aus, als würde dich etwas bedrücken", stellte sie fest.

„Nein, nein, mir geht's super." Ich setzte ein fröhliches Gesicht auf und hoffte, dass Greta mir das abkaufte. Ich verstand es selbst nicht, aber im Moment war mir nicht danach, mit ihr über all das zu reden, was letzte Woche passiert war.

„Sag mal, erinnerst du dich mittlerweile an den Unfall?"

„Nee, da ist leider gar nichts. Komisch, oder? Was eine Gehirnerschütterung alles bewirken kann. Ich erinnere mich an nichts von dieser Party ... war auch ganz schön bescheuert von mir, so viel zu trinken. Naja, selber schuld."

„Das stimmt nicht."

„Hm?"

„Es ist nicht deine Schuld. Die anderen sind schuld daran. Mark, Philip, Scott. Vielleicht auch Adam oder Louise."

Sie warf mir verwirrte Blicke zu. „Wie – wie meinst du das? Wie sollten sie ..."

„Ich weiß es auch nicht genau, aber du bist nicht grundlos vom Balkon gefallen. Sie haben dich geschubst."

„Nein, das glaube ich nicht. Das wäre ja ..."

„Versuchter Mord."

„Ja eben! Ich meine, manchmal, da waren sie gemein, aber so gemein sind sie nicht."

„Natürlich sind sie das."

„Laya ... Mark ist – er ist *tot*." Sie senkte ihre Stimme zu einem Flüstern und sah mich dabei furchtvoll an.

„Na und? Deshalb kann er trotzdem ein Arschloch gewesen sein. Nur weil er zu blöd war und vor einen Zug gelaufen ist, soll ich ihm alles verzeihen?"

„Darum – darum geht es doch gar nicht. Ich meine, er ist – war – immer noch ein Mensch. So etwas hätte er nicht getan."

„Menschen würden andere nicht ermorden? Ist es das, was du sagen willst? Mark hat dich geschubst, da bin ich mir ganz sicher. Oder einer von seinen Leuten."

„Naja, ich meine … es *gibt* Mörder, aber Mark gehörte bestimmt nicht dazu. Er … es … hat ihm eben Spaß bereitet, uns zu ärgern. Hast du es denn gesehen, wie ich vom Balkon gefallen bin?"

„Nein, aber ich *weiß*, dass es einer von ihnen war."

Sie schüttelte heftig den Kopf. „Laya, ich weiß, dass ich da einfach zu viel getrunken hab. Es war dumm von mir und niemand außer mir kann etwas dafür. Ich weiß, dass du es gut meinst, aber du brauchst mich nicht zu rechtfertigen." Sie sagte es in einem ganz sanften Tonfall, aber das machte mich nur noch wütender.

„Ich versuche gar nichts zu rechtfertigen! Wieso versuchst du, Mark zu verteidigen?!"

„Ich versuche überhaupt nicht …"

„Kannst du vielleicht *ein* Mal nicht dir die Schuld zuschieben? Mark war ein gefühlloser Arsch, wann checkst du das endlich? Jaja, *er ist auch nur ein Mensch* – na und? Menschen *sind* gemein, Menschen verhalten sich arschig, jeden Tag! Und nur weil er tot ist, dürfen wir nichts Schlechtes über ihn sagen? Er hat es nicht verdient, dass du ihn verteidigst! Und die anderen? Weißt du wie bescheuert sich das anfühlt, jeden Tag von ihnen geärgert zu werden und dann kommt jemand her und *verteidigt sie*? Als hätten sie *nichts* getan, als würde ich mir das alles nur einbilden!"

„Laya … ich weiß ja, dass es nicht schön ist in der Schule, aber es gibt einen großen Unterschied zwischen Mobbing und versuchtem Mord. Ich meine … in vielen Schulen wird gemobbt. Jugendliche sind eben so … aber deswegen wären sie noch lange nicht dazu bereit, jemanden umzubringen." Sie redete ganz leise und das Wort *umbringen* war kaum hörbar, als fände sie es viel zu schlimm, so etwas laut auszusprechen. Es regte mich alles nur noch mehr auf.

„*Es ist nicht schön*", äffte ich nach, „du hast keine Ahnung, wie es ist! Du bist ja hier, mit all deinen tollen neuen *Freunden*. Jugendliche sind eben so – ach ja? Mobbst du etwa jeden Tag irgendwelche Kinder? Mach ich das? Was für 'ne beschissene Ausrede! Mark war ein verdammtes Arschloch! Aber so etwas würdest du ja *nie* sagen, er ist schließlich ein *Kind Gottes*." Ich steckte die ganze Abscheu, die ich empfand, in die letzten zwei Worte. Irgendwie wusste ich, dass ich gerade ziemlich gemein war, aber ich konnte nicht aufhören. Ich wünschte, Greta würde sich endlich aufregen. Ich hatte ihre Mutter nachgeäfft. Den ganzen Kram mit ‚alle sind Kinder Gottes', den hatte sie vor ein paar Monaten mal angeschleppt. Es hatte mich damals schon zur Weißglut getrieben.

„Laya, es bringt doch nichts, sich jetzt über Mark aufzuregen, das macht doch alles nur schlimmer."

„Du hast keine Ahnung, was es für mich schlimmer macht." Verbittert wandte ich den Kopf ab. Das Grün um uns herum wirkte plötzlich fahl. „Als ob dich das interessiert. Wenn du könntest, würdest du doch sowieso …" *Würdest du jeden von ihnen mir vorziehen. Du wärst lieber mit Julia und Louise befreundet als mit mir.*

„Laya, natürlich –"

„Ich kapier nicht, wie du sie immer noch verteidigen kannst. Nach allem, was sie uns angetan haben." Meine Unterlippe zitterte vor Wut, mein Herz krampfte sich zusammen. Ich konnte nicht mehr denken. „Weißt du was? Bleib doch einfach hier für dein restliches Leben, mit Lena und wie deine tollen Freunde alle heißen. Du scheinst ja ganz glücklich darüber zu sein, dass du nicht mehr laufen kannst. Dafür hat Mark schon gesorgt. Er hat dein Leben ruiniert und du hast Schuldgefühle, weil er zu blöd war, einen Bahnübergang zu sehen! Scheiße, ich halt das nicht mehr aus."

Ich lief weg. Hatte irgendwie die Hoffnung, dass sie mir nachrufen würde … *Laya, warte … du hast recht, die anderen sind gemeine Idioten. Es ist nicht deine Schuld, dass du ausgeschlossen wirst.*

Aber sie sagte nichts mehr und ich auch nicht.

Ich musste zwanzig Minuten auf den Bus warten und ich kauerte auf dem Bürgersteig, während mir Tränen über die Wangen liefen. Ich versuchte, mich an die Wut in meinem Inneren zu klammern, Wut auf Greta und meine Eltern, auf Elias nervige Freundin und Jarrad, aber in Wahrheit war ich verzweifelt. Wenige Worte hätten gereicht, um mich aufzumuntern, nur ein ‚Du machst schon alles richtig' oder ‚Ich verstehe dich, ich bin auf deiner Seite'. Aber ich wusste, dass es niemanden gab, der mir diese Bestärkung geben würde.

Im Bus auf dem Weg nach Hause fühlte ich mich wieder so einsam wie letzte Woche.

Vielleicht sollte ich einfach wegfahren. Warum nicht? Ich würde mit dem Zug bis an die deutsche Grenze fahren und mich dann mit Busfahren, Trampen und Wandern durchschlagen. Aber wohin? Es gab keinen Ort, zu dem ich mich besonders hingezogen fühlte. Ohne Ziel herumzureisen war sinnlos und ich würde nicht umhinkommen, ständig Kontakt mit fremden Menschen haben zu müssen – und das machte mir Angst.

Ob mich überhaupt jemand vermissen würde, wenn ich von einem Tag auf den anderen verschwand? Vielleicht meine Eltern, Montag in der Früh dann … *Wo ist denn schon wieder Laya? Sie muss doch heute in die Schule!* Allerdings waren Sommerferien, also würde mich wohl tatsächlich niemand vermissen – jedenfalls nicht die nächsten sechs Wochen.

Ich verkroch mich den restlichen Nachmittag in meinem Zimmer und bemerkte erst beim Abendessen, dass wir Besuch hatten. Elias war immer noch mit der dummen Ziege zusammen. Sophie oder wie sie hieß. Es hätte mich ehrlich gesagt nicht gewundert, wenn da nach ein paar Tagen wieder Schluss gewesen wäre. Aber zu meinem Leidwesen war das Mädchen doch etwas hartnäckiger.

„Sophia, ich freue mich ja so, dass du mit uns zu Abend isst! Aber geht das auch ganz sicher für deine Eltern in Ordnung?"

Sophi*a*, ach richtig.

„Ja, natürlich, Elisabeth. Aber sie haben darauf bestanden, dass ihr auch einmal zu uns zum Essen kommt. Meine Mutter war schon ganz begeistert, sie würde euch so gerne mal beim Grillen kennenlernen."

„Ach, das ist ja nett von ihr! Richte ihr bitte aus, dass wir *sehr* gern einmal mit ihnen zusammen essen würden und uns wirklich sehr über diese Einladung freuen." Meine Mutter war ganz entzückt. Ich überlegte, ob wohl Sophias Mutter noch entzückter war, oder ob Sophia übertrieben hatte.

„Hat deine Jahrgangsstufe eigentlich in den Ferien etwas geplant?", fragte mich meine Mutter mit plötzlichem Interesse.

„Bisher nicht", murmelte ich, „aber kann ja noch kommen."

„Sophias Klasse macht nämlich etwas ganz Tolles. Sie veranstalten eine Party und von den Einnahmen machen sie eine Klassenfahrt. Und sie organisieren das alles selbst. Wahnsinn, oder?"

„Frau Gadami hilft uns dabei, sie hat zum Beispiel einen günstigen Bus für die Klassenfahrt organisiert – aber die Party schmeißen wir ohne ihre Hilfe." Sophia lächelte stolz.

„Und wo fahrt ihr hin? In den Frankfurter Zoo?" Keine der beiden hörte den Spott in meiner Stimme.

„In den Schwarzwald." Sophia platzte fast vor Stolz.

„Oh. Cool." Pure Begeisterung.

„Du bist doch in der Oberstufe, oder? Ihr könntet bestimmt etwas viel Größeres aufziehen. So viele würden zu eurer Party kommen!"

„Ja. Wahrscheinlich. Bei euch dürfte das mit 'ner coolen Party bisschen schwieriger werden. Ihr seid ja noch nicht mal sechzehn, oder?"

„Das macht nichts, die Party wird trotzdem richtig cool. Es gibt vielleicht nicht so viel Alkohol, aber wir haben uns paar richtig kreative Sachen ausgedacht. Und in zwei Wochen hab ich Geburtstag, da werde ich endlich sechzehn."

„Sie hat mir schon verraten, was sie sich wünscht: Ein Buch über Pferde."

„Pferde?" Ich traute meinen Ohren nicht. „Warum immer Pferde?"

Meine Mutter presste betroffen die Lippen aufeinander. „Aber was hast du denn, Laya? Pferde sind wunderbare Geschöpfe. Und Reiten ist bestimmt ein toller Sport. Sophia hat erzählt, dass sie sich zum achtzehnten Geburtstag ein Pferd wünschen wird. Ich finde es so schön, dass es heutzutage noch junge Menschen gibt, die sich weder einen Computer noch ein Smartphone wünschen."

„Ich wünsche mir auch keinen Computer oder Smartphone zum achtzehnten", sagte ich irritiert. Aber das interessierte keinen.

Mein Geburtstag war in ein paar Tagen. Aber selbstverständlich war Sophias Geburtstag in zwei Wochen wichtiger.

„Habt ihr Mädels Lust, mir beim Kochen ein bisschen unter die Arme zu greifen?"

„Aber klar! Womit kann ich anfangen?" Erwartungsvoll stellte sich Sophia neben den Kühlschrank.

Ich sprang ebenfalls von meinem Stuhl auf. „Juhu, ich koche so gerne!"

„Sophia, vielleicht möchtest du den Salat putzen und Laya, du schneidest die Zwiebeln, ja?"

Kurze Zeit später lagen die Zwiebeln geschnitten auf dem Holzbrettchen vor mir, Tränen liefen mir über die Wangen. Aber das passte ganz gut zu dem, wie ich mich fühlte.

„Ich fand das schon ein bisschen eigenartig", sagte meine Mutter gerade zu ihrer künftigen Schwiegertochter, „das ist gar nicht gut für den Zusammenhalt in der Firma, wenn einer sich aus solchen Aktivitäten ausgrenzt. Natürlich *muss* man nicht zu freiwilligen Events außerhalb der geregelten Arbeitszeit erscheinen, aber wenn das Arbeitsklima gut ist, dann wird eben auch produktiver gearbeitet, oder nicht?"

Sophia pflichtete ihr bei. „Das fängt leider schon in der Schule an. Bei uns gibt es auch einen in der Klasse, der nicht freiwillig bei der Party mithilft. Er darf natürlich trotzdem mit auf die Klassenfahrt, wenn er will, aber es ist schon ein bisschen unfair der restlichen Klasse gegenüber."

„Ich bezweifle, dass die sich *freiwillig* ausgegrenzt haben", warf ich giftig dazwischen.

Im ersten Moment waren die beiden ganz überrascht über meinen Einwand.

„Es gehört einfach dazu, wenn man bei einer Firma arbeitet, dass man auch für ein gutes soziales Klima sorgt", sagte meine Mutter steif.

„Von mir aus, aber daran sind die bestimmt nicht allein schuld. Wahrscheinlich wurden sie einfach ausgegrenzt."

„Das ist jetzt aber nicht fair. Der Kollege wurde zu jedem Event herzlichst eingeladen. Und bei Sophia war es sicher nicht anders."

„Ja und? Vielleicht hat er sich ja vorher schon ausgegrenzt ge-fühlt. Ist doch klar, dass man dann kein Bock mehr hat mit den Arschlöchern abzuhängen."

Die Augen meiner Mutter weiteten sich voller Entsetzen, bevor sie in der Lage war, etwas zu antworten. „Ich weiß nicht, was ich sagen soll, Laya. Du bist sehr überheblich anderen Menschen gegenüber. Sie zu beschimpfen, ohne sie wirklich zu kennen … ich bin sehr enttäuscht von dir."

„Arschloch ist nur ein verdammtes *Wort*!" Ich hatte eigentlich etwas ganz Anderes sagen wollen, dass sie nämlich genauso über ihren Kollegen urteilte, ohne ihn wirklich zu kennen, und ich hätte ihr erklären sollen, wie es sich anfühlte, ausgegrenzt zu werden, und dass niemand das *freiwillig* wollen würde. Und dass es als Teil einer großen Gruppe viel einfacher war auf Einzelne zuzugehen, als für den Einzelnen sich einer Gruppe zu nähern, dass manche Menschen sich nicht aus Arroganz zurückhielten, sondern weil sie einfach eingeschüchtert waren … aber ich konnte nicht mehr klar denken. Meine Zunge fühlte sich schwer an, da waren so viele Schimpfwörter in meinem Kopf und nicht ein plausibles Argument.

„Nein, hinter diesem Wort steckt deutlich mehr. Damit stufst du andere herab und beschimpfst sie."

Ich starrte sie voll verzweifelter Wut an. Wie zur Hölle waren wir dazu gekommen, über den Begriff ‚Arschloch' zu streiten, was sollte das überhaupt alles?

„Na und, wenn's halt die Wahrheit ist!"

Ich stürmte aus der Küche, hoch in mein Zimmer. Was für ein bescheuerter Streit! Und wie konnte sie nur so über Außenseiter lästern, wo ihre eigene Tochter doch auch so war!

Nur, dass sie es nicht weiß.

Sie *dachte*, dass ich Teil einer Clique war. Greta auch. Mark, Philip oder Louise hatte ich nie erwähnt. Ich hatte ihr nie einen bestimmten Namen genannt und sie hatte nie danach gefragt.

Vor langer Zeit hatte ich versucht die Wahrheit zu erzählen, als alles angefangen hatte mit Mark und so weiter. Wir – Greta und ich – waren in eine neue Klasse gekommen.

„Wie war dein erster Schultag?", hatte meine Mutter begeistert gefragt, während ich mit hängenden Schultern vor ihr stand.

„Nicht so gut. Die meisten sind nicht so nett … und irgendwie arrogant."

Ich erntete dafür nur einen missbilligenden Blick. „Meinst du, du kannst dir nach einem Tag bereits ein Urteil erlauben? Das ist doch auch ein bisschen arrogant von dir, findest du nicht?"

„Meistens weiß man doch gleich, wie jemand ist. Das sieht man doch. Ich find's eben nicht nett, wenn man die neuen Schüler nur ignoriert, und ich hatte irgendwie das Gefühl, dass sie sich über uns lustig machen."

„Na gut, aber du und Greta, ihr klebt ja auch immer ganz schön zusammen. Eure Mitschüler dachten sich bestimmt, ihr braucht keine Freunde, ihr habt schließlich schon einander. Du musst ein bisschen offener sein, Laya. Geh auf die Leute zu, stell dich ihnen vor. Du bist doch ein nettes Mädchen, sag einfach: ,Hallo, ich bin die Laya, ich bin die Neue hier und freue mich, euch kennenzulernen!' Dann klappt das ganz von allein, du wirst schon sehen."

Ich hatte sie damals nur entgeistert angestarrt. „Das ist das Bescheuertste, was ich machen könnte! Das hat man vielleicht vor fünfzig Jahren gesagt … damit kann ich mich ja gleich auf die Abschussliste setzen."

„So schnell ändern sich die Menschen nun auch nicht. Ich finde, du hast da sehr viele Vorurteile, Fräulein. Da brauchst du dich gar nicht wundern, wenn du und Greta nicht dazugehört."

Sie hatte mir nichts von dem geglaubt, was ich erzählte. Alles, was ich machte, war überheblich und falsch, jedes Mal gab sie den anderen recht. Und irgendwann hatte ich es nicht mehr ausgehalten. Ich hörte auf zu erzählen. Ab da lief es nur noch „gut" in der Schule, auch wenn es mit jedem Tag schlimmer wurde. Damit war meine Mutter zufrieden, die Diskussionen hörten auf. Ungefähr zu dieser Zeit hörten auch alle anderen sozialen Interaktionen zwischen uns auf. Die Pubertät bekam die Schuld daran.

9

Die nächsten Tage verbrachte ich größtenteils zurückgezogen in meinem Zimmer. Meine Lust auf Gespräche jeglicher Art war vergangen. Kam ja doch nur Streit dabei raus. Ich war zu erschöpft zum Streiten.

Ich las über die Tage ein paar Bücher, die ich schon einmal gelesen hatte. Beim Abendessen wurden nur ein paar sinnlose Worte gewechselt, danach verschwand ich wieder.

Ehe ich mich versah, hatte ich Geburtstag. Achtzehn Jahre. Es gibt nichts Besseres als einen achtzehnten Geburtstag, an dem man Streit mit der Familie und der besten Freundin hat. Am Morgen weckten mich meine Eltern mit ,Happy Birthday' und einem Kuchen mit achtzehn Kerzen. Das versöhnte uns ein bisschen, aber die Stimmung blieb angespannt.

Wir frühstückten gemeinsam morgens um sieben und ich packte die ersten Geschenke aus. Von meinen Eltern bekam ich ein neues Handy, von meinem Bruder einen Kinogutschein und von meinen Großeltern Geld. Nachdem ich mich bei Elias bedankt hatte, verdrückte er sich in sein Zimmer und wir hörten nur noch das Schlagen seiner Tür. Vielleicht legte er sich wieder ins Bett. Dann packte ich das interessanteste Geschenk aus, eingewickelt in bunt angemaltem Zeitungspapier und namenlos. Ein kleines Stoffsäckchen, mit einer Kette und einem Paar Ohrringe, und ein Brief, den ich zuerst las.

Liebe Laya,

es ist acht Jahre her, dass wir uns das letzte Mal gesehen haben. Vielleicht glaubst du mir nicht, aber ich habe oft an dich und Elias gedacht. Ihr beide fehlt mir sehr. Ich habe schon oft versucht euch zu kontaktieren, aber ich bin nicht perfekt und konnte mich nicht überwinden. Jetzt glaube ich, dass es daran lag, dass ich nicht ganz zufrieden mit meinem Leben war, ich war nicht eins mit mir selbst. Aber ich habe mein großes Glück gefunden. Ich lebe in Barcelona, in einer WG mit sieben wunderbaren Menschen. Und jetzt, da ich mit mir selbst ins Reine gekommen bin, möchte ich das mit euch nachholen. Ich hoffe, du bist an deinem Geburtstag zuhause, denn ich möchte dich gern anrufen. Bis dann, hoffentlich!

Deine Marlene

Ich brauchte eine Weile, bis die Erinnerungen an Marlene deutlicher wurden. Lag vermutlich daran, dass meine Eltern nie über sie redeten. Ihre älteste Tochter. Mittlerweile nicht mehr als ein unangenehmes Gesprächsthema, das vor allem gegenüber Freunden und Nachbarn vermieden werden musste.

Dabei war sie damals so willensstark gewesen. Und stur. Das war das, was bei mir hängen geblieben war: Ihre ständigen Diskussionen mit unseren Eltern, hitzige Worte, Tränen. Sie hatte nicht nur sich verteidigt, sondern auch Elias oder mich und manchmal auch fremde Leute, wenn meine Eltern in ihrem herablassenden Tonfall über sie lästerten. Denn ja: Auch meine Eltern lästerten. Ich erinnerte mich noch, wie sie einmal über den Punkerjungen aus der Nachbarschaft geredet hatten, mit seiner ‚komischen' Frisur und den ‚mädchenhaften' Klamotten und wie Marlene ihnen Anschuldigungen an den Kopf geworfen hatte. Ihre genauen Worte weiß ich nicht mehr, ich glaube, sie sagte etwas von heuchlerisch.

Und dann, vor acht Jahren, war sie einfach verschwunden und hatte nichts zurückgelassen, bis auf ihre alten Möbel und einen Zettel mit Abschiedsworten.

Mit gemischten Gefühlen las ich den Brief ein zweites Mal.

„Von wem ist das?", fragte meine Mutter neugierig.

„Marlene."

Die Begeisterung in ihrem Gesicht schwand. Sie sagte nichts mehr.

„Die Ohrringe sind sehr schön", murmelte ich und zeigte sie meinen Eltern. Es waren zwei winzige Traumfänger aus Holz, mit kleinen bunten Perlen verziert.

„Was schreibt sie denn?" Die Stimme meines Vaters klang merkwürdig steif.

„Sie wohnt in Barcelona. In einer WG. Und wie es aussieht, möchte sie wieder Kontakt haben, zu Elias und mir."

„Marlene ist eine … schwierige Person. Du solltest vorsichtig sein, Laya, dass sie dich nicht irgendwo mit reinzieht. Sobald es ernst wird, wird sie dich möglicherweise im Stich lassen." Meine Mutter sah mich bei diesen Worten nicht an, rührte nur mit schabenden Geräuschen in ihrer Kaffeetasse.

„Zurzeit klingt sie jedenfalls ziemlich glücklich", fuhr ich sie an und die Wut von neulich keimte wieder in mir auf. Wie konnten sie nur so gemein über ihre eigene Tochter reden?

Gleichzeitig begannen die Worte an mir zu nagen. Vielleicht hatte Marlene ihnen damals wirklich irgendwie Unrecht getan. Für mich klang sie immer noch genauso nett, wie ich sie in Erinnerung hatte. Aber das war alles schon so lange her und warum Marlene letztlich jeden Kontakt zu uns abgebrochen hatte, wusste ich nicht genau.

„So, ich muss zur Arbeit." Mein Vater schob seinen Stuhl zurück, meine Mutter schloss sich ihm an und sie ließen mich allein am Tisch. Mit dem Brief in der Hand starrte ich aus dem Fenster und malte mir aus, was Marlene jetzt für ein Mensch war. Vielleicht bildete ich mir alles nur ein, vielleicht war sie feige und vor Problemen immer nur davongelaufen, aber für mich war sie jemand, der sich getraut hatte, nach der Freiheit zu suchen. Sie hatte das getan, wovon ich nur träumte, sich ihr Leben nach eigenen Vorstellungen aufgebaut und sich nicht dem Platz gefügt, den die Gesellschaft ihr zugewiesen hatte. Und ich quälte mich jeden Tag wieder in die Schule … für nichts. Ich hätte sie so gern gefragt, was sie an meiner Stelle getan hätte. Wäre sie einfach abgehauen? Hatte sie keine Angst davor?

Ich war achtzehn. Heute war der Tag, an dem ich frei sein konnte, wenn ich es wirklich wollte. Wenn ich mich nur traute. War Schule wirklich so wichtig, brauchte ich überhaupt ein Abitur, um im Leben glücklich zu sein?

Als das Telefon klingelte, sprang ich von meinem Stuhl auf und fing im letzten Moment die Kaffeetasse, die ich dabei vom Küchentisch gestoßen hatte. Kurz hielt ich inne, aber meine Aufregung zog mich weiter und ich hob ab.

„Ja?"

„Laya, bist du das? Hier ist Marlene … deine Schwester."

„Ja, ich bin's. Hi!"

„Hey!" Ich konnte sie lachen hören. „Alles Gute zum Geburtstag. Hast du das Päckchen bekommen?"

„Ja, vielen Dank, die Ohrringe und die Kette sind wunderschön."

„Da bin ich ja erleichtert ... sie sind selbstgemacht. Delilah, also, sie ist in meiner WG, ist handwerklich sehr begabt und hat mir gezeigt, wie das geht."

„Wow!" Ich war begeistert. „Wie ist es, in einer WG zu wohnen?"

„Fantastisch. Wir sind wie eine Großfamilie, jeder hat seine Aufgaben und kann etwas anderes und dadurch ergänzen wir uns perfekt. Wenn es mal einen Konflikt geben sollte, dann besprechen wir das alle gemeinsam und niemand steht da über den anderen, hier sind alle gleichberechtigt. Ich weiß nicht, wie gut du dich noch daran erinnerst, wie es früher war, kurz bevor ich gegangen bin. Aber du weißt sicher, dass deine Eltern und ich viel Streit hatten und irgendwann habe ich diese Bevormundung nicht mehr ausgehalten. Hier konnte ich mir meine Familie aussuchen."

Ich konnte sie gut verstehen, aber ihre Worte versetzten mir dennoch einen Stich. Sie hatte eine neue Familie. Uns wollte und brauchte sie nicht mehr.

„Du darfst das nicht falsch verstehen, Laya. Du und Elias, ihr liegt mir immer noch sehr am Herzen und ich bereue es, den Kontakt mit euch abgebrochen zu haben. Damals dachte ich, es wäre die einzige Möglichkeit, und ich war so erschöpft von den Eltern, dass ich keine Kraft mehr hatte, mich besser zu verhalten. Aber das war ein Fehler und es tut mir wirklich leid. Verzeihst du mir?"

„Ich denke schon", stammelte ich etwas überfordert.

„Danke, das bedeutet mir sehr viel. Ich werde euch leider nicht besuchen können. Aber ich hoffe, dass du mich bald besuchen kommst! Du hast ja jetzt Sommerferien, oder? Ich würde mich so freuen, dich mal wieder zu sehen und wir haben wirklich genug Platz hier und du könntest auch für mehrere Wochen bleiben, solange wie du möchtest."

„Wirklich?"

„Na klar. Hättest du Lust?"

„Ja, das wäre ... cool."

„Oh, das freut mich so!"

Eine Weile herrschte freudige Stille.

„Wie geht's dir denn, Laya? Du kommst nächstes Jahr in die zwölfte Klasse, richtig?"

„Ja", murmelte ich.

„Es gefällt dir nicht so, oder?"

„Nicht wirklich."

„Ist irgendwas los? Sind es die Eltern?"

„Naja, teils teils. Sie interessieren sich eigentlich kaum für mich. Elias hat jetzt eine Freundin. Sophia heißt sie."

„Wow, das ist ja toll."

„Nein, eigentlich nicht. Sie nervt. Naja. Ich bin die einzige, die so denkt. Mama himmelt sie an."

„Hm, dann kann sie nicht so besonders sein." Marlenes Begeisterung schwand. „Du bist unzufrieden, oder?"

Ich zuckte mit den Schultern. „Ja, irgendwie."

„Das war ich damals auch. Ich erinnere mich noch genau. Ich habe mich so eingeengt gefühlt, so *bedrückt*. Alles deprimierte mich damals. Ich musste raus und jetzt bin ich froh, dass ich diese Entscheidung getroffen habe. Weißt du, Laya, du kannst das auch. Du musst da nicht bleiben, wenn du es nicht willst. Du bist jetzt volljährig, lass dir von anderen Erwachsenen nichts vorschreiben."

„Hattest du keine Angst, als du einfach gegangen bist? Allein?"

„Oh doch, ich hatte sehr große Angst. Aber darum geht es doch auch im Leben, oder? Die eigenen Ängste überwinden. An seine Grenzen kommen."

Ich schwieg und haderte mit mir selbst.

„Du Laya, ich muss langsam Schluss machen. Ein Tag voller Aufgaben wartet auf mich." Sie lachte. „Ich wünsche dir noch einen wunderbaren Geburtstag und denk mal darüber nach, ob und wann du nach Barcelona kommen möchtest. Ich würde mich jedenfalls freuen. Meine Nummer hab ich auf die Rückseite des Briefs geschrieben, du kannst mich jederzeit anrufen. Mach's gut, ja?"

„Okay, bis bald."

Sie legte auf. Ich ließ den Hörer sinken und starrte gedankenverloren aus dem Fenster. Sie war so glücklich, dass ich dabei ein bisschen neidisch wurde. Ich hatte fast das Gefühl, sie war *zu* glücklich. Ich wünschte, ich hätte länger mit ihr reden können. Vielleicht hätte ich ihr ja von meiner Klasse erzählt und vielleicht hätte sie es verstanden.

Ich blieb eine Weile am Küchentisch sitzen und grübelte, bis es an der Tür klingelte. Widerwillig stand ich auf und öffnete.

Und starrte Jarrad direkt ins Gesicht. Sein Blick erwachte aus einer Art Starre, als er mich sah. Über seinen Brauen verliefen feine Falten, die Abdrücke einer gerunzelten Stirn. Er wirkte durcheinander, als hätte ihn jemand aus dem Bett gerissen und vor meine Tür teleportiert. Aber dann lächelte er zurückhaltend.

„Hi."

„Hi …" Mehr als das brachte ich nicht über die Lippen.

„Willst du immer noch wegfahren?"

„Was?", krächzte ich. Ihn zu sehen löste so viele Gefühle gleichzeitig aus, dass meine Beine ganz weich wurden. Ich spürte, dass da etwas in meinem Inneren die letzten Wochen gefehlt hatte. Als hätte ich Hunger gelitten und jetzt kam jemand und zwang mich dazu, eine Sahnetorte zu essen. Mir wurde schlecht.

„Möchtest du immer noch mit mir, ähm, wegfahren." Seine Zuversicht schwand allmählich.

Mein Kopf war benebelt, aber ich hörte seine Worte deutlich und ich wusste sofort, was ich antworten würde.

„Ja."

Ein erleichtertes Lächeln huschte über sein Gesicht. „Dann pack deine Sachen."

„Was – jetzt? Sofort?" Verblüfft sah ich ihm in die Augen. Sein intensiver Blick brachte mich völlig durcheinander.

Und auf einmal war mir alles egal. Ich nickte, dann rannte ich nach oben in mein Zimmer und Jarrad ging zurück zu seinem Wagen.

Ich setzte mich auf die Bettkante und atmete tief durch. Jarrad vor unserem Haus. Was zum Teufel machte er hier? Wegfahren. Er wollte wegfahren. Mit mir. Ich sagte mir diese Worte, aber sie kamen nicht an. Ich war so aufgewühlt, dass meine Augen feucht wurden. Ich wischte mir ein paar Tränen aus dem Gesicht und begann meinen halben Kleiderschrank in eine Reisetasche zu stopfen.

Oh Gott. Nur am Rande spürte ich Angst, stattdessen dachte ich an Marlenes Worte und an die Nacht, in der Jarrad und ich uns eine Schaumstoffschlacht geliefert und uns erträumt hatten wegzufahren. Aber jetzt war es kein Traum mehr. Jarrad hatte es ernst gemeint. Aber wie konnte das sein? Warum hatte er erst vor zwei Wochen gesagt, dass wir uns nicht mehr treffen konnten? Und jetzt stand er keine zehn Meter von unserem Haus entfernt.

Die Aufregung ließ mich kaum mehr atmen. Ich hechtete ins Bad und wieder zurück in mein Zimmer, suchte alle wichtigen Sachen zusammen, alles, was ich vielleicht gebrauchen konnte. Dann schleppte ich meine Reisetasche und einen Rucksack nach unten.

10

Sie tat ihm leid. Wie sie aus dem Haus trat, eine blaue Tasche in der Hand und ein schwarzer Rucksack auf dem Rücken. Rote Flecken, die sich auf ihren Wangen, ihrem Hals und Dekolleté verteilten. Ihr Blick war konzentriert und zugleich erwartungsvoll, und als sie damit das Auto einfing, zeichnete sich auf ihren Lippen ein Lächeln ab. Jarrad wandte sich ab. Er ertrug diesen Anblick nicht länger. Keine Spur von Bedenken oder Misstrauen. Vielleicht die leiseste Andeutung von Angst – aber sicher bloß wegen der großen Entscheidung. Nicht wegen ihm.

Sie kam näher, er sah es aus dem Augenwinkel. Gleich würde sie den Kofferraum öffnen, die Taschen reinhieven und dann auf die Beifahrerseite laufen. Nichtsahnend, zu wem sie da ins Auto steigen würde.

Er öffnete die Fahrertür, rang sich ein Lächeln ab und half ihr, die Taschen in den Kofferraum zu laden, neben seinem eigenen Rucksack, einem Zelt, Isomatten und einem Gaskocher. Er hatte an alles gedacht, auch wenn der Aufbruch am Ende doch ziemlich überstürzt gewesen war. Aber egal. Jetzt waren sie hier. Er musste nach vorn blicken, einen kühlen Kopf bewahren. In den nächsten Stunden durfte er sich keinen Fehler erlauben. Immerhin, Laya hatte ohne Einwände oder Diskussionen zugesagt. Es lief also besser, als er erwartet hatte.

Schweigend stiegen sie ein, er drehte den Schlüssel um und trat aufs Gas. Durch das geöffnete Fenster wehte die kühle Morgenluft und stellte die Härchen an Layas Unterarmen auf. Hin und wieder warf er ihr einen Blick zu, aber sie schaute stur nach vorne und die Freude in ihrem Gesicht war erloschen. Ihre Augen schienen in sich zusammenzufallen; leer und matt. Derselbe Blick, mit dem sie ihm die Tür geöffnet hatte.

Er holte tief Luft und brach das Schweigen.

„Alles Gute zum Geburtstag. Ich hab leider kein Geschenk für dich, aber vielleicht finden wir ja auf dem Weg noch etwas."

„Du brauchst kein Geschenk."

Wieder musterte er sie von der Seite, aber sie wich ihm aus. Er folgte der Beschilderung auf die Autobahn, Richtung Würzburg.

„Wo fahren wir hin?"

„Erstmal nach Südosten. Oder möchtest du nicht mehr in die slowenischen Alpen?"

„Doch, doch", murmelte sie. Sie drehte ihren Kopf so, dass ihr Gesicht von den blonden Haaren verdeckt wurde. Hin und wieder stieß der Wind vereinzelte Strähnen über ihre Schulter und sie griff sofort danach, um die Haare wieder über den Ohren glattzustreichen.

„Es tut mir leid."

Sie sagte nichts. Nach einer Weile fragte er sich, ob sie es überhaupt gehört hatte, oder ob der Fahrtwind seine Worte verschluckt hatte. Er schloss die Fenster.

„Warum?" Ihre Stimme klang heiser. „Warum hast du das getan?"

„Ich … ich kann es dir im Moment nicht erklären. Aber ich verspreche dir, ich konnte nicht anders." Seine Gedanken wanderten zu dem Abend, an dem er sie das letzte Mal gesehen hatte; ihr verletzter Blick und wie sie im Aufzug verschwunden war, ohne ihn ein weiteres Mal anzusehen. Er hörte Elodies entfernte Stimme, wie ein Echo: *Warum hast du sie nicht wenigstens kurz reingebeten?* und seine lahme Antwort, die in seinen Ohren so falsch geklungen hatte: *Ich hatte keine andere Wahl.*

„Was soll das heißen, du konntest nicht anders?"

Es gibt immer einen Ausweg. Hatte seine Mutter früher behauptet. Nur manchmal ist er eben beschissen, fügte er in Gedanken hinzu. War es wirklich ein Ausweg, diese Reise? Oder verstrickte er sich damit nur noch tiefer in einem Labyrinth, das ihn unweigerlich ins Zentrum führte? Weg vom Ausgang, weg von der Freiheit?

Ich hätte anders gekonnt, antwortete er ihr in Gedanken. Aber wenn du die Wahrheit kennen würdest, würdest du dir wünschen, ich hätte mich von dir ferngehalten.

„Weißt du, ich fand diese Mädchen immer bescheuert, die sowas mit sich machen lassen. Wie kann man das einem anderen Menschen antun? Wenn du mich nicht sehen wolltest, hättest du es gleich sagen können, anstatt …"

Er spürte, wie ihm der Schweiß auf die Stirn trat. Die Hitze staute sich im Auto. „Nein, so ist es nicht. Ich *wollte* dich sehen,

Laya, ehrlich. Bitte glaub mir. Ich bin nicht so, ich würde so etwas nie freiwillig tun."

„Und trotzdem warst du an diesem Abend fest davon überzeugt, dass wir uns nie wiedersehen würden. Richtig?"

Er warf ihr einen niedergeschmetterten Blick zu. „Ja. Aber nicht, weil ich es so wollte. Bitte glaub mir …" Manchmal war er sich selbst nicht mehr ganz sicher, was gelogen war und was nicht. Er musste so verdammt vorsichtig sein, ständig darauf achten, was er sagte, ständig auf der Hut sein. Bei anderen Menschen war es egal, wie viel er log – aber bei ihr wanderte er auf einem feinen Grat zwischen Lüge und Wahrheit. Ein Wort reichte, um seitlich abzurutschen und eine ganze Lawine aus Fragen ins Rollen zu bringen.

Sie hatte Tränen in den Augen. „Weißt du, ich hasse es, anderen Leuten mein Schicksal zu überlassen. Und – und ich dachte, dass es bei dir anders wäre."

„Ich hatte keine andere Wahl. Ich kann dir … im Moment … noch nicht davon erzählen, aber es ging nicht anders, egal, wie sehr ich mir das gewünscht hätte."

Sie wandte sich von ihm ab, zum Fenster. Die Sonne brannte auf goldbraune Getreidefelder, am Horizont hingen zerfetzte Wolken.

„Und was hat sich jetzt geändert? Bist du nur hier, weil wir halbangetrunken die bescheuerte Idee hatten wegzufahren?"

„Es ist keine bescheuerte Idee", sagte er, „es ist die beste Idee, die wir je hatten."

„Es ist bescheuert", beharrte sie, „ich hab nicht einmal genug Geld, um einen Monat rumzureisen. Und wo sollen wir überhaupt schlafen? In Hotels? Ich hab nichts zu essen eingepackt, wenn wir jeden Tag essen gehen und in Hotels übernachten, bin ich in einer Woche pleite."

Seine Mundwinkel zuckten leicht. „Mach dir darum mal keine Sorgen. Ich hab genug Geld, davon würden wir über ein Jahr durchkommen – wenn wir sparsam sind, zwei oder drei. Außerdem hab ich ein Zelt eingepackt, einen Campingkocher, Schlafsack und zwei Isomatten und später können wir einkaufen gehen."

Verblüfft sah sie ihn an. „Du hast das richtig durchgedacht, oder?"

Er lächelte, erleichtert darüber, dass sie sich wieder eingekriegt hatte. „Klar. Einen Wanderrucksack hab ich auch, für dich brauchen wir dann noch einen."

„Wir gehen wandern?"

„Wenn du möchtest." Er ließ die Fenster wieder herunter und ein angenehmer Wind rüttelte an seinem verschwitzten T-Shirt.

„Und was machen wir dann in drei Jahren?"

Er grinste. „Wenn du es überhaupt so lange mit mir aushältst … naja, ich könnte einen Job annehmen. Irgendwas findet man immer. Wir lassen es einfach auf uns zukommen, oder? Jetzt haben wir uns gerade die Freiheit geholt, da wollen wir sie doch nicht gleich wieder abgeben."

„Ich kann es nicht fassen, dass wir das durchziehen."

„Ich auch nicht." Er legte seinen Unterarm auf den Fensterrahmen. Der Fahrtwind zerzauste ihre Haare. Es war immer noch vormittags, aber das Wetter ließ einen heißen Tag erahnen.

„Können wir das Radio anmachen?"

„Klar." Er deutete auf die entsprechenden Tasten auf dem Display und sie probierte ein wenig herum, schien aber mit keinem Sender zufrieden zu sein. Erst, als Bob Dylans Stimme mit ‚Knock, knock, knockin' on heaven's door' durch das Auto dröhnte, lehnte sie sich zurück und lachte ihn an.

„Rock FM?"

Sie nickte. „Genauso stelle ich mir einen Roadtrip in Amerika vor. Durch die Pampa fahren und Classic Rock hören. Bei offenem Fenster."

Er grinste. „Klingt gut."

„Wie kommt es eigentlich, dass du wegfahren kannst? Hast du deinen Job gekündigt?"

„Nein." Sein Grinsen erstarb. Kurz darauf ertappte er sich bei einem Stirnrunzeln und setzte hastig wieder eine freundliche Miene auf.

„Uh, das gibt Ärger, oder?"

Er zuckte mit den Schultern. „Dafür müssen sie mich erstmal erreichen."

„Haben sie nicht deine Handynummer?"

„Doch, aber ich hab es entsorgt." Er biss sich auf die Zunge.

Zu viel Info. Verdammt, du musst vorsichtiger sein.

„Was?" Erstaunt blickte sie ihn an. „Ist das dein Ernst?"

„Alles hier ist mein Ernst. Es bringt nichts, wegzufahren und gleichzeitig die Bindungen zum alten Leben zu behalten."

„Aber ... was ist mit deinen Freunden? Deinen Eltern und Verwandten?"

Er antwortete nicht.

„Vielleicht sollte ich mein Handy auch wegwerfen?", überlegte sie, aber stattdessen nahm sie es aus dem Seitenfach ihres Rucksacks und schaltete es aus. Sie legte es neben die Handbremse.

Als er die nächste Raststätte sah, bog er ab und tankte. Es war nicht viel, was sie verfahren hatten. Er hatte vorher vollgetankt und sie waren erst bei Würzburg.

„Würdest du bitte bezahlen und mir 'ne Cola mitbringen? Kauf dir einfach was du möchtest."

„Klar." Verwundert stieg sie aus und Jarrad reichte ihr einen Geldbeutel. Er sah ihr kurz hinterher, wie sie zum Eingang schlenderte und dabei ihre langen Haare nach hinten schüttelte, dann öffnete er die Beifahrertür, griff nach ihrem Handy und zog die SIM-Karte heraus. Aus dem Handschuhfach nahm er sein Schweizer Taschenmesser, klappte die Schere aus und zerschnitt das Plättchen. Dann warf er Handy und SIM-Karte in einen Mülleimer neben der Zapfsäule und stieg wieder ein.

Laya kam zurück, reichte ihm eine Cola und schraubte ihre Wasserflasche auf. Ihr fröhliches Gesicht deutete darauf hin, dass sie nichts von der Aktion mitbekommen hatte.

„Also", er startete den Motor und beschleunigte auf die Autobahn, „die slowenischen Alpen, hm?"

Sie lächelte und er wünschte sich fast, sie hätte in diesem Moment Nein gesagt. *Nein, lass uns umkehren. Ich fühle mich nicht wohl dabei, mit dir allein in den Bergen zu sein.* Aber sie nickte und freute sich und hatte keine Ahnung, dass sie die nächsten Wochen allein mit einem Mörder verbringen würde.

11

„Was hältst du von Italien statt Slowenien?", fragte Jarrad zögerlich. Wir näherten uns dem Kreuz A7, langsam, denn der Verkehr stockte.

„Italien?"

„Ja. Ich meine – es macht eigentlich keinen großen Unterschied. Die Alpen verändern sich nicht plötzlich, nur weil man die Grenze überschreitet. Aber ich kenne mich in Italien besser aus. Ich war als Kind öfter dort."

Ich sah zu ihm. Er wirkte irgendwie nervös. Aber vielleicht lag das auch daran, dass sein Blick ständig zwischen mir und der Autobahn hin und her pendelte. „Klar. Klingt gut."

„In der Nähe vom Comer See gibt es eine Hütte, die von einem Ehepaar bewirtschaftet wird. Die beiden sind total alt, aber sie versorgen sich komplett selbst. Oder zumindest war es damals so. Sie hatten einen Gemüsegarten am Hang, mit Steinterrassen und Kräutern." Er schluckte. „Meine Mutter hat es geliebt, dort durchzulaufen. Sie hat so oft gesagt, dass sie sowas auch mal will."

Nach ein paar Sekunden merkte ich, dass ich die Luft angehalten hatte. *Sie hat es geliebt.*

„Deine Mutter …", fing ich zögerlich an, ohne zu wissen, wie ich den Satz beenden sollte.

„Sie ist gestorben."

„Das tut mir leid", sagte ich leise.

„Schon okay. Ist schon ein paar Jahre her. Ich dachte nur, vielleicht würde es dich interessieren, ein paar Orte meiner Kindheit zu sehen … ich meine, ich dachte, es könnte dir dort gefallen. Es ist wirklich schön."

Ich nickte. „Ich würde es total gern sehen."

In Lindau legten wir eine Pause ein und kauften in einem Outdoorgeschäft einen Rucksack und Wanderschuhe für mich.

„Dein Geburtstagsgeschenk", sagte Jarrad mit einem breiten Lächeln im Gesicht und ließ sich unter keinen Umständen davon abbringen zu bezahlen. Dann wollte er in einer Bäckerei unbedingt noch zwei Stücke Erdbeerkuchen kaufen, die wir unterwegs essen wollten. Aber wir hoben sie so lange auf, bis wir in Italien waren, immer auf der Suche nach einem *noch* besseren Platz. Schließlich aßen wir sie am Ufer des Lago di Mezzola und von dort aus waren es nur noch zwanzig Minuten zu unserem Hotel. Auf das Hotel hatte Jarrad bestanden. Um „nochmal richtig aufzutanken", wie er es nannte. Ich war der Meinung, es überstieg unser Budget.

Allerdings sah es von außen gar nicht aus wie ein Hotel; es war einfach ein großes Haus aus grauem Stein, mit klapprigen grünen Fensterläden.

„Ähm, was meinst du, ein oder zwei Zimmer?", fragte Jarrad, als wir aus dem Auto stiegen, und steckte sich verlegen die Hände in die Hosentaschen.

Meine Wangen wurden heiß. „Die nächsten Nächte schlafen wir ja auch im selben Zelt, also", ich gab ein komisches Lachen von mir, „können wir uns gleich schon mal dran gewöhnen." Als wir unsere Taschen über eine knarzende Treppe in den ersten Stock schleppten, ärgerte ich mich noch immer über diesen bescheuerten Spruch.

Das ‚Hotel' war eine kleine Pension, mit nur fünf Zimmern und ohne Aufzug, nannte sich aber trotzdem Hotel La vecchia pietra. Durch ein kleines Fenster hatten wir Blick auf die Berge; die Gipfel waren ins rötliche Licht der Abendsonne getaucht. Das Doppelbett war aus dunklem Holz und knarzte, als ich mich daraufsetzte. Üppige Blumensträucher in Vasen standen auf den Nachttischen und gaben dem dämmrigen Zimmer ein wenig Leben.

Jarrad knipste eine Lampe mit einem alten, karierten Stoffschirm an und breitete eine Karte auf dem Boden aus. Sein Finger fuhr über einen gestrichelten Weg, während er redete.

„Ich denke, fünf Tage sollten in Ordnung sein. Dann haben wir genug Zeit für die Tour und können auch mal eine Pause machen. Hier, hier und hier könnten wir mit dem Zelt übernachten. Und da ist die Hütte. Ich …" Er runzelte die Stirn. „Ich hoffe, dass sie noch dort leben." Er sprach es nicht aus, aber ich wusste, wie er es meinte. *Noch dort leben* bedeutete so viel wie *noch leben*.

Jarrad musste dem Koch erzählt haben, dass ich Geburtstag hatte. Als wir mit dem Hauptgericht fertig waren, kam er mit dem Dessert, auf dem eine Wunderkerze brannte, an unseren Tisch und gratulierte mir auf Italienisch. Ich errötete und bedankte mich, indem ich immer wieder „Grazie!" sagte, und Jarrad freute sich.

Abends lagen wir nebeneinander in dem großen Doppelbett. Ich konnte irgendwie nicht aufhören, daran zu denken, dass er unter der dicken Bettdecke nur Boxershorts anhatte, so, als wäre es ganz selbstverständlich. Jarrads Nachttischlampe tauchte den Raum in warmes Licht, ohne die dunklen Ecken zu erreichen.

Er stützte sich mit dem Ellbogen auf und sah zu mir. Die Decke hatte er einmal umgeklappt, sodass sie ihm nur bis zur Hüfte ging. „Woran denkst du?"

„Hmm." Ich versuchte, mich von seinem nackten Oberkörper nicht zu sehr ablenken zu lassen und meine Gedanken zu ordnen. „Ich habe daran gedacht, dass ich noch vor ein paar Stunden am Frühstückstisch saß und mich kein bisschen über meinen Geburtstag gefreut hab. Und jetzt sind wir hier und", ich musste lächeln, „das ist der schönste Geburtstag, den ich je hatte."

Er erwiderte mein Lächeln, aber es wirkte gequält. Eine Falte grub sich zwischen seine Augenbrauen.

„Was ist?"

Er schüttelte den Kopf. „Erzähl weiter."

„Ach, ich weiß nicht. Ich bin einfach total aufgeregt, weil wir keine Ahnung haben, wie die nächsten Wochen aussehen."

„Hast du Angst?"

„Nein", antwortete ich sofort. Ich legte den Kopf schief und überlegte nochmal. „Naja, ein bisschen vielleicht. Aber es ist kein schlechtes Gefühl. Es ist nicht wie davor, wo ich ständig diese beklemmende Panik hatte. Und bei dir? Hast du Angst?"

„Nicht vor dem, was uns erwartet", sagte er leise.

„Vor was dann?"

„Ich …" Er zögerte. „Vielleicht vor dem, was hinter mir liegt. Dass ich meine Vergangenheit nicht hinter mir lassen kann oder … dass sie mich nicht gehen lässt."

Auf einmal war ich wieder wach. Jarrads Tonfall klang für mich wie ein Warnruf.

„Möchtest du darüber reden?", fragte ich.

„Nein. So wichtig ist es nicht. Vielleicht muss ich mich einfach daran gewöhnen, dass wir jetzt hier sind. Weißt du, ich hab so lange geglaubt, für immer so leben zu müssen wie in den letzten Jahren – bis jetzt. Bis vor ein paar Stunden. Ich kann jetzt neu anfangen, oder? Ich muss nicht so sein wie früher, ich muss nicht so sein, wie andere es von mir erwarten. Niemand kennt mich mehr, außer dir."

Ich musterte ihn besorgt. Was gab es da in seinem Leben, das *so schlimm* war? Hing es mit seiner Schulzeit zusammen, oder mit dem Tod seiner Mutter? Oder mit seiner Arbeit?

„Hm", machte ich unschlüssig. „Wieso möchtest du anders sein? Ich mag dich so, wie du bist."

Er lächelte freudlos. „Dann kennst du mich nicht wirklich." Ein kurzer Seufzer folgte. „Oder vielleicht ja doch. Vielleicht war das andere alles falsch, eine Maske, die ich jetzt endlich ablegen kann. Und du bist die einzige, vor der ich mich nie verstellen musste."

Irgendwie hatte ich immer das Gefühl gehabt, dass es viele Parallelen zwischen unseren Geschichten gab. Aber vielleicht war alles, was ich erlebt hatte, nur ein harmloses Spiel gegenüber Jarrads Kindheit.

„Am besten wir schlafen jetzt", sagte er und räusperte sich, „morgen müssen wir früh raus." Er knipste das Licht aus. „Gute Nacht."

„Gute Nacht", erwiderte ich leise, aber ich konnte nicht einschlafen. Seine Worte beschäftigten mich und ich starrte auf die Umrisse seiner Schulter, die sich aus der Dunkelheit erhoben, und lauschte seinen regelmäßigen Atemzügen. Wie würde es weitergehen? Unsere Reise und das zwischen uns, was auch immer es war.

Jetzt freust du dich erstmal auf die Wanderung, sagte ich mir und klammerte mich an diesen Gedanken. Und ich versuchte auch nicht daran zu denken, dass ich weder meinen Eltern noch Greta Bescheid gesagt hatte. Dass eigentlich niemand wusste, wohin ich verschwunden war.

Jarrad hatte sich von mir weggedreht; vielleicht zwanzig oder dreißig Zentimeter trennten uns. Wie gern hätte ich meine Hand an seinen Rücken gelegt, die Wärme seiner Haut gespürt.

Ich dachte an unseren Kuss, auf dem Dach seines Wohnhauses. Waren wir uns dort näher gewesen als jetzt? Wie würde er reagieren, wenn ich die Hand ausstreckte und ihm über die Schulter strich …

Mitten in der Nacht wachte ich auf. Ich blinzelte in die Dunkelheit und im ersten Moment verstand ich nicht, wo ich war. Warum war ich aufgewacht?

Ich bekam einen Ellbogen in die Seite gerammt und meine Erinnerung kehrte schlagartig zurück. Ich richtete mich auf und schaute zu Jarrad. Er schlief, wälzte sich hin und her und stöhnte. Es klang, als würde ihm jemand Schmerzen zufügen.

„Jarrad", flüsterte ich und streckte die Hand nach ihm aus, „alles okay bei dir?"

Das Stöhnen hörte abrupt auf und im nächsten Moment saß er aufrecht neben mir. „Was ist? Kannst du nicht schlafen?"

„Du hattest einen Albtraum … du hast dich gewälzt und es klang, als hättest du Schmerzen."

„Oh. Tut mir leid, ich versuche leiser zu schlafen."

„Ist – ist alles in Ordnung?"

„Ja, klar. War doch nur ein dummer Traum. Leg dich wieder schlafen."

Er legte sich hin und drehte sich mit dem Rücken zu mir. Er hatte gar nicht überrascht geklungen, so, als wäre es ihm schon öfter passiert.

Früh morgens fuhren wir mit unseren gepackten Rucksäcken und dem anderen Zeug eine schmale, rissige Straße entlang, die sich über viele Kilometer ganz langsam den Berg hinaufwand. Am Ende erwarteten uns ein Parkplatz und eine heruntergekommene Herberge. Wir luden die Rucksäcke aus, unter Beobachtung einer alten Italienerin, die vor der Albergo Tranquillo auf einem Plastikstuhl saß und rauchte. Jarrad half mir, den Rucksack aufzusetzen, und konnte sich ein Lächeln nicht verkneifen, als mich das Gewicht ruckartig nach hinten zog. Gestern Abend hatte ich noch darauf bestanden, so viel wie er zu tragen. Hatte all seine Einwände („Ich bin doch auch größer als du!" und „Du warst noch nie mit Rucksack wandern? Dann ist doch klar, dass …") abgewehrt. Das hatte ich jetzt davon. Der Rucksack war verdammt schwer.

„Bist du dir sicher, dass du nicht umpacken willst?", fragte Jarrad nochmal, aber ich schüttelte den Kopf und taumelte zu den Wegweisern.

Der Pfad führte in Serpentinen durch den Wald, ich keuchte nach der dritten Kurve wie eine Dampfmaschine, aber ich gab mir alle Mühe, vor Jarrad zu bleiben.

„Alles klar bei dir?", fragte er hinter mir.

„Klar. Total easy", behauptete ich angeberisch.

„Du bist ja ein richtiges Rennpferd", spöttelte er und ich rief über meine Schulter: „Ich bin bloß nicht so eine Schnecke!" Dabei war es für ihn offensichtlich kein Problem, mit mir mitzuhalten.

Der erste Kilometer lief für mich ganz gut, doch dann wurde es etwas steiler und mein Körper spürte, dass er das Ziel so bald nicht erreichen würde; meine Muskeln ermüdeten, meine Kehle trocknete aus und jeder weitere Schritt kostete enorme Anstrengung. Irgendwann blieb ich stehen.

Jarrad holte zu mir auf und sah mich fröhlich an. „Na? Schon erschöpft?"

Ich antwortete nur mit einem Grunzen. Er lachte und reichte mir eine Wasserflasche. „Wer von uns ist jetzt die Schnecke?" Seine Augen funkelten provozierend.

Ich bereute es, mich über ihn lustig gemacht zu haben. Er packte die Flasche in ein Seitenfach seines Rucksacks, ich drehte mich um und stapfte los. Ein schwerfälliger Schritt nach dem anderen. Jarrad lief dicht hinter mir, als könnte er es kaum erwarten, endlich an mir vorbeizupreschen.

„Du drängelst jetzt aber mit Absicht, oder?", schimpfte ich.

„Ein bisschen, ja", meinte er belustigt, „aber daran bist du selbst schuld, weißt du."

„Jaja", murrte ich.

Der Weg schlängelte sich durch einen Mischwald aus Buchen und Fichten und die Hitze verstärkte das würzig-holzige Aroma. Auf unserer rechten Seite rauschte ein Bach, stürzte in kleinen Wasserfällen über steinige Kanten und füllte flache Becken. Es war so schön, dass ich regelmäßig stehenblieb und meinen Blick nicht davon lösen wollte. Zum Teil vielleicht auch, um einen Vorwand für eine Pause zu haben. Der Aufstieg war nämlich verdammt hart. Es war so anstrengend, dass ich keine Energie mehr zum Nachdenken hatte. Ich lief einfach und bewunderte die Natur und lief weiter.

Die Sonne fiel in Streifen durch das Blätterdach. Die nassen Steine im Bachlauf glänzten, Vögel stoben aus den Bäumen, schwarze Silhouetten am strahlend blauen Himmel.

An einem der Wasserfälle legten wir eine Pause ein. Jarrad zog sich sofort Schuhe, T-Shirt und Socken aus und hüpfte in das kreisrunde Becken. Das Wasser reichte ihm bis zu den Knien. Ich löste meine eigenen Schnürsenkel und konnte mir ein Grinsen nicht verkneifen. Mit seinen wedelnden Armen sah er aus wie ein Hampelmann.

„Was gibt's denn da zu lachen", rief er gespielt empört und spritzte Wasser in meine Richtung. Reflexartig sprang ich zur Seite, aber eigentlich fühlte es sich erfrischend an, also tauchte ich meine Hände ins Becken und warf ihm eine Ladung entgegen. Ich musste an unsere Schaumstoffschlacht denken, wich einem weiteren Schwall aus und ging zum Gegenangriff über. Meine Kleidung blieb fast vollständig trocken, während Jarrad besonders viel umherspritzte und, als er ganz durchnässt war, auch noch ins Becken platschte.

Ich musste lachten. „War das Absicht?"

„Klar." Er paddelte ein wenig umher, dann stand er mit triefnasser Hose auf und kam grinsend auf mich zu. Tausende winzige Tröpfchen glitzerten auf seinem Oberkörper. „Aber wenn du dachtest, dass du so einfach davonkommst, hast du dich getäuscht."

Ruckartig streckten sich seine Hände nach mir aus und schlossen sich um meine Taille. Ich schrie in Panik, als meine Beine nass wurden, kickte und strampelte und hatte keine Chance gegen Jarrads eisernen Griff. „Nicht! Lass mich los!"

Seine Hände ließen locker, ich stolperte und fing mich mit den Händen am Boden ab. Mein Herz raste.

„Tut mir leid, ich wollte nicht …" Er sah mich ratlos an. „Das war nur Spaß."

„Ich weiß." Ich atmete tief durch und knetete meine tauben Finger.

Jarrad setzte sich neben mich. „Ich wollte dich nicht erschrecken. Ist es das Wasser?"

Ich nickte zittrig.

„Tut mir leid, das hätte ich eigentlich wissen können."

„Nein, ist schon gut. Ich kann nur nichts dagegen tun, ich reagiere einfach …"

„Aus Reflex."

Wir schwiegen eine Weile. Ich schöpfte mit der Hand Wasser und ließ es über meine Beine laufen. Kleine Rinnsale bildeten sich, die die dünne Dreckschicht auf meiner Haut wegspülten.

„Du blutest ja." Jarrad deutete auf eine Wunde an meinem Knie, aus der frisches Blut rann. Erst jetzt spürte ich den Schmerz.

„Oh."

Jarrad ging zu seinem Rucksack und brachte ein Pflaster und Desinfektionsspray mit. Das Spray mit der Aufschrift „schmerzfrei" brannte.

„Wie fühlt es sich für dich an, wenn du im Wasser bist?", fragte er mit leiser Stimme, nachdem er sich wieder neben mich gesetzt hatte.

„Das ist schwer zu beschreiben … ein bisschen so, als würde mich das Wasser zusammenpressen", murmelte ich und während ich redete, flutete die Angst meinen Körper und hallte wie ein Echo an den Wänden meines Geistes wider. Meine Füße wurden taub vor Kälte. „Ich kriege dann keine Luft mehr."

„Weißt du, woher diese Angst ursprünglich kommt?" Er versuchte, so behutsam wie möglich zu sein, aber für mich war es, als hätte sich der Himmel verdunkelt. Die Vögel zwitscherten und das Gras raschelte im Wind, aber alles klang fern und dumpf. Gleichzeitig hatte ich das Gefühl, alte, tief vergrabene Erinnerungen endlich loswerden zu wollen, und das ging nur, wenn ich sie an die Oberfläche brachte.

„Ich denke schon", sagte ich leise. „Es ist am Ende der siebten Klasse passiert. Im Sommer war die ganze Klasse fast jeden Tag im Schwimmbad und Mark natürlich auch und … es wurde immer viel Quatsch gemacht, aber einmal … das ganze Becken war voller Leute, aber irgendwie hat niemand etwas mitbekommen und plötzlich wurde ich unter Wasser gedrückt. Ich hab versucht mich zu wehren, aber ich konnte nur schlecht schwimmen und ich war ewig unter Wasser. Ich hatte zum ersten Mal Angst zu sterben …"

Jarrad nahm wortlos meine Hand und hielt sie fest.

„Für ihn war es nur ein lustiges Spiel. Er hat gelacht, als ich wieder aufgetaucht bin."

Aber es war nicht Mark, an den ich nicht aufhören konnte zu denken, sondern Greta. Ihre bleiche Haut. Der hochgeschobene BH. Wie hilflos sie auf diesem demütigenden Foto ausgesehen hatte. Sie war Opfer von Marks grausamen Spielchen geworden, so wie ich, und anstatt uns zusammenzuraufen, hatten wir uns zerstritten. Meine letzten Worte waren Anschuldigungen gewesen und meine letzten Gefühle für sie Verärgerung. Und jetzt war ich weg, vielleicht für immer, und hatte sie zurückgelassen. Allein. Was, wenn die Therapie bald funktionieren würde und sie wieder in die Schule musste? Oder noch schlimmer: wenn sie nicht wirkte und Greta trotzdem hinmusste? In einem Rollstuhl wäre sie noch viel hilfloser. Eine Welle von Schuldgefühlen überkam mich. Ich hatte sie im Stich gelassen und mich nicht einmal verabschiedet, alles wegen einem blöden Streit. Es war naiv von ihr zu glauben, Mark oder ein anderer hätte sie nicht geschubst, aber sie dachte das nicht aus Bosheit mir gegenüber, sondern weil sie einfach zu nett für diese Welt war.

„Meine Mutter konnte Schwimmbäder auch nie leiden. Sie hat nie verstanden, warum so viele Leute freiwillig in einer riesigen Fleischbrühe baden wollen." Ich schaute auf und wartete gespannt darauf, dass er weiterreden würde.

„Immer, wenn mein Vater mit mir ins Schwimmbad ging, blieb sie zuhause, und als wir dann zurückkamen, gab es selbstgemachte Lasagne." Er lächelte wehmütig.

„Sie klingt sehr sympathisch."

„Ja, da hast du recht."

Ich warf ihm einen zögerlichen Seitenblick zu. „Wie hieß sie?"

„Maria." Das Wort schien ihm schwer über die Lippen zu gehen. Er stand abrupt auf. „Wir sollten weiter. Wir haben noch ein bisschen Strecke vor uns."

Wir zogen unsere Schuhe an, setzten die Rucksäcke auf und gingen weiter. Meine Augen wanderten über Wurzeln, Erde und Blätter, aber meine Gedanken hingen bei Greta und verdrängten die Anstrengung. Beschämt musste ich mir eingestehen, dass ich zwar auch sauer auf sie gewesen war, weil sie sich und nicht Mark die Schuld gab, aber eigentlich nur aus Eifersucht so überreagiert hatte. Greta hatte in der Rehaklinik neue Freunde gefunden und ich hatte Angst, dass sie sich mit ihnen besser verstand als mit mir. Warum auch sollte sie die giftige, frustrierte Laya der sympathischen Lena vorziehen, die ihr doch so viel ähnlicher war? Aber Greta hatte jedes Recht auf neue Freunde – sie hatte genug gelitten. Wünschte ich mir etwa, dass es ihr im Therapiezentrum genauso wie in der Schule erging? Gönnte ich es ihr nicht, beliebt zu sein?

Jetzt, wo ich nicht mehr allein war und unter dem Druck der Klasse litt, fiel es mir deutlich leichter, meinen Neid zuzugeben. Und es bedrückte mich, dass wir so auseinandergegangen waren. Sie wusste nicht einmal, dass ich Deutschland verlassen hatte. Und niemand würde es ihr erzählen können.

Die Sonne war bereits hinter den Baumwipfeln verschwunden, als Jarrad mitten auf dem Weg stehenblieb. „Das sieht nach einem guten Schlafplatz aus, oder?" Er deutete auf eine Wiese mit schwacher Steigung, gespickt mit weißen Steinen.

„Ja, sieht super aus", sagte ich und ließ mich in voller Montur ins Gras fallen. „Uff." Ein Hang mit jeder Menge pieksiger Hindernisse kam mir zwar nicht wie der ultimative Schlafplatz vor, aber da ich mir seit zehn Minuten vorstellte, wie ich den Rucksack von meinen Schultern gleiten lassen würde, war ich froh.

Jarrad packte das Zelt aus und war schon dabei, die Einzelteile zusammenzusetzen.

„Bitte, lass uns noch bisschen damit warten … ich bin so … müde." Ich gähnte, legte dabei den Kopf in die Nacken und blinzelte in den blauen Himmel.

„Ruh dich aus, ich kann das auch allein", sagte er fürsorglich, aber so unkameradschaftlich wollte ich dann doch nicht sein. Ich schnallte den Rucksack ab und half ihm beim Aufbau.

Aber auch danach gab er sich nicht zufrieden, zuerst mussten Schlafsäcke und Isomatten ausgebreitet werden. Nachdem wir fertig waren, setzten wir uns auf unseren Regenjacken ins Gras und genossen für einen Augenblick das ruhige Ausklingen des Tages. Dann holte Jarrad den Gaskocher, einen Topf und eine Packung Fertigrisotto aus seinem Rucksack.

Ich wollte aufstehen und ihm helfen, aber er wehrte mich ab. „Bleib sitzen, bitte. Ich koche heute." Ich sah ihm nach, wie er mit einem Topf in der Hand den grasbewachsenen Hang zum Bach hinunterlief und wenig später mit vorsichtigen Schritten, um nichts zu verschütten, zurückkam. Sollte ich mit ihm über Greta reden? Ihm erklären, was vor unserer Abreise passiert war und dass ich mich gern mit ihr vertragen wollte?

Er stellte den Gaskocher auf einen ebenen Stein, zündete ihn an und mischte den Reis unter, sobald das Wasser sprudelte. Nein, besser nicht. Unser erster Tag, und ich deutete an, dass ich zurück nach Frankfurt wollte? Ich würde wenigstens bis nach der Tour warten.

Zwei Wanderer kamen vorbei und grüßten uns, zu meiner Überraschung auf Deutsch.

„Da werden die Carabinieri aber nicht besonders glücklich sein", meinte der eine und lachte. Er schien in etwa so alt zu sein wie mein Vater, hatte einen langen Stock in der Hand und einen braunen Hut auf dem Kopf. Der andere war deutlich jünger, vielleicht sein Sohn. Er sagte nichts, begutachtete nur kurz unser Lager und folgte dann dem Älteren.

Sobald die beiden weg waren, verteilte Jarrad das Risotto auf zwei Teller.

„Was meinte er damit?", fragte ich.

„Zelten in den italienischen Alpen ist eigentlich verboten."

„Oh, shit. Bekommen wir jetzt Ärger?"

„Nur, wenn die zwei uns an die Polizei verraten. Ich hätte nicht gedacht, dass um die Zeit noch jemand vorbeikommt."

„Meinst du, er verpfeift uns?"

Jarrad zuckte mit den Schultern. „Kann ich mir kaum vorstellen."

Eine Zeitlang war nur das Schaben unserer Löffel zu hören; ich hatte schon lange nicht mehr etwas so Köstliches gegessen. Zufrieden und gesättigt legten wir uns zurück ins Gras.

Der heutige Tag hatte mich körperlich erschöpft, aber meine Gedanken wollten nicht zur Ruhe kommen. Immer noch hing ich an den zwei Wanderern und fragte mich, was sie wohl von uns gedacht hatten. Waren ihre Blicke kritisch gewesen oder bildete ich mir das nur ein? Wieso hatte der Jüngere von den Beiden nichts gesagt?

Ich seufzte leise. Da war es schon wieder. Dieses Gedankenmachen. Ich konnte einfach nicht damit aufhören. Jeder Kontakt mit Menschen wurde dadurch beeinflusst, jede Reaktion, jedes Zucken musste ich analysieren. Wenn mich jemand zu lange anstarrte, vermutete ich darin Abneigung. Ein kleiner Lacher, dessen Ursache ich überhört hatte, und ich bekam das ungute Gefühl, das Lachen könnte mit mir zu tun haben. Physisch mochte ich der Schule entkommen sein – aber mein Kopf war immer noch darin gefangen.

„Woran denkst du gerade?", fragte Jarrad wachsam.

Mein erster Instinkt war es, zu lügen. Diese Gedanken waren etwas sehr Tiefes, Intimes, und ich wollte sie nicht preisgeben. Aber im nächsten Moment wusste ich, dass sie bei Jarrad gut aufgehoben wären. Er würde es verstehen und keinesfalls geringschätzen.

„Ich habe daran gedacht, wie viel Einfluss die Schule immer noch darauf hat, wie ich auf andere Menschen reagiere. Und ich habe immer diese Angst, dass ich was Falsches sagen könnte, was Lächerliches. Deshalb sage ich dann lieber gar nichts."

„So habe ich mich anfangs auch gefühlt", stellte Jarrad fest, „ich habe kaum mehr geredet. Stattdessen habe ich gehandelt, das half mir irgendwann."

„Was meinst du damit?"

Er sah mich verlegen an. „Zum Beispiel den ein oder anderen verprügelt, wenn er mich beleidigt hat."

„Du hast Leute verprügelt?", fragte ich erstaunt. „Regelmäßig?"

„Naja, erst später. Früher habe ich mich kaum gewehrt. Eigentlich erst ab der zehnten Klasse. Ich war nicht besonders schlagfertig, aber mit Fäusten zu antworten ist leichter, vor allem, wenn man vor Wut und Nervosität kaum mehr klar denken kann."

„Und hat das geholfen?"

Er zuckte mit den Schultern. „Manchmal ja, manchmal nein. Es gibt Jungs, die sich von sowas einschüchtern lassen. Auf der neuen Schule bin ich gut damit durchgekommen. Aber auf der alten waren die Typen aggressiver. Abgesehen davon, dass ich mich damals noch nicht getraut habe, hätte es vermutlich wenig gebracht. Die waren stärker als ich und vor allem in der Überzahl."

„Hm. Vielleicht hätte ich das auch mal versuchen sollen", sagte ich trocken.

Jarrads Mundwinkel zuckten. „Das hätte ich zu gern mit angesehen."

Wir lächelten beide kurz bei dieser absurden Vorstellung.

Dann seufzte ich. „Warum ist mir die Meinung anderer Leute nicht einfach scheiß egal", sagte ich frustriert, „jetzt sind wir hier, so weit weg von Frankfurt, und ich mache mir immer noch Gedanken darüber."

„Irgendwann wirst du dich davon lösen können." Jarrad schenkte mir ein zuversichtliches Lächeln. „Du wirst es gar nicht merken, aber irgendwann bist du diese Gedanken los und hast Platz für anderes. Du hast viele schlechte Erfahrungen gemacht. Das heißt, du musst jetzt viele gute Erfahrungen machen, dann kann dein Kopf die schlechten überschreiben, wie bei einer Festplatte. Dass du nicht mehr in der Schule bist, ist der erste Schritt. Mark und Louise, und wie die ganzen anderen Idioten heißen, die können dir jetzt nichts mehr anhaben. Du musst sie nie wiedersehen."

Er sah mich mit seinen dunklen Augen an, die ganz ernst geworden waren, und langsam drangen seine Worte zu mir durch. Konnte das wirklich sein? Hatte ich diese schlimme Zeit endlich hinter mir gelassen? In fünf Wochen, wenn die Sommerferien vorbei waren, würde ich meine Klassenkameraden nicht wiedersehen, kein Philip, keine Louise, kein Scott. War das die Realität? Mein Kopf konnte diesen Gedanken noch nicht ganz akzeptieren – es klang einfach zu schön, um wahr zu sein.

Ich zog meine Beine eng an meinen Oberkörper und starrte versunken über die Steine, die in der Dämmerung zu hellgrauen Flecken wurden.

„Eine Woche vor den Sommerferien wurde Mark von einem Zug erwischt. Er ist tot." Die Worte klangen unwirklich, begleitet vom rauschenden Bach und dem gelegentlichen Vogelzwitschern. War es wirklich passiert?

Jarrad zögerte. „Ich weiß. Faisal hat es mir erzählt."

„Als ich davon erfahren hab, da war das Erste, was ich gefühlt habe, Erleichterung. Und Hoffnung. Dasselbe Gefühl hatte ich früher, wenn ich morgens vor der Schule aufgewacht bin und krank war. Und wusste, dass ich wenigstens ein oder zwei Tage

Ruhe hab." Mir war kalt und ich rieb mit den Händen über meine Schienbeine.

„Und du denkst, es ist falsch, so zu fühlen."

„Ich weiß es nicht", sagte ich leise, „Greta … sie war so entsetzt, als sie davon gehört hat. Sie hatte sogar Schuldgefühle, weil sie sich gewünscht hat, dass er von der Schule fliegt. Dabei hat sie so unter ihm gelitten. Und Faisal findet, dass Mark es verdient hat und ich mich darüber freuen sollte." Ich schluckte und meine Stimme wurde verzweifelt. „Ich will kein schlechter Mensch sein. Ich meine jetzt, wo wir hier sind, ist es leicht zu behaupten, dass es mir leidtut. Aber letzte Woche, da war alles noch anders. Und ich *war* erleichtert. Alles andere wäre gelogen."

„Du bist kein schlechter Mensch." Er rutschte zu mir, bis unsere Schultern sich berührten. „Du hast dich nicht darüber gefreut, dass er tot ist, sondern darüber, dass du endlich Ruhe vor ihm hast. Und das ist doch nur menschlich."

„Denkst du, dass Faisal recht hat?"

„Womit? Dass Mark es verdient hat?"

Ich nickte.

„Hmm. Ich glaube nicht, dass wir uns darüber ein Urteil erlauben dürfen. Aber das heißt auch nicht, dass du dich für seinen Tod schlecht fühlen musst, okay? Es ist nicht deine Schuld."

Er stupste meinen Fuß mit der Spitze seines Schuhs an. „Hey. Niemand ist perfekt, Laya. In den meisten Köpfen sieht es wahrscheinlich dunkler aus, als wir uns vorstellen können. Aber du bist mitfühlend und du willst niemandem etwas Böses. Und wenn Mark deine Angst nicht so verstärkt hätte, würden diese Eigenschaften viel stärker hervortreten. Dir bedeuten andere etwas und das ist wichtig. Das darfst du nicht verlieren, okay?"

„Hmpf. Ich bin nicht so nett, wie du denkst", murmelte ich, „ich hätte absolut nichts dagegen gehabt, wenn Faisal Mark krankenhausreif geprügelt hätte."

Er lächelte schwach. „Mark hat dich nicht positiv beeinflusst, das stimmt. Aber im Herzen bist du ein guter Mensch. So etwas wie Mobbing hinterlässt immer Spuren … wie oft wird über Amokläufe in Schulen berichtet? Das passiert doch nicht grundlos. Diese Kinder wurden jahrelang tyrannisiert, ob von Mitschülern, Eltern oder Lehrern. Manche Kinder entwickeln Hass, andere ziehen sich zurück, wieder andere können gestärkt aus solchen Erfahrungen hervorgehen. Wie jemand auf Mobbing reagiert, lässt sich nicht vorhersagen, aber es verändert jeden. Du wärst kein Mensch, wenn du dich davon nicht beeinflussen lassen würdest."

„Dich hat es gestärkt. Oder? Was du früher erlebt hast."

Er seufzte verbittert. „Ich wünschte, es wäre so."

„Aber du wirkst so selbstbewusst."

„Ich habe kein Mitgefühl. Das kann man schnell mit Selbstbewusstsein verwechseln. Ich meine, ich verstehe, dass Menschen etwas fühlen. Aber ich fühle nicht mit ihnen, was es … leichter macht, mit Rückschlägen umzugehen."

„Das glaube ich nicht."

„Ich hab dich gewarnt, ich bin kein guter Mensch. Ich gehöre wohl zu denen, die Hass entwickelt haben. Damals auf dieser Hausparty … ist es mir wirklich sehr schwergefallen, mich zurückzuhalten."

„Aber stattdessen hast du mich aus dem Pool rausgezogen. Das zeigt doch schon, dass du auch Mitgefühl hast."

Er lächelte schwach und ich hatte das Gefühl, dass es aus Dankbarkeit war. „In gewisser Weise bist du die positive Erfahrung, die ich mache. Du zeigst mir, dass es sich lohnt, Gefühle zu haben und … mitfühlend zu sein. Wenn ich bei dir bin, ist dieser Hass verschwunden. Es fühlt sich gut an."

Sein Zugeständnis überraschte mich. Bisher hatte ich nie verstanden, was Jarrad an mir finden mochte.

Es war dunkel geworden. Am Himmel tauchte ein Stern nach dem anderen auf und wir legten unsere Köpfe in den Nacken und starrten nach oben. Die kalte Luft kroch unter meinen Pulli. Schließlich putzten wir uns mit Wasser aus unseren Trinkflaschen die Zähne; wir waren zu faul, in der Dunkelheit zum Bach zu finden. Jarrad kroch zuerst ins Zelt, ich holte meine Schlafsachen aus dem Rucksack und zog mich draußen um, bevor ich ihm folgte.

Am nächsten Morgen schmerzte jeder noch so kleine Muskel meines Körpers. Gequält kroch ich aus dem Zelt und atmete die kalte Morgenluft ein. Das Tal lag noch im Schatten, aber über uns erstreckte sich blauer Himmel. Wir löffelten gemeinsam aus einer Schüssel Haferflocken mit heißem Wasser und Zucker, dann packten wir alles zusammen.

„Der Schmerz wird besser, sobald wir wieder laufen", sagte Jarrad aufmunternd und half mir dabei, den Rucksack aufzusetzen. Er hatte recht – der Muskelkater wurde beim Laufen schwächer. Dafür hatten die Rucksackträger gestern meine Schulter wundgerieben und mit jedem Schritt zuckte ein stichartiger Schmerz durch meine Haut.

Wir erreichten an diesem Tag den höchsten Punkt unserer Wanderung – einen Sattel, von dem sich zu beiden Seiten Wege auf die Spitzen der angrenzenden Berge schlängelten.

„Warst du schon mal auf einem Berggipfel?", fragte Jarrad.

Ich schüttelte den Kopf.

„Es sind nur knapp zweihundert Höhenmeter. Möchtest du hoch?"

„Meinst du, wir schaffen das?"

„Klar. Wir können die Rucksäcke hierlassen."

Jeder Schritt war auf einmal federleicht und ich dachte mit einem Lächeln, so müsste sich eine Mondwanderung anfühlen. In weniger als einer halben Stunde waren wir oben, auf Augenhöhe mit den Bergspitzen. Vor uns stürzten Grashänge und Geröllfelder in die Täler. Von unten arbeiteten sich dunkelgrüne Wälder hinauf. Keine Stadt. Keine Menschen. In diesem Moment erschien mir Frankfurt unerreichbar, wie ein Traum.

„Ich bin froh, dass wir hier sind", sagte ich leise. Ein kalter Wind peitschte über den Gipfel und verschluckte meine Worte. Schweigsam, aber vollkommen eingenommen von unserer Umgebung, machten wir uns auf den Rückweg.

„Es fühlt sich an, als würde man aus einem Traum erwachen", sagte ich, während wir in steilen Serpentinen nach unten liefen. Ich konzentrierte mich auf jeden Schritt. „Die ganze Schulzeit ging so an mir vorbei. Als wäre es nur ein Traum. Ein ziemlich blöder Traum. Und das hier fühlt sich so viel echter an."

„Das liegt am Muskelkater", meinte Jarrad und ich musste lachen.

Wie viel Bedeutung ich der Schule und meinen Klassenkameraden beigemessen hatte. Wie wichtig es mir gewesen war, beliebt zu sein, Anerkennung zu bekommen. Dabei gab es mehr als Frankfurt, es gab eine riesige weite Welt und ich fühlte mich in diesem Moment mehr als ein Teil davon, als ich es je in der belebten Großstadt gefühlt hatte.

Je weiter wir nach unten liefen, desto mehr machte uns die heutige Hitze zu schaffen. Die Sonne brachte die Luft über dem Boden zum Flimmern und der Schweiß lief mir irgendwann in Rinnsalen über den Körper. Laufen war unglaublich erschöpfend und mühsam, aber wir hielten tapfer durch. Als wir einen Kamm erklommen und auf der anderen Seite, etwa hundert Meter unter uns, einen tiefblauen See entdeckten, sehnte sogar ich mich nach einer Abkühlung.

Es war ein kleiner Bergsee, am Rand durchsichtig bis auf den steinigen Grund, in der Mitte war das Wasser dunkelblau und unergründlich. Wir legten unsere Rucksäcke ab, Jarrad zog sich sofort seine Badehose an, machte ein paar Schritte in den See und sprang dann mit dem Kopf zuerst ins Wasser. Ich stand zögerlich am Rand und schaute zu. Ich hätte viel für eine kalte Dusche gegeben, aber etwas hielt mich davon ab, in dieses unbekannte Gewässer zu gehen. Mal abgesehen davon, dass ich keine Badesachen dabeihatte. Aber du könntest ja wenigstens die Füße reinstrecken, sagte ich mir. Es störte mich plötzlich ungemein, dass Mark noch immer Einfluss auf mein Leben hatte. Ich hatte diese blöde Angst nur wegen ihm und ich wollte sie loswerden, je früher desto besser.

Langsam tapste ich auf den kantigen Steinen in den See und ließ das Wasser um meine Knöchel schwappen. Spürte Jarrads neugierige Blicke, auch wenn er nichts dazu sagte.

Vorsichtig ging ich weiter, bis das Wasser meine Knie erreichte.

„Wie tief ist es bei dir?", rief ich mit einem kleinen Anflug von Panik.

Jarrad kam auf mich zu. „Ich kann den Boden berühren, wenn ich ein bisschen untertauche. Hier, wo ich jetzt bin, kann ich stehen." Seine Schultern schauten aus dem Wasser.

„Okay", murmelte ich, aber meine Beine bewegten sich nicht von der Stelle. Langsam wurden meine Füße kalt. „Ich glaub, mir reicht‘s." Hastig drehte ich mich um und lief zurück.

„Hey, warte doch mal!"

Ich blieb stehen und wartete auf wackeligen Beinen, bis Jarrad zu mir aufgeholt hatte. Er streckte mir seine Hand hin.

„Das Wasser ist echt angenehm. Und der See ist nicht tief."

„Ich weiß nicht, vielleicht nächstes Mal."

„Mark kann dir nichts mehr tun. Aber ich bin da und ich halte dich fest, okay? Vertrau mir, dir kann nichts passieren."

Ich fasste Mut und nahm seine Hand. Er ließ mir Zeit und wartete, bis ich Schritt für Schritt tiefer ins Wasser ging. Kalt umspülte es meine Waden, bald meine Oberschenkel. Das Wasser sog sich in meine kurze Hose, kleine Wellen durchnässten mein Top. Ein weiterer Schritt und das Wasser reichte mir bis zum Bauchnabel. Aber ich konzentrierte mich auf Jarrads Berührung, seine nasse und warme Hand. Ein Schritt nach dem anderen. Kantige Steine unter meinen Füßen. Und dann schwappten sanfte Wellen an mein Kinn, mein Bauch prickelte und mein Herz schlug ziemlich schnell, aber ich blieb bei klarem Verstand.

„Wenn du möchtest, kann ich dir beibringen wieder zu schwimmen."

„Vielleicht wann anders."

„Okay." Wir drehten um und ich grub meine Zehen ins Gras, froh, wieder auf trockenem Boden zu stehen – doch die kurze Abkühlung hatte gutgetan. Mit einem Handtuch um die Schultern setzte ich mich auf einen flachen Stein und blickte über das Wasser – und konnte nicht umhin zu grinsen. Ich hatte es geschafft, meine Angst zu überwinden! Okay, vielleicht war überwinden ein bisschen übertrieben, denn ich hatte immer noch großen Respekt vor Gewässern und das nächste Mal würde mich wahrscheinlich genauso viel Anstrengung kosten. Aber der erste Schritt war getan.

Jarrad setzte sich neben mich und schubste mich sanft mit der Schulter. „Ich bin stolz auf dich."

Ich lächelte. „Danke."

Der Erfolg hatte mich in Hochstimmung versetzt, ich machte beim Laufen sogar ein paar Witze, über die Jarrad lachte, und es erinnerte mich daran, wie ich früher meine Geschwister oft zum Lachen gebracht hatte. Früher, als ich vielleicht sechs oder sieben gewesen war. Bevor die Schule mich zu einem verbitterten, verkorksten Menschen gemacht hatte.

Abends kuschelten wir uns in warme Pullover und saßen um den Gaskocher wie um ein Lagerfeuer. Wir sprachen nicht viel, aber wenn sich unsere Blicke begegneten, lächelten wir und schienen zu wissen, was der andere fühlte. Das Essen – Risotto – schmeckte besser als zuhause und ich dachte keine Sekunde an die Schule. Sobald Jarrad den Gaskocher ausgemacht hatte, wurde es still. So still, wie ich es noch nie erlebt hatte. Eine Ruhe breitete sich aus, nicht nur um uns herum, sondern auch in meinem Inneren.

Mitten in der Nacht weckte uns ein Gewitter und für ein oder zwei Stunden lagen wir wach. Wolken verdeckten den Mond, es war stockdunkel. Unruhig wälzte ich mich hin und her, ich wusste, dass ein Gewitter in den Bergen gefährlich war.

„Wenn es zu nah kommt, müssen wir raus", murmelte Jarrad, was mich nicht unbedingt beruhigte, „ich fürchte, wir haben nicht den optimalen Standort für ein Gewitter gewählt." Sein Schlafsack raschelte neben mir. „Ist dir kalt?" Er hatte sich zu mir gedreht.

„Nur ein bisschen."

„Du hast keine Angst, oder?"

„Ähm …"

Plötzlich spürte ich seine Fingerspitzen auf meiner Schläfe und mein Körper spannte sich an.

„Mach dir keine Sorgen", flüsterte er und genau das bewirkte seine Berührung. Ich war viel zu abgelenkt, um meinen Bedenken Raum zu verschaffen.

Mit jedem Donnerschlag entfernte sich das Gewitter und bald konnten wir im beruhigenden Prasseln des Regens einschlafen.

Am nächsten Tag hatte es nicht aufgehört. Wir waren nass, bevor wir unser Zeug zusammengepackt hatten. Die Regenjacken schützten zwar gut, aber unsere Hosen waren durchtränkt und auch das Zelt hatte einiges abbekommen. Wir mussten es nass in den Rucksack stopfen.

Wie zwei begossene Pudel liefen wir hintereinander den monotonen Pfad entlang, den Blick immer nach unten gerichtet. Die Kapuze schirmte die Umgebung links und rechts ab. Ich zählte die Wurzeln auf dem Boden, aber nachdem wir eine Weile über eine Wiese liefen, gab es nichts mehr zu zählen und mir wurde langweilig.

Die Aussicht, dass das Abendessen im Regen stattfand, war auch nicht gerade motivierend.

Zu unserer Freude hörte es am Abend auf und wir packten den Kocher aus. Aber der hatte den Geist aufgegeben. Jarrad versuchte alles, aber er weigerte sich, anzugehen. Etwas frustriert aßen wir beide an diesem Abend zwei Müsliriegel und legten uns schlafen. Das Zelt war noch nass und ungemütlich und ich wälzte mich stundenlang hin und her, bevor ich endlich Ruhe fand.

Ein lauter Schlag riss mich aus meinem Traum. Wo war ich? Es raschelte, als ich mich bewegte. Der Schlafsack. Über mir die Zeltplane. Jarrad, der rechts von mir lag und ebenfalls wach geworden war.

Von draußen kamen Stimmen. Lautes Gerede, dann klopfte jemand gegen das Zelt. Dann wieder Gerede, auf Italienisch. Jarrad und ich sahen uns an – dann setzte er sich auf und zurrte den Reißverschluss herunter.

Ein Mann mit dichtem, schwarzem Bart streckte den Kopf herein. „Alzatevi!" Er fing an zu reden, aber ich verstand kein Wort. Seine Stimme klang nasal und kletterte in einem Singsang die Tonleiter rauf und runter.

„Wir sollen aufstehen", murmelte Jarrad und warf mir einen entnervten Blick zu. Wir zogen uns an und krabbelten aus dem Zelt in die frische Morgenluft. Die Sonne blinzelte gerade über die Gipfel im Osten.

Wild gestikulierend und mit ununterbrochenem Gerede machte uns der Mann darauf aufmerksam, dass ihm unser Zeltplatz überhaupt nicht passte. Er trug ein Khakihemd, eine dunkelblaue Hose und eine kleine Bauchtasche, aus der er seine Dienstmarke hervorholte. Verdammt.

Jarrad diskutierte mit ihm – offenbar sprach er fließend italienisch – und ich bekam nichts mit, bis auf ein paar „No." und „Sì, sì."

Schließlich trat der Polizist ein paar Schritte zurück, hob die Hand zum Gruß und folgte dem Wanderweg Richtung Tal.

„Und?", fragte ich, sobald er außer Hörweite war.

„Nochmal Glück gehabt. Er hat mit einer Geldstrafe gedroht, aber dann hat er sich damit zufriedengegeben, dass ich ihm versprochen habe, das Zelt sofort abzubauen."

„Vielleicht war er von deinem Italienisch beeindruckt."

Jarrad lachte. „Vielleicht."

„Wie kommt es eigentlich, dass du fließend italienisch sprichst?"

„Meine Mutter war Italienerin. Sie hat es mir beigebracht. Aber es ist schon ein wenig eingerostet, ich hab seit sechs Jahren kein italienisch mehr gesprochen und erst in den letzten Wochen wieder damit angefangen."

„Wart ihr oft in Italien?"

Er zuckte mit den Schultern, während er die Zeltstangen in die Tüte packte. „Ein paar Mal. Meistens hier in der Gegend, am Comer See und bei dem alten Ehepaar, wo wir heute übernachten. Lorenzo und Lucia. Meine Mutter hatte einen Onkel in Mailand, von dem hat sie manchmal erzählt, aber wir waren nie da. Sie hat als Kind bei ihm gewohnt, er war wohl ziemlich cool. Aber irgendwann haben sie sich zerstritten."

„Oh."

Wir schüttelten die Zeltplane aus und falteten sie zusammen.

„Ja, frag mich nicht warum. Ich hab oft versucht, es aus ihr rauszukriegen, aber sie hat immer nur gemeint, es wäre ihre Schuld gewesen und dass sie als Jugendliche ziemlich viel Scheiße gebaut hat. Aber mehr wollte sie nie verraten."

„Wow. Sie klingt ..."

„Verrückt?"

„Interessant, wollte ich sagen. Ich hätte sie gern kennengelernt."

„Oh ja, ihr hättet euch gut verstanden. Sie hätte dich geliebt." Sein Grinsen zerbröckelte langsam, er runzelte die Stirn und wurde schweigsam.

Ein Tropfen landete auf meiner Hand. Ein zweiter auf meinem Kopf. Bevor wir fertig gepackt hatten, fing es an zu regnen. Wir zogen uns die Kapuzen tief in die Stirn und stapften los.

Der Boden war nass und rutschig. Jarrad schien sich trotzdem sicher zu fühlen, denn er ging so schnell voran wie die letzten Tage. Ich rutschte und strauchelte ihm hinterher.

Gerade als ich versuchte, zu ihm aufzuholen, verlor mein linker Fuß den Halt und ich krachte mit dem Fünfzehn-Kilo-Rucksack zu Boden. Dort blieb ich einen Moment geschockt liegen, bevor ich Jarrad hinterherrief.

Sein Gesicht verzog sich grimmig, als er mich sah. „Hast du dich verletzt?"

„Mein rechter Fuß tut weh, ich bin umgeknickt."

„Kannst du aufstehen?"

Ich versuchte es. Erfolglos.

„Zieh erstmal den Rucksack aus."

Ich versuchte es wieder und konnte stehen, aber der Fuß schmerzte.

„Kannst du gehen?"

„Ich weiß nicht." Unter stärkeren Schmerzen machte ich ein paar Schritte.

Jarrad biss sich auf die Lippe. „Scheiße."

„Tut mir leid."

„Ist ja nicht deine Schuld." Er fasste sich an die Stirn. „Okay, lass mich nachdenken." Er zog die Karte aus seinem Rucksack. „Es sind noch ein paar Kilometer bis zur Hütte. Ich schätze so … fünf oder sechs. Wir müssen über einen Sattel, dann geht es nur noch runter."

„Fünf oder sechs?" Ich spürte, wie mich der Mut verließ. „Ich glaub, das schaff ich nicht." Mein Herz schlug schneller, Panik breitete sich in mir aus. Wir waren allein in den Bergen und ich konnte nicht laufen. Und bis zur Hütte würden wir bestimmt ein paar Stunden brauchen.

„Und wenn ich beide Rucksäcke trage?"

„Ich weiß nicht. Es gibt doch Bergrettung, oder?"

Jarrads Blick verdunkelte sich.

„Oder?", wiederholte ich, obwohl ich wusste, dass er mich genau gehört hatte.

„Ja, klar. Aber meinst du nicht, es geht wieder, wenn du eine Pause machst?"

Ich nickte zögerlich. „Ja, vielleicht."

Wie setzten uns auf die Rucksäcke. Ich streckte meine Beine aus und seufzte wehmütig. „Stell dir vor, wir hätten jetzt eine warme Tasse Kakao … meine Mutter hat das früher oft im Herbst gemacht, als meine Geschwister und ich noch kleiner waren. Das war richtig gemütlich."

Jarrad lächelte schwach.

Nach einer Weile sagte er mit leiser Stimme: „Du möchtest nach Hause. Oder?"

„Nein", erwiderte ich sofort, „natürlich nicht." Dann fügte ich zögerlich hinzu: „Naja, eigentlich nicht, aber … kurz bevor wir gegangen sind, habe ich mich mit Greta zerstritten. Ich hätte mich einfach gern wieder mit ihr vertragen. Sie weiß nicht einmal, dass ich weg bin."

Er lächelte verbittert. „Ich wusste, dass du irgendwann zurückwollen würdest."

Ich schüttelte den Kopf. „Ich will nicht zurück. Jedenfalls nicht dauerhaft. Ich dachte nur, wir könnten vielleicht für ein oder zwei Tage nach Frankfurt, zum Beispiel wenn wir auf der Durchreise sind, damit ich mit Greta reden kann."

Er sagte nichts. Irgendwann stand er auf. „Kannst du ohne Rucksack gehen?"

Ich machte ein paar Schritte. „Es müsste gehen. Solange ich aufpasse, dass ich richtig auftrete."

Er schnallte sich seinen Rucksack auf den Rücken und meinen vor den Bauch und stapfte los.

„Warte! Willst du wirklich so laufen? Ist das nicht zu schwer?"

„Geht schon."

„Bist du … sauer auf mich?"

„Nein."

Ich sah ihm hinterher, wie er langsam im Regen verschwand, und verstand nichts. Was war los mit ihm? Was war so schlimm daran, wenn wir für ein oder zwei Tage nach Frankfurt zurückkehren würden? Er musste ja niemandem Bescheid geben, dass er zurück war.

„Warte! Jarrad!" Ich humpelte ihm hinterher und biss die Zähne zusammen, als mit jedem Schritt ein schmerzhafter Stich durch meinen Knöchel zuckte.

Er blieb stehen und ich holte zu ihm auf.

„Was ist los?", fragte ich.

„Nichts, alles gut." Er wollte sich wegdrehen und weitergehen, aber ich griff nach dem Ärmel seiner Regenjacke.

„Ich bin doch nicht bescheuert, ich merke doch, dass was nicht stimmt. Du willst nicht zurück nach Frankfurt, oder?"

Er seufzte leise. „Es ist nicht nur das. Es war einfach dumm von mir, zu glauben, dass wir hiervon die gleiche Vorstellung haben. Natürlich möchtest du zurück. Und das ist ja auch okay. Da sind deine Familie und deine Freunde und … dein Zuhause. Aber für mich gibt es da nichts mehr. Verstehst du?"

Ich starrte ihn an und stotterte vor mich hin. „Ja, versteh ich … aber …" Der Regen wurde stärker und der Wind peitschte die Tropfen seitlich in mein Gesicht. Sie verfingen sich in meinen Wimpern und ich blinzelte heftig.

„Was ist das hier für dich? Und bitte sei ehrlich. Denkst du, dass das irgendwann vorbei ist? Dass wir irgendwann zurückfahren?"

„Naja, nicht unbedingt, aber … ich hätte es auch nicht ausgeschlossen …"

„Was, wenn du nicht zurückkannst", sagte er und seine Stimme wurde vom rauschenden Wind eingehüllt. „Du siehst deine Familie nie wieder. Du kannst dich nicht mit deiner Freundin vertragen. Du bekommst nicht einmal mit, wenn deine Großeltern sterben. Dann deine Eltern."

Ich schluckte. Es war fast ein bisschen unheimlich, wie er mich mit seinen schwarzen, durchdringenden Augen anstarrte. Wir beide allein, mitten in einem verschleierten Grau. Nur die zwei Rucksäcke, die Jarrad umarmten, wirkten skurril.

„Wir können nicht zurück. Nie wieder." Er presste die Lippen zu einer schmalen Linie zusammen und sein Blick wurde hart. Unnachgiebig.

Das Herz schlug mir bis zum Hals. Zum ersten Mal fühlte ich mich in Jarrads Gegenwart unwohl und am liebsten hätte ich die Worte einfach so hingenommen. Aber ich musste ihn fragen.

„Warum?"

Er öffnete den Mund – aber anstatt zu antworten, drehte er sich weg und ging weiter.

„Warum kannst du es mir nicht erzählen?", rief ich ihm hinterher und spürte, wie ich wütend wurde. „Das betrifft mich doch genauso wie dich! Wenn ich nicht zurück nach Frankfurt kann, will ich wenigstens wissen, warum!"

Er drehte sich ruckartig um und warf mir einen stechenden Blick zu. „Weil ich bis zum Hals in der Scheiße stecke. Reicht das?"

„In was für einer Scheiße steckst du?"

„Es ist besser für dich, wenn du das nicht weißt."

„Das ist Schwachsinn. Wieso hast du mich dann mitgenommen? Wieso hast du mich mitgenommen, wenn es dir nur darum ging, abzuhauen?"

Ein letztes Mal drehte er sich zu mir. Seine Unterlippe zitterte. „Kannst du dir das nicht denken?"

Ich schüttelte den Kopf.

„Weil du mir was bedeutest." Seine Stimme klang so wütend, dass ich mich über die Worte kaum freuen konnte. Insgeheim tat ich es natürlich – aber nach außen sah ich ihm nur stumm hinterher, wie er dem matschigen Pfad folgte.

Obwohl er beide Rucksäcke trug, schaffte ich es nicht, ihn einzuholen. Mein Fuß schmerzte. Meine Hose war durchnässt und mir war kalt, aber ich konnte nicht schneller. Ich kämpfte mich Serpentine um Serpentine nach oben und es war so steil, dass ich mich hin und wieder mit den Händen abstützen musste.

Nach einer Ewigkeit erreichte ich den Sattel. Vor mir öffnete sich der Blick über ein nebelverhangenes Tal. Grau in grau. Tief unter uns fing die Baumgrenze an, dunkelgrüne Silhouetten unter den Regenschwaden.

Jarrad saß auf einem Stein, die beiden Rucksäcke lagen neben ihm. „Wie geht's deinem Fuß?" Seine Stimme klang nicht mehr wütend, aber distanziert.

Ich setzte mich zu ihm. „Nicht so gut. Aber wenn ich ihn heute Abend ausruhen kann, wird er vielleicht bald besser. Wie weit ist es noch?"

„Mit normalem Tempo vielleicht 'ne Stunde."

„Tut mir leid, dass ich nicht schneller bin."

„Ist schon gut. Wir schaffen das schon noch." Er kramte in der Deckeltasche seines Rucksacks und streckte mir einen Schokoriegel entgegen. „Hier. Möchtest du?"

„Ist das der letzte?"

„Du kannst ihn haben."

„Ich möchte ihn aber lieber mit dir teilen."

Wir teilten den Riegel. Meine Finger waren im Wind kalt und steif geworden und umklammerten das Plastik unbeholfen.

„Hey, es … tut mir leid, dass ich dich so angefahren hab." Jarrad sah mich zurückhaltend an, den Kopf leicht geneigt. „Ich weiß, dass das für dich nicht gerade leicht ist und ich – ich will eigentlich keine Geheimnisse vor dir haben. Ehrlich. Aber es fällt mir schwer, darüber zu reden."

Ich nickte langsam und öffnete den Mund, aber Jarrad kam mir zuvor. „Jedenfalls bin ich echt froh, dass du mitgekommen bist. Und mich nicht im Stich lässt."

Ich lächelte leicht. „Ich bin auch froh, dass ich mitgekommen bin."

Zwei Stunden später entdeckte ich vor uns im Nebel eine kleine Ansammlung Steinhäuser. Sie waren alt, aber keineswegs verfallen, und aus einem der Kamine stieg Rauch. Wir lachten erleichtert und trotz Erschöpfung und Schmerzen, beeilten wir uns. Wir klopften an die Holztür des bewohnten Hauses und lasen die Gerichte des Tages, die jemand daneben auf eine Tafel gekritzelt hatte.

Ein alter Mann öffnete und strahlte uns an. Zwischen vielen tausend Fältchen leuchteten seine braunen Augen wie die eines Kindes. Er begann zu reden, schnell und gestikulierend, und Jarrad antwortete ihm eifrig.

Es dauerte eine Weile, bis ich was verstand: „Mangiare, mangiare! Eat!" Der Mann schaufelte sich mit einem imaginären Löffel Essen in den Mund.

„Na komm, gehen wir erstmal rein", meinte Jarrad und legte mir eine Hand auf die Schulter. Wir betraten die warme Stube. Ein Kessel hing tief über einem offenen Feuer, das dem Wohnraum seine Gemütlichkeit verlieh. Innen war derselbe blanke Stein zu sehen wie von außen und aus diesem hatte man auch die gepolsterte Bank und einen Tisch gefertigt.

„Laya, das ist Lorenzo." Jarrad stellte uns gegenseitig vor und Lorenzo lachte mit zwinkernden Augen. Dann sagte er etwas auf Italienisch und Jarrad übersetzte für mich. „Oben gibt es ein Bad. Er macht uns warmes Wasser."

Lorenzo schlurfte eine knarzende Holztreppe nach oben und wir folgten ihm, Jarrad vollbepackt mit beiden Rucksäcken. Er passte kaum durch die kleine Tür am Ende der Treppe.

Eine Reihe von Stockbetten füllte die obere Etage, ganz hinten in der Ecke führte eine Tür ins Badezimmer. Lorenzo verschwand nach unten und wir ließen uns erschöpft auf die Betten fallen.

Jarrad drehte sich zu mir und stützte sich mit dem Ellbogen auf. „Wie geht's dir?"

„Gut." Ich legte den Kopf in den Nacken und lächelte ihn an. „Und dir?"

„Mir geht's gut, wenn es dir gut geht."

„Hmm." Mein Herz klopfte schneller und ich sah verlegen zur Seite. *Jetzt haben wir schon so viel Zeit miteinander verbracht und er schafft es immer noch, mich in Verlegenheit zu bringen.*

„Was macht dein Fuß?"

„Durch das Laufen ist es schlimmer geworden, aber jetzt kann er sich ja erholen."

„Vielleicht hat Lorenzo eine Salbe oder sowas. Ich frag ihn später mal." Er warf einen Blick auf seine Armbanduhr. „Das Wasser müsste jetzt warm sein. Geh ruhig zuerst, Handtücher hängen im Badezimmer."

Ich stand auf und verschwand im Badezimmer. Dort schälte ich meinen Körper aus den verschwitzten Klamotten, humpelte in die Dusche und ließ das heiße Wasser über meine Haut fließen. Es verschwand als braune Suppe im Abfluss. Sobald ich fertig war, trocknete ich mich mit einem großen weißen Handtuch ab, wickelte es mir um den Körper und ging zurück in den Schlafraum.

Jarrad stand am Fenster und starrte nach draußen. „Lorenzo hat mir eine Salbe und Mullbinden gegeben", sagte er, „zeig mal deinen Fuß." Dann erst drehte er sich zu mir und wir wurden auf einmal beide verlegen.

„Ich, ähm … ich zieh mir kurz noch was an", murmelte ich und klammerte mich an das Handtuch.

„Oh, ja. Ja, tu das." Er drehte sich hastig weg.

Ich wühlte in meinem Rucksack nach frischen Klamotten und nahm das Erstbeste mit ins Bad. Im Spiegel sah ich die Reflektion meiner rotglühenden Wangen. Meine Güte. Sah ich immer so aus, wenn mir etwas peinlich war? Oder kam das von der heißen Dusche?

Allerdings musste ich zugeben, dass es mir Spaß bereitet hatte, Jarrad in Verlegenheit zu bringen. Ich überlegte ernsthaft, nochmal mit dem Handtuch rauszugehen und so zu tun, als hätte ich etwas vergessen. Aber ich ließ es dann doch.

„Am besten du setzt dich", sagte Jarrad, sobald ich zurück war. Ich legte mein Bein auf eine der Matratzen und er inspizierte meinen Fuß. Er drehte ihn in verschiedene Richtungen, fragte, wann es weh tat, und rieb den Knöchel mit der Salbe ein. Zum Schluss wickelte er die Mullbinde herum und fixierte sie mit Tape.

„Mehr kann ich nicht tun. Wir können nur hoffen, dass es morgen wieder besser ist."

„Danke. Ich glaube, unsere Chancen stehen ganz gut."

Er nickte. „Okay, ich geh dann mal duschen."

Während er weg war, kam mir die Idee, dass es Empfang geben könnte – immerhin wohnten hier Menschen. Ich machte mich auf die Suche nach meinem Handy. Ich erinnerte mich nicht mehr, wo ich es im Rucksack verstaut hatte. Oder ob ich es überhaupt eingepackt hatte. Aber das hatte nichts zu heißen.

Ich stellte den ganzen Rucksack auf den Kopf, durchsuchte jedes versteckte kleine Fach, aber das Handy war nicht zu finden. Bevor ich alles wieder einräumen konnte, war Jarrad zurück.

„Essen gibt es unten, falls du das suchst", sagte er provozierend und ließ seinen Blick über das Chaos schweifen.

„Haha. Ich suche mein Handy. Hast du es gesehen?"

„Nein. Aber ich bezweifle, dass es hier Netz gibt."

„Aber … was ist mit Lorenzo?"

Er lachte. „Der hat eine Telefonleitung. Wozu brauchst du dein Handy?"

„Ich wollte Greta anrufen."

Das Grinsen auf seinem Gesicht erstarb. „Ach so", murmelte er und fügte dann etwas lauter hinzu: „Bist du soweit fertig? Es gibt bestimmt bald Essen."

Unser Gastgeber empfing uns mit einer köstlichen Minestrone, die er in dem riesigen Kessel über dem Feuer gekocht hatte. Ich hatte in meinem ganzen Leben noch nie etwas so Gutes gegessen.

Jarrad erklärte mir während des Gesprächs, worüber sie redeten, und so erfuhr ich, dass Lorenzos Frau Lucia vor Jahren gestorben war. Jetzt lebte er allein hier. Fast jeden Tag stieg er zwei Stunden ab in die nächste Stadt und lief wieder hoch. Er hatte einen Gemüsegarten und ein paar Ziegen und versorgte sich damit selbst. Jedes Wochenende besuchte ihn seine erwachsene Tochter und manchmal kamen die beiden Enkel mit, und da fingen seine Augen richtig an zu leuchten. Zum Schluss servierte er uns Grappa und das Gespräch wurde angeheitert. Irgendwann lachten die beiden mehr als sie redeten, so klang es jedenfalls in meinen Ohren. Mich machte das bisschen Alkohol schläfrig und ich beobachtete zufrieden schlummernd die züngelnden Flammen im Kamin.

„Hey. Wollen wir noch ein bisschen rausgehen?" Jarrad blickte mich mit erwartungsvoll leuchtenden Augen an. Lorenzo war damit beschäftigt den Tisch abzuräumen.

Ich nickte. Wir holten unsere Jacken und traten vor die Tür. Es hatte aufgehört zu regnen und wir atmeten den kalten, erfrischenden Wind ein. Von der Sonne war weit und breit nichts zu sehen. Graue und schwarze Wolken zogen über uns hinweg und drückten bedrohlich auf die Erde herab.

Wir liefen ein bisschen umher, stellten fest, dass die anderen Hütten alle unbewohnt waren, und bewunderten Lorenzos Gemüsegarten. Dann setzten wir uns auf eine Holzbank, in den Windschatten des Hauses.

„Du sahst so glücklich und zufrieden aus vorhin ..." Jarrads Stimme ging im Rascheln der Blätter fast unter.

„Ich bin glücklich und zufrieden."

Er lächelte. „Das ist schön. Es steht dir."

Wir rückten unauffällig näher zusammen, bis sich unsere Schultern berührten. Jarrads Hände lagen verschränkt in seinem Schoß, seine Haut war ganz rot geworden vor Kälte. Unentschlossen betrachtete ich die vielen kleinen Fältchen darin und mein Herz schlug schneller. Nur eine Bewegung, mehr war es nicht. So leicht, so unbeschwert wie er in der Nacht des Gewitters seine Finger auf meine Schläfe gelegt hatte ...

Ich nahm all meinen Mut zusammen und legte meine Hand auf seine. Er ließ es regungslos zu. Dann umschloss er meine Hand und hielt sie fest. Er drehte sich zu mir und schaute mich mit liebevollen und zugleich traurigen Augen an. Wir waren uns so nah, dass ich aufhörte nachzudenken und mich zu ihm beugte. Er war wie erstarrt; kein Muskel zuckte, er blinzelte nicht einmal. Unsere Nasenspitzen berührten sich, dann unsere Lippen.

Auf einmal zuckte er weg, als hätte ich ihm einen elektrischen Schlag verpasst. Ich wich ebenso schnell zurück und lief rot an. Was hatte ich getan? Was zur Hölle hatte ich gerade getan?! Ich hätte viel gegeben, um die letzten Sekunden ungeschehen zu machen. Zum zweiten Mal ging ich auf ihn zu und wieder wies er mich ab. Was hatte ich auch erwartet?

„Es tut mir leid, Laya." Er rieb sich mit den Händen übers Gesicht.

„Oh, das muss dir nicht leidtun", erwiderte ich mit einer unnatürlich freundlichen Stimme, die mir völlig fremd war. „Ist meine Schuld, wenn ich mich ständig in peinliche Situationen bringe."

„Das ist nicht peinlich."

„Hm, komisch, genau so fühlt es sich aber an. Vergiss einfach, was passiert ist. Bitte."

„Nein, das werde ich nicht. Ich werde mich daran erinnern, wenn … wenn die Zeit gekommen ist und ich auf dich zugehen muss. Was meinst du, wie viel Überwindung mich das kosten wird. Ich wünschte, ich müsste dich nicht ablehnen. Ich will es nicht, glaub mir. Aber bevor wir eine Beziehung führen können oder etwas Ähnliches, möchte ich dir erst alles über mich erzählen. Alles andere wäre nicht fair, dir gegenüber."

„Warum kannst du es nicht gleich erzählen", sagte ich resigniert.

„Weil ich Angst habe … Angst, dass du dann weggehst."

Ich schüttelte ungläubig den Kopf. „Das kann ich mir einfach nicht vorstellen."

„Ich wünschte, du hättest recht. Aber dann denke ich wiederrum, dass nichts wie vorher sein wird. Und ich bin noch nicht bereit dazu, das alles aufzugeben."

„Du wirst vielleicht nie bereit dazu sein."

„Da hast du vermutlich recht", erwiderte er schwerfällig, „irgendwann bin ich dazu gezwungen und muss es dir in einem denkbar unpassenden Moment erzählen. So wie das bei unliebsamen Gesprächen immer ist. Man schiebt sie auf, bis man keine andere Wahl mehr hat."

Obwohl er zu diesem Schluss gekommen war, erzählte er mir an diesem Abend nichts darüber. Wir gingen zurück in die Hütte, als es bereits dunkel war, putzten gemeinsam unsere Zähne und legten uns nebeneinander schlafen, obwohl alle zwanzig Betten des Schlafraums frei waren.

Wir waren uns nah, aber nicht so nah, wie es hätte sein können.

12

Am nächsten Morgen ging es meinem Fuß schon besser und wir brauchten nur drei Stunden, bis wir den Parkplatz erreichten. Wir luden unsere Rucksäcke in den Kofferraum und Jarrad legte mir einen Arm um die Schulter.

„Hey, wir haben's geschafft."

Ich grinste, dann beugte ich mich nach unten, um meine Schnürsenkel zu lösen. Ich schlüpfte aus den Wanderschuhen und streckte meine Zehen.

„Ganz ruhig jetzt", sagte eine Stimme hinter uns. Sie war hell und weiblich und klang überhaupt nicht bedrohlich. Und sie war deutsch. Trotzdem schwang darin ein Unterton mit, ein Flüstern: *Du solltest tun, was ich sage.* „Hände über den Kopf und umdrehen."

Langsam richtete ich mich auf, drehte mich um – und zuckte zusammen. Drei oder vier Meter von uns entfernt zeigte ein schwarzer Pistolenlauf auf uns. Auf Jarrad. Der Besitzer der Waffe war ein Mädchen, vielleicht so alt wie ich. Ihre Haut erinnerte mich an Milchkaffee, auf ihrer linken Wange erstreckte sich ein Muttermal vom Ohr bis zum Kinn, schwarz wie Espresso. Ihr jungenhaftes Gesicht war von schwarzen, kinnlangen Haaren umrahmt und ihr dünner Körper steckte in einer schwarzen Lederhose und einem Top mit Camouflagemuster.

Sie pustete sich eine zerzauste Strähne aus dem Gesicht, beide Hände fest um den Griff der Waffe geklammert. „Weg vom Auto." Sie gestikulierte mit der Pistole und ich stolperte sofort zur Seite, auf den freien Parkplatz daneben. Jarrad rührte sich nicht.

„Was soll das?" Er deutete auf die Pistole. „Was machst du hier?"

Das Mädchen grinste. „Ich glaube, du weißt sehr genau, warum ich hier bin. Und jetzt weg vom Auto."

Jarrad folgte mir langsam. Meine Hände, die ich immer noch in die Luft streckte, kribbelten.

„Du bist also das, was Attila schickt, um mich zu holen?", hörte ich ihn sagen. „Das ist fast schon beleidigend." Er lachte spöttisch.

Ich warf ihm einen fassungslosen Blick zu. Mal abgesehen davon, wer auch immer dieser Attila war – wieso provozierte er ein Mädchen, das eine Pistole auf uns richtete? Und sie sah so aus, als wüsste sie, wie man dieses Teil bediente.

„Tja, so viel bist du ihm wert." Sie lächelte ironisch und zog etwas aus ihrer linken Gesäßtasche. Handschellen.

„Komm schon, Val", sagte Jarrad, „das ist doch nicht nötig."

„Du." Das Mädchen zeigte auf mich. „Leg ihm die an." Die Handschellen bekamen einen Fußtritt und rutschten über den Asphalt zu mir. Ich bückte mich in Zeitlupe, nahm das Metall mit zittrigen Fingern und ging mit Seitwärtsschritten zu Jarrad. In meinem Kopf pochte es: Scheiße, scheiße, scheiße! Wie tief musste diese Scheiße sein, in der Jarrad steckte, wenn man ihn bis nach Italien verfolgte? Mit einer verdammten Pistole oder was auch immer das war. Ich war kurz davor, hysterisch zu werden.

„Val, du musst das nicht tun", sagte Jarrad. Er versuchte, gelassen zu klingen, aber in seiner Stimme schwang ein flehender Unterton. „Wir sind doch Freunde."

„Einen Scheiß sind wir. Hände auf den Rücken."

„Wie macht man das?" Meine Stimme piepste drei Oktaven höher als normal. Ich klang schlimmer als Sophia. *Oh Gott, daran zu denken ist jetzt auch nicht hilfreich.*

Das Mädchen stöhnte. „Sollte selbsterklärend sein. Jarrad, hilf ihr. Du musst die Handschellen auf das Gelenk aufschieben. Wenn's nicht klappt, hau einfach drauf. Tut nur ein bisschen weh." Sie grinste. „Und Handrücken zueinander."

Ich versuchte, so vorsichtig wie möglich zu sein. Es war tatsächlich einfacher als ich dachte, die Handschellen schlossen sich sozusagen von selbst um Jarrads Handgelenke.

„Jetzt zurücktreten. Jarrad, dreh dich um."

Ich mochte es nicht, wie sie seinen Namen sagte. Sie kannte ihn, das war offensichtlich. Aber nicht nur das: Ich hatte das Gefühl, dass sie ihn schon lange kannte.

Jarrad zeigte ihr seinen Rücken und sie nickte zufrieden. „Das Blondchen ist ja doch nicht so dumm. Komm mal her, Blondchen."

„Lass sie da raus", sagte Jarrad verärgert.

Sie zuckte mit den Schultern. „Du hast sie da mitreingezogen, nicht ich."

Widerwillig näherte ich mich ihr.

„Wenn du ihr auch nur ein Haar krümmst, bring ich dich um." Jarrads Stimme war aggressiver geworden. So hatte ich ihn noch nie gehört.

„Umdrehen. Hände auf den Rücken. So ist gut. Du weißt schon, wie das läuft." Auch ich bekam Handschellen angelegt. Dann trat sie mir mit dem Fuß in die Kniekehle und ich stolperte zurück zu Jarrad. „Im Gegensatz zu dir weiß die Kleine wohl, wann man Befehle befolgen sollte."

Ich hatte mir noch nie zuvor Gedanken darum gemacht, wie sich Handschellen anfühlten, aber es war ziemlich unangenehm. Vor allem, als das Mädchen uns zu Jarrads Auto schleppte und uns auf die Rückbank stieß.

Der Sitz drückte in die Handschellen, die Handschellen drückten in meine Haut und meinen Rücken. Das Mädchen knallte die Autotüren zu, zückte ein Handy und telefonierte. Wir saßen im Wagen und hörten nur ihre gedämpfte Stimme.

Ich drehte meinen Kopf zu Jarrad. „Was zur Hölle ist hier los? Warum hat sie eine Pistole? Warum bedroht sie uns? Kennst du sie?"

Er presste die Lippen aufeinander. „Ja, ich kenn sie. Mach dir nicht so viele Gedanken, sie ist verrückt. Aber wir kommen hier schon wieder raus."

„Und *wie*?", zischte ich verzweifelt und warf einen nervösen Blick aus dem Fenster. Sie telefonierte immer noch und spielte dabei mit der Pistole. Was meinte Jarrad mit verrückt? War sie auf eine kranke Art und Weise in ihn verliebt und hatte ihn deshalb verfolgt? Wenn dem so war, hatte ich ziemlich schlechte Karten. Aber wer war dieser Attila?

„Hör mal, Val", begann Jarrad, als das Mädchen aufgehört hatte und die hintere Tür öffnete, „wir finden bestimmt eine Lösung, die uns beiden zusagt."

Das Mädchen lachte. „So läuft das nicht, das weißt du. Entweder du oder ich. So war es schon immer."

„Hast du Verstärkung gerufen?"

Sie verzog keine Miene.

„Wenn deine Leute da sind und wir entkommen, kann er dir nichts vorwerfen. Du hast alles richtig gemacht. Du könntest die

Handschellen lösen und ich warte, bis die anderen da sind. Und ich verschone dich, das verspreche ich dir."

„Wie süß. Es ist vorbei, okay? Urlaub zu Ende. Morgen wirst du wieder die wunderschöne Skyline Frankfurts sehen … oder auch nicht, je nachdem, was Attila mit dir anstellt."

„Was versprichst du dir davon? Eine bessere Stellung? Mehr Geld? Du warst für ihn nie das, was ich für ihn war. Er wird dich nicht bevorzugen, egal wie sehr du dich bemühst."

Sie zuckte mit den Schultern, aber ich war mir sicher, dass ich ein kurzes Aufblitzen in ihren Augen gesehen hatte. Wut. Oder Verzweiflung.

Sie setzte sich auf den Beifahrersitz, schlug die Beine übereinander und drehte sich mit einem falschen Lächeln zu uns.

„So schnell hättest du nicht erwartet, mich wiederzusehen, was? Wie lange habt ihr durchgehalten? Fünf Tage? Da hattest du ja nicht einmal genug Zeit, mich zu vermissen."

Jarrads Miene war völlig unbeeindruckt. Er sagte nichts, aber er sah auch nicht zu mir.

„Und? Hat er dir schon von seinem Doppelleben erzählt?", fragte das Mädchen und drehte sich zu mir.

Ich schwieg, das war Antwort für sie genug.

„Das gibt Ärger im Paradies." Sie grinste mit blitzenden Augen. Ihr Gesicht war schön geschnitten, symmetrisch, und auch ihr Lächeln hätte schön sein können – wenn es nicht so voller Häme und Genugtuung gewesen wäre.

Das war es also, was Jarrad mir verschwiegen hatte. Er führte ein Doppelleben. Und er wurde von Kriminellen verfolgt. Nur – warum? Was wollten sie von ihm?

„Scheiße, das darf doch wohl nicht wahr sein." Val starrte durch die Windschutzscheibe zur Albergo Tranquillo – aus der gerade ein breitschultriger Mann mit Gewehr und die alte Italienerin, die uns am Anfang unserer Wanderung beobachtet hatte, traten. Sie marschierten in unsere Richtung.

„Fuck." Val knallte die Tür zu, rutschte auf den Fahrersitz und startete den Wagen. Dann parkte sie rückwärts aus und raste mit quietschenden Reifen los. Mein Oberkörper wurde erst nach vorn gedrückt und dann in den Rücksitz gepresst. Ich versuchte mich mit den Beinen abzustützen und sah, dass Jarrad dasselbe tat.

„Bist du wahnsinnig geworden?", rief er Val wütend zu. „Brems verdammt noch mal ab, oder du bringst uns alle um!"

Ein ohrenbetäubender Knall ertönte, ich schrie und wollte meinen Kopf mit den Händen schützen, aber die Handschellen hinderten mich daran. Ein zweiter Schuss knallte. Das Auto fing an zu schlingern und ich wurde zur Seite geschleudert.

„Pass auf!", brüllte Jarrad. Mein Kopf knallte gegen seine Schulter, ein sengender Schmerz zuckte durch meine Handgelenke, als sich das Metall immer tiefer in meine Haut grub. Val schrie irgendwas.

Dann endete alles mit einem lauten Krachen.

Ich schnappte nach Luft, öffnete blinzelnd die Augen. Jarrad stöhnte, vielleicht, weil ich auf ihm lag.

„Bist du verletzt?", fragte er.

„Nein, nichts Schlimmes. Du?"

Er schüttelte den Kopf.

Ich robbte von ihm herunter, möglichst ohne ihm weitere Schmerzen zuzufügen.

Wir sahen nach vorne. Vals Kopf ruhte auf dem Airbag, sie regte sich nicht. Zweige drückten auf die Windschutzscheibe. Die Motorhaube schmiegte sich um den Stamm einer Fichte, das verbeulte Metall faltete sich wie eine Ziehharmonika.

Ich hob mein rechtes Bein und streckte mich, bis ich damit den Türgriff auf meiner Seite berührte. Ich zog daran mit den Zehen und stemmte den anderen Fuß dagegen. Dann rutschte ich auf den Sitz und stieg aus. Jarrad folgte mir.

Die beiden Italiener kamen uns entgegen und plapperten sofort los. Jarrad antwortete ihnen und an ihren Gesichtern erkannte ich, dass er das Richtige sagte. Der Mann richtete sein Gewehr auf das Auto und ging mit langsamen Schritten darauf zu. Er verschwand hinter der Fahrertür und kam kurz darauf mit Vals Pistole zurück.

Dann begleiteten sie uns zur Herberge. In der Küche kramte die alte Italienerin ein Taschenmesser aus einer Schublade und gab es dem Mann. Mit seinem mürrischen Gesicht und dem Messer in der Hand wirkte er bedrohlicher als Val mit der Waffe. Er kam zu mir und prokelte damit an meinen Handschellen herum.

Nichts passierte. Jarrad erklärte ihm etwas auf Italienisch und kurz darauf sprangen sie auf.

Ich murmelte „Grazie" und inspizierte die wunde Haut an meinen Handgelenken.

„Ah, povera ragazza", jammerte die alte Frau und streichelte meine Schulter. Leise murmelnd wuselte sie durch das Haus und kam mit einem Pflaster wieder. Ich bedankte mich und klebte es auf die Wunde, um ihr einen Gefallen zu tun. Aber das Pflaster war überflüssig, ich blutete nicht.

Als Jarrads Hände frei waren, rieb er sich über seine Handgelenke.

„Wir sollten gehen", sagte er zu mir, aber die Italiener waren offenbar anderer Meinung. Die Frau hatte auf einmal ein Telefon in der Hand und ich schnappte das Wort „polizia" auf. Jarrad schüttelte alarmiert den Kopf und versuchte sie abzuhalten. Es half nichts. Sie rief die Polizei.

„Wir müssen verschwinden", murmelte er, „ich mach mich mal auf die Suche nach einem Hinterausgang. Warte hier."

Er fragte nach einer Toilette und ließ mich mit den Italienern allein. Sie schoben mir einen Stuhl hin und die Frau starrte mich ununterbrochen an, als befürchtete sie, ich könnte mich in Luft auflösen, wenn sie den Kopf abwandte. Der Mann setzte einen Teekessel mit Wasser auf.

Kurz darauf kam Jarrad wieder. „Du gehst aus der Küche raus, den Gang entlang und die erste Abzweigung rechts. Am Ende ist eine Tür, die nach draußen führt. Lauf in den Wald, ich hole dich dann ein."

„Vielleicht sollten wir auf die Polizei warten", antwortete ich und strich über die aufgestellten Haare an meinen Unterarmen. Es war kalt hier in der Küche, kälter als draußen.

„Die werden zu spät kommen. Vals Verstärkung ist jeden Moment hier. Wir müssen weg."

„Erklärst du mir dann, warum man dich verfolgt?" Ich hörte mich selbst nur undeutlich, als wären meine Ohren mit Gel verstopft.

„Ja. Versprochen."

Ich nickte, rang mir ein Lächeln ab und sagte unbeholfen: „Toilette." Meine Beine zitterten, als ich aufstand. In meinem

Kopf klingelte etwas und zum ersten Mal fragte ich mich, ob alles in Ordnung war mit mir. Ehrlich, ich wusste es nicht.

Ich folgte Jarrads Beschreibung und stieß eine Hintertür auf, die direkt an den Wald grenzte. Ich entdeckte ein Paar Wanderschuhe auf einem Schuhabtreter. Kurzer Blick auf meine nackten Füße. Die Fliesen waren kalt. Und der Waldboden würde nicht gerade die angenehmste Fußmassage werden. Schnell schlüpfte ich in die Schuhe – sie waren nur ein bisschen zu groß – und versuchte die Schnürsenkel zu binden. Meine Hände zitterten zu sehr. Ich ließ die Schuhe offen und stolperte ins Dickicht. Zweige knackten unter meinen Füßen. Tageslicht sickerte durch das Blätterdach. Meine Hände wanderten von Stamm zu Stamm, erfassten Moos und Rinde und hielten sich daran fest. Vergewisserten sich, dass alles noch da war.

Hatte ich gerade wirklich *ein Paar Wanderstiefel* gestohlen?

Das Knacken wurde lauter. Schritte. Erschrocken drehte ich mich um, aber es war nur Jarrad. Natürlich war er es, wen hatte ich sonst erwartet?

„Meine Sachen", sagte ich und versuchte zu rekonstruieren, was mit meinen Sachen war, „meine Sachen sind im Auto. Mein Geldbeutel und mein Handy und meine Schuhe."

„Zu riskant", sagte Jarrad leise, „Val könnte aufgewacht sein. Und jeden Moment kommen ihre Leute."

„Oh Gott." Ich stöhnte und vergrub das Gesicht in den Händen. „Ich träume doch. Oder? Das ist doch alles nur ein beschissener Traum!"

„Schh. Wir müssen leise sein. Wir können uns an der Straße orientieren, aber wir dürfen von dort nicht sichtbar sein, okay? Wenn wir unten im Tal sind, können wir vielleicht trampen."

Ich schaute über meine Schulter zurück zur Herberge. Die graue, wettergegerbte Wand linste zwischen den Bäumen hindurch.

„Hey. Laya? Ich weiß, dass du das kannst. Ich werde dir alles erklären, okay? Sobald wir losgelaufen sind."

Jarrad griff nach meiner Hand und ich ließ mich von ihm weiterziehen. Die Geräusche des Waldes umgaben uns, Blätterrascheln, Vogelgezwitscher, knackende Äste. Eine Weile liefen wir schweigend, Jarrad immer einen halben Schritt vor mir. Er ließ mich nicht los, bestimmt wusste er, dass ich sonst stehengeblieben wäre.

Nach und nach beruhigte sich mein Herz und ich konnte klarer denken. Ich brauchte Antworten.

„Okay, jetzt erklär mir mal, in was zum Teufel ich hier reingeraten bin. In was für einer Scheiße steckst du?"

„Bitte, red' ein bisschen leiser. Wir sind nicht weit von der Straße weg."

Ich sah ihn ungeduldig an und er seufzte.

„Es gibt da diesen Mann in Frankfurt. Er hat mir damals geholfen, nachdem … nachdem meine Mutter ermordet wurde. Mein Vater war unfähig, sich um mich zu kümmern …"

„Ermordet?", wiederholte ich entsetzt.

„Von den Mobbern aus meiner Schule. Sie haben mich lange Zeit erpresst. Um Alkohol und Zigaretten. Aber irgendwann konnte ich ihnen das Zeug nicht mehr beschaffen, meine Eltern waren schon misstrauisch geworden, und dann … meine Mutter und ich waren auf dem Heimweg vom Bahnhof. Es war nachts und sie waren betrunken und wahrscheinlich auf Drogen. Sie waren aggressiv, wollten uns ausrauben, aber meine Mutter …" Sein Gesicht verhärtete sich. „Sie hat sich gewehrt. Sie war schon immer stur, hat ihnen gesagt, sie sollen mich in der Schule in Ruhe lassen und hat sich geweigert, ihre Handtasche rauszurücken. Da haben sie uns verprügelt."

Seine Hand in meiner hatte angefangen zu zittern.

Er holte tief Luft. „Es gab danach niemanden mehr, der sich um mich kümmern konnte, mein Vater war … traumatisiert, schätze ich. Und dann hab ich Attila kennengelernt."

„Von dem hat dieses Mädchen vorhin geredet."

„Ja. Wir arbeiten beide für ihn."

„Und wer ist dieser Attila?"

Jarrad legte eine Pause ein. Unter unseren Füßen knarzten Zweige, Laub raschelte. „Am Anfang dachte ich, er wäre nett. Eigentlich habe ich gar nicht nachgedacht, ich war zu sehr mit mir selbst und meiner Trauer beschäftigt. Ich konnte nachts nicht mehr schlafen. Ich bin allein durch die Straßen gelaufen, meinem Vater war es egal. Ich weiß nicht, ob er es überhaupt mitbekommen hat. Auf einem dieser Spaziergänge hab ich Attila getroffen.

Er hat mich zu McDonald's eingeladen und ich", er stockte, „bin mitgegangen, weil mir alles egal war. Jedenfalls dachte ich das. Wir haben was gegessen und uns unterhalten. Er war der Erste, der mir wirklich zugehört hat. In den folgenden Nächten haben wir uns wieder bei McDonald's getroffen. Ich war so fertig, ich konnte kaum mehr klar denken. Aber schlafen konnte ich auch nicht richtig. Wenn ich versucht habe zu schlafen, hat mein Herz unkontrolliert gerast, die Dinge um mich herum haben angefangen sich zu drehen und sind immer nähergekommen, bis ich die Augen wieder aufgemacht habe. Irgendwann meinte Attila, ich könnte bei ihm schlafen, wenn ich es zuhause nicht kann. Also bin ich mit ihm mitgegangen und tatsächlich war das die erste Nacht, in der ich einschlafen konnte. Am nächsten Tag ist mir klargeworden, wie bescheuert es von mir war, zu einem fremden Mann mit nach Hause zu gehen. Das war wirklich einer der schrägsten Momente … ich bin in dieser riesigen Villa aufgewacht, kein Mensch schien da zu sein. Überall hingen irgendwelche teuren Gemälde und Uhren und die Holztreppe war riesig und knarzte. Unten in der Küche habe ich dann Val getroffen, die seit ein paar Wochen bei ihm gewohnt hat. Damals war sie zwölf und noch kein Arschloch, und wir haben uns gut verstanden. Je öfter ich dort war, desto mehr hab ich Attila vertraut. Ich war mir sicher, dass es sich schon längst gezeigt hätte, wenn er böse Absichten verfolgte. Aber er war einfach nett und hat mir zugehört. Er war da, wenn ich Albträume hatte. Und dann, nach ein paar Wochen, hat sich rausgestellt, dass er eben doch eine Gegenleistung verlangt."

„Was für eine Gegenleistung?"

„Er wollte, dass ich für ihn arbeite. Anfangs war es okay, aber er wurde immer besitzergreifender. Als ich dich kennengelernt hab, da wusste ich, dass ich wegwill. Aber er hat mich nicht gelassen. Hat mir gedroht. Also bin ich dageblieben, bis … ich es nicht mehr ausgehalten hab."

„Was passiert, wenn sie uns kriegen?"

Er seufzte schwerfällig. „Attila wird mich bestrafen und dafür sorgen, dass ich weiterarbeite."

„Dich bestrafen?", wiederholte ich verängstigt. „Wie – was würde er tun? Ist er sehr brutal?"

„Willst du wirklich die Wahrheit hören?"

„Ja", erwiderte ich unsicher.

„Er ist brutal", sagte er leise, „und er würde nicht mir etwas antun, sondern dir."

„Oh."

„Du solltest ein bisschen schockierter reagieren", meinte er verärgert.

„Ich bin schockiert."

Wir schwiegen eine Weile. Jarrad hielt noch immer meine Hand und die Kraft, mit der er mich weiterzog, verstärkte sich, als ich immer langsamer wurde. Die Schuhe scheuerten an meinen nackten Füßen, die Druckstellen von der Wanderung wurden zu Blasen. Mein Knöchel schmerzte und ich hatte Durst. So großen Durst.

„Deshalb hast du damals den Kontakt abgebrochen", stellte ich fest und erinnerte mich an den Freitagabend vor seinem Apartment, die Türschwelle wie eine unüberwindbare Mauer zwischen uns, Jarrads Augen betreten auf den Boden gerichtet. Im Hintergrund die Musik und das Lachen seiner Freunde. Dann, wie ich heulend durch die Straßen gelaufen war und mich so richtig beschissen und gedemütigt gefühlt hatte.

„Ja. Aber du verstehst jetzt, dass ich keine andere Wahl hatte, oder? Ich musste es versuchen. Nur wusste Attila zu diesem Zeitpunkt bereits von dir … und ich konnte ihn nicht davon überzeugen, dass du mir nichts bedeutest."

„Also machen wir diese Reise nur, weil du vor Attila flüchtest", sagte ich langsam und aus irgendeinem Grund traf mich diese Erkenntnis mehr als alles davor, „du wolltest gar nicht mit mir um die Welt reisen."

„Doch, natürlich wollte ich das. Erinnerst du dich daran, wie wir in der Schaumstoffgrube lagen und uns versprochen haben, gemeinsam wegzufahren? Das war ernst gemeint, Attila wusste da noch nichts von dir. Erst danach wurde es für uns gefährlich und ja, ich gebe zu, ich hab die Reise dazu genutzt, dich aus Frankfurt wegzulocken, ohne dir davon erzählen zu müssen. Du hättest mir doch kein Wort geglaubt! Du hättest mich nie wiedersehen wollen, aber du hast mir eben trotzdem viel bedeutet und Attila wusste es. Und er hätte es ausgenutzt."

„Vielleicht hätte ich dir geglaubt", murmelte ich.

„Ja, vielleicht", sagte er verbittert, „und dann hättest du darüber nachgedacht und wärst zu dem Schluss gekommen, dass es die dümmste Entscheidung deines Lebens wäre. Komm schon, du wärst nie im Leben mitgekommen, wenn du gewusst hättest, dass wir verfolgt werden."

Ich schwieg.

„Aber das ist ja auch verdammt normal." Seine Stimme klang bissig. „Kein normaler Mensch wäre da noch mitgekommen. Ist auch scheiß egal, jetzt sind wir hier und es ist zu spät."

Als wir das Ende der schmalen Straße erreichten und auf eine Landstraße trafen, streifte die Sonne die Berggipfel im Westen.

„Was machen wir jetzt?", fragte ich, während wir im Schutz der Bäume der Landstraße folgten. „Ich meine, wir haben kein Geld, keine Ausweise."

Jarrad zögerte. „Wir könnten trampen. Nur sollten wir im Schutz der Bäume warten, falls Attilas Leute vorbeifahren. Und nur bei Autos rauskommen, die sicher aussehen."

Ich starrte ihn entgeistert an. „Sicher? Weißt du denn, mit was für einem Wagen Attilas Leute unterwegs sind?"

„Nicht genau, aber ich kenne die meisten Autos, die Attila besitzt. Wohnmobile gehören jedenfalls nicht dazu."

„Klasse. Das heißt, wir warten jetzt hier bis ein Wohnmobil verbeifährt?"

„Das wäre am sichersten."

„Und was, wenn keins kommt?"

„Wir laufen weiter. Irgendwann wird das nächste Dorf kommen, da finden wir bestimmt was für die Nacht."

„Ohne Geld? Oh Mann."

„Es tut mir leid." Er schlug verzweifelt die Hände über dem Kopf zusammen. „Es tut mir leid, dass ich dir das angetan habe. Wenn es anders gegangen wäre …"

„Wie konnte sie uns überhaupt finden, diese *Val*?" Ich spuckte ihren Namen mit Abscheu aus.

Jarrad biss sich auf die Lippe. „Ich weiß es nicht genau. Vielleicht über den Polizisten, den wir oben in den Bergen getroffen haben. Ich hab schon immer vermutet, dass Attila da seine Verbindungen hat." Er runzelte die Stirn. „Oder das Auto hatte einen Sender.

Ich hab zwar danach gesucht, bevor ich losgefahren bin, aber vielleicht nicht gründlich genug."

Es dauerte nicht lang, bis wir in der Ferne das erste Wohnmobil sahen. Jarrad sprang sofort über den Graben zwischen Wald und Straße und streckte den Daumen raus. Das Wohnmobil rauschte vorbei.

Zum Glück schienen hier in der Gegend eine Menge Wohnmobile und Campingbusse zu fahren. Das dritte Fahrzeug, ein gelber VW Bus, hielt für uns an und der Fahrer kurbelte sein Fenster herunter. Es war eine junge Frau mit einer braunen Igelfrisur und Piercings an Mund, Nase und Ohren.

„Wo soll's hingehen?"

„Egal, Hauptsache wir kommen in eine größere Stadt. Wir waren gerade wandern und wurden komplett ausgeraubt. Alles weg, Ausweise, Geld, Klamotten."

„Oh, shit. Das ist übel. Ich kann euch bis nach Lecco mitnehmen."

„Klingt gut. Vielen Dank."

Wir quetschten uns neben ein paar Taschen und eine Gitarre auf die Rückbank. Es gab keine Gurte, aber das schien unsere Fahrerin nicht zu stören. Auf dem Beifahrersitz saß ein Mittdreißiger mit blondgefärbten Haaren und ähnlich vielen Piercings und schnalzte mit seiner Zunge einen Beat. Im Radio plapperte eine Italienerin.

„Ich hab dir doch von meinem Großonkel in Mailand erzählt", sagte Jarrad mit gesenkter Stimme, „da könnten wir vielleicht hin."

„Weißt du, wo er wohnt?"

„Nicht genau. Aber er hat eine Kneipe, die finden wir bestimmt, wenn wir uns durchfragen." Auf einmal krümmte er sich nach vorne und verzog das Gesicht.

„Was ist?"

„Nichts. Irgendwas an meinen Rippen, aber es geht schon."

„Von dem Autocrash?"

„Keine Ahnung. Wahrscheinlich."

„Hoffentlich sind sie nicht gebrochen."

Er schüttelte den Kopf. „Nee. Vielleicht geprellt."

In Lecco brachten sie uns zur Polizeistation. Wir protestierten nicht – es machte nur Sinn, zur Polizei zu gehen, wenn einem die Habseligkeiten gestohlen worden waren.

Wir winkten ihnen hinterher, warteten, bis sie um die Ecke gebogen waren, und spazierten zurück zur Hauptstraße.

Wir wurden mutiger, streckten nun auch bei normalen Autos den Daumen raus und blieben an der Straße. Die meisten rauschten vorbei, aber eine Italienerin mit knallrotem Lippenstift hielt an.

„Guido a Milano", sagte sie in hochnäsigem Ton und klickte ungeduldig mit der Zunge. Erst dann warf sie einen Blick auf unsere Kleidung und rümpfte ihre Stupsnase.

„Sì, sì, Milano!" Wir stiegen schnell ein, bevor sie es sich anders überlegen konnte. Als Jarrad ihr unsere „Wir wurden ausgeraubt"-Geschichte erzählte, schenkte sie uns zwanzig Euro.

Es dämmerte, als wir Mailand erreichten. Ein Dunstschleier lag über der Stadt, hell erleuchtet von Millionen Lichtern.

Jarrad fragte unsere Fahrerin nach der Kneipe und sie zückte während der Fahrt ihr Smartphone und googelte es. Aber sie fand die Kneipe nicht.

„Weißt du irgendwas anderes darüber?", fragte ich Jarrad. „Vielleicht, wo sie ungefähr liegt oder irgendwelche markanten Merkmale?"

„Keine Ahnung." Er saß auf dem Beifahrersitz und ich konnte sein Gesicht nicht sehen, aber seine Stimme klang gepresst.

Am Rand der Innenstadt setzte die Frau uns ab. Auf der rechten Straßenseite kletterten violette Blüten über einen Balkon, rankten eine Regenrinne hinauf und verdeckten die hässlichen Fassaden. Verschlossene Garagentore und Gatter, im Schatten versunkene Hauseingänge und kaputte Fensterläden blickten zur Straße. Ein paar Meter weiter saßen ein paar Männer an runden Tischen vor einer Bar und tranken Bier. Wir hörten ihre alkoholisierten Stimmen, gemischt mit Musik.

Jarrad machte zwei Schritte über den Bürgersteig, dann stolperte er und krümmte sich.

„Jarrad!" Ich eilte zu ihm und legte ihm stützend den Arm um den Rücken. „Wir hätten ins Krankenhaus fahren sollen."

„Nein. Kein Krankenhaus." Er ließ sich stöhnend zu Boden sinken und lehnte sich gegen eine abbröckelnde Hauswand. Dann vergrub er das Gesicht in den Händen.

Ich ging in die Hocke und legte ihm behutsam eine Hand auf die Schulter. „Jarrad, bitte rede mit mir. Was kann ich tun?"

Keine Reaktion.

„Wie stark sind die Schmerzen? Ich könnte nach Medikamenten fragen … oder nach was anderem."

Er murmelte etwas Unverständliches in seine Handflächen.

„Was?"

Er ließ die Hände sinken und starrte mit leerem Blick auf seine Schuhe. „Keine Ahnung. Val hatte recht, es ist vorbei. Ich kann mich kaum mehr bewegen – *argh* fuck." Er kniff die Augen zusammen und verzog den Mund. „Wir haben kein Auto, kein Geld, keine Ausweise. Es hat keinen Sinn mehr, sie werden uns finden. Morgen oder übermorgen oder heute Nacht … scheiß egal. Und du willst nach Hause. Ist doch klar. Ich werd' dir diese Scheiße nicht länger zumuten."

„Du willst aufgeben?"

„Nenn es wie du willst. Ich kann mich nicht mehr bewegen, okay? Also warten wir hier und vielleicht kommen sie oder die Sonne geht auf und sie kommen dann …"

Ich schüttelte den Kopf. „Wir können doch jetzt nicht aufgeben! Vor ein paar Stunden saßen wir mit Handschellen in Vals Auto und ich war mir zu Hundertprozent sicher, dass wir da nicht mehr rauskommen. Das einzige, was wir jetzt tun müssen, ist eine Kneipe zu finden, das werden wir ja wohl noch hinkriegen."

„Eine Kneipe, die vielleicht gar nicht mehr existiert."

„Das wissen wir nicht."

„Und wie willst du das ohne laufen anstellen?"

„Ich kann laufen."

Jarrad sah skeptisch zu mir. „Du willst also diese Kneipe finden. Allein. Ohne ein Wort italienisch zu sprechen."

„Ich kann *Ciao* und *Grazie* und *Sì*. Und außerdem kannst du es mir beibringen."

Er schüttelte den Kopf.

„Wir könnten es wenigstens versuchen", rief ich aufgebracht und so laut, dass die Männer an den Tischen ihre Köpfe drehten.

„Du kannst nicht einfach aufgeben, Jarrad. Dieser Attila", ich musste schlucken, „der wird dich bestrafen. Und mich. Und dann wird er dir deine Freiheit rauben."

Angst flackerte in seinen Augen. Er nickte schwach. „Okay."

„Gut." Ich atmete tief durch und setzte mich neben ihn. „Bring mir bei, wie ich auf Italienisch nach dieser Kneipe frage."

Er nickte schwerfällig. „Du fragst *Dov'è La trattoria Bruno*. Das heißt 'Wo ist die Trattoria Bruno'. Und mein Großonkel, der Besitzer, heißt Giovanni. *Il proprietario è Giovanni*. Okay?"

„Ist ja einfach. Und was heißt ‚Ich spreche kein italienisch, aber da drüben sitzt mein Freund, der verletzt ist, aber perfekt italienisch spricht.'?"

Ein trübes Lächeln legte sich auf seine Lippen, aber seine Augen blieben unberührt. Es tat mir weh, ihn so zu sehen. So niedergeschlagen. Gebrochen. War der physische Schmerz wirklich das einzige, was ihn am Boden hielt?

„Sag einfach *Non parlo italiano*. Und wenn du willst, dass jemand mitkommt, *Viene*. Das sollte reichen."

„Okay. Kann ich mir merken."

Ich streichelte ihm über die Schulter und rappelte mich auf. „Gut, dann frage ich mal diese Männer da drüben."

Ich hielt kurz inne. Dann beugte ich mich herunter und gab ihm einen Kuss auf die Stirn, unterhalb seines verschwitzten Haaransatzes. Er glühte richtig.

„Ich bin gleich wieder da."

Ich beeilte mich. Während ich mich den Männern näherte, wiederholte ich die Worte gedanklich. *Dov'è La trattoria Bruno? Il proprietario è Giovanni. Dov'è La trattoria Bruno? Non parlo italiano. Viene.*

Es waren sieben Männer, auf drei Tische verteilt. Einer saß allein und unterhielt sich über die Tische hinweg mit den anderen. Zu ihm ging ich zuerst.

„Ciao." Ich lächelte freundlich. „Dov'è La trattoria Bruno? Il proprietario è Giovanni."

Er antwortete mir, aber ich verstand natürlich nichts. Irgendwann hörte ich die Worte ‚La trattoria Bruno'.

„Non parlo italiano", sagte ich vorsichtig und lächelte nochmal, weil ich dachte, es könnte helfen. Stimmte vielleicht sogar, denn er schnippte mit den Fingern und adressierte die anderen. Eine wilde Diskussion entstand, zog sich über mehrere Minuten und ebbte schließlich ab, als einer der Männer mit prallem Bierbauch und einem Kranz aus losen schwarz-grauen Haaren rief: „La trattoria amica?"

Ich schüttelte den Kopf. „La trattoria Bruno."

„Sì, sì, La trattoria amica. Il proprietario è Giovanni Bruno."

„No", protestierte ich, „La trattoria Bruno." Dann stockte ich. Was, wenn er die Kneipe umbenannt hatte? „Uno momento!", rief ich mit erhobenem Zeigefinger und rannte zurück zu Jarrad. Er kauerte noch immer mit angezogenen Beinen auf dem Bürgersteig.

„Dein Großonkel, heißt der Giovanni Bruno?"

„Denke schon."

„Dann hat er seine Kneipe vielleicht in trattoria amica umbenannt. Am besten wäre es, wenn du mit den Männern reden könntest."

Ich sah, wie Jarrads Blick aufklarte und sich der leiseste Ansatz von Hoffnung einschlich.

„Trattoria amica", wiederholte er. Dann stützte er sich mit den Händen an der Wand ab und zog sich ächzend auf die Beine. Ich legte ihm einen Arm um den Rücken, aber er schüttelte ihn ab, als wir uns den Männern näherten. Sein ganzer Körper war angespannt, sein Gesicht verkrampft. Er stützte sich mit den Händen auf einer Stuhllehne ab und redete mit den Männern. Irgendwann nickte er zu mir.

„Das ist er wahrscheinlich. Ich ruf uns ein Taxi."

„Ein Taxi?"

„Irgendwie müssen wir die zwanzig Euro ja verprassen. Und ehrlich, den Laufweg erspar ich mir gerne."

Er bat die Männer um ein Handy, aber sie hatten keins und so riefen sie nach dem Barkeeper, der uns ein Taxi bestellte.

Zwanzig Minuten später standen wir vor dem Eingang. La trattoria amica stand in einem Halbkreis auf einem Schild, darunter eine Karikatur von zwei Männern, die sich den Arm umlegten und übertrieben grinsten. Drei Fenster gaben Einblick in den beleuchteten Schankraum. Die spärlichen Tische waren alle besetzt. Trotzdem wirkte die Kneipe nicht überfüllt.

Den Arm fest um Jarrads Rücken geschlungen, schoben wir uns durch die Tür und humpelten zur Bar. Auch meine Füße schmerzten höllisch und das Gefühl verstärkte sich, als es auf die gemütliche Atmosphäre der Kneipe traf. Hinter einer Theke zapfte ein junger Kerl mit welligen schwarzen Haaren Bier. Wir fragten ihn nach Giovanni Bruno und er stieß eine Hintertür auf, rief nach Giovanni und lächelte uns an. Kurz darauf trat ein grauhaariger Mann heraus. Er war dünn und lief leicht gebuckelt, schien aber gut in Form zu sein. Ich schätzte ihn auf um die siebzig.

Er musterte unsere Wanderklamotten, die verschwitzten Haare und erschöpften Gesichter.

„Sì?"

Zum Glück waren die dreckigen Beine und Stiefel von der Theke verdeckt. Jarrad sagte etwas zu ihm. Sein Name fiel und auch Marias. Offensichtlich versuchte er seinem Großonkel zu erklären, wer er war.

Giovannis anfängliches Misstrauen verwandelte sich schnell in Hilfsbereitschaft. Gemeinsam brachten wir Jarrad ins Gästezimmer im ersten Stock und legten ihn auf ein schmales Bett. Giovanni holte Wasser, ich setzte mich neben Jarrad und nahm seine Hand.

Er schloss die Augen.

Es ging ihm immer schlechter. Als Giovanni mit einer Flasche Wasser zurückkam, reagierte er zunächst nicht.

„Hey, du solltest was trinken", sagte ich leise, „Jarrad. Na komm." Ich legte einen Arm unter seinen Nacken und half ihm, sich aufzurichten.

„Trink noch ein bisschen mehr. Bitte. Okay ... gut."

Er sank zurück aufs Kissen und ich presste meine Lippen auf seine Stirn. Er hatte auf jeden Fall Fieber.

Dann trank ich den Rest der Flasche aus und bat Giovanni um eine neue. Er sprach gebrochenes Deutsch und verstand das meiste.

„Was, wenn es schlimmer wird?", fragte ich Jarrad leise. „Vielleicht kennt Giovanni einen Arzt, der dich untersuchen könnte."

Er regte sich nicht.

„Wo genau tut es denn weh?" Ich hatte Angst, er würde mir entgleiten, wenn ich aufhörte, mit ihm zu reden.

Er legte eine Hand auf die linke Seite seines Bauchs. Vorsichtig schob ich sein T-Shirt hoch. Rotblaue Flecken verstreuten sich oberhalb des Bauchnabels auf seiner Haut.

Als ich Giovannis Schritte hörte, zog ich das T-Shirt wieder herunter. Jarrad hatte ihm murmelnd unsere „Wir wurden ausgeraubt"-Geschichte aufgetischt, aber wir wollten nicht, dass Giovanni sich zu viele Sorgen machte. Nicht, dass er noch die Polizei rief.

Bald darauf schlief Jarrad ein. Giovanni und ich saßen noch eine Weile neben ihm und betrachteten ihn schweigend. Dann gab Giovanni mir eine Matratze und ein Laken und ließ uns allein. Ich legte mich neben Jarrad und starrte in die Dunkelheit. Von unten drangen gedämpfte Stimmen herauf. Durch den Spalt unter der Tür fiel Licht. Ich nahm Jarrads Hand, seine war kalt und schwitzig, und lauschte auf seinen Atem.

Dann dachte ich an Frankfurt. Mein Zuhause. Meine Familie. Greta. Die Schule, Philip und Louise und Mark … der tot war. Es war alles so weit weg. So unbegreifbar. Wie hatte ich mich nur wegen solcher Belanglosigkeiten mit Greta streiten können? Alles, was ich erlebt hatte, war nur ein harmloses Spiel im Vergleich zu Jarrads Leben. Wie recht ich mit dieser Vermutung gehabt hatte. Seine Vergangenheit hatte ihn, hatte uns, eingeholt. In Form eines Mädchens, kaum älter als ich, mit einer Pistole. *Attila.* Was war das für ein Name? Was für ein Mensch?

Ich konnte nicht einschlafen, war zu unruhig. Mein Herz schlug so schnell, dass es schmerzte. Mein Brustkorb fühlte sich zu eng an. Ich stand auf und tapste über die knarzenden Holzdielen Richtung Tür. Als ich die Klinke berührte, hörte ich Bewegung hinter mir. Das ganze Bettgestell quietschte, Laken raschelten.

„Ich muss das tun", sagte Jarrad, laut und deutlich hinter mir. Ich zuckte erschrocken zusammen.

„Was musst du tun?", flüsterte ich zurück, aber er antwortete nicht. Er stöhnte; vielleicht hatte er wieder einen Alptraum.

Ich ging ins Bad, knipste das Licht an und setzte mich auf die Kante der Badewanne. Meine Hände klammerten sich an die gelb angelaufene Keramik, im Abflusssieb klebten Haare. Vor vierundzwanzig Stunden hatten wir uns in Lorenzos Hütte schlafen gelegt, voller Vorfreude auf den nächsten Tag. Es fühlte sich an, als hätte mein Leben eine falsche Abzweigung genommen. Weg von der Realität. Ich konnte mir nicht mehr vorstellen, dass es mal ein Leben ohne Verfolgung, ohne Jarrad, Attila und Val gegeben hatte. Genauso wenig begriff ich, dass das, was gerade passierte, die Realität war.

13

Am nächsten Morgen hatte Jarrads Gesicht etwas Farbe zurückgewonnen. Er schlug die Augen auf und lächelte matt, als er mich auf der Bettkante sitzen sah. Morgenlicht fiel in Streifen durch ein Fenster mit Jalousie.

Ich drückte sanft seine Hand. „Wie geht's dir?"

„Schon besser. Wie viel Uhr ist es?"

„Halb elf."

Er richtete sich etwas auf und verzog sofort das Gesicht. „Giovanni …"

„Er ist unten und richtet uns Frühstück. Bleib liegen, ich hol uns was." Ich stand auf und lief zur Tür.

„Laya?"

„Hm?" Ich drehte mich zu ihm.

„Bist du sauer auf mich?"

„Nein, natürlich nicht. Mach dir keine Sorgen, ruh dich aus."

„Tut mir leid, dass es so gelaufen ist. Ich wollte das alles nicht."

„Ich weiß. Aber jetzt sind wir hier, okay? Wir sind in Sicherheit. Werd' erstmal gesund und dann überlegen wir uns, wie es weitergeht."

Jarrad verbrachte den ganzen Tag im Bett. Ab und zu kam Giovanni, der wissen wollte, wie es Jarrad ging, und Essen oder Trinken brachte. Manchmal schickte er auch seinen Angestellten, Eduardo, der kaum deutsch sprach, aber immer ein Lächeln parat hatte.

Am späten Nachmittag hörte ich wieder Giovannis schwerfällige Schritte auf der Holztreppe und kurz darauf trat er ein, mit einer Karaffe Wasser und einer Flasche Grappa in den Händen. Er stellte beides auf den Nachttisch und zog sich einen Stuhl heran.

„Jarrad. Wir mussen reden." Sein freundlicher Ausdruck war verschwunden; tiefe Falten durchzogen seine Stirn. Mir fiel auf, dass seine Nase ähnlich lang und schmal war wie Jarrads.

„Warum du bist hier?"

„Naja, wir wurden ausgeraubt", antwortete ich an Jarrads Stelle und setzte zu einer Wiederholung der Geschichte an, die wir gestern Abend erzählt hatten, „und wir wussten nicht wohin.

Jarrad hat sich daran erinnert, dass er in Mailand einen Groß-onkel hat, also dachten wir …"

Giovanni hob die Hand und schüttelte den Kopf. Ich verstummte.

„Du weißt, warum deine *mamma* und ich", er zerschnitt mit einer horizontalen Geste beider Hände die Luft, „abbiamo finito?"

Jarrad schüttelte zögerlich den Kopf.

„Sie hat ihre ganze Kindheit hier gelebt. Im Sommer sie ist jede Jahr zu ihre *nonna* in Spanien und eine Sommer, sie war sechzehn oder siebzehn, sie hat eine Mann mitgebracht." Giovanni schüttelte betrübt den Kopf. „Sie war eine gute Frau, mit gute Herz, aber diese Mann hat ihr Herz vergiftet. Ich wusste, dass er ein schlechter Mann ist. Aber sie hat nicht gehört auf mich. Er hat viel Geld gemacht, schmutzige Geld, so viel, dass er nicht wusste wohin. Und Maria hat vorgeschlagen, dass er meine Trattoria nimmt, um Geld zu waschen. Ich hatte keine Wahl, als ich habe rausgefunden, musste ich sie rauswerfen."

Ich warf Jarrad einen kurzen Blick zu. Er war ganz blass geworden.

„Wer war dieser Mann?", fragte er.

„Gabriel Álvarez Rodríguez. Ich mich erinnere gut an seine Namen." Er seufzte. „Jarrad, tut mir leid, aber als du gestern hier stehst und verletzt bist … da habe ich gedacht, es hat mit Maria zu tun."

„Maria ist tot", sagte Jarrad leise.

Giovanni versteifte sich. „Tot?"

„Sie wurde ermordet."

„Da chi?"

„Vier Typen aus meiner ehemaligen Schule."

Giovanni stieß einen erstickten Laut aus. „Mio dio, Maria … bist du sicher?"

„Ja. Warum?"

Giovanni wog den Kopf hin und her. „Diese Gabriel war eine seltsame Gestalt … aggressiv und böse und … er war vernarrt in Maria, aber sie … no, sie hat ihn nicht geliebt." Er schob abrupt den Stuhl zurück und stand auf. „Ich habe irgendwo Foto von die beiden, un momento."

Sobald er uns allein gelassen hatte, stieß Jarrad einen verächtlichen Laut aus. „Meine Mutter hat also Geld gewaschen. Klasse."

Ich legte ihm eine Hand auf die Schulter. „Tut mir leid."

„Muss es nicht." Er verschränkte die Hände über der Stirn, zuckte vor Schmerz zusammen und ließ seine Arme mit einem frustrierten Seufzer neben sich sinken. „Ich hab nur langsam das Gefühl, dass ich mein eigenes Leben nicht mehr kenne."

Giovanni kam mit einem zerknickten Foto wieder. Jarrad warf einen Blick darauf und erstarrte. „Fuck."

„Was ist?"

Auf einmal schob er sich in eine sitzende Position, schwang die Beine aus dem Bett und stand auf. Das Foto flatterte zu Boden.

„Jarrad! Was ist los?"

Er taumelte, griff nach der Lehne von Giovannis Stuhl und wäre hingefallen, wenn Giovanni ihn nicht gepackt und zurück aufs Bett gedrückt hätte.

„Wir müssen hier weg." Jarrad atmete schwer, seine Finger krallten sich in die Matratze.

„Was? Wir sind doch gerade erst angekommen! Und du bist verletzt, wir können nicht einfach weg."

„Wo ist das Foto?"

Ich sah mich suchend auf dem Boden um und entdeckte es neben einem Bettfuß. Ich bückte mich und hob es auf.

„Wenn du wissen willst, wie Attila aussieht", sagte Jarrad und gestikulierte zum Foto, „das ist er. Nur ein paar Jahrzehnte jünger."

Die Aufnahme zeigte eine junge Frau mit lockigen, schwarzen Haaren und einer prominenten Nase. Und einen Mann, mit einer schwarzen Mähne bis zu den Schultern. Er hatte der Frau den Arm um den Nacken gelegt. Beide lachten in die Kamera.

„Attila kannte deine Mutter?" Nachdem ich die Frage ausgesprochen hatte, kam ich mir dumm vor.

Jarrad antwortete mit einem zustimmenden Grunzen.

Ich setzte mich neben ihn und legte ihm eine Hand auf den Rücken. „Was machen wir jetzt?"

„Egal, Hauptsache weg von hier. Ein Wunder, dass Val noch nicht auf der Matte steht."

„Vielleicht weiß sie nichts von deinem Großonkel."

Er schnaubte. „Aber Attila. Und er wird es ihr schon erzählt haben, sobald er erfahren hat, dass wir wenige Stunden von Mailand entfernt sind. Zu Fuß."

„Okay, dann … sollten wir uns einen Plan machen. Wir brauchen ein Auto. Oder zumindest Geld. Mit deiner Verletzung kommen wir sonst nicht weit."

„Wenn du 'ne Idee hast, wie wir innerhalb von ein paar Stunden an Geld kommen, wäre jetzt der Zeitpunkt, damit rauszurücken", sagte er bissig.

Ich zog meinen Arm zurück. „Du musst mich nicht so anfahren."

Er presste die Lippen zusammen. „Tut mir leid. Ich – ich weiß einfach nicht, was ich tun soll. Wenn ich allein wäre, würd' ich mich irgendwie auf der Straße durchschlagen, aber mit dir … nein, komm schon, sei nicht traurig. Ich bin froh, dass du hier bist. Und mich nicht im Stich lässt. Aber ich will dir was Besseres bieten."

„Ihr könnt meine alte Fiat haben", sagte Giovanni. Jarrad und ich schauten auf.

„Wirklich?", fragte ich ungläubig.

„Fährt er denn?", fragte Jarrad.

„Er fährt wie ein … eine alte Dampfmaschine. Laut. Aber fährt."

„Wow, das wäre … hör zu, ich zahl dir alles zurück, sobald ich an Geld komme, okay? Vielleicht kann ich 'ne neue Kreditkarte beantragen, ich hab 'ne Menge angespart –"

Giovanni winkte ab. Dann setzte er sich wieder auf den Holzstuhl, beugte sich nach vorne und fixierte Jarrad mit eindringlicher Miene.

„Ich will mit diese Gabriel nichts zu tun haben. Morgen früh ihr seid weg. Ich gebe hundert Euro. Und solange diese Gabriel euch verfolgt, ich will euch nicht in die Nähe von meine Trattoria sehen. Hai capito?"

Jarrad nickte schuldbewusst. „Tut mir leid, Giovanni. Ich wusste nicht, dass du und er euch –"

„Egal", sagte Giovanni barsch und fegte Jarrads Worte mit der Hand weg, „egal." Er stand auf und verließ das Zimmer. Man hörte ihn die Treppe nach unten poltern.

„Dann steht wohl fest, dass wir morgen früh fahren", murmelte ich mit hängenden Schultern. Ich hatte keine Kraft mehr aufrecht zu sitzen.

Jarrad schwieg eine Weile. Dann nahm er meine Hand und hielt sie fest.

Wir verbrachten den restlichen Abend im Zimmer. Giovanni bekamen wir kaum zu Gesicht. Einmal lief ich nach unten und bat um Wasser, und Eduardo schenkte uns sein Lächeln, Wasser, zwei Portionen Spaghetti und ein Glas Bier.

Dann überlegten wir, wie wir das Geld aufteilen sollten.

Wie viel sollten wir für Sprit ausgeben? Wie viel für Essen und Trinken sparen? Und Übernachten? Auf der Straße? Wie würde sich Jarrads Verletzung entwickeln, brauchten wir Medikamente? Und was, wenn das Geld aufgebraucht war?

Jarrad sagte ständig, ihm fiele schon was ein. Irgendwie würde er Geld auftreiben.

Ich hatte das Gefühl, dass er mit damit vor allem eines meinte: Stehlen.

„Ehrlich gesagt, fällt mir nur eine Methode ein, wie man schnell an Geld kommt", sagte ich also und warf ihm einen kritischen Blick zu. Jarrad lag auf dem Bett, ich saß neben ihm auf der Kante.

„Die da wäre?"

„Es anderen wegzunehmen."

„Aha."

„Das ist doch das, was du vorhast, oder? Was du *eigentlich* mit diesem kryptischen Gerede meinst."

Er schwieg.

„Um ehrlich zu sein, finde ich es nicht so schlimm", sagte ich zögerlich, „ich meine … wir stehlen ja nicht aus Spaß. Sondern weil wir es wirklich dringend brauchen. Unser Leben steht auf dem Spiel. Da ist es doch in Ordnung, oder?"

Ein kleines Lächeln nistete sich in seinen Zügen ein. „Bin gespannt, was der Richter darauf antworten würde."

Ich errötete. „Ich bin nicht kriminell."

„Manchmal geht es schneller, als man denkt."

Auf einmal überkam mich Verzweiflung. Ich fühlte mich davon überrollt, zu Boden gedrückt. Ich atmete schneller, stand auf und tigerte ruhelos durchs Zimmer. Meine Finger kribbelten und ich schlenderte mit den Armen, als könnte ich so das Gefühl aus mir herausschütteln.

„Was ist los?" Jarrad stützte sich mit dem rechten Ellbogen ab.

„Wir sollten zur Polizei gehen." Mein Herzschlag dröhnte in meinen Ohren. „Warum sind wir nicht vorher hin? Wie konnten wir so blöd sein? Die Polizei hilft uns, sie kann uns vor Attila beschützen –"

„Nein, kann sie nicht. Vor allem nicht die italienische."

„Aber wir leben in einer Demokratie", rief ich mit schriller Stimme, die nicht wie meine eigene klang. „Es kann nicht sein, dass wir wie Verbrecher durch die halbe Welt gejagt werden! *Attila* ist der Verbrecher, er gehört ins Gefängnis!"

„Ich weiß. Beruhige dich. Wir kommen schon zurecht, okay? Morgen sind wir hier weg, und dann hat Attila keine Chance mehr uns zu finden."

„Wir könnten zurück nach Deutschland. Und dann gehen wir zur Polizei und sie können uns beschützen. Es gibt Zeugenschutzprogramme. Du könntest gegen Attila aussagen, es gibt doch bestimmt Millionen Dinge, wegen der du ihn ins Gefängnis bringen kannst –"

„Nein." Jarrad schüttelte den Kopf. „Das ist keine Option."

„*Warum* nicht?", stöhnte ich verzweifelt.

Er zögerte. „Wir sind sicherer, wenn wir uns nicht auf andere verlassen."

„Was? Du willst mir weismachen, dass wir mit einem Schrottauto und hundert Euro besser dran sind als mit der Polizei? Ernsthaft?"

„Es ist nicht nur das …"

„Was dann? Mein Gott, erzähl mir endlich die *Wahrheit*, Jarrad! Ich merk doch, dass du mir was verschweigst! Was verdammt ist hier los?"

Er ließ sich zurück aufs Bett fallen und starrte mit verschlossener Miene an die Decke.

„Du erwartest also, dass ich bei dir bleibe, aber kannst mir nicht die Wahrheit sagen?"

Der verletzte Hundeblick, mit dem er mich ansah, hätte mich beinahe wieder weichgeklopft. Ich verschränkte die Arme und wandte den Kopf ab.

„Sag mir, warum wir nicht zur Polizei gehen. Sonst ist es das Erste, was ich morgen früh tun werde."

Er schloss die Augen. Sein Brustkorb hob und senkte sich unter dem blauen T-Shirt, das er auch gestern getragen hatte. Seine Hände lagen bleich auf dem Laken und zitterten. Dunkle Ringe umrahmten seine Augen. Und dann sah ich etwas, das sich wie eine Faust in mein Herz bohrte. Aus seinem Augenwinkel löste sich eine Träne. Sie wanderte über seine Schläfe und versickerte in seinem Haaransatz.

Der Anblick traf mich so sehr, dass ich selbst nur noch weinen wollte. Ich hatte Jarrad noch nie so erlebt. So zerstört. Und verzweifelt. Und hilflos. Und ich wusste, dass es schlimm war.

Vorsichtig ging ich zu ihm und setzte mich wieder aufs Bett. Ich griff nach seiner Hand und drückte seine zitternden Finger.

„Jarrad, was auch immer es ist", sagte ich leise, „du kannst es mir sagen. Mich wirft so schnell jetzt nichts mehr aus der Bahn."

„Du hast ja keine Ahnung." Seine Stimme krächzte.

„Gestern wurden wir von einem Mädchen mit Pistole bedroht, dann wurde unser Auto angeschossen und wir sind in einen Baum gekracht. Und ich bin immer noch hier, oder? Versteh doch, ich lasse dich nicht einfach im Stich. Egal, was es ist, wir stehen das zusammen durch. Aber du musst ehrlich zu mir sein."

„Ich weiß", sagte er leise.

Längeres Schweigen.

„Ich weiß nur nicht, wie ich anfangen soll."

„Sag es einfach gerade heraus, ohne um den heißen Brei zu reden."

„Seit wir losgefahren sind, überlege ich schon, wie ich dir das am besten sage, aber im Grunde gibt es dafür keine geeigneten Worte –" Seine Stimme erstarb. Dann entzog er mir seine Hand. „Das macht es nur schlimmer."

Er atmete tief durch und zuckte vor Schmerz zusammen.

„Wir können nicht zur Polizei, weil … Attila auch gegen mich eine Menge in der Hand hat. Wenn ich gegen ihn aussagen würde, würde er dasselbe bei mir tun."

„Was hat er gegen dich in der Hand?"

Er schluckte. „Du hast dich doch sicher gefragt, was genau ich bei Attila arbeite, oder?"

„Naja …" *Drogenhandel.* Ich konnte nicht anders, ich musste daran denken. Mein Herz schlug schneller. *Egal was es ist, ich kann damit umgehen. Das hab ich ihm versprochen. Ich muss damit umgehen können.*

„Ich erledige für ihn Aufträge. Egal was er mir aufträgt, ich muss es erledigen. Kannst du dir vorstellen, was ein Mann wie Attila erledigt haben will?"

„Ich weiß nicht." *Drogen. Geldwäsche.* Mir fielen genug Dinge ein – nur wollte ich sie nicht aussprechen.

Er seufzte. „Nachdem Attila mich damals bei sich aufgenommen hat, versprach er mir, dass ich nie wieder so hilflos sein würde. Dass ich nie wieder dabei zusehen müsste, wie jemand vor meinen Augen stirbt. Es war das einzige, was mich zu der Zeit motivieren konnte und es hat geholfen, aus diesem Schockzustand herauszukommen. Ich hatte einen Lehrer, der mir Selbstverteidigung beibrachte. Als Bedingung dafür, dass Attila mich ausbilden ließ, sollte ich Aufträge für ihn erledigen. Es waren einfache Dinge, Briefe einwerfen, Autos irgendwo abholen und hinbringen. Ich wollte damals unbedingt mehr lernen und mehr trainieren, weil es mich abgelenkt hat. Ich war dankbar, als mein Lehrer mir weitere Kampftechniken zeigte, wie man mit Waffen umging und an welchen Körperstellen man treffen musste, um Menschen bewusstlos – oder tot zu schlagen."

Er stockte. Ich hing gebannt an seinen Lippen und langsam bahnte sich eine schmerzliche, schreckliche Ahnung an …

„Ich – hab mich damals zum ersten Mal stark und unverwundbar gefühlt. Ich war nicht mehr der schwache wehrlose Junge aus der Schule, ich konnte endlich etwas gegen Ungerechtigkeit tun. Irgendwann hat Attila mir erklärt, was es mit diesen Aufträgen auf sich hat. Ein Teil davon hing sicher mit irgendwelchen dreckigen Geschäften zusammen, aber es ging ihm auch darum, Frankfurt sicherer und gerechter zu machen. Egal ob Drogendealer, Einbrecher oder Vergewaltiger, er wollte jeden einzelnen von ihnen loswerden. Einmal hat er mir gesagt, sein Ziel ist es, der letzte Kriminelle Frankfurts zu sein." Sein Mund verzog sich angewidert. Als er weiterredete, war seine Stimme leiser. „Irgendwann hat er von mir verlangt, einen Mann zu töten. Erst hab ich mich geweigert und er erzählte mir von den Verbrechen dieses Mannes. Aber ich war immer noch nicht bereit dazu. Und dann war ich einmal spät abends in der Stadt und hab gesehen, wie eine Gruppe älterer Typen einen Jungen bedrängt hat. Ich … hatte mich nicht mehr unter Kontrolle. Es hat mich so an meine eigene Schulzeit erinnert, ich konnte nicht mehr klar denken. Im Nachhinein glaube ich, dass Attila vielleicht sogar dahinterstecken könnte, aber auch das entschuldigt nicht, was ich getan hab."

„Du hast sie umgebracht?", flüsterte ich.

„Ich weiß es nicht. Ich hatte ein Messer dabei und hab sie schwer verletzt. Der Junge ist geflüchtet und ich bin gegangen und wollte nicht wissen, was mit ihnen passiert war. Aber damit war die Mauer gebrochen und Attila gab mir seine Aufträge." Er schluckte und starrte mit bangem Blick an die Decke. „Es gibt keine Worte, mit denen man beschönigen könnte, was ich getan hab oder was ich bin. Ich bin ein Mörder."

Das Wort hing unangenehm lang in der Luft. Ein eiskaltes Prickeln lief mir über den Rücken. Mörder. Vielleicht hatte er es mit Absicht verwendet. Wollte, dass ich Angst vor ihm hatte.

Ich mied es, Jarrad anzusehen. Den Mann, der mich nach einem Sommergewitter auf dem Dach seines Wohnhauses geküsst hatte. Wir beide auf seinem Balkon, unser Gerede über Superhelden und wie er plötzlich ernst geworden war. Ein kleiner Hinweis, von mir gekonnt ignoriert. Viel mehr hatte es ihn noch geheimnisvoller wirken lassen, unser Gespräch noch aufregender gemacht.

Ich starrte auf seine schlanken, langen Finger, vor wenigen Tagen auf meiner Wange, wie er mir zugeflüstert hatte, dass ich mir keine Sorgen machen bräuchte, während der Regen auf unser Zelt prasselte. Diese Finger hatten eine Vergangenheit.

Hatte ich nicht geahnt, dass etwas kommen würde, etwas kommen *musste*? Wie oft wir darüber gesprochen hatten, er befürchtend, dass ich seine Geheimnisse nicht ertragen würde, ich zuversichtlich und neugierig. Und doch hatte ich diese Situationen nie weitergesponnen, mich nie gefragt, *was* er mir sagen würde, wenn es soweit war. Als ob das alles nur ein Spiel war.

Lange Zeit suchte ich in meiner Erinnerung nach weiteren versteckten Hinweisen von ihm und wusste genau, dass ich damit nur das Wesentliche verdrängte.

In dem kleinen Zimmer wurde es dunkler und dunkler. Von draußen fiel schwaches Licht durch das Fenster, holte die Umrisse eines alten Schranks und der Deckenlampe aus den Schatten. Obwohl es warm war, lief mir ein Schauer über den Rücken und ich musste mich schütteln.

„Hast du auch … andere Menschen umgebracht? Oder immer Kriminelle?" Es war so lange still gewesen zwischen uns, dass meine Stimme komisch klang.

Jarrad runzelte die Stirn, dann funkelte er mich wütend an. „Was macht das für einen Unterschied? Haben Straftäter den Tod etwa mehr verdient?"

„Nein", erwiderte ich schockiert, „ich … wollte es einfach nur wissen."

Er beruhigte sich etwas und legte den Kopf schweratmend zurück aufs Kissen. „Soweit ich weiß, waren alle kriminell. Ich habe lange Zeit von Attila wissen wollen, warum ich jemanden töten muss. Er sagte es mir, aber ich prüfte es zur Sicherheit immer nach. Aber irgendwann habe ich ihm vertraut – und bin faul geworden. Hab nicht mehr nachgeforscht. Der letzte Auftrag, den ich von ihm bekommen habe, war ein Vorstandsmitglied bei einer Bank. Attila erzählte mir, er hätte einen Jungen vergewaltigt. Aber das glaube ich ihm nicht. Also warum sollte er mich nicht auch bei früheren Aufträgen angelogen haben."

„Hast du jemanden umgebracht, ohne dass es ein Auftrag war?"

„Außer dem, was ich dir bereits erzählt habe … nein."

„Wie viele?"

Er schluckte schwer. Sein Blick flackerte kurz zu mir, dann wieder weg. „Ich … drei. Es waren drei Menschen."

„Attila hat dich immer dazu gezwungen, oder?"

„Er musste mich nicht zwingen. Aber er hätte es getan, wenn ich mich geweigert hätte."

„Würdest du es wieder tun?"

„Nein." Seine Stimme krächzte. „Nicht mehr. Als ich dich kennengelernt habe, hab ich zum ersten Mal gespürt, wie es ist, ein normales Leben zu führen. Gleichzeitig wusste ich, dass es dafür zu spät ist. Mir war klar, dass du mir das niemals verzeihen würdest. Dass ich dir nie davon erzählen dürfte. Aber egoistisch, wie ich war, habe ich alle Probleme verdrängt, die auf uns zukommen würden. Dann hat Attila mir den vierten Auftrag gegeben, dieser Mann bei der Bank. Aber ich konnte es nicht. Ich hatte dich und ich wollte nicht mehr der sein, der ich war. Erst als wir weggefahren sind, hatte ich wieder Hoffnung, dass ich es vielleicht doch auf die Reihe kriegen würde."

Mir kamen Tränen, als ich die Verzweiflung in seiner Stimme hörte. Mit welchen Träumen hatte er sich als Kind seine Zukunft ausgemalt? Und mit einem Schlag war ihm alles genommen worden. Er hatte Fehler gemacht – und diese Fehler hatten seine Zukunft unwiederbringlich zerstört.

„Bitte, nicht weinen … es tut mir leid, dass ich dir das alles angetan habe. Ich wünschte, ich wäre so selbstlos gewesen, mich von dir fernzuhalten. Ich hätte dir all diese Qualen und Sorgen ersparen können."

Ich schüttelte den Kopf und wischte mir die Tränen aus den Augen. „Deshalb weine ich nicht. Ich finde es schlimm, dass man dich dazu gezwungen hat, ein Leben zu führen, das du nicht willst. Bloß, weil du einmal den Fehler gemacht hast, Attila zu vertrauen. Das ist nicht fair."

Jarrad reagierte heftiger, als ich erwartet hatte. „Du solltest nicht um mich weinen, du solltest mich verachten, Angst vor mir haben oder sauer sein! Ich habe dich wochenlang belogen! Was, wenn ich es dir gleich erzählt hätte, hm? Du hättest verdammt Angst gehabt und zwar zu Recht! Und ich? Ich habe es dir nicht erzählt, weil ich selbstsüchtig bin und dich wiedersehen wollte." Er drehte sein Gesicht zur Wand. „Vielleicht wäre es doch das Beste, wenn du morgen zur Polizei gehst."

Ich schüttelte atemlos den Kopf. „Das kann ich nicht."

„Warum nicht? Dann ist diese Scheiße endlich vorbei. Du kannst nach Hause und ich komme ins Gefängnis. Ich bin ein verdammter *Mörder*." Er zischte das letzte Wort. „Ich hab Menschenleben auf dem Gewissen."

„Hör auf, das zu sagen."

„Was sagen? Mörder? Aber es stimmt, du belügst dich selbst, wenn du es nicht hören willst!"

Jarrad hatte recht, ich konnte es nicht akzeptieren, ich wollte dieses Wort nicht mit ihm in Verbindung bringen. Für mich war er ein sympathischer, mitfühlender Mensch, mit dem mich unzählige Erlebnisse verbanden, ich konnte akzeptieren, dass er nach Gerechtigkeit verlangte und nach Rache und dass er manipuliert worden war, aber als Mörder konnte ich ihn nicht akzeptieren.

„Mörder klingt nach einem kalten Menschen, ohne Gefühle für andere, der vielleicht sogar Gefallen daran findet zu töten oder andere leiden zu sehen. Aber du, du … hast zum falschen Zeitpunkt die falschen Menschen getroffen. Man hat dir keine Wahl gelassen, du warst doch damals noch ein Kind."

„Das ändert alles nichts", erwiderte er verbittert, „ein Mörder ist jemand, der mit Absicht einen anderen Menschen tötet. Mehr nicht. Und das trifft nun mal auf mich zu, ob du es willst oder nicht."

„Du *willst*, dass ich Angst vor dir habe, oder? Du willst mich abschrecken."

„Ich will, dass du das volle Ausmaß *verstehst*. Richtig verstehst. Du sollst nicht einfach zuhören, du sollst es an dein Herz lassen. Aber das tust du nicht, sonst wärst du viel verzweifelter. Ich will einfach nicht, dass du mir jetzt sagst, alles wäre okay, und dann in ein paar Monaten oder ein paar Jahren plötzlich, unerklärlich Panik kriegst."

Ich schwieg. Ich fand mich im Moment selbst nicht mehr in dem Chaos meiner Gedanken zurecht.

Er hat Menschen getötet, sagte ich mir und versuchte zu verstehen, was das bedeutete. Vielleicht mit einer Pistole, so eine, wie Val auf uns gerichtet hat.

Andererseits waren es Menschen, die anderen geschadet haben. Er hat nur versucht für Gerechtigkeit zu sorgen.

Das ist keine Entschuldigung für Mord. Das macht ihn doch kein bisschen besser als andere Verbrecher. Eine Straftat mit Mord zu bestrafen … das wäre wie eine Wiedereinführung der Todesstrafe.

Aber er hat es nie freiwillig getan. Er wurde manipuliert, seine Verzweiflung und sein Hass wurden ausgenutzt und notfalls hätte man ihn auch gezwungen.

Meine Gefühle blieben auf Jarrads Seite. Noch immer war die genaue Vorstellung davon, was er getan hatte, abstrakt und schemenhaft. Er hatte mir davon erzählt, aber es stimmte nicht mit dem überein, was ich von ihm erlebt hatte.

Auf einmal musste ich an den Abend denken, an dem wir uns kennengelernt hatten. Julias Party. Warum waren Faisal und er dort gewesen? Und hatte Faisal nicht sogar gesagt, dass sie noch was zu erledigen hätten?

„Faisal ... erledigt er auch Aufträge für Attila?"

Er zögerte kurz. „Ja."

„Dann gibt es also mehr von euch?"

Er nickte.

„Und sie alle werden zu diesen Aufträgen gezwungen?"

„Nein. Die meisten arbeiten freiwillig für ihn."

Ich runzelte die Stirn. „Warum?"

„Attila bezahlt gut."

„Aber – er nimmt euch eure Freiheit."

„Nicht jeder möchte frei sein. Faisal ist, so wie eigentlich alle, die bei Attila landen, ein Außenseiter der Gesellschaft. Verstoßen. Hat den Anschluss verloren. Attila gibt ihnen eine Möglichkeit, wie sie sich der Gesellschaft entziehen und trotzdem ein gutes Leben führen können."

„Ich verstehe nicht, wie sie zu Attila halten können. Nach allem, was du mir erzählt hast ... ich meine, er verfolgt dich, nur, weil du den Wunsch hast, frei zu sein."

„Du musst verstehen, dass diese Kinder nichts hatten, als sie zu Attila kamen. Sie hatten keine Familie, kannten keine Geborgenheit. Attila hat ihnen das gegeben, was einer Familie am nächsten kam."

„Das ist total krank", murmelte ich, „er nimmt wehrlose Kinder bei sich auf, um sie zu Auftragskillern auszubilden?"

„So ähnlich."

„Und – und warum kann er dich nicht einfach in Ruhe lassen? Wenn er doch noch andere hat?"

Jarrad zuckte mit den Schultern. „Vermutlich weiß ich zu viel. Das Risiko will er nicht eingehen."

Ich starrte ihn an und zum ersten Mal trafen sich unsere Blicke in der Dunkelheit. Jarrads schwarze Augen, verletzlich und offen.

Ich glaube, wir dachten in diesem Moment beide dasselbe: Er hatte mir sein tiefstes Geheimnis erzählt. Alles, was in den letzten Wochen zwischen uns gestanden hatte, war zu Staub zerfallen. Staub, der durch die Luft wirbelte und das Atmen erschwerte.

Abrupt stand ich auf. „Ich brauche frische Luft."

Ich wartete nicht auf Jarrads Antwort, stolperte aus dem dämmrigen Zimmer, die knarzende Treppe runter und durch den hell erleuchteten Schankraum, vorbei an Giovanni und Eduardo, die mich verblüfft anschauten. Raus. Ich musste raus.

Draußen atmete ich die schwüle, abgasgetränkte Luft ein. Nein, hier war es auch nicht viel besser. Trotzdem lief ich weiter. Ich schaute nicht zurück. Immer nur auf den Boden. Zigarettenstummel, plattgedrückte Kaugummis, Glasscherben, Dosen, vereinzeltes Grün, das sich zwischen Bürgersteig und Hauswand aus dem Boden kämpfte.

Jarrads Leben schien mein eigenes wie eine Walze zu überrollen. Wie hatte ich der Schule je so viel Bedeutung beimessen können? Und jetzt war ich so weit weg von Zuhause. Verfolgt von brutalen Unbekannten, umgeben von Fremden und einem Mörder, in den ich mich verliebt hatte. Ich schlang die Arme um meinen Oberkörper und versuchte, mir selbst Trost zu spenden. Ich wusste nicht, wie spät es war oder wie lange ich gelaufen war, als ich umkehrte. Zum Glück war ich immer geradeaus gelaufen und der Rückweg war leicht. Von Weitem sah ich das schwach angeleuchtete Schild der Trattoria amica mit den beiden grinsenden Männern. Wollte ich wirklich zurück? Was würde ich Jarrad sagen? Und morgen früh? Einfach losfahren, als ob nichts gewesen wäre? Immer mit der nagenden Angst im Hinterkopf, jeden Moment von unseren Verfolgern überrascht zu werden?

„Dich kenne ich doch", hörte ich auf einmal eine Stimme aus einem Hauseingang neben der Trattoria. Eine Gestalt löste sich aus den Schatten, schummriges Licht fiel über ihr Gesicht, hellbraune Haut mit einem großen Fleck Filterkaffee.

„Na, das macht es deutlich einfacher", sagte Val zufrieden, „wie angenehm. Jarrad ist da drin, nehme ich an?"

Ich fing an zu zittern. „Bitte tu ihm nichts", flehte ich.

„Solange er sich nicht wehrt, brauchst du dir keine Sorgen zu machen." Sie trat auf mich zu, packte meine Hände und drehte sie mir im Sekundenbruchteil auf den Rücken. Ich verzog vor Schmerz das Gesicht und schrie, in der Hoffnung, Jarrad oder ein anderer würden es hören. Val schlug mir sofort ihre Hand auf den Mund.

„Sei still, du dumme Göre", zischte sie mir ins Ohr. Ihr Atem kitzelte auf meiner Haut.

„Bleib ganz ruhig, okay?" Sie setzte wieder eine freundliche Stimme auf. „Dann können wir das schnell über die Bühne bringen. Also, wo ist er?"

Ich schwieg. In diesem Moment wusste ich, dass, egal was er getan hatte, er mir immer noch eine Menge bedeutete.

„Es gibt zwei Möglichkeiten, wie die nächsten fünf Minuten ablaufen. Entweder, du verrätst mir genau, wo er ist, wir laufen da unbemerkt rein und verschwinden. Und keiner wird verletzt. Oder du sagst mir nichts und ich platze da mit ein paar Leuten rein und knall mir meinen Weg durch. Aber da kann ich dir leider gar nichts garantieren." Ihre schmalen langen Finger umschlossen meine Handgelenke und schwitzten, wo Haut auf Haut traf. Probehalber versuchte ich, ihr meine Hände zu entziehen. Als Antwort rammte sie mir ihre Knöchel in die Wirbelsäule.

„Wenn ich sage, wo er ist, versprich mir, dass ihr ihm nichts tut", sagte ich gepresst.

„Wie gesagt: Wenn er sich nicht wehrt."

Ich schluckte. „Er ist im Obergeschoss. Durch die Kneipe durch, eine Treppe hoch und das erste Zimmer auf der rechten Seite."

„Na also." Sie ließ mich los. „Zeig mir den Weg."

Wir betraten die Kneipe, ich einen halben Schritt vor Val. Giovanni konnte ich nicht sehen, Eduardo stand hinter der Theke und ich hoffte, dass ihn mein Lächeln davon überzeugte, dass alles in Ordnung war. Ich öffnete die Hintertür und Val schloss sie hinter uns. *Krrrk. Krrrk.* Stufe um Stufe gingen wir nach oben. Ich hörte das Blut in meinen Ohren rauschen. Val hatte meine Handgelenke wieder eisern im Griff. Sie war in etwa so groß wie ich und lief dicht hinter mir. Ihre Schritte waren synchron zu meinen; sie wollte sich offenbar nicht verraten.

Dann ging alles sehr schnell. Val kickte mit dem Fuß die Tür auf und zerrte mich mitten ins Zimmer. Ich sah nur ein Zucken aus dem Augenwinkel, etwas streifte meinen Hals. Ich wollte den

Kopf senken, aber Val riss mich an den Haaren zurück. Dann begriff ich, dass sie ein Messer an meine Halsschlagader presste, und ich schrie erstickt.

„Es ist vorbei, Jarrad. Aufstehen. Na los. Ganz langsam. Du gehst aus dem Zimmer, durch die Kneipe und raus auf die Straße. Dort warten die anderen. Wenn du abhaust, schlitze ich ihr die Kehle auf."

Jarrad hatte sich aufgerappelt und lehnte mit dem Rücken an der Wand, die Hände über dem Kopf erhoben. Sein Blick wanderte von mir zu Val, seine Lippe zuckte, sprachlos.

„Es tut mir leid, Jarrad", sagte ich wimmernd.

Er stand auf und trat auf uns zu, die Augen auf Val fixiert. „Ich werde nicht abhauen. Aber wenn du ihr etwas antust, bist du tot."

Val lachte säuerlich. „Ach, ihr seid so süß ihr beiden. Irgendwie tragisch."

Als Jarrad an uns vorbeilief, sagte er mit gesenkter Stimme: „Es muss dir nicht leidtun, du kannst nichts dafür." Auf einmal zuckte sein Körper zusammen und er krümmte sich. Aber er ließ die Hände über dem Kopf. Wir warteten, bis seine Schritte verklungen waren, dann steckte Val das Messer weg und zog mich am Ellbogen mit.

Ich wusste nicht, ob Eduardo oder Giovanni verstanden, was gerade passierte. Oder einer der anderen Gäste. Jedenfalls tat niemand etwas. Giovanni trug ein paar Gläser zurück zur Theke und mied es, uns anzusehen.

Auf der Straße wartete ein großer, dunkelblauer Van. Die Seitentür wurde von innen aufgeschoben und Val verpasste mir einen Tritt in die Wade.

„Lass die Handschellen, die ist harmlos", erklärte sie einem Mann mit dichtem schwarzem Bart, der mich am Oberarm packte und in den Wagen zerrte. Es gab zwei Rückbänke; Jarrad saß auf der vorderen. Nur kurz sah ich sein Gesicht, seine Augen wie zersplittertes Glas, bevor Val mich auf die hintere Bank schubste. Die Seitentür fiel mit einem lauten Rumms zu und der Fahrer beschleunigte. Ich sah nur seinen rechten Arm, dünn wie ein Spinnenbein, auf dem ein Wolf tätowiert war.

„Ist alles okay bei dir?", fragte Jarrad und drehte sich zu mir.

„Halt die Klappe, ihr geht's gut", antwortete Val.

„Ich will es von ihr hören.“

„Alles okay“, sagte ich leise.

Mehr als das redeten wir in den nächsten Stunden nicht. Jedes Mal, wenn Jarrad versuchte etwas zu sagen, bekam er von dem massigen Kerl auf seiner Rechten einen Ellbogen in die Seite gerammt.

Ich lehnte mich mit dem Kopf an das kalte Blech der Seitenwand und ließ mich von meinen Gedanken treiben.

Es war vorbei. Endgültig. Morgen würden wir zurück in Frankfurt sein. Ich würde meine Familie wiedersehen und Jarrad würde wieder für Attila arbeiten müssen. Seine Träume, seine Hoffnung, seine Freiheit – alles mit einem Schlag ausgelöscht.

Als ich das realisierte, kamen mir Tränen. Ich schluckte sie herunter und schloss die Augen; ich wollte nicht, dass Val es bemerkte.

Irgendwann schlummerte ich weg, träumte, dass ich mit meinem Bruder an einem Bach spielte, wir bauten einen Staudamm und er wurde richtig gut. Blätter blieben daran hängen und verdichteten unser Grundgerüst, und sobald wir fertig waren, liefen wir zu einem moosbewachsenen Baum, der in seinem Stamm eine kleine Höhle hatte, und verkrochen uns darin. Ich wachte auf, das vertrauliche Gefühl des Traums noch immer in mir. Dann fiel mein Blick zwischen den Köpfen von Jarrad und dem anderen Kerl auf die Straße, Sonnenschein und diesig blauer Himmel, und mir wurde kalt.

„Sind bald da“, sagte Val und musterte mich. Sie hatte ihr rechtes Bein auf die Rücklehne des Sitzes vor ihr gelegt.

Bei diesen Worten zog sich mein Magen zusammen. Wie würde es weitergehen? Würde man Jarrad bestrafen? Würden wir uns wiedersehen und – wollte ich das überhaupt?

Die letzten Tage waren für mich die aufregendsten meines Lebens gewesen, und jetzt sollte ich einfach mit meinem Alltag weitermachen?

Ich kann das nicht! Ich kann nicht zurück in die Schule. Ich kann Philip und Louise und Scott nicht noch einmal gegenübertreten. Auf einmal hatte ich sogar Angst davor, Greta und Faisal wiederzusehen. Und meine Familie.

Es musste vormittags sein, die Schatten fielen von Ost nach West. Ich sah ein blaues Schild, das die Ausfahrt Frankfurt-Süd und den Flughafen ankündigte. Zehn Minuten später fuhren wir ab und hielten an einer Tankstelle. Die Seitentür wurde aufgeschoben und Val sprang heraus. Sie streckte sich, dann winkte sie mich heran. „Raus mit dir."

Irgendetwas an ihrem Tonfall störte mich. Mein Puls schoss in die Höhe, während ich unbeholfen aus dem Van kletterte. Sobald ich draußen war, stieg Val wieder ein.

„Was soll das?", rief Jarrad verärgert.

„Endstation für die Kleine."

„Und jetzt soll sie von hier aus nach Hause finden? Ohne Geld?"

„Wäre es dir lieber, wenn wir sie mit zu Attila nehmen?" Val lächelte lauernd.

„Gebt ihr wenigstens Kleingeld, damit sie jemanden anrufen kann." Jarrad lehnte sich nach vorne und unsere Blicke trafen sich. Seine Augen versanken tief in ihren Höhlen, die Lider violett und sackend. Wahrscheinlich hatte er die ganze Fahrt nicht geschlafen. *Es tut mir leid*, schien er mir sagen zu wollen und noch bevor Val die Seitentür zuknallte, entglitt er mir. Distanz baute sich zwischen uns auf, und auch wenn ich die Gelegenheit gehabt hätte, hätte ich keine Worte gefunden. Der Van rollte über den Parkplatz und zurück auf die Autobahn.

Für einen Moment blieb ich wie angewurzelt stehen. Ich fühlte mich verloren, wie in einer fremden Stadt. Einem fremden Land. Dann sah ich eine Familie, die gerade in einen roten Sharan einstieg, und rannte zu ihnen.

„Könnten Sie mir vielleicht einen Euro leihen? Ich müsste unbedingt telefonieren und ich hab weder Geld noch ein Handy", sagte ich außer Atem und adressierte hauptsächlich die Mutter, eine pummelige Frau mit braunen Locken.

Sie musterte mich und wurde dabei ganz bekümmert. „Ist alles in Ordnung, Mädchen?", fragte sie. „Ist was passiert? Soll ich die Polizei rufen?"

Ich musste wirklich schlimm aussehen.

„Nein, nicht nötig." Ich schüttelte den Kopf. „Ich würde nur gern einen Freund anrufen, damit er mich abholen kann."

Sie lieh mir ihr Handy.

Es tutete drei Mal, bis Faisal abhob und „Ja?" in den Hörer grunzte. Ich war noch nie so erleichtert gewesen, seine Stimme zu hören.

Zwanzig Minuten später war er da. Ich stieg auf der Beifahrerseite ein und ließ mich mit geschlossenen Augen zurück in den Sitz sinken.

Faisal fuhr schweigend los.

„Wo soll's hingehen?", fragte er nach einer Weile.

„Ich – weiß nicht."

Ich starrte aus dem Fenster, ohne darauf zu achten, wo wir hinfuhren. Irgendwann parkte er am Straßenrand, neben einer Reihe von Plattenbauten.

„Da wohn' ich." Er deutete auf einen zahnarztgrünfarbigen Klotz.

„Oh." Auf einmal konnte ich Faisal nicht mehr in die Augen sehen. Stattdessen starrte ich auf seine großen, knubbeligen Finger auf dem Lenkrad. Und ich sah Blut daran. Ich zuckte zusammen. *Er hat Menschen ermordet!* Der Gedanke pulsierte in meinem Kopf, wollte herausgeschrien werden. Ein Bild tauchte vor meinem inneren Auge auf; Faisal, wie er Mark zu Boden drückte, und auf einmal konnte ich mir vorstellen, wie es weiterging, wie er diese Hände um Marks Hals legte und zudrückte …

Mir wurde schlecht. *Was, wenn diese Finger erst gestern Abend jemanden getötet haben?*

„Alles klar?"

Ich nickte knapp und wandte den Kopf ab.

„Können auch woanders hin. Dachte nur, du willst dich vielleicht frischmachen, bevor du bei deinen Alten aufkreuzt."

„Ja", flüsterte ich und stieg aus. Schweigend liefen wir zur Eingangstür und fuhren mit dem Aufzug in den siebten Stock. Faisals Wohnung war ganz oben und sah von innen besser aus, als die Fassade zu erwarten ließ. Er legte wenig Wert auf Deko – stattdessen dominierte ein riesiger Flachbildfernseher das Wohnzimmer, Boxen hingen in den Ecken und er hatte ein gesamtes Zimmer für seine Computer.

Ich ging ins Bad, warf mir kaltes Wasser ins Gesicht und betrachtete meine grünen Augen im Spiegel. Mit den Fingern fuhr ich drei Kratzer an meiner rechten Wange nach. Wann war das passiert? Als wir durch den Wald gelaufen waren?

Ich untersuchte meinen restlichen Körper nach weiteren Schrammen. An den Armen hatte ich Kratzer, an den Handgelenken blaue Flecken und aufgeschürfte Haut. Ich zog das weiße Top aus, das ich seit dem letzten Tag unserer Wanderung trug und dementsprechend roch. Es war auch nicht mehr weiß, sondern fleckig braun. Dann schälte ich mich aus der Hose und stellte mich unter die Dusche. Ich duschte eiskalt, weil es draußen über dreißig Grad hatte und ich hoffte, dadurch irgendeine Art von Klarheit zu erlangen.

Aber ich konnte die ganze Zeit nur daran denken, was Attila mit Jarrad anstellen würde.

Als ich zurück ins Wohnzimmer kam, saß Faisal auf dem Sofa und spielte mit seinem Handy.

Zögerlich ging ich näher und setzte mich ihm schräg gegenüber in einen Sessel.

„Was wird Attila mit Jarrad machen?"

Faisal erstarrte für eine Sekunde. Dann legte er sein Handy weg und sah mich direkt an. „Keine Ahnung. Wie viel weißt du?"

„Ich weiß, was ihr tut."

„Aha. Und was tun wir?"

„Ihr ermordet andere Menschen", flüsterte ich.

„Und ist das für dich 'n Problem?"

„*Was?*"

„Ob das für dich 'n Problem ist."

„Ich – weiß es nicht."

„Dann find's heraus." Er stand auf und schnappte sich seinen Schlüsselbund, der neben der Eingangstür hing. „Ich bring dich nach Hause."

14

Die Woche in Italien war Jarrad wie eine Ewigkeit vorgekommen. Er erwartete Veränderung, so wie er sich selbst verändert hatte, aber Frankfurt war noch immer dasselbe.

Val und die anderen hatten ihn direkt zu Attila gebracht, Attila hatte wieder die alten Drohungen ausgepackt und war dann zu Layas Familie abgeschweift. Er hatte von ihrem Bruder Elias und ihren Eltern Elisabeth und Bernd erzählt, als redete er über gemeinsame Freunde. Der Junge war ein typischer Sechzehnjähriger, faul, mittelmäßig in der Schule, in den Sommerferien täglich im Freibad anzutreffen und abends beim Biertrinken oder Zocken mit den Kumpels. Seit er eine Freundin hatte, verbrachte er allerdings immer mehr Zeit mit ihr.

Die Eltern waren länger in der Arbeit als Zuhause. Die Mutter trug auffallend hellrote Haare und war gut in Schuss für ihre sechsundvierzig Jahre. Der Vater war nicht mehr der Allerjüngste mit seiner Halbglatze, aber dünn, und besaß ein Monatsabo für's Fitnessstudio, wo er sich ab und zu mit lächerlichen Übungen zum Affen machte.

Danach war Attila nichts mehr eingefallen und er hatte Jarrad gehen lassen.

Es war offensichtlich, warum Attila ihm das erzählt hatte, und Jarrad wusste, dass er sich keinen weiteren Fehltritt erlauben durfte. Aber es bedeutete auch, dass Attila Laya vorerst verschonen würde.

Die nächsten zwei Tage verbrachte Jarrad bei sich im Apartment. Manchmal dachte er an Maria, hatte sie gewusst, woher das dreckige Geld stammte, das sie für Attila wusch, hatte sie ihn gemocht oder sogar geliebt?

Dann fiel sein Blick auf die beiden Rucksäcke neben dem Sofa und sie erinnerten ihn an die Wanderung, an Layas fassungsloses Gesicht, als Val sie überrascht hatte, an ihre zittrigen Finger, die die Handschellen um seine Handgelenke schlossen und dabei seine Haut streiften. Wenn er an Maria dachte, kam es ihm vor, als versuchte er der Gegenwart zu entfliehen. Dachte er an die

Wanderung und an Laya, hatte er das Gefühl, seine Mutter zu vergessen. Aber vielleicht hatte sie das verdient.

War es nicht ihre Schuld, dass er bei Attila gelandet war? Wie hatte sie sich auf so einen zwielichtigen und gefährlichen Mann einlassen können?

Die Rucksäcke hatte Val aus dem Auto gerettet, bevor sie das ganze Teil abgebrannt hatte. Er hatte bisher keinen Blick reingeworfen, aber sie behauptete, es wäre alles da. Bis auf die Handys natürlich, die er ja vor der Wanderung entsorgt hatte.

Es war zu heiß draußen, ein guter Grund, nicht das Haus verlassen zu müssen. In der Wohnung sorgte die Klimaanlage für eine angenehme Temperatur. Helligkeit flutete das Wohnzimmer, die Sonne versank im Horizont und riss jeden Abend einen Teil von ihm mit sich. Nein, eigentlich war es die Erde, die sich fortbewegte und ihn von der Sonne trennte. Ihm etwas wegnahm, ihn mit in ihre Dunkelheit schleppte.

Nach zwei Tagen Isolation fuhr er mit dem Aufzug ins Erdgeschoss, um den Briefkasten zu leeren. Durch die Glasscheibe der Eingangstür sah er eine Mutter mit einem Kinderwagen im Schatten einer Birke. Passanten liefen vorbei, tropfende Eistüten in der Hand. Er öffnete die Tür und trat nach draußen. Die Hitze presste sich ihm wie eine Mauer entgegen, Schweiß rann ihm über die Stirn, aber er ging weiter. Im Elektronikgeschäft ließ er sich von dem eifrigen Verkäufer beraten und kaufte zwei Smartphones, für sich und Laya. Das schuldete er ihr. Das, ihre Sachen und eine Entschuldigung. Ein Gespräch. Aber er war sich nicht sicher, ob sie das überhaupt wollen würde, mit ihm. Nach allem, was er ihr über sich erzählt hatte.

Zurück in seiner Wohnung setzte er sich an den Schreibtisch und zog ein Blatt Papier aus der Schublade. Schreiben fühlte sich ungewöhnlich an, er hatte seit der Schulzeit nicht mehr als Notizzettel oder Unterschriften mit der Hand geschrieben. Als er fertig war, faltete er das Blatt, steckte es in einen Umschlag und legte diesen zu den Rucksäcken.

Dann holte er seinen Basketball aus dem Keller und fuhr zum Nordpark. Der Sportplatz dort war heruntergekommen, die Netze an den Körben fehlten und das rote Gummi war abgenutzt, aber wenigstens hatte er hier seine Ruhe.

Er warf ein paar Körbe hinter der verblassten Dreierlinie. Ein dumpfer Elektrobeat untermalte das Zwitschern in den Bäumen. Irgendwelche Assikids, die von ihren Eltern tagsüber aus dem Haus geworfen werden, dachte Jarrad und fragte sich im selben Moment, ob er auch eines dieser Assikids gewesen war. Aber er hatte nie mit Boxen im Park rumgegammelt. Nein, weil Attila dagewesen war und es nicht zugelassen hätte. *Sie haben keine Perspektive, ich keine Freiheit.*

„Hurensohn!", hörte er eine helle Jungenstimme rufen. *Noch nicht einmal im Stimmbruch und schon solche Wörter auf Lager.* Instinktiv wiederholte sein Kopf das Wort in der Stimme einer Frau: *Figlio di puttana.* Seine Mutter hatte ihm mehr italienische Schimpfwörter beigebracht als alles andere. Sehr zum Missfallen seines Vaters.

Ein Tisch mit zwei lederüberzogenen Bänken, eine Vase mit einer künstlichen Tulpe und ein gelber Spielzeugbus ergänzten sich wie dreidimensionale Puzzleteile vor seinem inneren Auge. Der Geruch von fettigem Käse und Oregano. Das Restaurant seiner Mutter. Nach der Schule hatte er dort die Nachmittage verbracht, zum Mittagessen Pizza oder Pommes gegessen, oder einen Salat, wenn seine Mutter eine ihrer „Ich-muss-eine-bessere-Mutter-sein"-Phasen hatte. Sie setzte sich ihm gegenüber, stellte den gelben Bus auf den Tisch und rollte ihn in seine Richtung. Er hatte immer das Gefühl gehabt, besonders dankbar dafür sein zu müssen, dass seine Mutter an Spielzeug gedacht hatte. Auch wenn es immer derselbe abgenutzte Bus war, und das seit der ersten Klasse. Dann hatte er ein schlechtes Gewissen, weil ihm dieser Bus sonst wo vorbeiging und er nur so tat, als freute er sich darüber.

Während er aß, erzählte sie von ihrem Alltag, von besonders interessanten oder dummen Gästen. Sie erzählte immer aus dem Leben anderer Menschen, selten aus ihrem eigenen. Es hätte ihn mehr interessiert, aber sie behauptete immer, ihr Leben wäre langweilig. Danach fragte sie ihn nach seinem Schultag.

In der Grundschule redete er über Klassenkameraden und Freunde, den Schulstoff, die Lehrer. Ab dem Gymnasium wurden die Antworten einsilbig. Maria bohrte umso hartnäckiger. Sobald sie es geschafft hatte, ihm die Geschichten aus der Nase zu ziehen, erhellte sich ihr Gesicht, als wäre sie stolz darauf. Dann begriff sie deren Inhalt und ihre lockere Zunge spuckte eine Beleidigung nach der anderen aus, erst auf Deutsch, als sie nicht mehr weiterwusste auf Italienisch. Ihre dunklen Augen schienen noch dunkler zu werden, schwarze Locken fielen ihr ins Gesicht und sie pustete sie zur Seite. Sie sagte, die anderen könnten ihm egal sein, weil sie nie an ihn rankommen würden. Oder sie sagte, er wäre stark, oder aus ihm würde einmal etwas Großes werden. Danach spielten sie Karten oder Basketball im Hinterhof, bis Marias Mittagspause vorbei war, und am nächsten Tag wiederholte sich alles, der gelbe Spielzeugbus, die Fragen, Beschimpfungen und das Lob. Fast, als hätte sie das Gespräch vom Vortag vergessen.

Jarrad prellte den Ball ein paar Mal und warf zwei Körbe.

An einem Nachmittag hatte sich damals alles geändert. Er erinnerte sich, dass es geregnet haben musste, weil er danach vor lauter Wut durch die Pfützen gekickt hatte und seine Hose bis zu den Oberschenkeln nass geworden war. Er hatte Marias Sinneswandel nie verstanden, irgendwann gelernt, es zu akzeptieren. Ihm war es wie eine dieser Entscheidungen vorgekommen, die Erwachsene manchmal treffen, weil sie sich irgendwas in den Kopf gesetzt haben und dem eigenen Kind gegenüber nicht nachgeben wollen. Aber jetzt, wo er über Attila Bescheid wusste, glaubte er, es zu verstehen.

Er war wie üblich nach der Schule zum Restaurant gefahren, aber bevor er sich setzen konnte, fing Maria ihn ab und fasste ihm mit beiden Händen an die Schultern. Obwohl er damals erst zwölf gewesen war, hatte sie sich nicht weit herunterbeugen müssen, um mit ihm auf Augenhöhe zu sein. Er war früh gewachsen.

„Bitte geh in Zukunft nach der Schule nach Hause, okay?", sagte sie.

„Warum?" Der Rucksack, voll mit Büchern, zog an seinem Rücken.

„Ich möchte einfach nicht, dass du hier so viel Zeit verbringst. Das ist nicht gut für ein Kind. Du solltest lieber was spielen oder so."

„Aber für mich ist es gut", hatte er entrüstet geantwortet, „zuhause ist es langweilig, da ist keiner."

„Zuhause ist es sicher."

„Bei dir ist es doch auch sicher!"

„Nein, ist es nicht. Es gibt viele böse Menschen auf der Welt und die meisten tummeln sich in Großstädten."

„Das ist unfair. Und warum passiert dir dann nichts, wenn es so gefährlich ist?"

„Weil ich erwachsen bin und Erfahrung habe. Ich weiß, wann eine Situation für mich gefährlich ist, aber du bist noch ein Kind. Du bist mein Kind und ich könnte es nicht ertragen, wenn man dir wehtut."

Von da an hatten die Gespräche über Marias Gäste und die Schule spät abends zuhause stattgefunden. Manchmal gar nicht, wenn sie bis Mitternacht im Restaurant arbeitete. Sein Vater versteckte sich von morgens bis abends in seiner Kanzlei und verbrauchte seine Redekapazität im Umgang mit Klienten. Nur selten hatten sie zu dritt zu Abend gegessen.

Ein Mal hatte Jarrad den Fehler gemacht, in Anwesenheit seines Vaters von der Schule zu erzählen. Nach einer kurzen Pause, in der seine Worte wie knisternde Elektrizität im Raum gehangen waren, hatte sein Vater ihm auf die Schulter geklopft und gesagt: „Mach dir nichts draus. Ich wurde früher auch gehänselt", seine Stimme unbeschwert, als redete er über einen anderen Menschen, „ich hatte Pickel und rote Haare, gefundenes Fressen für diese Jungs. Damals hatte ich noch nicht verstanden, dass man sich anständig kleiden, jeden Tag duschen und seine Haut pflegen sollte. Aber besser die Schule bringt's einem bei, als dass man es nie lernt."

Seine Mutter hatte ihrem Mann einen erbosten Blick zugeworfen und nach dem Handgelenk ihres Sohnes gegriffen. „Wenn dir jemand wehtut, musst du dich wehren."

Sein Vater hatte gelacht. „Sich wehren? Diese Typen sind einen Kopf größer als er und bestimmt doppelt so breit. Junge, ich rate dir, halt einfach schön still und sitz es aus. In ein paar Jahren hast du es hinter dir."

Dann hatte Maria es nicht mehr ausgehalten und ihr Arsenal an zweisprachigen Schimpfwörtern ausgepackt, und seine Eltern hatten sich gestritten.

Aber sein Vater hatte sich geirrt. Er hatte es immer noch nicht hinter sich.

Den nächsten Dreipunktewurf verfehlte er. Er sammelte den Ball ein, der gemächlich über die Wiese rollte, und drehte eine Runde durch den Park.

Hatte sich Marias Angst vor ‚bösen Menschen' auf Attila bezogen? Hatte er sie im Restaurant besucht, sich als Gast ausgegeben? Vielleicht hatte er an einem der Tische gesessen, versteckt hinter einer Zeitung. Wie lange hatten Maria und Attila Kontakt gehabt? Bis zu ihrem Tod?

An einer Brücke, die den Seitenkanal der Nidda überquerte, blieb Jarrad stehen. Er betrachtete das Mädchen mit den kurzen braunen Haaren, das dort mit dem Rücken zu ihm auf der Brücke stand und sich über das Geländer beugte.

„Val?"

Blitzartig schoss ihr Kopf herum und offenbarte ihm das Muttermal auf ihrer Wange.

„Verfolgst du mich?"

Er schüttelte den Kopf. Zuerst wollte er weitergehen, aber etwas an ihrer Stimme hinderte ihn. Sie klang rauchig; angeschlagen. Er stellte sich neben sie und starrte in die trübe, braune Brühe unter ihren Füßen.

„Ich war früher oft hier", sagte er, „in der Anfangszeit."

„Ich auch."

„Ich weiß. Wir haben hier mal zusammen Basketball gespielt. Als du noch kein Arschloch warst."

Val grunzte. „Was willst du?"

„Frische Luft schnappen. Willst du 'ne Runde spielen?"

Sie schnaubte. „Ich dachte, du hasst mich."

„Genau wie du mich. Na und?"

Sie drückte sich vom Geländer weg und nickte mit dem Kinn zurück zum Sportplatz. Sie liefen schweigend, Val kickte nach Steinen und Stöcken und beförderte alles ins Gebüsch, was ihr in die Quere kam.

Zurück auf dem Hartplatz spielte Jarrad ihr den Ball zu, sie warf ihn halbherzig zum Korb und verfehlte. Sie spielten ein paar Runden gegeneinander, aber Val spielte ohne Energie, verfehlte all ihre Versuche und machte wenig Anstalten, Jarrad den Ball abzujagen.

Irgendwann hörte er auf, ließ den Ball auf dem rechten Zeigefinger rotieren und fing ihn mit der anderen Hand. „Also, was
ist los?"

„Nichts."

„Ach komm, ich merk doch, dass was nicht stimmt. Erzähl
schon."

„Nichts, was dich was angehen würde", sagte sie bissig.

„Und warum verhältst du dich dann so? Du willst ganz offensichtlich was loswerden."

Sie schwieg.

„Sollte nicht ich derjenige sein, der Trübsal bläst?", fragte er
provozierend. „Du hast gewonnen."

„Nein, hab ich nicht." Verbittert wandte sie den Kopf ab. Sie
ließ sich ins Gras fallen und kreuzte die Beine. „Ich hab euch
entkommen lassen. Beim ersten Mal. Und Attila verzeiht keine
Fehler. Jedenfalls mir nicht."

Jarrad setzte sich neben sie. „Was hat er getan?"

Eine Träne glänzte in ihrem Augenwinkel. Sie versuchte ihr
Gesicht mit ein paar Strähnen zu verbergen und drehte ihm
den Rücken zu. Langsam hob sie ihr T-Shirt an. Rote Striemen
durchzogen ihre hellbraune Haut, von der linken Schulter zur
rechten Hüfte.

„Scheiße", murmelte Jarrad.

Sie zog ihr T-Shirt runter und blieb mit dem Rücken zu ihm
sitzen. „Attila hätte *dich* bestrafen müssen. Du hast ihn hinter-
gangen."

„War er das?"

Sie schüttelte den Kopf. „Detlef."

„Dieser miese Hund." In Gedanken sah er Laya das Warehouse
verlassen und Detlef ihr hinterherlaufen. Ein ungutes Gefühl
hatte ihn beschlichen und er war ihnen gefolgt. Detlef war Attilas
Mann für die Drecksarbeit. Es hieß, dass seine Methoden und
Werkzeuge die der italienischen Mafia harmlos aussehen ließen,
oder jedenfalls behauptete Akkinar etwas in der Richtung. Mit
Sicherheit hatte er Attila von Laya erzählt, um sich an Jarrad zu
rächen.

Ein verzweifeltes Lachen erschütterte Vals Oberkörper. Dann wurde sie schweigsam, nahm einen Stock und ritzte damit etwas in die Erde. „Ich hasse dich nicht", sagte sie leise.

„Ich weiß. Du tust nur, was man dir befiehlt, hm?"

„Ich hatte keine andere Wahl."

„Bullshit. Du wolltest Attila den Arsch ablecken, damit er dich bevorzugt. Wie du dich gefreut hast, als du uns hattest." Er schnaubte verächtlich. „Das ist ekelhaft. Du wolltest Attila zeigen, dass du besser bist als ich, und du dachtest, dass das der ultimative Beweis wäre."

„Für dich ist es leicht, sowas zu behaupten. Du musstest nie kämpfen. Du hattest immer jemanden, der sich um dich kümmern wollte."

„Klar, jetzt soll ich auch noch dankbar sein, dass Attila mich wie ein Irrer verfolgt."

„Es war dumm von dir abzuhauen. Attila bietet uns alles, was wir brauchen. Und er liebt dich. Er hätte dir *alles* gegeben."

Jarrad schwieg eine Weile und starrte vor sich ins Gras. Dann sah er Val an, wartete, bis sie ihm in die Augen blickte, und sagte mit ruhiger Stimme: „Du hast keine Ahnung von Liebe. Offensichtlich hast du Liebe noch nie empfunden. Oder du hast es vergessen. Sonst würdest du verstehen, warum ich verschwinden musste."

Sie blinzelte. Langsam verzogen sich ihre Lippen zu einem spöttischen Lächeln. „Das Blondchen, hm? Hat dein sowieso schon kleines Hirn zu Mus gemacht."

Jarrad sagte nichts, und Vals Mund sank in seine ursprüngliche, gleichgültige Form zurück.

„Also gut, ihr seid abgehauen, um – was? Gemeinsam Urlaub zu machen?"

Er winkte ab. „Du wirst es nicht verstehen."

„Ach, komm schon. Versuch's wenigstens."

„Ich ertrage diese Aufträge nicht länger." Er senkte seine Stimme. „Ich kann keine Menschen töten und gleichzeitig ein normales Leben führen. Ich kann von Laya nicht erwarten, dass sie mir verzeiht. Oder dass sie damit umgehen kann."

Sobald er aufhörte zu reden, verlor Val das Interesse. Sie fing wieder an, mit dem Stock in der Erde zu graben. Jarrad stand seufzend auf. Er hätte genauso gut mit dem Basketballkorb reden können.

Er hatte bereits den halben Sportplatz überquert, als Val ihm hinterherrief: „Und was willst du jetzt tun?" Sie holte zu ihm auf. Die Schatten ihrer schlanken Beine erstreckten sich vor ihr wie die eines Storches.

„Im Moment nichts."

„Du könntest Attila töten." In ihrer Stimme schwang ein lauernder Unterton.

„Welchen Part von ‚keinen Menschen mehr töten' hast du nicht kapiert?"

„Naja, es ist entweder Attila oder der nächste Auftrag."

Jarrad ignorierte ihren letzten Kommentar. Was genau hatte Val vor? Löcherte sie ihn, um Attila anschließend alles ausplaudern zu können?

„Warum fährst du eigentlich so auf ihn ab?", fragte er, um sie abzulenken, „das hab ich nie verstanden."

„Ich fahr überhaupt nicht auf ihn ab."

„Oh. Klar", erwiderte er ironisch, „hat er dich aus irgendeinem spanischen Puff gerettet?"

„Halt's Maul."

„Autsch. Da hab ich wohl einen wunden Punkt getroffen."

„Ich bin keine Hure."

„Dachte ich mir schon, dafür siehst du zu jungenhaft aus. Allerdings gibt es sicher eine Klientel mit dieser Vorliebe."

Val funkelte ihn wütend an. „Attila hat den Mann ermordet, der mich zur Hure machen wollte."

„Dann bedeutest du ihm also doch was. Glückwunsch."

„Er hat es nicht für mich getan."

Sie traten vom roten Hartgummi auf die ausgetrocknete Wiese. Die Straße vor ihnen erschien nass, aber es war nur die flimmernd heiße Luft, die diese Illusion erzeugte.

„Und warum bist du dann hier?"

„Ich hab's gesehen. Wie er ihnen die Kehle aufgeschlitzt hat. Erst ihm, dann der Frau. Und ich hab mich geärgert, dass ich es nicht selbst geschafft hab, da rauszukommen. Also hab ich ihn gefragt, ob er mir das beibringt."

Jarrad verzog den Mund. „Ich wusste nicht, dass Attila Aufträge selbst erledigt."

Val lächelte überlegen. Offenbar war sie stolz darauf, besser Bescheid zu wissen als Jarrad.

„Es war kein Auftrag?"

Sie schüttelte den Kopf. „Seine ganz persönliche Rache."

„Dieser Kerl muss es ganz schön verbockt haben."

„Eigentlich war er eher eine nette Beigabe. Attila wollte vor allem die Frau tot sehen." Sie senkte ihre Stimme. „Ich hab ihn seitdem nie so erlebt wie dort. Er war … so zornig. Erst hat er sie angeschrien, dann gefoltert. Aber wenn jemand mein Kind getötet hätte, hätte ich wahrscheinlich das Gleiche getan."

„Sie hat sein Kind getötet?"

„Ihr gemeinsames Baby, wenn ich sein Gebrüll richtig verstanden habe."

Jarrad schwieg betroffen.

„Geschockt?", fragte Val belustigt.

„Warum hat sie das getan?"

„Armut? Politische Lage? Perspektivlosigkeit?" Val zuckte mit den Schultern.

„So schlimm kann es in Spanien doch gar nicht sein."

„Oh, sie war keine Spanierin. Sie kam aus Venezuela, wie Attila. Sie hat das Baby getötet, bevor sie nach Europa kam."

15

Für ein paar Stunden war ich froh, zurückgekommen zu sein. Meine Eltern hatten mich am Abend meiner Wiederkehr mit stürmischer Freude empfangen, meine Mutter mit Tränen in den Augen, mein Vater schwer darum bemüht, seine Fassung zu wahren. Ich hatte Streit erwartet, Vorwürfe – aber nicht das. Ich konnte mich nicht daran erinnern, wann wir das letzte Mal so einen friedlichen Familienabend verbracht hatten.

Dass sie mir mein Verschwinden doch nicht ganz verziehen hatten, merkte ich am nächsten Tag, als sie mit zögerlicher Behutsamkeit das ansprachen, was vorgefallen war. Sie hatten mich bei der Polizei als vermisst gemeldet, aber die hatte es nicht für nötig befunden, die erwachsene Tochter zu suchen, die in den Sommerferien mit ihrer Reisetasche verschwand. Für meine Eltern war ich wie eine zweite Marlene und das war zu viel für die beiden. Ich erklärte ihnen, dass ich nur meine kürzlich gewonnene Freiheit hatte nutzen wollen und mich zu einem spontanen Kurzurlaub entschlossen hatte, aber sie glaubten mir nicht so recht. Ich fügte hinzu, dass ich mein Handy verloren hatte, aber das machte es auch nicht besser.

„Es gibt doch Telefonboxen", sagte meine Mutter vorwurfsvoll und mir fiel nichts Besseres ein als: „Daran hab ich nicht gedacht."

In den ersten zwei Tagen traute ich mich nicht, Greta anzurufen. Ich hatte noch nie Angst davor gehabt, mit ihr zu reden, aber diesmal hatte ich es. Würde sie mir meinen Wutausbruch verzeihen können? All die schlimmen Dinge, die ich ihr an den Kopf geworfen hatte? Und würde ich damit leben können, dass sie sich die Schuld an dem Unfall gab? In Zukunft würde ich bei diesem Thema jedes Mal meine Ansichten herunterschlucken müssen, denn noch so einen Streit wollte ich auf keinen Fall.

Am dritten Tag nach meiner Ankunft wusste ich, dass ich mich heute bei ihr melden musste. Ich durfte es nicht länger hinauszögern. Aber ich wollte mich nicht am Telefon bei ihr entschuldigen, also würde ich sie ohne vorherigen Anruf besuchen. Als ich im Bus saß, summte mein Handy. Eine SMS von Faisal. *Schon entschieden?*

Ein kaltes Prickeln lief über meinen Rücken. Ich steckte das Handy weg und sah aus dem Fenster, froh, dass ich wenigstens für ein paar Stunden abgelenkt sein würde.

Zum Glück wusste ich noch, wo Gretas Zimmer war, und fand recht schnell hin. Abgeschlossen. Ratlos lief ich durch die Gänge und kam zufällig am Speisesaal vorbei. Er war gerammelt voll, offenbar war Mittagessenszeit. Ich wollte lieber nicht die Aufmerksamkeit all dieser Menschen auf mich ziehen, also wartete ich an der breiten Glastür, bis Greta herauskam. Ihre Augen weiteten sich, als sie mich sah.

„Laya!" Mehr schien ihr zunächst nicht einzufallen. Wir blickten uns verlegen an.

„Wollen wir rausgehen?", schlug ich schließlich vor.

„Ja. Gerne." Sie war immer noch im Rollstuhl. Aber es würde später noch die Gelegenheit geben, sie nach dem Stand ihrer Therapie zu fragen.

„Wo warst du die letzten Tage?"

Hatte sie etwa versucht, mich zu erreichen? „Ich war unterwegs", sagte ich zögerlich, „ich erzähle dir später davon. Eigentlich wollte ich mich als Erstes entschuldigen. Für alles, was ich letztes Mal gesagt habe. Das war blöd von mir. Ich –"

„Ach, ist schon gut", unterbrach sie mich, „ich bin auch nicht unschuldig. Du hast schon teilweise recht gehabt."

„Das spielt auch keine Rolle. Ich hätte nicht so überreagieren dürfen. Weißt du", ich senkte meine Stimme, „du verstehst dich hier so gut mit allen und ich freu mich für dich, wirklich. Aber es ging mir da nicht besonders gut und irgendwie hatte ich Angst, dass du hier vielleicht bessere Freunde findest."

Sie sah mich vorwurfsvoll an. „So etwas darfst du niemals denken, Laya. Du wirst immer meine beste Freundin bleiben, das weißt du doch. Und das wird sich auch nie ändern. So viel, wie wir beide schon zusammen durchgemacht haben, alles, was ich dir erzählt habe und du mir, das könnte so mit keinem anderen sein."

Ihre Worte taten gut. Ich lächelte erleichtert. „Du wirst auch immer meine beste Freundin bleiben, Greta."

Es war erstaunlich, wie schnell wir uns wieder vertragen hatten. Ich war ihr unendlich dankbar, dass sie meine Entschuldigung so hingenommen und nicht überheblich reagiert hatte. Wieso hatte ich vor diesem Gespräch solche Angst gehabt? Ich hätte wissen müssen, dass Greta mit ihrer liebevollen Art schnell verzeihen konnte.

„Hat deine Therapie schon was gebracht?"

Betrübt schüttelte sie den Kopf. „Nein. Das Schlimme ist, dass alle mir Hoffnungen gemacht haben, es würde bis jetzt besser sein. Aber das ist es nicht. Und ich hab Angst, dass es das niemals wird … die einzige, die realistisch geblieben ist, bist du. Aber ich wollte natürlich lieber den anderen glauben. Es zieht mich schon ziemlich runter. Auch Lena macht bereits Fortschritte und sie ist erst nach mir gekommen."

„Vielleicht haben die anderen nicht ganz recht gehabt, aber Unrecht hatten sie auch nicht. Es kann immer noch besser werden, jeder Mensch ist da anders. Es kann sein, dass du hier vielleicht noch ein paar Monate bist oder ein Jahr, aber es wird immer die Chance geben, dass du das Laufen wieder lernst. Und du darfst auf keinen Fall aufgeben, okay? Ein großer Teil ist nämlich auch Kopfsache."

Sie seufzte. „Es ist lieb von dir, dass du mich aufmuntern willst, aber ich muss mich auch mit dem Gedanken abfinden, dass es vielleicht niemals besser wird. Ehrlich gesagt möchte ich da jetzt auch nicht drüber reden. Erzähl lieber von dir. Wo warst du?"

Ich erzählte ihr von der Wanderung und ließ alles weg, was danach passiert war. Die Wanderung. Es kam mir wie Ewigkeiten vor, dass Jarrad und ich gemeinsam in einem Zelt geschlafen hatten.

„Und seid ihr jetzt zusammen?", fragte Greta, als ich fertig war.

„Ich weiß nicht, es – ist kompliziert."

Sie machte ein unzufriedenes Gesicht. „Hm. Wahrscheinlich bin ich bei diesem Thema die denkbar schlechteste Beraterin, aber wie wär's, wenn du ihn einfach mal fragst, was Sache ist? Ihr seid doch noch ganz am Anfang, da darf es doch noch gar nicht so kompliziert sein."

„Leider ist es das. Es ist nicht so, als würden wir uns nicht mögen, aber es gibt da ein paar … Probleme, seinerseits. Mit seiner Familie", erfand ich hinzu, „ich weiß es auch nicht so genau."

Greta ließ die Schultern hängen. „Es macht mich traurig, dich so zu sehen", sagte sie, „ich habe immer gehofft, dass wir beide jemanden finden, der uns glücklich macht. Dann hab ich mir vorgestellt, wie wir zu viert Spieleabende machen oder Eis essen gehen ..."

Ich lächelte säuerlich. *Wenn du wüsstest, was ich weiß, würdest du keinen Spieleabend mit ihm machen wollen.* Aber das behielt ich für mich. „Er macht mich glücklich, Greta. Ich mache mir nur ein wenig Sorgen, weil er sich seitdem nicht gemeldet hat. Aber weißt du, vielleicht ist so ein Spieleabend ja gar nicht so weit entfernt, oder? Ich erinnere mich, dass es bei dir auch so einen netten Typen gab." Ich zwinkerte ihr zu.

Greta wurde rot. „Du übertreibst. Wir verstehen uns gut, aber ..."

„Einer von euch muss den ersten Schritt machen. Trau dich einfach."

„Oh Gott, nein, das könnte ich nicht. Er ist der Mann, er muss so was machen, finde ich."

Ich musste lachen. „Ja, das hab ich mir auch gewünscht. Aber manchmal muss man sich einfach überwinden, weißt du. Vielleicht ist er einfach zu schüchtern dafür und es wäre doch schade, wenn das bei euch nie klappt, nur weil ihr euch beide nicht traut."

In mir nagte noch immer die Sorge um Jarrad und die Angst, er würde sich vielleicht nie wieder melden, aber der Tag mit Greta hatte es geschafft, dieses Gefühl in den Hintergrund zu drängen. Mit Greta Zeit zu verbringen war, wie in einer kleinen unschuldigen Welt zu leben, in der es nichts Böses zu befürchten gab.

Ich kam erst spät nach Hause, sehr zum Missfallen meiner Eltern. Mein Verschwinden hatte sie offenbar ziemlich traumatisiert. Es tat mir leid und ich hatte ein schlechtes Gewissen, aber die Vorwürfe, die sie mir machten, vergrößerten die Distanz zwischen uns nur. Und ich hatte keine Kraft mehr, mich für eine Entscheidung zu rechtfertigen, die ich eigentlich gar nicht bereute.

Spät abends lag ich auf meinem Bett und starrte grübelnd an die Decke. Sollte ich Jarrad besuchen? Bei diesem Gedanken spürte ich eine eigenartige Mischung aus Widerwillen und Sehnsucht. Ich wollte keine weitere Abfuhr einstecken müssen – aber ich wollte ihn sehen. Oder?

Will ich das?

Auf einmal hatte ich Angst vor meiner eigenen Reaktion. Wie würde es sich anfühlen, mit ihm zu leben, ihn weggehen zu sehen und zu wissen, was er tun musste?

Jarrad wollte nicht, dass ich seine Taten verdrängte, er wollte, dass ich an alles dachte, mir alles vorstellte und erst dann darüber entschied, ob ich damit zurechtkam. Viel leichter aber war es, diese Gedanken zu verdrängen. Tief in mir nagte die Angst, dass ich vielleicht nicht damit leben konnte. Dass ich, wenn ich diese Bilder und dieses Wissen in mein Herz ließ, Abschied von ihm nehmen müsste.

Als es am nächsten Morgen an der Tür klingelte, hoffte ich trotz allem Jarrad gegenüberzustehen. Nichts, was er getan hatte, würde meine Gefühle für ihn ändern. Denn es waren nicht seine Taten, die ich an ihm mochte, sondern sein Wesen, und ich wusste, dass er von Grund auf ein guter Mensch war. Ein schweres Schicksal hatte ihn getroffen, aber diese Gewalt kam nicht von ihm, sondern von Attila.

Ich öffnete und stand Faisal gegenüber. Faisal sah nie besonders glücklich aus, sein Gesicht war meist ausdruckslos, beinahe traurig, aber heute wirkte er echt mitgenommen.

„Können wir reden?", fragte er geradeheraus. Wieder überkam mich ein mulmiges Gefühl bei seinem Anblick. Mit Jarrad verbanden mich unzählige Gespräche über seine Gedanken und Gefühle und ein Vertrauen, das ich bei Faisal nicht verspürte. Auch ihn mochte ich auf seine Art, aber ich wusste nichts darüber, wie er zu den Aufträgen stand. Wieso tat er das? Wieso hatte er damit angefangen, gab es bei ihm eine ähnlich schlimme Vergangenheit? Und bereute er seine Entscheidung mittlerweile?

„Ja, das sollten wir", murmelte ich und hatte gleichzeitig den Wunsch, nicht allein mit Faisal zu sein. Es war lächerlich, das wusste ich. Aber ich konnte es nicht einfach abschalten.

Wir fuhren mit Faisals Auto zu einem Park und schlenderten über die grünen Wiesen.

„Alles klar bei dir?", fragte er.

„Ja, passt schon. Und bei dir?"

Er winkte ab. „Ich versteh, dass das für dich 'ne heftige Sache ist. Is' schon klar. Also wenn du 'n Problem damit hast, sag's einfach. Anstatt mir aus dem Weg zu gehen."

„Vielleicht … wenn wir ein bisschen darüber reden könnten. Wenn du mir sagen würdest, was so in deinem Kopf vorgeht. Das würde es für mich leichter machen."

Er runzelte die Stirn. „Darüber reden?"

„Naja, diese Aufträge – wie oft hast du das schon –" Ich fing an zu stottern und meine Stimme erstarb.

„Wie viele Menschen ich getötet hab?"

Oh Gott. Wie selbstverständlich er es ausdrückte. Mir wurde kalt, trotz dreißig Grad und Sonne hatte ich Gänsehaut auf den Armen. Ich nickte eingeschüchtert.

„Ist doch scheiß egal, oder? Eigentlich geht's doch darum, dass ich es überhaupt getan habe."

„Bereust du es denn?"

Wir blieben stehen, Faisal drehte sich zu mir und sah mich mit seinen tiefschwarzen Augen an. „Nein."

Ich erschauerte. „Warum? Warum tust du das?"

„Weil es Menschen gibt, die es verdient haben."

„Aber … dafür gibt es doch Gefängnisse. Und die Polizei."

„Die Polizei erwischt nur einen Bruchteil. Wir kümmern uns um den Rest."

„Den Rest?"

„Leute, bei denen das System versagt. Weil die Polizei nicht genug Beweise für einen Haftbefehl hat, weil sie dem Täter nicht auf die Spur kommen oder, wenn diese Typen nach dem Gesetz keine Straftat begangen haben."

„Wie meinst du das?"

Faisals dunkler Blick durchbohrte mich. „Leute, die Scheiße gebaut haben, aber nicht illegal. Solche Leute wie Mark", fügte er hinzu.

„Mark?", wiederholte ich. Meine Stimme drohte zu versagen.

„Mark und andere Arschlöcher, die Kinder mobben."

Mark. Mark wurde von einem Zug angefahren. Die Worte überschlugen sich in meinem Kopf. Mark, der nach einem Streit mit seiner Freundin nach Hause geht. Nein, nicht nach Hause. In die falsche Richtung. Betrunken. Der Zug rauscht näher, gibt sein Warnsignal ab. Er ist wehrlos. Er liegt auf den Gleisen und kann nicht weg, weil ihn jemand festgebunden hat.

.

Auf einmal hatte ich das Bild so deutlich vor Augen, als wäre es tatsächlich passiert. Ich sah Mark und ich fühlte seine Angst. Den letzten Augenblick, in dem er wusste, dass es kein Entkommen gab.

Oder das ist alles Quatsch und es war wirklich nur ein Unfall. Sogar die Polizei geht von einem Unfall aus, oder nicht? Sonst wäre doch mal was in der Zeitung gestanden ...

„Laya?"

„Hm?", machte ich atemlos.

Faisal sah mich kurz mit gerunzelter Stirn an – dann fuhr er fort. „Du musst es nicht verstehen können. Du hast solche Menschen ja nie erlebt. Also lass das einfach meine Sache sein und lass es nicht zwischen uns kommen, okay?"

Ich biss mir auf die Lippe. „Ich habe vielleicht keinen Mord und keine Vergewaltigung miterlebt, aber ich habe auch viel unter Mark gelitten, ich hab gesehen, wie andere unter ihm leiden mussten, und ich weiß, wie es sich anfühlt, wenn man sich Rache wünscht. Aber ... du kannst nicht verlangen, dass ich das einfach verdränge. Für mich ist das eine ziemlich große Sache."

Faisals Gesicht verhärtete sich. „Aber du hast Jarrad verziehen, richtig?"

Ich schaute weg. Faisal hatte recht. Und wenn ich Jarrad verzeihen konnte, musste ich ihm auch verzeihen. Aber trotzdem gab es da einen Unterschied, denn Jarrad zeigte Reue – Faisal nicht.

„Jarrad hat mir viel davon erzählt", murmelte ich, „das hat es leichter gemacht."

Faisal grunzte etwas Unverständliches. Wir liefen schweigend weiter. Und irgendwann fing er an zu reden.

„Nachdem ich aus Jordanien hier ankam, hatte ich niemanden. Meine Pflegefamilie", er winkte ab, „sobald ich achtzehn war, bin ich da weg. Von den meisten Deutschen hab ich nur Abneigung bekommen, keiner von denen hätte verstanden, was in Jordanien passiert ist. Ich hab immer gedacht, dass es an meiner Herkunft liegt. Aber dann hab ich Attila kennengelernt und er und die anderen wurden wie 'ne Familie für mich." Er zündete sich eine Zigarette an und ich sah, wie sich kleine Anspannungen in seinem Gesicht lösten, als er den ersten Zug nahm. „Familie ist für mich das Wichtigste. Wenn jemand meiner Familie schadet, kriegt er Probleme."

„Was ist in Jordanien passiert?", fragte ich und stellte mir gleichzeitig die unangenehme Frage, ob ich in seinen Augen auch zu diesen Deutschen zählte, die ihn nicht verstanden.

Er schnaubte leise. Wir kamen an einem Teich vorbei und Faisal blieb am Ufer stehen. Eine kleine Fontäne mitten auf dem Wasser erzeugte kreisförmige Wellen, die sich im Schilf auf der anderen Seite verloren.

„Meine Schwester wurde vergewaltigt."

Faisals Worte legten einen Schatten über uns. Ich wusste nicht, was ich sagen sollte, und so redete er nach einer kurzen Pause weiter. „Ein Offizier beim Militär. Mein Vater hat darauf bestanden, dass sie heiraten, aber sie war unglücklich. Zwei Monate später ist sie gestorben."

„Ist sie –" Ich warf einen Blick um uns, Kinder spielten ein paar Meter weiter am Teich, die Eltern saßen auf der Bank, ein Kinderwagen neben ihnen.

„Selbstmord." Faisal schleuderte einen flachen Stein ins Wasser. Er hüpfte drei Mal auf der Oberfläche, bevor er im Wasser versank. „Denk ich zumindest. Wurde nie aufgeklärt."

„Das tut mir leid", murmelte ich und kam mir dumm vor, weil meine Worte nicht ansatzweise dem gerecht werden konnten, was er erlebt hatte.

„Bist du deshalb nach Deutschland geflohen?"

„Zuerst hab ich diesen Dreckskerl umgebracht. Dann bin ich abgehauen."

Jeder weitere Satz offenbarte etwas Schreckliches. Wie viel gab es, das er mir noch nicht erzählt hatte?

„Du musst nicht die ganze Zeit Trübsal blasen", sagte er kalt, „es ist vorbei. Ich will dein Mitleid nicht."

„Okay." Ich versuchte, zurück auf das ursprüngliche Thema zu kommen. Es gelang mir nicht.

„Ich hab's nur erzählt, weil du es wolltest." Er klang verärgert. „Jetzt hast du's gehört, also vielleicht kannst du es wenigstens dabei belassen."

„Ja, es tut mir leid." Verzweifelt suchte ich den Anschluss an das vorige Gespräch. Faisal war inzwischen weitergelaufen, ich folgte ihm. „Könntet ihr nicht was anderes tun, bevor ihr diese Menschen gleich ... umbringt?" Das Wort ging mir nur mühsam über die Lippen und ich sah mich gleichzeitig um, ob uns jemand beobachtete.

„Und was?"

„Naja, ihr könntet sie einschüchtern."

„Einschüchtern", wiederholte Faisal mit einem merkwürdigen Unterton, „denkst du, Mark hätte sich einschüchtern lassen?"

Ich schluckte. „Es wäre ein Versuch wert gewesen. Wenn man gleich zu den schlimmsten Mitteln greift, ist man doch kein Stück besser als sie."

„Und was hättest du getan? Ihm gesagt, dass er aufhören soll? Ihm gedroht? Ihn verprügeln lassen?"

„Ja, zum Beispiel. Ich hätte es zuerst mit Worten versucht und wenn das nicht hilft, hätte ich ein Mittel gefunden, um ihn zu erpressen, und wenn das immer noch nichts bringt, hätte ich ihm wehgetan, bis er aufhört."

An Faisals flackerndem Blick erkannte ich, dass er meine Version gar nicht so dumm fand, ja, vielleicht war es etwas, was auch er hätte anwenden können.

Aber dann schüttelte er den Kopf. „Viel zu großes Risiko. Wenn du Mitleid zeigst, töten die dich bei der nächsten Gelegenheit. Oder sie bringen dich in Schwierigkeiten. Besser man sorgt dafür, dass sie es nicht mehr können."

„Aber – ihr seid doch nicht besser als die, wenn ihr die gleichen Methoden verwendet."

„Natürlich nicht. Aber irgendjemand muss die Drecksarbeit erledigen. Das Böse vernichtet sich selbst, so sollte es sein." Seine Stimme war ganz ruhig geworden. „Es macht keinen Spaß, Menschen zu töten. Es ist eine Schuld und wir sind bereit sie zu tragen, damit andere es nicht müssen."

Ich schwieg frustriert. Faisal drückte es so aus, als wären sie die Retter. Die Retter der Gesellschaft und der Polizei, die ohne ihre Hilfe nicht auskommen und in Kriminalität versinken würden. Aber wer gab ausgerechnet ihnen das Recht zu entscheiden, wer sterben musste und wer nicht?

„Es spielt sowieso keine Rolle", sagte Faisal laut und unterbrach damit meine Gedanken. „Attila entscheidet. Wir bekommen nur den Auftrag."

„Hm", machte ich unschlüssig.

„Und, hat das jetzt geholfen", fragte er sarkastisch, „darüber zu reden, meine ich."

Ich zögerte kurz; das war Antwort für ihn genug.

„Dachte ich mir schon", grummelte er.

„Doch, es hat ein wenig geholfen", murmelte ich, „aber verstehst du denn nicht, dass es schwer ist, so etwas einfach hinzunehmen?"

„Klar versteh ich das. Ich weiß auch, dass sich die meisten sofort verdrückt hätten. Aber du bist noch hier, weil es für dich nicht nur Richtig und Falsch gibt, sondern auch was dazwischen. Freundschaft ist dir wichtig, du trittst Leute nicht gleich in die Tonne, nur weil sie anders sind."

„Weil ich auch anders bin", murmelte ich.

Er nickte. „Das ist was Gutes. Ich hab's Jarrad von Anfang an gesagt – naja, seit ich dich besser kannte – aber er wollte mir nicht so recht glauben. Glaubte nicht, dass es noch besondere Menschen gibt."

Bei der Erwähnung von Jarrads Namen zuckte ich zusammen.

„Wie geht es ihm?" Ich versuchte das Zittern in meiner Stimme zu verbergen.

Faisal zuckte mit den Achseln. „Er erzählt nicht viel. Schätze mal, nicht so gut."

Das zu hören, machte mich traurig. Wenn es Jarrad nicht gut ging, bedeutete das mit Sicherheit, dass Attila ihn zu weiteren Aufträgen zwang.

„Ach, das hätte ich fast vergessen." Faisal kramte in seiner Tasche und drückte mir einen Umschlag in die Hand. „Sollte ich dir von Jarrad geben. Und im Auto liegt noch 'n Rucksack."

Wir gingen zurück zum Auto, Faisal öffnete den Kofferraum und da lag er, der Rucksack, den Jarrad mir vor unserer Wanderung gekauft hatte. Eine Schlinge legte sich um mein Herz. Warum hatte er ihn mir nicht persönlich gegeben? Warum der Brief? Ich musste schlucken, mein Hals zog sich zu. Es gab eigentlich nur einen Grund dafür.

Wenig später war ich zu Hause, schleppte den Rucksack in mein Zimmer und setzte mich mit dem Brief aufs Bett. Meine Hände hatten so sehr geschwitzt, dass der Umschlag feucht war und sich leicht wellte. Ich zog ein einzelnes Blatt Papier heraus und faltete es auf.

Liebe Laya,

es tut mir leid, dass ich dir das nicht persönlich sagen kann. Ich traue mir nicht zu, die richtigen Worte zu finden, wenn ich dir gegenüberstehe.

Faisal hat mir erzählt, dass du ihn nach mir gefragt hast. Deshalb: Mir geht es gut. Mach dir um mich keine Sorgen.

Ich weiß, ich habe dir die letzten Tage viel zugemutet und ich hoffe, dass du damit leben kannst. Ich hoffe, dass du glücklich wirst. Ich wünschte, ich könnte dir mehr geben und ein guter Freund für dich sein, aber ich kann es nicht, solange ich weiter für A. arbeiten muss. Und ich kann mir auch nicht vorstellen, dass du das willst.

Wenn du mit jemandem reden möchtest, bin ich trotzdem für dich da. In der Deckeltasche liegt ein Handy für dich, ich habe meine Nummer eingespeichert. (Deines musste ich am Anfang unserer Reise zurücklassen. Sorry.)

Auch wenn es nicht so gelaufen ist, wie wir uns das vorgestellt hatten, bin ich froh, dass wir gemeinsam weggefahren sind. Du hast mir das Gefühl gegeben, mich nicht verstellen zu müssen. Bei dir konnte ich so sein, wie ich bin.

Normalerweise erzähle ich nicht viel über mich, und darüber schreiben tue ich auch nicht – aber dir gegenüber habe ich immer noch das Bedürfnis, alles zu erzählen, was mich beschäftigt. Und ich glaube, ich bin nicht der einzige, dem es so geht. Du hast eine Gabe, den Menschen ihre Geschichten zu entlocken. Sie vertrauen dir, weil du zuhörst und wartest, bis sie fertig sind. Und weil du dir kein vorschnelles Urteil erlaubst.

Lass dich von deinen Mitschülern nicht unterkriegen. Du bist stärker, als du denkst. (Ohne dich hätten wir es nicht zu Giovanni geschafft.)

Jarrad

Ich wischte mir über die Augen. Ich schluckte, wieder und wieder, versuchte, die Tränen herunterzuschlucken. Meine Wangen wurden nass, ich musste den Brief beiseitelegen und vergrub das Gesicht in den Händen.

Ich hatte nicht das Gefühl, seinen Worten gerecht zu werden. War ich wirklich so, wie er es behauptete? Erlaubte ich mir nicht auch manchmal ein vorschnelles Urteil? Egal ob er recht hatte oder nicht: Ich wollte so sein, wie er es beschrieb. Ich wollte es versuchen.

Ich weinte still vor mich hin, bis mein Kopf schmerzte und ich mich leer fühlte. Dann warf ich mir ein paar Ladungen kaltes Wasser ins Gesicht, holte das Handy aus der Deckeltasche und rief die einzige Nummer an, die eingespeichert war. Aber es meldete sich nur die Mailbox.

Der Club war in der Nähe vom Flughafen und grenzte direkt an ein Waldstück. Nicht, dass ich erpicht darauf war zu tanzen oder mich vollaufen zu lassen. Nein, Faisals Andeutung, dass wir dort ‚ein paar von seinen Leuten‘ treffen würden, hatte gereicht, um mich zu überzeugen. Denn zu seinen Leuten zählte auch Jarrad.

Ich hatte ihn in den letzten Tagen öfter angerufen und jedes Mal war die Mailbox rangegangen.

Über dem Eingang leuchtete das Wort Vertil in pink. Es war Ladies Night und ich kam gratis rein; Faisal musste zahlen. Wir bekamen Stempel auf den Handrücken gedrückt und ich einen Drinkgutschein, den ich Faisal überließ. Ich wollte nüchtern bleiben – jedenfalls vorerst.

Faisal bestellte sich ein Bier und bekam ein Glas Sekt für den Gutschein. Glasige Blicke, die von Alkohol sprachen, begegneten mir. Eine Frau, deren Kurven zu allen Seiten aus ihrem weißen Top quillten, traf mich mit ihrer herumschwingenden Handtasche, und Faisal ließ eine Tirade an Beleidigungen auf sie herabregnen. Er beruhigte sich erst, als sie ihm ihre Nummer zusteckte. Allerdings schien er wenig Interesse zu haben und versenkte das Papier im nächsten, halbvollen Sektglas.

Endlich fand er seine Leute an einem Ecktisch, die Gesichter lagen im Schatten. Als ich Jarrad erkannte, ganz am Rand neben einem Typ mit langen schwarzen Haaren, war ich glücklich. Eine Last fiel von mir ab, ich fühlte mich wie im Frühling, nachdem ich einen langen und harten Winter durchgestanden hatte.

Wir näherten uns und ich sah, dass seine Haut blass war und seine Augen in tiefen, dunklen Höhlen versanken. Er sah gut aus wie immer, aber er machte einen erschöpften, verbrauchten Eindruck. Um ihn herum wurde gelacht und lautstark geredet, doch er beteiligte sich kaum daran und hielt den Blick gesenkt. Es bestürzte mich, ihn so zu sehen, und ich wünschte mir, allein mit ihm reden zu können.

Faisal begrüßte seine Leute und wechselte ein paar Worte, die ich bei der Lautstärke nicht verstand. So verpasste ich, dass er mich den anderen vorstellte, was für einige Lacher sorgte. Ich errötete und war froh, dass Jarrad nicht lachte. Im Gegenteil, er schien geradezu entsetzt zu sein, mich hier zu treffen, als würde mein Anblick ihm Schmerzen bereiten. Faisal zog zwei Stühle heran und wir setzten uns.

„Das ist Akki", brüllte er mir ins Ohr und deutete auf einen langhaarigen Typen, der zwischen Jarrad und einem Mädchen saß, „und keine Ahnung wer die da is'." Er meinte das Mädchen. Akki hatte ihr seinen dünnen bleichen Arm um die Schulter geschlungen und die beiden steckten die Köpfe zusammen und redeten so leise, dass niemand mithören konnte. Akki warf mir einen Blick aus dem Augenwinkel zu, von dem ich nicht sagen konnte, ob er mir freundlich gesinnt war oder nicht. Er grüßte nicht.

Die Lieblingsfarbe des Mädchens war nicht schwer zu erraten. Schwarzgefärbte, fransige Haare, schwarzes Spitzentop, schwarzes, nietenbesetztes Halsband, schwarzlackierte Nägel. Der schwarze Lippenstift ließ ihren Mund wie ein verstörend großes Loch aussehen.

Faisal hatte mir inzwischen die anderen beiden am Tisch vorgestellt, aber ich hatte ihre Namen nicht verstanden. Es wäre falsch gewesen, sie als Männer zu bezeichnen, aber Jungs waren sie auch nicht.

Der eine war schmächtig, hatte Tattoos auf seinen Armen und einen Hitlerjugend-Haarschnitt. Die Zeichnung eines Wolfes inmitten von Bäumen kam mir vage bekannt vor. Dann begriff ich, woher: Er war der Fahrer, der uns von Italien zurück nach Frankfurt gebracht hatte.

Der andere Typ fingerte ständig an dem schwarzen Ring in seinem Ohr herum. Seine weiche, makellose Haut ließ ihn minderjährig wirken, obwohl er es vermutlich nicht war. (Wie wäre er sonst hier reingekommen?)

Es war zu laut, um etwas verstehen zu können, und so saßen Jarrad und ich nebeneinander und schwiegen. Ich griff nach Faisals Sektglas und leerte es in zwei Zügen. Gehörten die alle zu Attila? Und taten sie dasselbe wie Faisal und Jarrad oder hatten sie andere Aufgaben? Ich hatte Faisal nicht gefragt – und eigentlich wollte ich es gar nicht so genau wissen.

„Du hättest nicht herkommen sollen.“

Ich warf Jarrad einen kurzen Blick zu. Seine Worte versetzten mir einen Stich. Ich hatte nicht erwartet, dass er heute noch mit mir reden würde. Und ich wünschte, er hätte nichts gesagt.

„Vielleicht hast du recht.“ Ich versuchte gleichgültig zu klingen. „Ich bin eben naiv. Ich weiß auch nicht, was ich mir hiervon versprochen habe.“

Er biss sich auf die Lippe, seine Hände klammerten sich an ein Bierglas.

„Warum bist du nicht ans Handy gegangen?“

„Es tut mir leid. Faisal hat gemeint, dass es dir eigentlich ganz gut gehen würde. Ich dachte, du wärst ohne mich besser dran.“

„Faisal hat keine Ahnung, wie es mir geht. Ich rede mit ihm nicht über sowas.“ Ich stand auf und ging zur Bar. Meine Augen brannten, aber ich drängte die Tränen mit aller Kraft zurück. Ich würde nicht weinen. Nicht heute.

Etwas Warmes berührte meinen Handrücken und ich zuckte zurück. Jarrad war mir bis zur Bar gefolgt und griff erneut nach meiner Hand. Wortlos zog er mich in die Mitte des Raums, zur Tanzfläche. Aber ich wollte nicht tanzen. Ich konnte es nicht und ich wollte es nicht.

„Tanz mit mir.“ Seine Stimme ging im Lärm fast unter. Ich spürte seine warmen Hände auf meinen Hüften.

„Wozu?", fragte ich trotzig.

„So können wir wenigstens in Ruhe reden."

Ich seufzte widerwillig, legte meine Hände auf seine Schultern und passte mich seinen langsamen Bewegungen an, die den Takt ignorierten.

Jarrads Blick verriet, dass er getrunken hatte. Unsere Gesichter waren sich nah und unsere Beine berührten sich, aber es war zu laut zum Reden, anstrengend zuzuhören.

Als der DJ ein ruhigeres Lied auflegte, nutzte ich die Gelegenheit.

„Weißt du, ich hätte damit leben können", sagte ich und starrte dabei auf die Brusttasche seines schwarzen Hemdes, „mit allem."

„Ich weiß. Aber ich nicht. Du hast noch so viel vor dir. Studium, Reisen, eine Familie … All das verbaust du dir mit mir. Du wärst für immer an Frankfurt gebunden. Das kann ich dir nicht antun."

„Ist das nicht meine Entscheidung?", fragte ich hilflos.

Er senkte den Kopf und legte seine Wange an meine Schläfe.

„Du würdest es bereuen", flüsterte er, seine Lippen neben meinem Ohr, „du weißt nicht, wie es sich anfühlt, wenn einem die Freiheit genommen wird. Irgendwann würdest du es mir vorwerfen. Vielleicht nicht ins Gesicht, aber du würdest es denken."

Ich schüttelte den Kopf. „Das glaube ich nicht."

„Ich kann nicht einfach aufhören. Verstehst du? Ich werde Dinge tun müssen, die unverzeihlich sind. Und ich werde nie verstehen, warum du jemanden wie mich magst."

„Aber ich habe dir verziehen", sagte ich, meine Stimme wurde flehend, panisch, „ich weiß, wer du tief in deinem Inneren bist und mit diesem Menschen möchte ich zusammen sein. Ich habe die letzten Tage viel darüber nachgedacht, ich habe mich geöffnet, so wie du es gesagt hast, und ich habe es akzeptiert, weil es nicht darum geht, was du tust, sondern wer du bist."

Er strich mit den Fingern über meine Wange. „Es tut mir leid."

Verzweifelt starrte ich ihn an, aber dann, langsam, spürte ich, dass es zu spät war. Er hatte sich längst entschieden und nichts, was ich sagte, würde seine Meinung ändern.

„Okay", flüsterte ich. Meine Stimme klang fremd und ich wusste, dass ich kein weiteres Wort herausbringen würde.

Er legte seine Arme um meine Schultern und drückte mich an sich. „Als ich dich kennengelernt habe … war ich ziemlich tief gesunken. Du hast mir gezeigt, was es bedeutet, zu leben. Dass es mehr gibt als Rache und Hass." Er gab mir einen Kuss auf die Stirn und sagte leise: „Danke."

Dann ließ er mich los. Ich fühlte mich verloren. Fehl am Platz. Ich ertrug diese Musik nicht länger, die dicht gedrängten Menschen. Ich sah kurz zu ihm auf, dann drehte ich mich weg und ging. Quetschte mich an schwitzigen und parfümierten Körpern vorbei, bis ich endlich draußen war. Ich atmete tief ein und musste fast husten, alles stank nach Rauch. Ich folgte der Straße, weg von den Rauchergruppen, bis die Luft milder wurde und nach dem Wald roch, der die Straße umgab. Der Asphalt verschwamm vor meinen Augen, stille Tränen tropften herab. Ich rief ein Taxi, hoffte noch immer, dass Jarrad mir nachlaufen würde, aber es passierte nicht, und spätestens als ich einstieg und dem Fahrer meine Adresse nannte, wurde es zur Gewissheit. Und ich würde mich damit abfinden müssen.

16

Einmal war er nach der Schule doch zum Restaurant gefahren. Er hatte Maria im Hinterhof gefunden, mit dem Rücken an die Hauswand gelehnt, eine glühende Zigarette zwischen den Lippen. Wie oft hatte sie voller Stolz erzählt, dass sie vor Jarrads Geburt mit dem Rauchen aufgehört hatte. Er hätte es gar nicht schlimm gefunden, ein wenig schwach vielleicht, aber vermutlich hätte er es in wenigen Tagen vergessen.

Aber dann hatte sie ihn angeschrien.

„Verschwinde!" Sie war ihm wild fuchtelnd entgegengekommen. „Ich hab dir doch gesagt, du sollst nach Hause gehen!"

Er hatte sich weggedreht, die Worte wie Peitschenhiebe.

„Warte! Jarrad, warte." Sie hatte ihn an der Schulter festgehalten und sich mit dem Gesicht nah zu ihm gebeugt, bis ihr nach Tabak stinkender Atem ihm direkt in die Nase zog. „Erzähl deinem Vater nichts davon. Capisci?"

Dann hatte sie ihm die größte Pizza serviert, die er je dort bekommen hatte, und ihn dazu gedrängt aufzuessen, obwohl er keinen Appetit hatte. Danach war ihm schlecht geworden.

Sein Vater hatte das mit dem Rauchen doch rausgekriegt und sie hatten sich wieder gestritten.

Bis zu ihrem Tod hatte Maria nicht damit aufgehört. An dem Abend, an dem es passiert war, hatte sie sich noch am Gleis eine Zigarette angezündet. Tief inhaliert, bevor sie die Treppe nach unten gelaufen waren. Das Geräusch ihrer klackernden Absätze hallte von den Wänden der Unterführung. Das Licht einer Neonlampe flackerte hinter zerbrochenem Schutzglas. Dieselbe glühende Zigarette, mit der Franz wenige Minuten später ihre Haut versenkt hatte, oberhalb des Schlüsselbeins. So hatte er anderen Menschen Leid zugefügt, immer mit einer Waffe, die seine eigene Schwäche kaschierte. Allein hätte er keine Chance gehabt. Zu viert hatten sie Jarrad und seine Mutter in die Enge getrieben, Franz mit seinem Butterfly und Artem mit dem Baseballschläger. Er erinnerte sich an Franz' wässrig blaue Augen, blutunterlaufen, seine Haut blass wie bei einem Zombie. Und der Gestank nach verbranntem Gummi, als er neben Jarrad in die Knie gegangen war und seine Hände mit einem Kabelbinder gefesselt hatte.

„Vielleicht würde es dir doch besser gehen, wenn du dich endlich rächen würdest." Attilas tiefe Stimme riss Jarrad aus dem Sumpf seiner Erinnerungen. Sie waren allein im Vertil, es war Dienstagabend. Eigentlich hatte Jarrad in Ruhe ein Bier trinken wollen, aber Attila hatte sich dazugesetzt. Dann war er aufgestanden, um eine Flasche Whisky und zwei Gläser zu holen und jetzt saß er wieder neben ihm.

„Was?"

„Es belastet dich. Nach all den Jahren denkst du immer noch daran zurück. Es würde dir sicher leichter fallen, loszulassen, wenn du diese Kerle erledigst."

Lichtpaneele hinter der Bar und unter den Bänken tauchten den Raum in bläuliches Licht. Während Attilas olivfarbener Hautton das Licht beinahe verschluckte, leuchtete Jarrads Haut gespenstisch.

„Das bezweifle ich." Sie hatten dieses Gespräch schon dutzende Male geführt, aber Attila ließ einfach nicht locker.

„Und wenn ich dir den Auftrag erteile?"

„Dann tu es doch", erwiderte Jarrad kalt, „das beweist nur, was ich ohnehin schon vermutet habe. Dass deine Aufträge willkürlich sind und nur dazu da, deinen Willen zu befriedigen. Dieses ganze Gerede über Gerechtigkeit und Sicherheit war doch nur Müll."

„Diese Männer haben deine Mutter getötet. Wer weiß, wozu sie noch imstande sind."

„Sie waren auf Drogen."

Attila zuckte mit den Schultern. „Wenn du meinst, dass das eine Rechtfertigung für Gewalt ist."

„Lass mich in Ruhe."

Attila warf ihm einen scharfen Blick zu. Wortlos stand er auf, griff nach den Gläsern und der Whiskyflasche und drehte sich weg.

„Tu es doch selbst", sagte Jarrad laut. Er spürte, wie Wut in ihm hochkochte. Ein Teil von ihm hoffte darauf, Attila zu provozieren, bis dieser handgreiflich wurde. Dann würde er sich wenigstens mit Fäusten wehren können.

„Du hast sie gekannt, vielleicht sogar besser als ich. Warum rächst du dich nicht?"

Attila war mit dem Rücken zu ihm stehengeblieben. Langsam drehte er sich um, sein Gesicht eine ausdruckslose Maske.

„Warum hast du mir nie von ihr erzählt?", fragte Jarrad und sah Attila herausfordernd an.

Attila verzog den Mund, als hätte er etwas Saures gegessen. „Hat sie denn von mir erzählt?"

„Nein."

„Da hast du deine Antwort."

„Und warum dann ich? Wieso hast du mich bei dir aufgenommen, das kann doch kein Zufall sein."

Eine Weile herrschte Stille. Dann setzte Attila sich auf die gegenüberliegende Bank und stellte die Flasche und die Nosing-Gläser wieder ab. Er schraubte den Single Malt auf und goss die bernsteinfarbene Flüssigkeit in die beiden Gläser. Die Begrifflichkeiten kannte Jarrad nur, weil Attila ihm an seinem ersten Abend in seiner Villa eine Menge über Whisky erzählt hatte. Attila hatte mit dem Rücken zu ihm gestanden, mit den Fingern über aufgereihte Flaschen streichend, und Jarrad hatte sich von Angst überwältigt gefühlt. Er hatte sich gefragt, warum der alte Mann ihm all das erzählte, und war zu dem Schluss gekommen, dass es wichtig sein musste. Vielleicht würde er ihn eines Tages dazu auffordern, ihm ein Glas Whisky zu bringen, und wenn er nichts darüber wusste, würde der Mann wütend werden und ihn anschreien. Oder Schlimmeres. Attila hatte ihm ein Glas Whisky in die Hand gedrückt und ihm befohlen, in zehn Zentimetern Entfernung daran zu riechen, bevor er trank. Der Alkohol war ihm brennend die Kehle heruntergelaufen, eine kleine Ablenkung von seinem Leid.

Eine eigenartige Mischung aus Bewunderung vor Attilas Anwesen und Angst vor seiner Person hatte ihn im Griff gehabt, bis er Val begegnet war. Ihr freches Mundwerk hatte ihn davon überzeugt, dass Attila kein Kinderschänder oder Vergewaltiger war, sondern es tatsächlich gut meinte. Dass er sich in dieser Hinsicht doch gründlich getäuscht hatte, stellte sich erst viele Wochen später heraus.

„Als ich dich das erste Mal gesehen habe", sagte Attila, den Blick auf seine wurstdicken Finger gerichtet, die den schmalen Stiel des Glases hielten, „standst du vier älteren Jungs gegenüber.

Du hattest deine kleinen Hände zu Fäusten geballt und hast irgendwas geschrien. Da wusste ich, dass mehr in dir steckt. Du warst ein bisschen so wie ich, als Kind, und ich hatte das Gefühl, dich beschützen zu müssen. Nicht, weil du schwach warst. Sondern weil wieder und wieder Menschen kommen würden, um dich zu beeinflussen und dich zu einem Teil dieser kranken Gesellschaft zu formen."

„Und da dachtest du, du machst mich besser zu einer emotionslosen Maschine, bevor die Gesellschaft mir schaden kann", sagte Jarrad verächtlich. Er rührte das Glas nicht an, das Attila ihm entgegengeschoben hatte.

„In erster Linie wollte ich dich beschützen." Attilas Stimme wurde sanfter. „Du warst gebrochen, Jarrad. Und ich war der einzige, der deine Wunden heilen konnte. Du hast mit eigenen Augen gesehen, zu welchen Grausamkeiten Menschen fähig sind. Als Kind! Denkst du wirklich, du hättest das ohne Hilfe verkraftet?"

„Warum hast du mich beobachtet?"

Attila zuckte mit den Schultern. „Vielleicht wollte ich wissen, warum Maria den Kontakt zu mir abgebrochen hatte. Sie hat mir erzählt, dass sie schwanger ist und aussteigen will, bla bla, die ganze Geschichte. Aber ich musste es mit eigenen Augen sehen. Was mochte so wertvoll sein, dass sie das mit uns aufgab? Ich wollte es verstehen."

„Das mit euch? Zwischen euch war nichts", spuckte Jarrad hervor.

Attila lächelte nachsichtig und trank einen kleinen Schluck. „Ich verstehe, dass du das glauben möchtest. Aber mal unter uns: Dein Vater ist nicht gerade das, wonach sich eine leidenschaftliche Frau sehnt. Alles, was er im Kopf hat, sind Paragrafen. Aber er hat deiner Mutter zwei Dinge geschenkt, die ich damals sehr unterschätzt habe. Sicherheit und ein Kind." Attila ließ das halbvolle Whiskyglas auf dem Tisch kreisen.

„Ich weiß, was du versuchst." Es fiel ihm schwer, das Zittern in seiner Stimme zu kontrollieren. „Du willst dich von deiner eigenen Vergangenheit ablenken, weil du nicht ertragen kannst, was passiert ist. Val, Akkinar, Faisal … ich. Wir sind bloß Lückenfüller für deinen Verlust." Jarrad legte eine kurze Pause ein, um Attilas Reaktion abzuwarten. „Val hat mir davon erzählt."

Das Schaben des Glases auf dem Holztisch hatte aufgehört. Attilas Blick flackerte. „Du weißt nicht, worüber du redest."

„Ach nein?"

„Nein. Meinen Sohn kann man nicht ersetzen. Er ist gestorben, bevor die Welt ihn verderben konnte. Er ist der einzige, der sich nichts zu Schaden hat kommen lassen und dafür gibt es keinen Ersatz."

„Warum sind wir dann hier?"

„Weil ich euch eine Chance geben wollte. Begreifst du das nicht? Was hattet ihr, bevor ich euch aufgenommen habe?"

„Freiheit", murmelte Jarrad verbittert.

„Freiheit", spuckte Attila aus, „du willst frei sein? Wofür? Damit du andere mit in den Abgrund ziehen kannst? Denkst du wirklich, du bist besser als die anderen? Denkst du, du hast dich unter Kontrolle?" Attilas Stimme wurde verächtlich. „Du wirst nie ein Teil dieser Gesellschaft sein, Jarrad. Weil du dich nicht anpassen kannst. Stell dir vor, du hättest einen Sohn, der von anderen Kindern geärgert wird. Könntest du tatenlos zusehen? Nein. In deiner blinden Wut würdest du die Kinder zu Tode prügeln. Und dann würde man dich wegsperren, dich deiner Frau und deinen Kindern wegnehmen, weil du deine Gefühle nicht im Griff hast. Sie sind es, die dich gefangen halten. Nicht ich."

„Nur weil du versagt hast, heißt das nicht, dass ich die gleichen Fehler mache", presste Jarrad hervor.

Attila lachte freudlos und trank einen Schluck Whisky. Er wartete, bis sich das Brennen auf seiner Zunge ausgebreitet hatte, bevor er ihn herunterschluckte. „Die Frauen stehen auf dieses Bad-Boy-Getue. Ich wette, das macht deine Freundin so richtig geil. Aber weißt du was? Sobald es ernst wird, wird sie dich sitzen lassen. Niemand will sich mit Problemen wie deinen herumschlagen. Ich habe euch nur aufgenommen, weil ich Mitleid mit euch hatte."

„Red' dir das ruhig sein", sagte Jarrad. Er musste sich seine zitternden Finger unter die Oberschenkel klemmen, um sie davon abzuhalten, Attila ins Gesicht zu schlagen. „Du bist nur ein alter Sack, der eine Daseinsberechtigung sucht. Du bist nicht besser als wir, Attila. Nur kannst du dir deine Fehler nicht eingestehen."

„Oh, ich bin nicht besser. Aber ich bin älter und ich habe gelernt, mich zurückzuhalten. Das Leben hat mich zu dem gemacht, der ich bin. Und ich akzeptiere es. Aber du jammerst nur herum. *Freiheit, Freiheit*", Attila setzte eine weinerliche Stimme auf, dann wurde er lauter, „es gibt Schlimmeres, als seine Freiheit zu verlieren!"

„Ist das deine Rechtfertigung? Weil du verloren hast, sorgst du dafür, dass alle anderen auch verlieren?"

„Oh, ich wünschte, du würdest auch nur einen Tag in der Hölle verbringen", sagte Attila verbittert, „jeden Abend kommst du nach Hause in deine Ein-Zimmer-Wohnung und siehst, wie deine betrunkene Mutter irgendwelche Schwänze lutscht. Statt Hausaufgaben lernst du lieber, wie du jemandem die Nase brichst, damit man dir beim nächsten Mal nicht deine verdammten Einkäufe aus der Hand reißt. Ich habe versucht, meinen Fehler wiedergutzumachen. Ich hätte meinem Sohn alles gegeben, alles was ich hatte. Aber leider", er knallte mit einem Klirren das Glas auf den Tisch, „kam ich zu spät. Die Schlampe hat ihn ermordet, bevor er überhaupt sprechen konnte."

Jarrads Herzschlag beschleunigte sich. Noch nie hatte der Venezolaner ihm einen so tiefen Einblick in seine Vergangenheit gewährt. „Vielleicht hätte sie es nicht getan, wenn du für sie dagewesen wärst."

„Ja. Vielleicht", sagte Attila schwerfällig. Sein Blick wurde glasig. „Ich war auch mal ein Kind, Jarrad. Und meine Eltern haben versagt. Hätte ich meinen Vater gekannt … wäre meine Mutter für mich dagewesen … es wäre alles anders gekommen. Ich habe fünfundzwanzig Jahre gebraucht, um zu erkennen, dass ich den Fehler meiner Eltern wiederholt habe … und es waren fünfundzwanzig Jahre zu viel. Es sind immer die Kinder, die darunter leiden. Dabei sind sie die einzigen, die noch eine Chance haben. Aber wie, wenn ihre Eltern doch Versager sind. Wenn deren Eltern bei ihren Kindern längst versagt haben." Er seufzte tief. „Wann hört das auf?"

Akkinar hatte seine langen, schwarzen Haare zu einem Zopf gebunden. Die Verlockung war groß, einfach danach zu greifen und ihn zu Boden zu reißen, aber Jarrad widerstand dem Impuls.

In einem echten Kampf hätte er es ohne Zweifel getan. Aber in einem echten Kampf hatte sein Gegner nicht unbedingt lange Haare. Er nahm Vals Stimme wahr, die ständig dazwischen brüllte: „Mach ihn fertig, Akki! Auf's Maul! Gib's diesem faulen Mistkerl!"

„Zu feige, um selbst zu kämpfen?", rief Jarrad ihr mit zusammengebissenen Zähnen zu. Vielleicht sollte er Akkinar doch die Haare vom Kopf reißen, oder ihm seine hohen Wangenknochen einschlagen … *einmal pusten und das Knochengestell knallt gegen die hintere Wand.*

„Ui ui ui, da ist aber jemand mit dem falschen Bein aufgestanden." Val lachte gekünstelt.

Akkinars Blick flackerte kurz zu Val und Jarrad nutzte den Moment der Ablenkung, packte Akkinars rechten Arm und brachte ihn mit seinem linken Bein zu Fall. Kurz darauf rammte er ihm sein Knie in den Brustkorb, etwas fester als nötig, und Akkinar klopfte auf die Matte. Jarrad rappelte sich auf und verließ wortlos den Ring.

„Gut gemacht", lobte Val. Sie lehnte in Sport-BH und Shorts an den Fächern, ihr Oberkörper flach und gerade wie ein Brett. „Ich meine, ich war mir sicher, du würdest gewinnen. Aber so schnell? Da hast du mich überrascht."

„Weißt du", sagte Jarrad und griff nach seiner Trinkflasche, „ich stelle mir immer vor, dass du das bist, Valentina. Das hilft." Sie hasste es, wenn man ihren vollständigen Namen aussprach und er genoss den kurzen Moment der Genugtuung, als Wut in ihren Augen aufblitzte.

„Leck mich."

Akkinar kam auf sie zu und klopfte Jarrad auf die Schulter. Dann stellte er fest, dass Jarrads Haut nass vor Schweiß war, und wischte seine Hände an seiner Hose ab.

„Haste Bock ein paar schwachen Trotteln auf's Maul zu geben? Du wärst 'ne gute Unterstützung."

„Nein, danke", sagte Jarrad und wischte sich mit einem Handtuch den Schweiß von der Stirn.

„Komm schon, Alter. Es geht um so'n paar Idioten aus der Schule. Das ist doch genau dein Ding, Mobbing und so."

„Und seit wann interessiert dich sowas?"

„Seit ich 'ne Freundin habe."

„Ohhh, diese Gothic Tussi?", rief Val aufgeregt. „Seid ihr jetzt zusammen?"

Akkinar nickte. Er versuchte sich nichts anmerken zu lassen, aber unter seiner gleichgültigen Miene sickerte der Stolz durch.

„Sie hat 'nen autistischen Bruder. Der hat echt die Arschkarte gezogen, mit Mobbing und so. Richtig krass, was bei denen abgeht. Also hab ich angeboten, ihm zu helfen."

„Weiß deine Freundin, wie du ihm helfen willst?", fragte Jarrad mit hochgezogenen Augenbrauen.

Akkinar grinste. „Sie würde es am liebsten mit eigenen Augen sehen."

„Ich bin dabei." Val streckte ihren Zeigefinger in die Luft.

Akkinar nickte ihr zu. „Komm schon, Jarrad."

„Nee, lass mal. Ich bleib bei unseren wöchentlichen Prügeleinheiten, das reicht mir."

„Mann, du hast sowas doch auch mal durchgemacht. Das ist deine Chance, es diesen ganzen Losern heimzuzahlen."

„Lass meine Vergangenheit da raus."

Akkinar verzog enttäuscht das Gesicht. „Was ist los mit dir, Alter? Du benimmst dich, als wärst du was Besseres als wir. Das ist echt nicht cool."

Val pflichtete ihm bei. „Gar nicht cool." Sie konnte ihr Grinsen kaum unterdrücken.

„Mir egal, was für kranke Sachen du in deiner Freizeit machst", sagte Jarrad und stopfte seine Trinkflasche zurück in die Tasche. Ein weiterer Blick auf Akkinars ausgemergeltes Gesicht und er würde die Geduld verlieren. „Aber lass mich da raus. Klar?"

„Mann, wozu machen wir denn diese Scheiße, wenn wir es nie anwenden?"

Jarrad warf sich sein Handtuch über die Schulter und riss seine Tasche aus einem der Fächer. „Das frag ich mich auch ständig."

17

Es ist ein seltsames Gefühl, Zeit mit einem Menschen zu verbringen und beobachten zu können, wie er immer weiter abrutscht, seinen Halt verliert und jeden Tag ein bisschen hoffnungsloser wird. So erlebte ich es mit Greta. Und es verunsicherte mich zutiefst.

Gestern hatte es angefangen zu regnen, die Luft war frischer und stiller, die Straßen leer. Keine Rasenmäher mehr, keine kreischenden Kinder in den Gärten. Der Sommer schien endgültig vorbei.

Es hätte schön sein können, gemeinsam heißen Kakao zu trinken, stundenlang zu reden und dabei in den Regen zu starren, der in Schlieren die Fenster herunterlief. Doch für uns waren diese Tage nicht mehr als die Ankündigung eines weiteren, zähen Schuljahres und unsere Gespräche drehten sich um nichts anderes.

Seit ihrer Entlassung aus der Rehaklinik besuchte ich Greta täglich, manchmal setzte sich Linda dazu und brachte uns Kuchen oder eine Kanne Tee. Zum ersten Mal hatte ich das Gefühl, dass ihre Mutter mit dem, was in Greta vorging, überfordert war. Es kam vor, dass Greta ohne Ankündigung ihren Rollstuhl zurückschob und ans Fenster rollte. Dann saß sie einfach davor, ihr Gesicht regungslos, bis auf das Blinzeln ihrer Augen. Ich hatte sie immer als starke Persönlichkeit erlebt, zwar schüchtern, aber stark genug, um Mark und den anderen standzuhalten, stark genug, um immer noch sie selbst zu bleiben, und vor allem, immer noch an das Gute im Menschen zu glauben. Ich weiß nicht, wie man noch an gute Menschen glauben kann, wenn man so von Mark gedemütigt wurde. Greta konnte all das. Und jetzt begann etwas in ihr zu bröckeln.

Es war Donnerstag, nur wenige Tage trennten uns vom neuen Schuljahr, und irgendwie war ich froh, dass das Warten bald ein Ende haben würde. Die letzten Wochen nach der Rückkehr hatten sich wie Rauch verflüchtigt. Rückblickend verschwamm ein Tag mit dem anderen, es war nur noch eine graue Masse voller deprimierender Gedanken und Gespräche. Hin und wieder Bauchkrämpfe, Kopfschmerzen. Einsame Spaziergänge zwischen den Feldern. Dann Gretas Ankündigung, dass man sie bald entlassen würde, weil die Therapie nichts brachte und genauso gut bei ihr Zuhause stattfinden konnte. Und ihre Entlassung vergangenen Freitag.

Greta war so niedergeschlagen, dass ich anbot bei ihr zu übernachten. Ich wusste, dass ihre Eltern zurzeit nicht so viel davon hielten, aber Gretas Augen leuchteten bei dem Vorschlag, wie sie es seit Tagen nicht mehr getan hatten. So klopfte sie ihre Eltern weich.

Wir legten uns in ihr neues Zimmer, das ihre Eltern im Erdgeschoss für sie eingerichtet hatten, sie auf ihrem Bett, ich auf einer Matratze, und sogen uns beide mehr oder weniger interessante Themen aus den Fingern. Ich erzählte ein bisschen von Jarrads und meiner Reise, Greta von den Leuten, die mit ihr zusammen Therapie gemacht hatten. Aber ihre Augen blieben leer und glasig; ihr Körper war in diesem Zimmer, aber ihr Geist schien irgendwo anders zu schweben.

„Hattest du nie Bedenken, als ihr einfach weggefahren seid?", fragte sie und strich dabei die geblümte Decke über ihrem Körper glatt.

„Naja, ab und zu schon, aber insgesamt bin ich echt froh, dass wir das gemacht haben. Und die Bedenken kamen auch erst kurz nachdem ich zugesagt hatte, im ersten Moment hab ich mich einfach gefreut und überhaupt nicht nachgedacht. Normalerweise bin ich ja jemand, der viel überlegt, aber da wusste ich einfach, dass es die richtige Entscheidung ist." Ich drehte den Kopf und lächelte sie an. Sie bemerkte es nicht.

„Ich hätte nie den Mut zu sowas", murmelte sie, „ich könnte nicht spontan alles abbrechen und wegfahren, obwohl ich mir das auch manchmal wünsche."

„Das hab ich vorher auch gedacht. Aber eigentlich ist es nur eine winzig kleine Entscheidung und alles andere kommt danach. Wenn man erstmal dabei ist, spielt das alles vorher gar keine Rolle mehr. Und irgendwie kommt man immer zurecht, davon bin ich überzeugt."

„Ich, seit ich im Rollstuhl sitze, nicht mehr."

„Ach Greta, du würdest ja nicht alleine wegfahren. Stell dir vor, wir würden das zusammen machen, dann könnte ich dir doch bei allem helfen und wir hätten so viel Spaß gemeinsam."

„Irgendwann würdest du mir nicht mehr helfen wollen."

„So ein Quatsch. Hör auf so deprimiertes Zeug von dir zu geben, das ist doch meine Aufgabe."

Das zauberte ein schwaches Lächeln auf ihre Lippen. „Ach nein … ich find's schön, dass du glücklicher bist … ich kann es nur im Moment nicht sein."

Ich sagte nichts dazu. Greta wusste noch nicht, dass das mit Jarrad und mir endgültig Geschichte war. Sie hatte ein paar Mal nachgehakt, aber nachdem ich immer mit „Es ist kompliziert" oder „Ganz gut" auswich, hörte sie auf. Sie spürte es, wenn ich ein Thema vermeiden wollte, sie wollte nicht aufdringlich sein. Ich versuchte so gut es ging, jeden Gedanken daran zu verdrängen, und es klappte, wenn ich bei Greta war. Sobald man mich allein ließ, sah das anders aus.

Wir schauten einen Film, eine dieser kitschigen Liebeskomödien, und ich hoffte, es würde sie aufheitern. Als der Abspann lief, war Gretas Stimmung von schlecht auf miserabel gesunken.

„Vielleicht war es doch keine gute Idee mit dem Übernachten, ich versaue dir bloß deinen ganzen Abend."

„Ich hab sowieso nichts Besseres zu tun, ehrlich."

Sie lächelte nur milde. Sie glaubte mir nicht. Dann schob sie sich in eine aufrechte Position, setzte sich in ihren Rollstuhl und fuhr ans Fenster. Dort blieb sie eine Weile und starrte in die Dunkelheit, oder vielleicht auf ihre eigene Reflektion im Glas. Greta war vielleicht schüchtern und konnte lange schweigen, aber in meiner Gegenwart redete sie normalerweise viel. Ich spürte langsam, dass mehr dahintersteckte als nur ein paar schlechte Tage. Hatte sie vielleicht eine Depression? So eine Lähmung wirkte sich bestimmt auch auf die Psyche aus. Und auch wenn Greta stark war – auch vor starken Menschen machten psychische Krankheiten keinen Halt.

Ein kleines, ersticktes Geräusch durchbrach die Stille.

„Greta …", begann ich und brach ab. *Sie weint.* Im ersten Moment fühlte ich mich völlig überfordert. Ich konnte mich nicht daran erinnern, dass sie in meiner Gegenwart je geweint hatte. Dann aber schaltete ich meinen Verstand wieder ein, ging zu ihr und umarmte sie.

„Schon gut … wir stehen das zusammen durch, das versprech’ ich … schhh.“ Ich versuchte sie zu trösten, sagte Standardphrasen, die man eben so sagt, wenn jemand traurig ist. Es brachte nicht viel. Was bedeuteten diese Sprüche schon? Ihre Lähmung und die Schule hatten sie so traurig gestimmt und dabei konnte ich ihr nicht helfen.

„Möchtest du darüber reden?“, fragte ich vorsichtig.

Sie antwortete nicht. Ihr Körper wurde von regelmäßigem Zucken durchgeschüttelt. Vereinzelte Locken hingen ihr ins Gesicht und klebten durchnässt an ihrer Haut.

Irgendwann begann sie dann doch zu sprechen. „Ich werde nie mehr wo hinreisen können“, schniefte sie.

„Aber wie kommst du denn darauf? Natürlich kannst du das.“

„Nein, nicht richtig. Das ist mit Rollstuhl viel zu kompliziert, das will ich meinen Eltern nicht zumuten.“

„Ich glaube, so kompliziert ist das gar nicht“, behauptete ich, obwohl ich natürlich keine Ahnung hatte.

Sie nuschelte etwas Unverständliches und vergrub ihr Gesicht in den Händen.

„Weißt du was? Lass es uns doch einfach ausprobieren.“ Ich hatte eine geniale Idee.

„W – was?“

„Warte kurz“, sagte ich und wühlte in meiner Sporttasche nach meinem Handy.

Fünf Minuten später hüpfte ich triumphierend zu Greta. „Pack deine Sachen, wir fahren weg!“

„Was? A – aber …“

„Was brauchst du für Klamotten? Tops, kurze Hosen? Ach egal, alles rein damit.“ Ich öffnete ihren Schrank und füllte einen Koffer bis zum Rand mit Klamotten, ihrem Waschbeutel und zwei Handtüchern. „Dir macht es doch nichts aus, wenn ich deine Sachen mitbenutze, oder?“

Sie schüttelte ungläubig den Kopf. Als ich fertig war, hatte Greta zu meiner Erleichterung aufgehört zu weinen. „Wo fahren wir hin?“, fragte sie schwach.

„Ans Mittelmeer.“

Das verblüffte sie ziemlich. „Ja und … wie?“

„Unser Taxifahrer dürfte gleich da sein. Komm, wir gehen schon mal raus."

„Was, wenn meine Eltern uns sehen?", murmelte sie besorgt, „sie wären bestimmt nicht einverstanden."

„Wir sind eben besonders leise." Ich zwinkerte ihr zu und legte den Zeigefinger an meine Lippen. Vorsichtig öffnete ich ihre Zimmertür und spähte durch den Spalt. Im Erdgeschoss war es dunkel und still. Dann nahm ich ihren Koffer und trug ihn nach draußen. Greta rollte mir hinterher und ich half ihr dabei, den Treppenabsatz vor der Haustür zu überwinden. Wir warteten, ohne ein Wort miteinander zu sprechen. Ich warf Greta hin und wieder einen Seitenblick zu und stellte erleichtert fest, dass sie meine Aufregung teilte. Das Leuchten in ihren Augen, es war wieder da.

Der protzigste Wagen der Stadt hielt vor uns neben dem Bürgersteig und der Motor erstarb. In Gretas Augen las ich Bewunderung, Neugier und Furcht. Grinsend öffnete ich die hintere Tür, begrüßte Faisal und half Greta einzusteigen. Dann lud ich ihr Gepäck und den Rollstuhl in den Kofferraum und setzte mich neben sie auf die Rückbank.

„Greta, das ist Faisal. Er war letztes Jahr auf der Realschule nebendran."

Faisal nickte in den Rückspiegel. „Wir kennen uns."

„Ihr kennt euch?", fragte ich verblüfft.

„Sie ist doch die, die vom Balkon gefallen ist. Auf der Party."

„Ja. Stimmt. Faisal hat dich aus dem Pool gezogen und geholfen, bis die Sanitäter da waren", erklärte ich Greta und warf ihr einen vorsichtigen Blick zu.

Sie blinzelte mehrmals und ich befürchtete, sie würde wieder weinen. „Oh", sagte sie leise, „das wusste ich nicht. Danke."

Schweigen.

„Ist übrigens richtig cool, dass du die Zeit hast mit uns mitzufahren, Faisal. Und worauf habt ihr Lust?", sagte ich, um die angespannte Situation zu lösen. „Ich meine, wir könnten überall hin."

Als ich redete, erinnerte ich mich an die Freiheit, die ich neben Jarrad auf der Fahrt nach Italien gespürt hatte, und es machte mich traurig, dass er diesmal nicht dabei war.

„Naja …"

Faisal und Greta waren beide ratlos und da kam mir die zündende Idee. „Barcelona! Da wohnt meine Schwester, sie hat mich eingeladen und wir könnten bestimmt bei ihr wohnen."

„Deine Schwester?", wiederholte Greta überrascht. „Du hast etwas von ihr gehört?"

„Sie hat mich zum Geburtstag angerufen, wir haben ein bisschen geredet und sie meinte, ich wäre immer willkommen."

„Ja, das klingt toll."

„Ich wusste nicht mal, dass du 'ne Schwester hast", sagte Faisal tonlos.

„Naja, sie ist vor Jahren abgehauen und hat sich nie wieder gemeldet, bis vor ein paar Wochen. Also, seid ihr einverstanden?"

An Gretas Blick sah ich, dass sie es war, aber sie zögerte wohl Faisal zuliebe mit einer Antwort. Faisal reagierte mit einem kaum hörbaren Brummen.

„Wir würden uns Übernachtungskosten sparen", argumentierte ich und blickte ihn erwartungsvoll an.

„Jaja, schon gut, mir egal. Solange ich den Leuten nicht den Arsch lecken muss." Faisal startete den Motor und wir fuhren durch die Dreißigerzonen.

„Quatsch, wir werden zu dritt 'ne Menge Spaß haben, das versichere ich euch."

„Ich sollte meinen Eltern Bescheid geben", sagte Greta, als wir auf die Autobahn bogen, „es wird so schon schlimm genug für sie, wenn sie morgen früh aufwachen und sehen, dass ich weg bin." Sie tippte eine lange Nachricht in ihr Smartphone. Zunächst sah ich ihr dabei zu, dann aber nahm ich mein eigenes Handy aus der Hosentasche und schrieb meinen Eltern ebenfalls.

Ruhe kehrte ein. Ich schaute eine Weile aus dem Fenster; seit langem verspürte ich wieder etwas wie Vorfreude. Es würden ein paar schöne Tage werden, da war ich mir sicher.

„Und was machst du jetzt, nachdem du deinen Abschluss hast?", fragte Greta. Überrascht sah ich zu ihr. Vermutlich war ihr die Stille langsam peinlich geworden.

„Ähh", stammelte Faisal, „ich geh auf die FOS."

„Oh, und was macht man da so?", zog sich Greta eine weitere Frage aus der Nase.

„Nichts."

Ich verdrehte die Augen. Es war nicht nett, dass er es Greta so schwer machte.

„Naja, hat ja noch nicht angefangen. Die Fächer klingen langweilig. Aber meistens lese ich sowieso." Jetzt hatte es Faisal doch tatsächlich geschafft, mich zu überraschen.

„Liest du gerne?"

„Ja." Nach einer kurzen Pause räusperte er sich. „Zurzeit Dostojewski. Gefällt mir recht gut. Liest du auch gerne?"

„Ja, total. In der Rehaklinik konnte ich sonst nicht so viel machen und da war lesen einfach die schönste Ablenkung. Aber ich glaube, ich lese nicht so hohe Literatur wie du …" Sie brach stotternd ab.

„Ach, ist doch egal. Lesen ist immer gut, egal was. Was liest du?"

Das Gespräch ging schier endlos so weiter, aber ich freute mich, dass Faisal so schnell aufgetaut war, und hörte den beiden zu, während ich langsam schläfrig wurde.

„Laya?"

„Hm?" Ich rieb mir über die müden Augen und sah zu Greta.

„Ich müsste mal auf die Toilette." Der Satz schien ihr unangenehm zu sein.

„Ok. Faisal, kannst du beim nächsten Rasthof rausfahren?" Erst, als wir Minuten später auf dem Parkplatz hielten, wurde mir bewusst, was das bedeutete. Greta würde meine Hilfe brauchen. Natürlich. Genauso, wie sie beim Anziehen, beim Duschen und bei allen weiteren Toilettengängen meine Hilfe brauchen würde. Keine große Sache, sagte ich mir und stieg aus. Denn ich hatte mir vorgenommen, Greta zu beweisen, wie einfach es war, zu verreisen. Auch für sie.

Am nächsten Morgen rief ich Marlene an, um die Adresse zu erfahren, und erklärte ihr, dass wir zu dritt waren. Sie überhäufte mich mit „Oh mein Gott!" und „Ich freu mich ja so!" und versprach uns eine kleine Überraschung. Dann legte sie auf, weil es ja noch so viel zu tun gab, bevor wir eintreffen würden.

Zu beiden Seiten der Straße begleiteten uns heruntergekommene Plattenbauten. Es wirkte, als hätte jemand in aller Eile so viele Häuser wie möglich errichtet, nur, um anschließend keine

Zeit mehr zu haben, sich um sie zu kümmern. Die Wände waren schmucklos, die Farbe verblichen. Auf den Balkonen tummelten sich Wäscheständer, Blumenkästen und Plastikmöbel. Inmitten dieses monotonen Musters entdeckte ich eine kleine Oase: Eine Kletterpflanze mit violetten Blüten rankte sich um das Geländer eines kleinen Balkons. Gartenmöbel aus Metall warfen verschnörkelte Schatten auf den Steinboden und eine Lichterkette aus Lampions würde für gemütliche Abende sorgen. Wie in Mailand, schoss es mir durch den Kopf. Auch dort hatte ein Gewächs mit violetten Blüten die triste Straße zum Leben erweckt.

Die Gegend wirkte ärmlich, aber nicht unnahbar. Irgendwie war sie sogar auf ihre eigene Weise schön und einladend. Tatsächlich stellte sich heraus, dass Marlenes Adresse mitten in diesem Viertel war und sie eigentlich gar nicht richtig in Barcelona wohnte, sondern in Badalona. Aber das spielte für uns keine Rolle, schon gar nicht, nachdem wir entdeckten, dass ihre Wohnung nur ein Kilometer vom Meer entfernt war.

Marlene sah umwerfend aus. Sie war so hübsch, dass ich fast neidisch wurde. Ihre Haut war braun gebrannt, ihre Haare blond und glänzend und ihr Lächeln brachte ihre grünen Augen zum Leuchten. Vielleicht war sie gar nicht schöner als andere Mädchen, aber sie strahlte so viel Energie aus, dass man es automatisch annahm. Umso verblüffter war ich, dass sich dieses Mädchen, das so kraftvoll und selbstständig geworden war, ausgerechnet über mich freute.

Den Nachmittag verbrachten wir am Strand. Barcelona versprühte ein ganz eigenes Lebensgefühl. Palmen, Sand zwischen den Zehen, nette und unbekümmerte Menschen. Kinder rannten schreiend über die Promenade, ein streunender Hund markierte eine Mülltonne als sein Revier. Das gleißende Sonnenlicht reflektierte auf den hellen Hauswänden und den Eisenbahnschienen zwischen Promenade und Strand.

Marlene und ich hoben Greta hoch und trugen sie ein Stück in den Sand, Faisal nahm den Rollstuhl. Und spätestens jetzt ließ auch Greta sich von der Atmosphäre anstecken. Ihre anfänglichen Bedenken, dass das mit ihrer Lähmung nicht klappen würde, waren weggeblasen. Jetzt saß sie glücklich auf dem Boden und schaufelte Sand über ihre Beine. Und auch Faisal strahlte, wie ich es nie von ihm für möglich gehalten hatte.

Die glitzernden Wellen des Meeres versetzten mich zurück nach Italien, zurück in eine Zeit, in der eine unbekannte, aber freiheitversprechende Zukunft auf uns gewartet hatte. Am Abend meines Geburtstags hatten wir uns an einen See gesetzt und genau wie heute über die Wasseroberfläche geblickt, den Geschmack von Erdbeerkuchen im Mund. Zusammen mit Jarrad hatte ich keine Angst vor dem Ungewissen verspürt. Eine Weile schwelgte ich in Erinnerungen, bis mir klar wurde, dass mich im Moment nur Gedanken an die vergangene Reise glücklich machten.

Missmutig kräuselte ich die Stirn. Was war das für ein bescheuertes Leben, in dem man beharrlich an einer längst vergangenen Woche festhielt? Ohne diese Zeit fühlte ich mich sinnlos und leer.

Dabei *war* es hier schön, es wäre Grund genug, glücklich zu sein, auch ohne die Vergangenheit. Nur spürte ich das nicht.

Auf dem Rückweg schob ich Greta. Faisal und Marlene gingen hinter uns und waren so langsam, dass sie mit der Zeit zurückfielen.

„Alles okay bei dir?", fragte Greta mit gesenkter Stimme.

„Hm? Oh ja", erwiderte ich abwesend. Dann seufzte ich tief und löste mich aus dem Sumpf meiner Gedanken. „Eigentlich nicht. Ich frage mich ständig, wie man glücklich wird. Es ist so schön hier und ich weiß, dass das reichen müsste, um glücklich zu sein, aber ich bin es einfach nicht."

„Weil dich etwas anderes herunterzieht."

„Ja, das stimmt. Trotzdem ... warum muss das so sein? Warum kann man nicht immer glücklich sein? Glücklich sein ohne Bedingungen, das wäre doch was."

„Das wäre schön, ja. Ich habe immer das Gefühl, man braucht ständig eine positive Veränderung, um glücklich zu sein. Jemand, der eine Villa besitzt und dort jeden Tag verbringt, ist nicht unbedingt glücklicher als jemand, der in einer Strohhütte wohnt. Aber wenn man demjenigen mit der Strohhütte eine Villa schenkt, wird er kurzfristig glücklich. Und irgendwann hat er sich so daran gewöhnt, dass er sich wieder normal fühlt und nicht mehr besonders glücklich. Man ist also immer nur glücklich, wenn sich etwas verändert ..."

„Das ist traurig", murmelte ich.

„Mich beruhigt es auch ein bisschen. Es zeigt mir, dass ich nicht reich sein muss, um zufriedener zu sein."

„Nein, aber dass du ständig eine Veränderung brauchst."

Darauf wusste sie nichts mehr zu antworten.

Aber mich hatte das Ende des Gesprächs nicht befriedigt. Ich klammerte mich daran fest, ließ mir die Überlegungen durch den Kopf gehen und spann sie weiter. Vor der Wohnungstür warteten wir, bis Marlene und Faisal aufgeholt hatten. Zu zweit trugen wir Greta in die Wohnung und Marlene zeigte uns unsere Schlafplätze. Greta und ich teilten uns das Zimmer mit ihr. Ich stellte den Koffer neben unsere Matratzen und suchte nach was Frischem zum Anziehen.

„Es muss einen Weg geben, glücklich zu sein, ohne jede Bedingung", sagte ich schließlich, während ich mein T-Shirt mit einem von Gretas Tops wechselte, „das ist doch alles Kopfsache, oder? Wenn ich mich selbst davon überzeugen könnte, dass ich glücklich bin, dann wäre ich es, auch wenn mal nicht so gute Dinge passieren."

Greta lächelte leicht. „Das wäre ziemlich cool."

Ich seufzte. „Tja, leicht ist es jedenfalls nicht. Aber ich habe keine Lust mehr von Begebenheiten abhängig zu sein … oder von anderen Menschen."

Greta blieb eine Weile still.

„Er hat dich verletzt, oder?", sagte sie irgendwann ernst und schaute zu mir auf.

Ich atmete tief ein und aus. „Er möchte nichts mehr mit mir zu tun haben."

Sie schnaubte empört. „Wie bitte? Wie kann er sowas wollen?"

„Es ist nicht so, als würde er mich nicht mögen. Aber offenbar reicht es nicht, um die entstehenden Probleme in Kauf zu nehmen."

„So ein Blödmann. Wenn der wüsste, was er mit dir verpasst."

„Er weiß alles, Greta. Wir haben uns ziemlich gut kennengelernt." Ich ließ mich auf die Matratze fallen und stützte mich missmutig mit dem Kinn auf den Ellbogen auf. „Ich glaube nicht, dass ich je wieder mit jemandem so auf einer Wellenlänge sein werde. Und gleichzeitig will ich nicht mehr so abhängig sein.

Es laugt mich aus, ich möchte endlich zufrieden sein und nicht immer dieses ständige Hoch und Runter haben."

„Wenn du das Gefühl hast, dass ihr auf derselben Wellenlänge seid, dann fühlt er das bestimmt genauso. So wie du es beschreibst, scheint er dich zu mögen, nur hält ihn irgendetwas davon ab, bei dir zu sein."

„Tja, das ändert auch nichts." Ich zuckte mit den Schultern. „Ich muss mich einfach damit abfinden. Ich will da jetzt auch nicht mehr drüber reden, das bringt ja nichts. Ich muss endlich nach vorne schauen und ich glaube, Barcelona ist ein guter Ort dafür. Es ist warm, es gibt einen Strand und ich muss keinem Deppen aus der Schule begegnen. Wir werden einfach viele schöne Dinge unternehmen und dann wird sich schon alles bessern."

Greta lächelte sanft.

„Wie geht's denn dir? Gefällt es dir hier?", fragte ich.

„Ja, bisher schon. Ich glaube, es war gut, hierherzukommen. Ich habe so viel Zeit in dieser Klinik verbracht. Man merkt es zwar nicht, wenn man dort ist, aber ich glaube, mir ist echt die Decke auf den Kopf gefallen. Und alles war umsonst. Es ist so frustrierend, etwas lernen zu müssen, was ich schon einmal konnte. Was *jeder* kann. Und ich weiß nicht einmal, ob ich mein Ziel jemals erreichen werde." Sie seufzte. „Ach, es ist alles so blöd und jetzt kommt auch noch die Schule dazu. Aber hier ist es schön. Hier hat man das Gefühl, alles ist unkompliziert und wird schon seinen richtigen Lauf nehmen. Ich bin froh, dass du mich hierhergebracht hast. Ich weiß nicht, was ich sonst gemacht hätte. Ich hab mich zum ersten Mal in meinem Leben richtig hilflos gefühlt, ohne einen Ausweg. Und ich hab irgendwie Angst davor zurückzufahren … ich freue mich natürlich auf meine Familie, aber alles andere …"

„Geht mir genauso", murmelte ich.

Marlene hatte für abends eine kleine Party organisiert. Ein Willkommensfest für uns, hatte sie es genannt. Als wir aus dem Zimmer kamen, waren Tische und Bänke aufgebaut und mit Blumen und hübschen Steinen geschmückt, in der Mitte des Wohnzimmers gab es ein Buffet und an den Wänden hingen Lichterketten. Der Raum war voller Menschen, es lief spanische Musik und ein paar Mädchen tanzten.

Es war anders als alle Partys, die ich bisher besucht hatte. Gemütlich, familiär, jeder kannte und mochte sich. Es gab ein bisschen Bier und ein bisschen Gras, aber nur manche bedienten sich daran. Das Buffet war eine bunte Mischung aus vegetarischen Tapas mit viel frischem Obst und Gemüse, auf verschiedene Weise zubereitet, Salaten, die mit essbaren Blumen bedeckt waren, und diversen Dips.

Greta und ich setzten uns an einen Tisch und ich brachte einen gehäuften Teller voller Leckereien und zwei Gläser Limonade. Bald darauf gesellte sich Marlene zu uns. Sie fragte mich gefühlt alles, was es über die letzten acht Jahre meines Lebens zu erzählen gab. Ich hatte kaum Gelegenheit, umgekehrt Fragen zu stellen, so neugierig war sie. Aber ihr Interesse freute mich.

Ein schmächtiger Typ mit zerzausten schwarzen Haaren legte ihr eine Hand auf die Schulter. Sie drehte sich zu ihm und er drückte ihr einen Kuss auf die Lippen. Er sagte kein Wort, aber das Gefühl, das ich mit ihm verband, war kein besonders gutes. Er wirkte abwesend, wie auf Drogen, und gefühlskalt. Nachdem er gegangen war, ergriff ich die Gelegenheit und wechselte das Thema.

„Du hast einen Freund?"

Sie lächelte schwach. „Sieht so aus, hm."

„Wow, wie lange schon?"

„Ein paar Monate."

„Und bist du glücklich mit ihm?"

Sie wartete und ihr Schweigen war Antwort genug.

„Ich weiß es nicht", sagte sie leise. „Ich meine, man hat doch immer Probleme in einer Beziehung, oder? Keine Beziehung ist perfekt. Was ich nur nicht weiß, ist, ob ich mehr erwarten darf oder ob das eben so läuft."

„Wenn du nicht glücklich bist, ist es vielleicht nicht so gut", tastete ich mich vorsichtig heran.

Sie zuckte mit den Schultern. „Nicht so gut, was bedeutet das schon. Manchmal muss man das in Kauf nehmen."

„Wieso?", fragte ich verständnislos, denn dieses Gerede ging gegen alles, was ich von ihr erwartet hätte. „Wofür?"

„Es ist eben nicht ganz so leicht, hier zu wohnen und alles zu bezahlen", erwiderte sie betreten, „ich kann eben nichts Besonderes. Aber ich liebe diese Stadt und diese WG."

„Heißt das, du bist nur mit ihm zusammen, weil er dich finanziell unterstützt?"

„Nicht nur. Aber ja, es ist vielleicht ein Grund. Einer von mehreren."

Ich schob mir die Gabel mit Salat in den Mund, die während des Gesprächs über dem Teller geschwebt war.

„Ich bin trotzdem glücklich", fügte sie, etwas trotzig klingend hinzu, nachdem ich eine Weile geschwiegen hatte.

„Ich versteh schon", murmelte ich. Aber diese perfekte Illusion von Marlenes Leben, die mich selbst dazu motiviert hatte nach einem alternativen Leben zu streben, war geplatzt. Einfach weggehen und an einem anderen, schöneren Ort ein neues, freies Leben starten – ein geheimer Traum von mir. Eben so, wie Marlene es gemacht hatte. Hatte ich gedacht.

„Du darfst nicht schlecht von mir denken."

„Tu ich nicht. Ich habe nur gedacht, dass du wirklich ein perfektes Leben führst, und es war so, wie ich es mir immer gewünscht habe."

„Nur, weil bei mir momentan nicht alles so glatt läuft, heißt das nicht, dass es für dich nicht gut laufen kann. Du hast es in der Hand, Laya. Du kannst dein Leben so gestalten, wie du es möchtest. Und für mich ist es okay so. Zumal ich sowieso nie davon ausgehe, dass das mein restliches Leben so bleibt." Sie zwinkerte mir zu. „Das ist das Wichtigste: Immer Neues entdecken, nie dem Alltag verfallen. Dann geht die Zeit langsam vorbei und man wacht nicht plötzlich mit fünfzig auf und fragt sich, wo die letzten dreißig Jahre geblieben sind. Ich erlebe hier viel und ich bin dankbar für alles." Sie lächelte und ihre Augen funkelten dabei. Es sah ehrlich aus.

„Wäre es okay für dich, Greta, wenn ich ein bisschen mit meiner Schwester tanze?"

„Natürlich."

„Oh Gott", murmelte ich, „ich kann wirklich nicht tanzen."

„Jeder kann tanzen!" Sie nahm mich an der Hand und zog mich auf eine freie Fläche. Naja, und dann bewegten wir uns zur Musik, Marlene geschmeidig und sexy und ich vermutlich wie ein Trampeltier.

Irgendwann bemerkte ich, dass Faisal uns die ganze Zeit anstarrte. Er saß mit einem Bier in der Hand in einer schattigen Ecke, aber er starrte eindeutig in unsere Richtung. Ich versuchte, mich nicht davon beirren zu lassen, konnte aber nicht aufhören daran zu denken, wie er sich innerlich über meinen Tanzstil kaputtlachen musste.

„Warum bist du eigentlich damals gegangen?", fragte ich.

Marlene versteifte sich und verlor den Rhythmus. Dann fing sie sich wieder und tanzte weiter.

„Ich hatte damals einfach super viel Stress mit den Eltern. Keine große Sache."

„Aber wenn es doch keine große Sache war, warum bist du dann gegangen? Ich verstehe, dass sie nerven können und wenig Zeit haben und egoistisch sind, aber so schlimm sind sie doch auch nicht. Und was war mit Elias und mir?"

Marlene biss sich auf die Lippe. „Tut mir leid. Ich wollte euch das nicht antun."

Sie wich meinem Blick aus. Wir schwiegen, unsere Bewegungen wurden halbherzig und eigentlich hatte ich keine Lust mehr darauf. Ich setzte mich zurück zu Greta. Kurz darauf spürte ich eine Hand auf meiner Schulter.

Marlene setzte sich rittlings neben mich auf die Bank und sah mich schuldbewusst an.

„Es lag nicht nur an den Eltern", sagte sie und strich sich verlegen eine Strähne hinters Ohr.

„Okay." Ich erwiderte ihren Blick auffordernd. „Woran dann?"

„Ich hab damals einem Jungen sehr wehgetan. Er stand auf mich und wir hatten was, aber", sie zuckte mit den Schultern, „für mich hat es nichts bedeutet. Für ihn schon. Er hat mir unendlich viele Liebesbriefe geschickt, was ja ganz süß war, aber die wurden immer unheimlicher und besitzergreifender. Dann hat er ständig angerufen und nach der Schule auf mich gewartet und … es wurde mir einfach zu viel."

„Hat er dich gestalkt? Oder dir irgendwie gedroht oder wehgetan?"

„Naja, er war ständig in meiner Nähe also … gedroht … nee, nicht so wirklich."

„Hattest du Angst vor ihm?"

Sie senkte den Blick, blonde Strähnen fielen ihr ins Gesicht. Ihre Hände umklammerten die Bank.

„Nein. So war es nicht."

„Aber – was dann? Warum hast du dich nicht einfach gefreut, dass dich jemand mag?"

„Weil – weil das echt gruselig war, okay? Das war nicht mehr normal, wie der mich angehimmelt hat."

Ich sah sie schweigend an. Verheimlichte sie mir etwas? Oder war das wirklich alles? War sie wirklich wegen eines Jungen abgehauen, der zu sehr in sie verliebt war? Hatte sie dafür den Kontakt zu Elias und mir abgebrochen?

Irgendwann stand sie auf und ging in die Küche. Greta streichelte mitfühlend meinen Unterarm.

Wir warteten noch ein bisschen und sahen den anderen beim Tanzen zu, aber ich hatte keine Lust zu reden und wir waren beide müde.

„Wollen wir ins Bett gehen?", fragte ich um kurz nach zwölf und Greta nickte dankbar.

„Ich bring noch kurz ein paar Teller in die Küche."

Marlene stand am Spülbecken und wusch das Geschirr, neben ihr war Faisal, der mit einem Handtuch Gläser abtrocknete. Sie lachten zusammen. Und da kapierte ich es. Faisals Blick klebte schon seit dem Strand an Marlene. Sie brachte ihn zum Lachen und er sie. Und wie er uns vorhin beim Tanzen angesehen hatte … er hatte sich verknallt.

Das war so überraschend und unwahrscheinlich, dass ich grinsen musste. Ich brachte die Teller zur Spüle, aber meine Mundwinkel weigerten sich, in den Normalzustand zurückzukehren.

„Danke für das Geschirr – was ist?", fragte Marlene.

„Gar nichts", sagte ich, immer noch das dämliche Grinsen auf dem Gesicht. Marlene errötete.

Nachdem Greta und ich uns bettfertig gemacht hatten, erzählte ich ihr von meiner Entdeckung in der Küche und wir redeten darüber wie zwei quirlige Teenager. Wir hatten das Licht ausgeknipst und lagen in unseren gemütlichen Betten und es war richtig schön.

18

Den nächsten Tag begannen wir mit einem Frühstück auf der Terrasse. Der Himmel war strahlendblau und die Luft angenehm warm. Um uns wuchsen grüne Büsche und kleine Palmen, eine Katze streifte umher, die keinem gehörte und doch so oft da war, dass sie längst wie ein Mitglied der WG behandelt wurde. Marlene fütterte sie regelmäßig und alle Bewohner sprachen von der Katze mit liebevollem Verständnis, als wäre sie ein Mensch, der zwar hier wohnte, aber aufgrund seiner freiheitssuchenden Natur ständig umherstreunen musste.

Marlene und ihr Freund Mario zeigten uns Barcelona. Mario sprach kein Wort mit uns, und als wir uns neben der Sagrada Familia, an der ein Baugerüst klebte, durch dichte Menschenmengen drängten, verdrückte er sich.

Marlene stöhnte genervt. „Das macht er ständig. Wenn er keinen Bock mehr hat und die Gelegenheit sich bietet, verschwindet er einfach. Aber das liegt nicht an euch, er hat eigentlich zu gar nichts Lust." Sie klang gereizt.

Die Sonne brannte, wie sie es Mitte September in Deutschland nicht mehr tat. Wir kauften gekühltes Wasser und liefen auf der schattigen Seite des Bürgersteigs.

„Heute Abend steigt eine Party am Strand", sagte Marlene. Sie ging voraus und drehte ihren Kopf immer wieder zu uns. „Hättet ihr da Lust drauf?"

Faisal schien sich längst dazu entschieden zu haben, also sahen Greta und ich uns an. Wir zuckten beide mit den Schultern.

„Okay", sagte ich zögerlich. Es war nicht so, als hätte ich besonders Lust auf eine Party, und das Gleiche las ich in Gretas Gesicht, aber wir wollten beide keine Spielverderber sein und uns nichts entgehen lassen.

Am Abend bereute ich meine Entscheidung. Und ich wünschte, ich hätte nicht auch noch Greta das Wort abgenommen. Marlene und Faisal hatten nur Augen füreinander, was ja ganz schön war, aber damit waren Greta und ich mit dem Rollstuhl auf uns allein gestellt. Ich machte den Fehler, den Rollstuhl in den Sand zu schieben, was ein weiteres Vorankommen unmöglich machte und gleichzeitig alle Öffnungen verstopfte. Ich hob Gretas Körper hoch und trug sie ein Stück über den Strand, bis zu einer Decke. Dort saßen wir dann wie festgefroren, abseits vom restlichen Geschehen.

Etwas später gesellte sich ein Betrunkener zu uns, der unbedingt mit Greta tanzen wollte und nicht verstand, dass sie sich nicht bewegen konnte. Die Verständigung gestaltete sich etwas schwierig, wir konnten beide kein Spanisch und er nur wenig Englisch. Irgendwann fing er an sich aufzuregen, rief uns spanische Wörter zu, die wie Beschimpfungen klangen, und verschwand endlich.

Greta starrte mit traurigem Blick vor sich in den Sand.

„So ein Arsch", ärgerte ich mich, aber das konnte sie nicht aufheitern. Ich wusste nicht, was ich sagen sollte. Sie mochte ja keine Beschimpfungen, aber über diesen Widerling etwas Nettes zu verlieren, hätte es sicher auch nicht besser gemacht.

Sie öffnete sich ganz von allein, nach vielen, vielen Liedern, nachdem die Sonne im Meer versunken war und am Himmel die Sterne leuchteten.

„Kennst du das, wenn du mit einem ganz bestimmten Ereignis ein Gefühl verbindest und dieses Gefühl dann nach langer Zeit wieder spürst? So geht es mir gerade mit der Party, auf der das hier passiert ist." Sie zeigte auf ihre Beine. „Ich fühle mich fast so wie damals, ein bisschen unwohl, weil ich keine Erfahrung mit Partys habe, und ich spüre Angst, davor, dass die Leute mich nicht mögen, dass ich irgendetwas Komisches mache und sie mich dann auslachen, und ja, ich hatte auch Angst, Mark und die anderen aus unserer Klasse zu treffen. Ich hab's dir nie gesagt, aber eigentlich wollte ich da nicht hin. Irgendwie habe ich es geschafft, mich selbst davon zu überzeugen, dass diese Party der einzige Weg war, um es besser zu machen. Aber ich hatte wirklich große Angst. Als es dann soweit war, hab ich auch Vorfreude gespürt, ich hatte ja Geburtstag und es war etwas Besonderes, aber das spüre ich im Moment nicht. Jetzt spüre ich nur noch die negativen Gefühle." Ihre Stimme wurde sehr leise. Ich musste mich näherbeugen, um sie zu verstehen. „Ich erinnere mich daran, dass ich vor … dem Vorfall noch Hoffnung hatte, dass wirklich alles besser wird, aber auch die ist jetzt weg. Du hattest recht, Laya, mit allem. Es lag nicht allein an mir. Ich weiß nicht, warum du dir schon immer so sicher warst, aber ich bin es jetzt."

„Du erinnerst dich", stellte ich mit einer Mischung aus Furcht und Nervosität fest.

Sie nickte traurig. „Mark war nicht dabei, aber Philip, Scott und Adam. Eigentlich … war es zuerst nur Philip. Er hat mich angesprochen, als ich unsere Getränke holen wollte, und er klang wirklich nett, Laya." Tränen glänzten in ihren Augen. „Wir haben geredet und … oh Gott, ich war so bescheuert. Ich weiß, dass du die anderen schon lange durchschaut hattest, du wolltest gar nicht unbedingt dazugehören, du wolltest einfach deine Ruhe. Aber bei mir war es anders, weißt du, ich hatte immer diese Hoffnung, dass es irgendwann besser werden würde. Wenn sie uns nur eine Chance geben würden, wenn wir nur beliebter wären … ich schätze, sie wussten das. Ich weiß gar nicht mehr genau, worüber wir geredet haben, aber irgendwann sind wir nach oben gegangen und in ein Zimmer, Julias Zimmer glaube ich. Ich schäme mich so sehr dafür, Laya, das kannst du dir gar nicht vorstellen. Und was noch viel schlimmer ist, ist dass ich mich darüber *gefreut* hab, dass ich für einen kurzen Moment dachte, er würde mich wirklich mögen. Wir waren da oben und dann kamen plötzlich Scott und Adam dazu und –" Sie schluckte und schüttelte sich, als wollte sie dadurch die Erinnerungen loswerden. „Sie wollten was von mir und Philip wollte sie abhalten und es kam zu einem Gerangel …"

„Philip wollte sie abhalten?"

„Ich weiß es nicht genau … es ist alles so verwaschen."

„Und Mark war nicht dabei?"

Sie schüttelte den Kopf. „Ich – ich dachte immer, dass er derjenige ist, der … naja. Alles initiiert."

„Er war anderweitig beschäftigt", murmelte ich und dann erzählte ich ihr von dem Pool, von meiner Angst zu ertrinken, dem Gelächter und wie Jarrad mich herausgezogen hatte.

„Aber – er wusste doch, dass du nicht schwimmen kannst", sagte sie und sah mich mit großen, glänzenden Augen an.

„Man konnte in dem Pool stehen. Nur – nur hatten sich meine Beine verkrampft und ich konnte nicht mehr klar denken."

„Das war trotzdem sehr fahrlässig von ihm", erwiderte sie und ich war froh, dass sie so dachte. Jahrelang hatte sie Marks Taten beschönigt, nun hatte sie seine Fehler endlich eingestanden.

„Auf diese Weise habt ihr euch also kennengelernt?", fragte sie dann. „Du und Jarrad?"

Ich nickte.

„Wow." Sie schüttelte fassungslos den Kopf. „Wenn man alles andere vergisst, ist es irgendwie romantisch."

Ich lächelte leicht, in Erinnerung daran, wie Jarrad und ich uns das erste Mal unterhalten hatten. Eine gute Sache war an diesem Abend passiert, aber auch sehr viel Schlimmes.

„Ich möchte mit dir noch über etwas reden", fing ich zögerlich an.

„Nur zu."

„Ich finde es schön, dass wir gerade so offen reden, und ich will es nicht wieder kaputt machen."

„Das wirst du nicht, ganz bestimmt nicht. Bitte, erzähl."

„Ein paar Tage später hab ich in der Schule ein Gespräch mitgehört, zwischen Mark, Philip und Scott. Es ging um – dich. Mark hat mich entdeckt und er ist auf mich zugekommen und hat gemeint, ich dürfte niemandem davon erzählen." Ich schluckte. Ich wollte diese Worte nicht aussprechen. Nicht einmal flüstern wollte ich sie. Ich zwang mich, weiterzureden. „Er hat mit seinem Smartphone herumgewedelt und dann ist er vor mir in die Hocke gegangen und hat mir ein Bild gezeigt. Von dir. Er hat gedroht, es ins Internet zu stellen, wenn ich irgendjemandem davon erzähle."

Eine Träne rann über Gretas Wange. Dann noch eine.

„Vor – vor etwa einer Woche war die Polizei bei mir. Sie wollten mit mir über Mark reden und", sie schluckte heftig, „und dann haben sie mir die Fotos gezeigt. Sie haben sie auf seinem Handy gefunden. Bis dahin hatte ich den ganzen Abend vergessen, aber diese Bilder … haben etwas ausgelöst. Es war alles so verschwommen, aber ich konnte mich erinnern …"

„Wie konnte das passieren?", flüsterte ich.

„Ich weiß es nicht mehr genau. Ich glaube, Scott war es, der mich dazu gedrängt hat, aber", sie zuckte hilflos mit den Schultern, „warum war ich so blöd und hab mich nicht gewehrt, Laya? Warum hab ich das einfach über mich ergehen lassen?"

„Weil sie dir keine Wahl gelassen haben", murmelte ich und legte ihr einen Arm um die Schulter, „Greta, das sind Monster. Für mich klingt es so, als hättest du dich gewehrt. Sie haben dich bedrängt und du hast dich gewehrt und deshalb bist du vom Balkon gestürzt."

Sie antwortete nicht.

„Hast du der Polizei gesagt, wer schuld daran war?"

Sie schüttelte den Kopf. „Ich weiß, was du denkst. Ich hätte es tun sollen. Aber als die Polizei da war, waren meine Erinnerungen noch zu verwaschen, deshalb hab ich gesagt, dass ich es nicht weiß. Bitte sag jetzt nichts, ich ... muss das alles erstmal verarbeiten."

Ich nickte und drückte sie fest. Niedergeschlagen starrten wir hinaus aufs Meer. Der Mond spiegelte sich in den Wellen und es war so schön, dass ich es kaum ertragen konnte. Wie konnte irgendjemand hier diese Umgebung genießen, wenn anderswo so viel Schlimmes passierte? Wie konnte ich mit ihr lachen, während sie solches Leid in sich trug?

„Ich will nicht wieder in die Schule." Angst und Verzweiflung wogen in Gretas Worten, das Echo ihrer Erlebnisse. Ich drückte sie mit dem Arm, den ich ihr umgelegt hatte, noch etwas fester an mich. Sie begann zu weinen, ihr Körper erbebte unter meiner Umarmung und ich wollte sie so unbedingt trösten, aber ich wusste nicht wie. Ich würde ihr wehtun, wenn ich noch fester zudrückte.

„Greta", sagte ich irgendwann, „Greta, ich weiß, wie wir es besser machen können. Hörst du mir zu?"

Sie schniefte, wischte sich über die Augen und nickte dann.

„Wir müssen uns auf das konzentrieren, was uns außerhalb der Schule bleibt. Auf die schönen Dinge, auf uns. Und damit es uns leichter fällt, unternehmen wir ab jetzt ganz viel. So wie das hier. Aber Barcelona ist erst der Anfang, es gibt so viel, was wir noch erleben können. Wir könnten jedes Wochenende einen Ausflug machen, jeden Abend zusammen was trinken oder wir gehen mal Minigolf spielen oder hey, wir sind jetzt beide achtzehn. Wie wär's mit einem Casino?"

Ein ersticktes Lachen entfuhr ihr. „A-ach Laya ..."

„Ich mein's ernst! Die Schule, das sind nur sechs Stunden, sechs von vierundzwanzig. Wir brauchen nur ein paar Erlebnisse, die diese sechs Stunden ausgleichen können."

„Hmm."

Ich nahm eine Handvoll Sand und ließ sie über meine Beine rieseln.

„Ich wünschte, ich könnte das spüren", flüsterte Greta, „nie habe ich dieses Gefühl wertgeschätzt, das Gefühl von Sand zwischen den Zehen … bis ich es nicht mehr fühlen konnte."

Frustration überkam mich und ich wollte am liebsten jemanden anschreien. Aber nicht Greta. Dieser Kerl von vorhin, der sollte ruhig wieder herkommen, damit ich ihm ins Gesicht schreien konnte. Ihm oder jemand anderem, der es verdient hatte.

„Das ist so unfair", murmelte ich, „so verdammt unfair."

„W-was meinst du?"

„Na, du bist der netteste Mensch, den ich kenne, Greta. Du bist freundlich und ehrlich und du meinst es vollkommen ernst, das ist nicht irgendwie aufgesetzt, wie bei den meisten Menschen. Und ausgerechnet dir passiert dieser Mist, der Mensch, der es am allerwenigsten verdient hätte. Du darfst diese Eigenschaft nie verlieren, okay? Das musst du mir versprechen. Es gibt genug schlimme Menschen auf der Welt, aber jemanden wie dich gibt es nicht."

Sie lächelte leicht. „So hast du das noch nie zu mir gesagt."

„Nein?", fragte ich erstaunt.

„Nein."

„Ich hab es aber schon oft gedacht."

Sie lachte und wischte ihre Tränen weg. „Danke. Es tut gut, das zu hören. Ich zweifle oft an mir selbst und noch öfter in letzter Zeit. Ich weiß einfach nicht mehr, wieso jemand mich mögen sollte. Wieso ich mich mögen sollte."

„Dann werde ich dich in Zukunft öfter daran erinnern."

Sie nickte und grinste dabei ein bisschen. „Au ja, das wäre schön, jeden Tag Komplimente zu hören. Darf ich auch ehrlich sein?"

„Natürlich! Schieß los."

„Ehrlich gesagt dachte ich immer, dass du genau das an mir nicht magst. Wir wissen ja beide, dass ich nicht so gut damit umgehen kann, wenn über andere Menschen etwas Schlechtes gesagt wird, und ich hatte immer das Gefühl, dass du dir wünschen würdest, ich würde öfter schlecht reden."

„Falsch liegst du nicht", gab ich zu, „aber ich finde nicht, dass ich es richtigmache. Das stimmt, ich schimpfe oft über andere, aber nicht, weil ich es für eine gute Eigenschaft halte, sondern weil ich nicht anders kann. Ich hab eben eine Menge Wut angestaut. Aber ich bewundere, dass du immer noch so nett sein kannst und so ausgeglichen, obwohl du Schlimmeres als ich erlebt hast. Klar rege ich mich gern auf und ich würde mich noch lieber mit dir zusammen aufregen, aber mal ehrlich, was hab ich davon? Das ist doch keine tolle Eigenschaft, sich aufzuregen. Aber dass du trotz allem so nett bist, beweist deine innere Stärke."

Ein Schmunzeln tauchte auf ihrem Gesicht auf. „Hilfe, wer bist du und was hast du mit meiner Freundin Laya gemacht? Nein, ehrlich, so langsam bringst du mich echt in Verlegenheit."

„In Zukunft musst du sowas aber abkönnen, wenn ich dir jeden Tag Komplimente machen soll, sonst wird das ja richtig peinlich für dich."

„Ja, vielleicht lässt du das besser, sonst werde ich irgendwann überheblich und arrogant."

Wir lachten und in diesem Moment wusste ich, dass sie immer meine beste Freundin bleiben würde, egal ob wir uns nochmal streiten würden oder unsere Wege sich trennen sollten.

Es gab hier auf dieser Party nichts für uns, aber wir hatten einander und den Sand zwischen den Zehen und das rauschende Meer vor uns. Kurz vor elf machten wir uns auf den Rückweg. Die Party war noch in vollem Gange und ich hatte wenig Lust, Marlene oder Faisal in dem Gewimmel zu suchen. Langsam schob ich Greta über den Bürgersteig nach Hause, begleitet von knirschenden Geräuschen der verstopften Räder. Links von uns, aus einer dunklen Einfahrt, ertönte ein Kichern.

„Hör auf", lachte ein Mädchen und ich erkannte Marlenes Stimme. „Das kitzelt!"

„Erst, wenn du mit mir mitkommst", antwortete eine raue Männerstimme. Faisal?

Greta und ich schauten uns an. Der Schein einer Straßenlaterne fiel auf unsere Gesichter und ich sah, dass Greta sich genauso das Lachen verkneifen musste wie ich. Das war aber verdammt schnell gegangen bei den zweien.

„Du weißt, dass ich das nicht kann. Aber diese Nacht haben wir noch für uns."

„Versprich mir einfach, dass du dich von diesem Arsch trennst. Du hast was Besseres verdient."

„Und wie soll ich mich dann ernähren? Ich werde bestimmt keine Bettlerin, falls das in deinem Sinn war."

„Ich gebe dir so viel Geld, wie du brauchst."

„Nein. Das möchte ich nicht."

„Du musst dich mir gegenüber nicht verpflichtet fühlen. Du kannst hier leben und machen was du willst, aber mach dir dein Leben nicht durch den Trottel kaputt."

„Faisal, das kann ich nicht annehmen."

„Klar kannst du. Ich schmeiß die Kohle nur zum Fenster raus, aber ich brauch den ganzen Mist nicht. Einen Teil bekommen meine Eltern, den Rest kannst du haben. Mach dir davon ein schönes Leben."

„Wieso tust du das?"

Greta und ich hielten erwartungsvoll die Luft an, aber Faisal spannte uns auf die Folter.

„Ich versuche nur ein besserer Mensch zu werden."

„Du bist ein guter Mensch." Marlenes Stimme wurde leiser, wir mussten uns anstrengen, sie verstehen zu können. „Du hast mir zugehört, als ich es gebraucht habe. Während Mario nur an sich denkt, hast du an mich gedacht, das hat gutgetan."

Greta und ich mussten lächeln. Ich schob sie bis zur nächsten Straßenecke, sodass wir uns unterhalten konnten, ohne zu verraten, dass wir gelauscht hatten.

„Das war ja richtig dramatisch", sagte ich.

„Der arme Faisal."

„*Ich versuche ein besserer Mensch zu werden*, von wegen", ich grinste, „er ist einfach bis über beide Ohren verliebt." Aber dann dachte ich ein zweites Mal über diesen Satz nach. Konnte es sein, dass vielleicht tatsächlich ein Fünkchen Wahrheit darin steckte? War Faisal mittlerweile doch zu dem Schluss gekommen, dass er Fehler begangen hatte und diese Aufträge sich nicht einfach rechtfertigen ließen?

Wir hatten es nicht eilig, die Wohnung zu erreichen, blickten von Zeit zu Zeit in den Nachthimmel und sahen vorbeihuschenden Katzen hinterher.

„Ich wünschte, ich hätte einen Freund", seufzte Greta, „meinst du es hilft, wenn ich bei der nächsten Sternschnuppe fest daran denke?"

„Vielleicht. Was ist denn eigentlich mit Peter aus der Rehaklinik?"

„Ja … nichts. Wir haben zwar Nummern ausgetauscht, aber bisher hat er sich noch nicht gemeldet."

„Greta! Das musst du selbst in die Hand nehmen. Überlass dein Schicksal doch nicht ihm, ruf ihn an! Diese Kerle sind manchmal viel zu verplant, um selbst anzurufen, oder einfach zu schüchtern, so wie du."

„Ich weiß nicht. Er wirkte nicht so schüchtern wie ich. Ach menno, er ist doch der Mann, er ist für solche Dinge zuständig."

„Das hatten wir doch schon mal, in echt funktioniert das nie so. Jarrad hatte mir sogar versprochen, dass er mich anrufen würde. Und was war? Nichts. *Ich* musste mich melden. Bleib einfach hartnäckig."

„Und was ist, wenn er ablehnt?"

„Du hast doch nichts zu verlieren, du wirst ihn sowieso nicht wiedersehen."

„Mein Selbstbewusstsein werde ich danach auch nicht mehr sehen."

Ich klopfte ihr auf die Schulter. „Dafür bin ich ja da, ich heitere dich schon wieder auf."

„Ich weiß nicht, Laya. Ich glaube, ich trau mich das nicht."

„Greta, jetzt reiß dich zusammen! Du musst dein Leben selbst in die Hand nehmen und es nicht von anderen bestimmen lassen. Wenn ich schon kein Glück damit haben kann, dann wenigstens du."

Sie seufzte gedehnt. „Also guuut … und wann rufe ich an?"

„Jetzt sofort. Dann habt ihr auch gleich ein Gesprächsthema, erzähl ihm von Barcelona, wenn euch nichts mehr einfällt."

„*Jetzt?* Es ist doch schon viel zu spät."

„Quatsch, er ist doch so alt wie du, der geht doch kaum um zehn Uhr ins Bett, oder?"

Sie zögerte lange. „Ach, vielleicht morgen."

„Morgen hast du wieder eine neue Ausrede. Was hindert dich jetzt daran?"

„Meine Schüchternheit und mein nichtvorhandenes Selbstbewusstsein."

„Das wird sich morgen auch nicht ändern."

„Ja, du hast ja recht. Also gut." Sie atmete tief auf und holte
ihr Handy heraus. „Das ist mir sowas von peinlich."

Wir waren mittlerweile wieder zurück bei Marlenes Wohnung.
„Muss es nicht. Ich warte hier draußen, okay? Dann hast du
drinnen deine Ruhe."

Ich half ihr dabei, in die Wohnung zu kommen, dann schloss
ich leise die Tür hinter mir und starrte in die Sterne, die in Millionen Jahre altem Licht erstrahlten. So weit entfernt, so riesig,
dass ich mir selbst plötzlich klein und unbedeutend vorkam.
Keine Menschengeschichte auf diesem Planeten konnte es mit
der Lebensdauer dieser Sterne aufnehmen. Ich war unbedeutend.
Greta ebenso. Meine Familie. Jarrad. Attila. Und doch ließ ich
mir von anderen reinreden, anderen, die genauso nichtig waren
wie ich, verglichen mit der Weite des Universums. Warum ließ
ich zu, dass jemand wie Attila über mein Glück bestimmte, wer
gab ihm das Recht dazu?

Mit Gewalt hatte er sich seinen Willen genommen. Aber er
war auch nur ein Mensch, nicht mehr wert als Jarrad oder ich.

Ein Klopfen hinter mir riss mich aus meinen Gedanken. „Ich
bin fertig mit telefonieren", hörte ich Gretas gedämpfte Stimme.
Mit einem letzten wehmütigen Blick zum Nachthimmel öffnete
ich die Tür.

„Und, wie lief's?"

„Rate mal."

Bevor ich antworten konnte, verzogen sich ihre Lippen zu
einem Grinsen, das Bände sprach.

Kurz bevor wir am Sonntag zurückfuhren, kniete ich allein auf
der Terrasse und streichelte die schwarzweißgescheckte Katze, die
sich nach der ersten Berührung meiner Hand auf den Rücken
geworfen hatte. Der Steinboden war kühl, es war so früh, dass die
Sonne sich noch hinter den Häusern versteckte. Ich hörte Schritte
hinter mir und sah Marlene, die an der Terrassentür lehnte. Unsere
Blicke trafen sich, dann schaute sie auf ihre nackten Füße.

„Du bist ein guter Mensch, Laya. Besser als ich es je sein werde."

Ich kraulte das weiche Bauchfell und betrachtete die geschlossenen Augen der Katze. „Woher willst du das wissen? Vielleicht hab ich mich in den letzten acht Jahren ja verändert."

„Natürlich hast du dich verändert. Du bist erwachsen geworden. Wenn ich dich so sehe, hab ich das Gefühl, du bist erwachsener als ich." Sie lachte erstickt. „Ich komme mir manchmal ziemlich verloren vor. Klar, das Leben hier ist schön, jedenfalls meistens, aber was für eine Perspektive habe ich? Und was, wenn es irgendwann nicht mehr schön ist? Ich bin mein ganzes Leben lang davongelaufen. Ich dachte immer, mit fünfundzwanzig hab ich es raus. Dann läuft alles geordnet und vielleicht hab ich sogar eine Familie und … jetzt bin ich sechsundzwanzig und keinen Schritt weiter, als ich es mit achtzehn war."

„Dafür hast du viel erlebt. Und du bist immer noch jung."

Sie nickte, zuckte mit den Schultern. „Ja. Vielleicht. Trotzdem hab ich schon viele Fehler gemacht. Ich hab Elias und dich im Stich gelassen. Hab die Probleme mit Mum und Dad ignoriert. Und dieser Junge", sie senkte ihre Stimme zu einem Flüstern, „ich hab ihn bloßgestellt. Vor einer Menge Leuten. Es tut mir wirklich leid, aber es ist etwas, was ich nie wiedergutmachen kann."

Ich wusste nicht, was ich dazu sagen sollte.

Marlene sah mich beschämt an. „Vielleicht schaffe ich es wenigstens, das mit Elias und dir wiedergutzumachen."

19

Ich traf Greta am Montagmorgen vor dem Unterricht auf den Besucherparkplätzen. Die gute Stimmung aus Barcelona war verflogen. Und als ich sie über den Pausenhof schob, vor uns der massive Betonbau, wurde ich wieder zu der schüchternen Laya, über die gelacht wurde. Wir redeten beide kein Wort und hielten die Blicke nach vorn gerichtet, aber mein Gefühl sagte mir, dass wir angestarrt wurden.

Das Jahrgangsstufentreffen der Zwölften fand in der Aula statt. Wir suchten uns in der vorletzten Reihe ganz am Rand einen Platz.

Nach und nach starb das Geplapper ab, der Oberstufenkoordinator rückte seine Hornbrille zurecht und begann zu sprechen.

„Hallo zusammen. Ich hoffe, ihr hattet schöne Sommerferien und konntet das gute Wetter etwas genießen, trotz des tragischen Unfalls, der das Ende des letzten Jahres überschattet hat. Der Verlust einer unserer Schüler ist uns allen sehr nahe gegangen. Trotzdem hoffe ich, dass wir die Kraft haben, dieses letzte Jahr durchzustehen. Gemeinsam schaffen wir das, da bin ich mir sicher." Er kratzte sich auf seiner Halbglatze. „Also: das Abitur, hm? Wenn ich das richtig sehe, wollt ihr das alle dieses Schuljahr schaffen. Die gute Nachricht: Ihr könnt es schaffen, da bin ich mir ganz sicher. Die schlechte Nachricht: Ihr müsst mehr tun als die letzten Jahre. Das Abitur ist schließlich nicht geschenkt." Ein paar Lehrer lächelten überheblich, ihre Blicke sagten: *Endlich, endlich müssen die auch mal arbeiten!*

Jeder weitere Satz des Oberstufenkoordinators klang dramatischer als der vorige, wir würden selbstständig arbeiten müssen, mit Tafelbildern kopieren hatte es sich nicht mehr, jeder musste mitschreiben und den Stoff abends wiederholen, der Ernst des Lebens fing an und wenn wir jetzt den Anschluss verpassten, würde das mit den Abschlussprüfungen auch nichts werden und spätestens im Studium würde es uns einholen. Er hätte nur noch Hartz IV erwähnen müssen, um das Paket zu komplettieren.

Ich fand, er übertrieb maßlos, die gleichen Dinge hatte er auch letztes Jahr schon gesagt – und die Lehrer hingen immer noch an ihren Tafelbildern und Handouts. Aber in manchen Blicken las ich einen Anflug von Panik.

Wir bekamen unsere Stundenpläne ausgehändigt und allgemeine Unruhe entstand, als die eine Hälfte bereits zu den Klassenräumen strömte, während die anderen in Grüppchen stehengeblieben waren und sich unterhielten.

Greta und ich machten uns auf den Weg zum Raum 116, wo Frau Dietrich, die Deutschlehrerin, und ein paar unserer Klassenkameraden bereits warteten. An den wichtigsten Kursen würde sich dieses Jahr nichts ändern, also hatten wir Mathe, Deutsch und ein paar andere Fächer wieder mit Louise, Philip, Scott und Adam. Mark fehlte.

Er wird nie sein Abi machen, schoss es mir durch den Kopf und kurz hatte ich Mitleid mit ihm. Dann aber blitzte sein Lächeln vor mir auf, seine Hand holte aus und schubste mich, und mein Mitleid verflüchtigte sich.

Greta und ich wollten uns wieder unsere Plätze in der letzten Reihe sichern, aber als wir auf dem Mittelgang waren, rief uns Frau Dietrich zurück. „Greta, Laya, ich möchte, dass ihr dieses Jahr vorne sitzt, neben der Tür. Das ist mit dem Rollstuhl viel unkomplizierter." Ich wollte protestieren, aber Greta nickte und sagte leise zu mir: „Ist doch egal. Vielleicht ist es wirklich besser so."

Nur saßen wir damit direkt vor Louise und Jessica – und dem Feind sollte man ja bekanntlich nicht den Rücken kehren.

Während Frau Dietrich in ihrer rot karierten Strickjacke an der Tafel stand und schwafelte, tuschelten Jessica und Louise hinter uns.

„Das nervt, immer diese Scheinheiligkeit", flüsterte Louise, „tut so ... der Engel auf Erden. Als wäre sie besser ... "

Das meiste, was ich von dem Gespräch verstand, waren Lästereien über andere Mädchen. Wen sie damit meinten, wusste ich nicht. Mein Gefühl sagte mir, dass sie über Greta redeten. Allerdings vermutete ich bei Louise mittlerweile immer das Schlimmste.

Ein richtiges Mädchen muss lästern können, hatte sie mal laut vor den Klassenzimmern behauptet, als wir auf den Lehrer warteten, der die Tür aufschließen würde.

„… und er war nicht bei Anna", sagte Louise dann und ihre Stimme hob sich durch die mitschwingende Wut.

„Woher weißt du das?", zischte Jessica zurück.

„Ich hab sie gefragt. Wenn, dann wollte er sie überraschen. Aber sie hat mir versprochen, dass zwischen ihnen nichts lief."

„Der Bitch würde ich kein Wort glauben …"

„Hör zu: Ich glaub nicht, dass er freiwillig da langgelaufen ist."

„Wie meinst du das?"

„Die Polizei ermittelt noch. Und seine Mum meinte, dass sie ‚in alle Richtungen ermitteln'. Das heißt so viel wie, dass sie glauben, er wurde ermordet."

„*Was?*"

„Schhh."

Frau Dietrich warf einen prüfenden Blick über unsere Köpfe. „Gibt es etwas, dass du uns mitteilen willst, Jessica?"

„Nee."

Frau Dietrich verzog resigniert den Mund und widmete sich wieder dem Unterricht.

Sie hörten nicht auf zu flüstern, aber ihre Stimmen wurden leiser und ich verstand sie nicht mehr.

Die Polizei ermittelt noch.

Was, wenn Louise recht hatte? Wenn Mark nicht betrunken über die Gleise gestolpert, sondern von jemandem mit voller Absicht geschubst worden war?

Jemand, der ihn hasste. Der wusste, was für ein Mensch er war und ihn dafür bestrafen wollte. Und der ganz zufällig die geeigneten Mittel hatte.

Ich kannte zwei Menschen, die ins Muster passten.

Aber Jarrad … hätte er mir nicht davon erzählt, wenn er es getan hätte? *Drei Menschen.* Er hatte drei Menschen getötet. War einer von ihnen Mark? Aber er hatte doch nur die Aufträge erledigt und niemandem sonst geschadet – oder war Mark ein Auftrag?

Das macht keinen Sinn. Er ist ein Schüler, so jemand wie Attila würde sich nie im Leben für ihn interessieren.

Und Faisal – warum hätte er das tun sollen? Klar, Faisal hatte Mark gehasst. Aber er hasste eine Menge Leute. Und ich konnte mir nicht vorstellen, dass Mark ganz oben auf seiner Liste stand.

Es klingelte zum Ende der Stunde und wir packten unsere Sachen zusammen und wanderten zum nächsten Raum. Greta war schweigsam und hatte die Augen nachdenklich zusammengekniffen. Vielleicht dachte sie genauso über Louises Worte nach wie ich. Aber sie wusste nicht, was ich wusste.

Ich lag auf meinem Bett und versuchte mich an den Hausaufgaben, die uns die Lehrer schon am ersten Tag aufgebrummt hatten. Mein Handy klingelte gedämpft, von irgendwo zwischen den Laken. Ich ertastete es unter einer Falte, erkannte Gretas Nummer und hob ab.

„Laya?" Gretas Stimme klang atemlos. „Ich war bei der Polizei. Ich hab alles erzählt, was bei dieser Party passiert ist."

„Wow." Mir fehlten die Worte. Meine Kehle war trocken. „Das ist ... gut. Wie fühlst du dich?"

„Besser als ich dachte. Ich hab es nicht nur für mich getan." Sie schluckte. „Als Louise heute in der Schule davon geredet hat, dass Mark ... naja, da hatte ich plötzlich Angst, dass es zusammenhängen könnte. Weil komisch ist es ja schon, so kurz hintereinander. Und ich wollte der Polizei keine Beweise vorenthalten, die möglicherweise wichtig sein könnten."

Ich setzte mich an die Bettkante. „Du meinst, wenn Scott dazu bereit war, dich zu schubsen, war er vielleicht auch dazu bereit, Mark ... zu schubsen?"

„Ich weiß es nicht. Ich will niemanden beschuldigen. Aber ich fühle mich ... leichter. Jetzt, wo ich es endlich losgeworden bin."

„Und wie geht es jetzt weiter?"

„Naja – Philip, Scott und Adam waren beteiligt. Ich schätze mal, die Polizei wird sie verhören." Sie atmete tief durch. „Laya? Meinst du, ich habe das Richtige getan?"

Am nächsten Tag fehlten die drei in der Schule. Niemand wusste so recht, was passiert war, jedenfalls bekamen wir nichts davon mit. So konnten Greta und ich uns wenigstens mit dem Rollstuhl eingewöhnen. Sie bekam Unterstützung von einem FSJler, der ziemlich nett war und mit dem wir uns ab und zu unterhielten. Die anderen ließen uns in Ruhe. Ignorierten uns. Bis wir Louise am Freitag vor dem Vertretungsplan begegneten.

Sie stand mit dem Rücken zu uns und starrte auf den großen Bildschirm. Ihre welligen braunen Haare fielen ihr über die Schultern und sie strich sie alle paar Sekunden mit einer Handbewegung zurück. Dann drehte sie sich um und sah mir direkt in die Augen. Ihr Blick wanderte zu Greta und ihr Kiefer schien sich zu verhärten.

„Du bist so eine Bitch", zischte Louise, „warum hast du das getan? Reicht es dir nicht, dass sie ihren besten Freund verloren haben? Nein, du musstest ja auch noch ihr gesamtes Leben zerstören!"

Greta öffnete den Mund, aber sie brachte nichts heraus. Ein ungutes Gefühl erdrückte mich. Mein Magen zog sich zusammen.

„Wow", sagte Louise abfällig, „wie wär's mit einer Entschuldigung?"

„Wofür?", platzte es aus mir heraus. Meine Stimme überschlug sich fast. „Soll sie sich entschuldigen, weil sie vom Balkon gestoßen wurde?"

„Ach komm, das ist doch alles Einbildung. Stellt euch vor, manchmal baut man eben Scheiße! Es ist nicht unsere Schuld, dass euer Leben beschissen ist, klar? Sorry, aber ihr seid keine Engel, also hört auf so scheinheilig zu tun."

Vermutlich klaffte mein Mund offen und mein Kopf musste knallrot sein, denn ich hatte das Gefühl, kurz vor dem Platzen zu sein.

„Ihr haltet euch für was Besseres, aber eigentlich seid ihr einfach nur ausgetrocknete Fotzen."

Meine Hand klatschte auf ihre Wange. Louise taumelte zurück, die Augen weit aufgerissen, und für einen Moment waren wir beide gleichermaßen überrascht. Ihre Haare fielen ihr ins Gesicht, aber diesmal dachte sie nicht daran, sie zurückzustreichen.

Die Haut an meinen Fingern brannte, auch wenn ich nicht fest zugeschlagen hatte. Ein Stakkato pochte in meinem Kopf, laut und dröhnend wie Trommelschläge. Ich blickte auf meine zitternden Hände, drehte und wendete sie von einer Seite auf die andere, konnte nicht glauben, was ich getan hatte. Ich hatte Louise geschlagen. Nein – geohrfeigt.

Sie sah aus wie vorher, ihr Gesicht hatte überall den gleichen einheitlichen Hautton, weil sie geschminkt war, aber ihre Hand lag auf ihrer linken Wange und ihr Gesicht drückte Schmerz aus – ob echt oder aufgesetzt konnte ich nicht sagen. Ihr Blick wollte mich töten.

In einer fließenden Bewegung warf sie ihre Haare zurück und drehte sich um. Dann stolzierte sie davon.

Ich sah mich um; eine Gruppe kleiner Jungs mit fetten 4YOU-Rucksäcken glotzte und kicherte verhalten. Zwei Mädchen mit Brillen starrten mit offenen Mündern.

„Wir sollten los. Deutsch fängt gleich an", murmelte ich und wagte es nicht, Greta anzusehen. Ich wollte ihre Vorwürfe nicht hören; ihren ermahnenden, traurigen Blick nicht sehen. Sie zupfte an meinem Ärmel. „Laya?"

„Hm?" Ich wich ihr immer noch aus, was leicht war; ich durfte nur den Kopf nicht senken.

„Danke."

Moment – hatte sie sich bedankt?

„Wofür?", fragte ich argwöhnisch.

„Du weißt wofür. Du bist für mich eingestanden."

„Aber … du kannst Gewalt nicht ausstehen."

Sie verdrehte die Augen. „Du bist kein gewalttätiger Mensch, Laya. Und ja, vielleicht hätten Worte auch gereicht. Aber die richtigen Worte zu finden, ist ziemlich schwer. Und, was Louise gesagt hat, war nicht fair."

„Es war echt arschig."

Greta lachte verlegen. „Ja … könnte man so sagen."

„Aber vergiss nicht: *Ein Mädchen muss lästern können*", äffte ich Louise nach und Greta lachte nochmal. Aber ich sah, dass es ihr wieder unangenehm wurde, also hörte ich auf zu lästern.

In der Stunde drauf nahm Frau Dietrich mich beiseite.

„Laya. Ich habe mitbekommen, dass du gerade in der Pause ein anderes Mädchen geschlagen hast. Das ist absolut nicht in Ordnung."

„Ich hab niemanden geschlagen", sagte ich wahrheitsgemäß. Ohrfeigen war schließlich was anderes. Man musste mich ja nicht schlimmer darstellen, als ich war.

„Ich kann mir nicht vorstellen, dass jemand grundlos so ein heftiges Gerücht in die Welt setzt."

„Louise hat Greta beleidigt. Und ich hab sie nicht geschlagen, ich hab … ihr eine Ohrfeige verpasst."

„Gewalt ist an unserer Schule tabu. Wir verfolgen hier eine Null-Toleranz-Politik, verstanden?"

Es war ekelhaft, wie stolz sie auf diesen Begriff war. Für ihre Zunge schien es ein Genuss, diese Worte auszusprechen.

„Und was ist mit Mobbing?", fragte ich mit zitternder Stimme. „Ist das keine Gewalt?"

Frau Dietrich sah mich eine Weile schweigsam an.

„Wenn du das Gefühl hast, dass Mobbing hier ein Thema ist, wäre es am besten, du sprichst mit unserer Schulpsychologin Frau Geiger. Selbstverständlich dulden wir an unserer Schule kein Mobbing, aber du verstehst doch sicher, dass Gewalt nochmal auf einer anderen Stufe steht. Um diese Mobbinggeschichte werden wir uns kümmern, aber bitte entschuldige dich jetzt bei Louise."

„Was? Nur wenn sie sich bei Greta entschuldigt."

„Was Louise zu Greta gesagt hat, weiß ich nicht. Manchmal rutschen einem unschöne Worte raus, auch wenn es nicht gut ist. Aber es ist wichtig, dass wir gegen jedwede Form von Gewalt ein Zeichen setzen. Okay?"

Das war unfair. Was war daran Null-Toleranz? Ich funkelte Frau Dietrich kurz an, murmelte „Okay." und setzte mich auf meinen Platz. Ich kannte Frau Geiger nur vom Sehen, aber sie war mir nie besonders sympathisch erschienen, mit ihrem hochgereckten Doppelkinn und dem Watschelgang. Widerwillig drehte ich mich zu Louise und wartete, bis sie aufschaute.

„Die Dietrich hat gesagt, dass wir uns gegenseitig entschuldigen sollen", sagte ich.

Louise runzelte herablassend die Stirn und schwieg.

Ich seufzte leise. „Also, sorry."

Ich drehte mich wieder nach vorne und sah, wie Frau Dietrich zufrieden nickte. Ja. Hauptsache, der Schein wurde gewahrt und die Schule konnte sich mit ihrer Null-Toleranz-Politik brüsten.

Als ich nachmittags nach Hause kam, erschöpft von der Woche, und mich aufs Sofa legen wollte, hatte sich mein Bruder dort ausgebreitet. Er lag einfach da und starrte an die Decke, kein Handy in der Hand, der Fernseher war schwarz.

„Was ist denn mit dir los?", fragte ich verwundert; normalerweise war Elias nachmittags bei Sophia oder Freunden.

Er murmelte etwas Unbestimmtes und das löste bei mir Sorge aus. Ich setzte mich neben ihn.

„Ist alles okay?"

Er zuckte mit den Schultern und rieb sich über die Stirn.

„Alex, Benni und Chris wurden gestern übel verprügelt. Ich hätte eigentlich auch dabei sein sollen, aber dann hab ich was mit Sophia gemacht. Es hätte mich voll erwischen können." Angst glänzte in seinen Augen. „Die drei sind im Krankenhaus."

„Oh. Das tut mir leid", sagte ich, „sind das deine Freunde aus der Schule?"

Er nickte.

Elias und ich wohnten zwar im selben Haus, aber wir redeten selten, ganz nach dem Familienprinzip der Seidels. Bloß nicht zu viel über die anderen wissen. Er hatte keine Ahnung, wie es bei mir lief, und ich keine Ahnung, was bei ihm abging.

„Vielleicht kannst du sie ja im Krankenhaus besuchen", schlug ich vor, „vielleicht geht's dir dann besser. Ich würde dich ja fahren, wenn ich einen Führerschein hätte, aber ..." Ich breitete entschuldigend die Arme aus.

Er lächelte schwach. „Schon okay."

„Kann ich sonst irgendwas für dich tun?"

„Nee, schon gut. Ich fahr gleich hin. Obwohl, du könntest mir was zum Mittagessen kochen und meine Hausaufgaben machen." Er grinste schwach.

Ich tippte mir an die Stirn. „Sonst noch was. Hast du nicht in der Schule gegessen?"

Er schüttelte den Kopf.

„Okay, ich kann uns Nudeln machen. Hab auch noch nichts gegessen."

Ich kochte Spaghetti mit einer Fertigsoße, Elias setzte sich auf einen Küchenstuhl und wir redeten ein bisschen. Tauschten kleine Witze und Anekdoten aus. Nichts Ernstes. Beim Essen schwiegen wir, und danach ging Elias und knallte die Haustür hinter sich zu.

Ich rief Greta an und fragte, ob sie Zeit hatte.

„Weißt du was?", fiel mir ein. „Wie wär's, wenn wir heute Abend was trinken gehen? Wir wollten doch ganz viele coole Dinge unternehmen, es wird höchste Zeit, dass wir damit anfangen."

„Meinst du?", fragte sie skeptisch.

„Klar. Wir machen das ganz gemütlich, nur wir zwei. Und wir gehen wohin, wo auf keinen Fall jemand aus unserer Klasse hingehen würde."

„Ich weiß nicht, das ist sehr umständlich mit dem Rollstuhl."

„In Barcelona sind wir auch gut zurechtgekommen, da kann uns doch eine läppische Bar nichts anhaben."

„Da hast du auch wieder recht."

Gretas Mutter holte mich mit dem Auto ab und fuhr uns in die Innenstadt.

Wir hatten uns für eine Jazz-Bar entschieden, und als wir dort waren, wusste ich, dass es die richtige Wahl gewesen war: die Männer hatten graue oder braungraue Haare, die Frauen färbten blond oder rot und versuchten ihre faltigen Gesichter unter einer Ladung Make-up zu verstecken. Keinen Schüler würde es hierher verschlagen.

„Was bestellst du?", fragte ich Greta. Wir saßen an einem antiken Holztisch und lauschten der Band. Über uns wölbte sich die weißgestrichene Decke und ein paar Rohre durchkreuzten den Kellerraum. Ich ließ meinen Blick über die Karte schweifen und blieb bei ‚Rum Cola' hängen. Ich sah auf, Greta auch. Und ich wusste, dass wir dasselbe dachten. Sie hatte ihre Stirn leicht gekräuselt und für einen Moment befürchtete ich, sie würde anfangen zu weinen. Dann aber verzog sich ihr Mund zu einem Lächeln und auch ich musste lächeln. Kopfschüttelnd fing sie an zu lachen, oder weinte sie? Ich beobachtete sie gebannt, bis sie den Kopf hob. Ihre Augen glänzten, aber da waren keine Tränen.

„Sowas Bescheuertes, hm?", sinnierte sie und ihr Blick war auf etwas gerichtet, das ich nicht sehen konnte.

Ich klappte die Karte zu. „Tja, ich schätze, es ist trotzdem das, was ich bestellen werde. Schmeckt mir immer noch am besten."

Greta nickte. „Ich fürchte, mir auch. Das war wirklich das einzig Gute an dieser Party."

„Ja. Stimmt." Und, dass ich Jarrad kennengelernt habe, fügte ich in Gedanken hinzu. Trotz des Endes, das unsere Freundschaft genommen hatte, bereute ich nichts davon.

„Bist du sicher, dass du es nicht noch einmal versuchen willst?", fragte Greta leise.

„Was meinst du?"

„Na, du und Jarrad."

„Bin ich so leicht zu durchschauen?"

„Für mich bist du ein offenes Buch." Sie lächelte liebevoll. „Seine Familie, das ist doch kein Argument. Eine weise Frau hat mir mal gesagt, man müsse solche Sachen selbst in die Hand nehmen. Komm schon, Laya. Manchmal muss man über seinen Schatten springen, so wie du es heute bei Louise gemacht hast. Da kann dich doch so ein Kerl nicht mehr aufhalten. Und er mag dich auch, das weiß ich."

Ich fing an zu grübeln. Es war komplizierter, als Greta ahnte. Was sie wohl zu der Wahrheit sagen würde? Sie hätte Angst um mich. Sie würde mir abraten, ihn je wieder zu treffen. Sie würde es mir verbieten.

Aber Jarrads Taten und dass ich damit leben konnte, das war eine Sache zwischen ihm und mir. *Versprich mir, dass du dich nie wieder von so einem Idioten runterziehen lässt, der meint, er müsse dich belehren oder dir etwas vorschreiben.* Seine Worte.

„Ich hole uns mal was zu trinken", sagte ich und stand auf. Ich musste lange warten, bis ich an der Reihe war. Die Barkeeperin mischte die Getränke mit der Geschwindigkeit einer Schlaftablette, ihr Gesicht ausdruckslos – sie schien wirklich ihren Traumjob gefunden zu haben.

Aber so hatte ich genug Zeit, um nachzudenken. Und während ich an die vergangenen Wochen dachte, Jarrad neben mir auf der Bank, im Windschatten hinter Lorenzos Hütte, unsere Haut steif vor Kälte, das Gebirgswasser, das meinen Hals umspülte, und seine nasse Hand, die mich festhielt, wie wir vor Lachen fast keine Luft mehr bekamen, Jarrads leuchtende Augen neben Andrzejs hochrotem Kopf … traf ich eine Entscheidung. Ich wusste, wie hart es sein würde, eine weitere Abfuhr einzustecken. Wie es mich wieder schwach und verwundbar machen würde. Aber ich musste es versuchen.

Ich brachte Greta unsere Getränke und teilte ihr meinen Entschluss mit. Sie freute sich unheimlich.

„Und wenn er blöd reagiert, bin ich ja da, um dich aufzubauen. Dasselbe hast du mir auch in Barcelona versprochen, Laya, und das gilt umgekehrt genauso."

Ich lächelte sie an. „Wie ist das jetzt eigentlich bei dir und Peter? Habt ihr euch gestern Nachmittag getroffen?"

Greta errötete. „Ja. Er hat mich besucht. Geküsst haben wir uns nicht, aber wir treffen uns nächsten Freitag wieder und wir haben uns umarmt, also …"

Und wenn er genauso zurückhaltend wie Greta ist, bedeutet eine Umarmung quasi so viel wie ein Heiratsantrag, fügte ich in Gedanken hinzu und grinste. Den restlichen Abend löcherte ich sie über weitere Details und je leerer ihr Glas wurde, desto mehr Spaß hatte sie daran, darüber zu reden. Für ein paar Stunden vergaßen wir Philip, Scott und Adam, vergaßen, dass Mark tot war und Louise verärgert. Es war wirklich erträglich. Trotz Schule. Mehr als erträglich sogar.

Mit drei Gläsern Cola-Rum intus war es echt schwer, einer Standpauke zuzuhören. Ich hatte nicht erwartet, dass jemand wach sein würde, wenn ich nach Hause kam. Aber da stand sie, meine Mutter, war sofort zur Haustür geeilt, als sie den Schlüssel gehört hatte, und redete davon, dass die Schule angerufen hatte. Verdammt.

„Ich kann es einfach nicht fassen", rief sie und warf die Arme hoch, „was ist nur los mit dir? Ich erkenne dich überhaupt nicht wieder! Du bist so gleichgültig und egoistisch geworden."

„Das war keine Absicht. Ist halt blöd gelaufen." In meinem Inneren mischten sich Gleichgültigkeit und Wut. Aber die Gleichgültigkeit kam vom Alkohol – ich war müde und ich wollte einfach nur schlafen.

„Blöd gelaufen? Du hast ein anderes Mädchen geschlagen! Erklär mir mal, wie das keine Absicht sein kann!"

„Sie hat Greta beleidigt", sagte ich gepresst und dachte im selben Moment: Scheiße. Jetzt weiß sie Bescheid. Aber es war mir irgendwie egal.

„Gewalt ist keine Lösung. Egal, was davor passiert ist."

„Toll, die anderen dürfen uns beschimpfen wie sie wollen und wir dürfen nichts machen. Tolle Lösung, danke."

„Es geht nicht, dass du ein Mädchen schlägst. Basta. Wenn du ein Problem mit ihr hattest, hättest du zu einer Lehrkraft gehen können oder zu mir."

„Und was hättet ihr gemacht? Nichts! Weil es euch einen Scheißdreck interessiert!"

„Das stimmt nicht. Vielleicht hättest du es einfach mal probieren sollen, anstatt gleich zu den schlimmsten Mitteln zu greifen."

„Hab ich ja", sagte ich verbittert, „aber das hat niemanden gekümmert."

Meine Mutter starrte mich kurz an. Dann sagte sie: „Was deine Lehrerin mir erzählt hat, hat mich sehr bestürzt. Und da du keine Einsicht zeigst, sehe ich keine andere Möglichkeit als Hausarrest."

Ich fing an zu lachen. Dumme Idee, Laya, sagte ich mir, sehr dumme Idee. Aber ich konnte mich nicht stoppen.

„Ich bin achtzehn", sagte ich schnippisch, „mir doch egal."

„Solange du in unserem Haus wohnst, Fräulein, gelten unsere Regeln. Egal wie alt du bist."

„Na gut." Ich zuckte mit den Schultern. „Viel Spaß beim Durchsetzen. Ihr seid ja sowieso nie da."

Ich stapfte zur Treppe und zog mich am Geländer nach oben. Das gute Gefühl von vorhin war verflogen; ich fühlte mich miserabel.

Mit dem Telefon in der Hand saß ich am folgenden Nachmittag in meinem Zimmer und tippte Jarrads Nummer. Löschte sie wieder. Kurzerhand rief ich Greta an und ließ mir von ihr ein wenig Mut zureden.

„Du hättest es gestern Abend tun sollen, wusste ich's doch", meinte sie, „in Barcelona hätte ich Peter nie und nimmer am nächsten Tag angerufen, es war wirklich gut, dass du mich dazu überredet hattest, es gleich zu tun. Also, was machen wir jetzt, damit du dich traust?"

„Wie wär's, wenn wir heute Abend nochmal was trinken gehen und ich danach anrufe?", fragte ich hilflos.

„Tz, tz", tadelte sie mich, „Alkohol ist keine Lösung, Laya." Ich wusste, dass sie ein breites Grinsen im Gesicht hatte. „Wie wäre es, wenn du ihn überraschst? Einfach bei ihm zuhause klingelst? Das ist vielleicht leichter als per Telefon."

Ich verzog den Mund, in Erinnerung daran, wie mein letzter Überraschungsbesuch geendet hatte. Andererseits, vielleicht war genau das der richtige Weg. Vielleicht musste ich ihm zeigen, dass ich mich nicht einfach abspeisen lassen würde, wie beim letzten Mal, in Tränen ausbrechen und davonrennen.

„Okay, Greta. Ich fahre hin." Das Herz klopfte mir bis zum Hals, während Greta vor Eifer platzte und mich mit Wünschen überhäufte. Was den Hausarrest betraf, hatte ich Recht behalten: Meine Eltern waren bei Freunden und so musste ich mich nicht einmal rausschleichen.

Die Sonne stand am Horizont und tauchte das obere Drittel von Jarrads Wohnhaus in leuchtendes Orange. Ich zählte die Stockwerke – auch seins wurde noch angestrahlt. Wie schön es sein musste, dort am Fenster zu stehen, Angesicht zu Angesicht mit der Sonne, die blassrosa Wolken beinahe greifbar. Ich klingelte, aber niemand meldete sich. Zutiefst verunsichert klingelte ich ein weiteres Mal – dann rief ich Greta an.

„Er reagiert nicht auf mein Klingeln", jammerte ich ihr vor.

„Dann ist er nicht da", sagte sie fest überzeugt, „warte einfach noch ein bisschen, okay? Eine halbe Stunde, dann kannst du zu mir kommen und wir reden."

Ich legte auf und wartete. Versuchte meinen Kopf auszuschalten und die ganzen Zweifel, die sich in mir aufschäumten, aber es half nicht viel. In Gedanken ging ich bereits das Gespräch mit Greta durch, das gleich folgen würde.

„Laya? Was machst du hier?"

Überrascht blickte ich auf. Es dämmerte bereits, aber das Licht im Hauseingang fiel schräg über Jarrads Gesicht und grub die Falten in seiner Stirn etwas tiefer. Er sieht älter aus, schoss es mir durch den Kopf. Und erschöpfter. „Hi. Ähm … ich wollte mit dir reden. Hast du gerade Zeit, oder …"

„Ich hab Zeit. Wollen wir ein bisschen laufen?"

Ich lächelte erleichtert. „Ja, gerne."

Während wir schweigend durch die Straßen spazierten, fiel mir auf, wie niedergeschlagen er war. Seine Augen hatten ihren

Glanz verloren, jeder Schritt war schwerfällig und schien ihn Kraft zu kosten.

„Was ist passiert?", fragte ich besorgt.

Er schüttelte beinahe mechanisch den Kopf. „Nichts von Bedeutung. Worüber wolltest du reden?"

Auf einmal wusste ich nicht mehr, was ich sagen sollte. Mein Mut war weg. Zurück blieb nur noch die Sorge um ihn.

„Gestern in der Pause", fing ich zögerlich an zu erzählen, „hat Louise Greta ziemlich heftig beleidigt. Sie ist total ausgetickt, weil Greta bei der Polizei war und erzählt hat, was auf dieser Hausparty passiert ist. Und naja, ich war so wütend, aber ich wusste nicht, was ich antworten sollte, also … hab ich ihr eine Ohrfeige verpasst. Und Greta war nicht mal sauer darüber, also …"

Ein kaum sichtbares Lächeln legte sich auf seine Lippen. „Hast du Ärger bekommen?"

„Ich hab Hausarrest."

„Oh. Rausgeschlichen?"

„Musste ich nicht. Meine Eltern sind sowieso nie zuhause."

„Hmm. Und in der Schule lassen sie euch immer noch nicht in Ruhe?"

„Immer noch nicht?"

„Naja – Mark ist weg."

„Es ist besser geworden", sagte ich leise. Mein Herz schlug schneller. Sollte ich ihn darauf ansprechen? Wie sicher konnte ich mir sein, dass er mit Marks Tod etwas zu tun hatte? Denn wenn er unschuldig war, würde es ihn sicher sehr verletzen. Nein. Deshalb war ich nicht hier.

„Ich habe die letzten Wochen viel über das nachgedacht, was du tust." Ich spürte sofort, wie er sich anspannte. „Ich hab versucht, Angst vor dir zu haben, aber ich hab keine. Ich *kann* es akzeptieren, ich *kann* damit leben."

„Laya, bitte tu das nicht", sagte er gequält.

„Das erste, was ich gespürt habe, als ich von Marks Tod erfuhr, war Hoffnung. Freude. Ich bin nicht stolz darauf, aber ich brauche es auch nicht zu leugnen. Ich bin nicht besser als ihr, okay? Du brauchst mich nicht vor irgendwas beschützen."

„Du willst also so werden wie Faisal und ich? Kaltherzig und egoistisch? Besessen von Rache?"

„Manchmal bin ich schon so", sagte ich leise, „der Unterschied zwischen euch und mir ist nicht besonders groß."

„Hör auf mit diesem Schwachsinn", sagte er verzweifelt, „ich kann das nicht. Und ich wünschte, Faisal würde dich in Ruhe lassen." Er blieb stehen, die Arme vor der Brust verschränkt, und ließ sich mit dem Rücken an eine Hauswand sacken. „Bitte versprich mir, dass du dich von ihm nicht beeinflussen lässt." Seine Stimme war leise, seine Augen flehten mich an. „Lass dich nicht in seine düsteren Gedanken ziehen, du wirst es bereuen. Irgendwann werden wir nur noch isolierte, gefühlskalte Menschen sein. Vielleicht sind wir es auch jetzt schon. Und dir wird dasselbe passieren, wenn du es zulässt."

„Aber gerade deshalb darfst du das zwischen uns nicht auch noch beenden! Es ist noch nicht zu spät, Jarrad. Du bist noch nicht isoliert. Das alles hier könnten wir zusammen durchstehen, wie wir es auf unserer Reise getan haben." Ich hatte in meiner Aufregung nach seinem Unterarm gegriffen. Wir blickten beide für einen Moment auf meine Hand, dann ließ ich ihn los. „Du hast gesagt, ich soll alles, was du erzählt hast, in mich hineinlassen. Und das hab ich getan. Aber der Prozess ist abgeschlossen, Jarrad. Bitte, glaub mir doch. Es ist mir egal, was du getan hast. Für mich zählt nur, wer du bist."

Er seufzte und ich nutzte die Gelegenheit weiterzureden. „Ich lasse mich nicht von irgendwelchen Leuten runterziehen, die meinen, sie müssten mir was vorschreiben oder mich belehren. Ich kann für mich selbst entscheiden."

Mein Zitat ließ ihn nicht ganz kalt; seine Mundwinkel zuckten leicht. „Wenn ich mich recht entsinne, habe ich von Idioten, nicht von Leuten gesprochen."

„Das stimmt, aber in meinen Augen bist du kein Idiot." Ich stupste ihn mit der Schulter an und entlockte ihm ein kleines Lächeln. „Jarrad, ich mein's ernst. Ich werde nicht so schnell lockerlassen, wenn's sein muss, diskutiere ich die ganze Nacht durch. Aber du könntest es mir auch leichter machen."

Ich fing seinen Blick ein und spürte, dass seine Entscheidung kurz davor war zu kippen. Langsam hob er seine rechte Hand, nahm eine meiner Haarsträhnen und verdrehte sie zwischen seinen Fingern. „Das Problem ist, dass ich auf der gleichen Seite stehe wie du", sagte er leise, „ich *will* nachgeben. Ich habe keine Lust mehr zu diskutieren."

„Dann lass es …" Eine Straßenbahn ratterte vorbei und verschluckte meine Stimme. Um uns herum waren so viele Leute, wir waren direkt neben einem Club stehengeblieben und die Leute drängten sich an uns vorbei. Jarrad nahm meine Hand und zog mich etwas abseits, neben einen Schaukasten mit Plakaten und Flyern zu aktuellen Veranstaltungen im Club. Wir standen uns näher, vielleicht mit der Ausrede, dass es hier so voll war, und unsere Finger waren noch immer ineinander verschränkt. Und dann beugte er sich herab und küsste mich. Ich spürte seine andere Hand in meinem Nacken und trat näher, bis unsere Oberkörper sich berührten. Meine Finger strichen über seinen Rücken, schoben sich unter sein T-Shirt, lagen auf seiner warmen Haut.

Als sich seine Lippen wenig später von meinen lösten, strahlten seine Augen.

„Ich nehme das einfach mal als Ja", sagte ich und fühlte, wie die Aufregung durch meinen Körper strömte.

Jarrad lachte befreit. Sein Blick wurde weicher, als wäre die ganze Anspannung in diesem Moment von ihm abgefallen.

„Ich kann selbst kaum glauben, dass du es geschafft hast, mich zu überzeugen", meinte er, schloss mich in seine Arme und hob mich ein Stück in die Luft.

„Ich hab dich mit deinen eigenen Argumenten geschlagen", sagte ich grinsend und küsste ihn.

„Das erklärt, warum ich gezwungen war nachzugeben." Seine Augen funkelten, dann setzte er mich wieder ab. Hand in Hand folgten wir den Straßenbahnschienen. Die Nacht bekam auf einmal ein ganz anderes Gefühl – am liebsten hätte ich angefangen zu tanzen und wünschte mir, dass der Sommer noch ewig weiterging, dass wir zusammen nachts am Fluss sitzen konnten, auf einer Decke liegen und in die Sterne blicken, nur mit T-Shirts und kurzen Hosen bekleidet.

„… Sie können nach dem Signalton eine Nachricht hinterlassen."

Ich ließ das Handy sinken. Schon das dritte Mal, dass ich versucht hatte, Jarrad zu erreichen. Ich beschloss, es für heute gut sein zu lassen. Vielleicht war er einfach nicht der Typ für Handys.

Im Wohnzimmer sank ich auf die Couch und schaltete den Fernseher ein. Eine TV-Sendung über einen Haufen Trottel, die sich gegenseitig mit widerlichen Challenges zu übertrumpfen versuchten. Ich klickte mich durch das Programm, aber es lief nur Mist. Wie immer.

„Langweilst du dich?"

Ich löste meinen starren Blick vom Bildschirm und sah zu Elias, der wenige Meter vom Sofa entfernt stand. Er trug ein nachtblaues Hemd und eine schwarze Jeans.

Ich zuckte mit den Schultern. „Wo geht's denn hin?"

„Kino."

„Na dann, viel Spaß." Ich widmete mich wieder dem Fernseher. Werbung, natürlich.

Er nickte knapp und drehte sich weg, aber ich sah aus dem Augenwinkel, dass er stehenblieb.

„Willst du mitkommen?"

Überrascht blickte ich zurück zu meinem Bruder. „Oh, ähm … wenn das für euch okay ist, gerne."

Er nickte. „Klar. Sophia hat bestimmt nix dagegen. Hab ich dir zum Geburtstag nicht 'nen Kinogutschein geschenkt?"

Ich grinste und schaltete den Fernseher aus. „Jetzt wo du's sagst. In fünf Minuten bin ich fertig."

Wir sahen uns *Godzilla* an. Elias war begeistert. Sophia und ich fanden endlich eine Gemeinsamkeit: Wir hätten beide lieber eine Liebeskomödie gesehen. Es wurde ein lustiger Abend, Sophia war anders als bei uns zuhause und es war irgendwie süß, die beiden zusammen zu sehen. Sie schafften es, dass ich mich nur hin und wieder überflüssig fühlte.

Auf dem Rückweg kamen wir auf unsere Eltern zu sprechen. Sophias Eltern würden sich scheiden lassen und seitdem beschäftigten sie sich nur noch mit ihren Kindern, wenn sie die gegen ihren Partner aufhetzen konnten.

„Dafür mag meine Mom dich lieber als mich", sagte Elias dazu.

Sophia lachte. „Ach, quatsch."

„Ohne Scheiß, wenn sie könnte, würde sie dich adoptieren und mich an der nächsten Tanke vergessen."

„Hör auf." Sie boxte ihm in die Schulter.

Ich war zu verblüfft, um etwas zu sagen. Elias fühlte sich vernachlässigt? Und dabei hatte ich immer gedacht ...

„He!"

Der harsche Ruf ließ uns alle drei herumfahren. Und dann stockte die Zeit. Drei vermummte Männer schritten auf uns zu; wir verharrten den Bruchteil einer Sekunde, in dem ich wusste, was passieren würde. Ich wusste, wir hatten keine Chance. Es war zu spät; sie waren zu nah. Trotzdem rannte ich. Elias und Sophia waren knapp hinter mir. Ein Schlag traf mich am Rücken, ich stolperte und ein sengender Schmerz zuckte durch meine Hände. Der Asphalt kam mir entgegen, schlug mein Knie auf. Ich drehte den Kopf, sah Sophia mitten auf der Straße, die sich ihre Handtasche an den Bauch presste und schrie. Ein entsetzliches Kreischen kam aus ihrem Mund, das mir in den Ohren hallte. Wenige Meter entfernt hatten die Unbekannten etwas umzingelt und kickten, traten mit schwarzen Springerstiefeln. Wieder und wieder.

„Lasst ihn in Ruhe! *Bitte!*" Sophias oder meine Stimme – wir schrien beide. Ich rappelte mich auf, näherte mich den Schlägern, und blieb hilflos stehen. Sah hilflos zu, wie sie die Vorderkappen ihrer Springerstiefel in das schwarze Bündel am Boden rammten. Sophia schlug mit ihrer Handtasche nach ihnen und bekam eine Ohrfeige verpasst. Ihr Kopf wurde von der Wucht zur Seite geschleudert, ihre Frisur löste sich. Sie stolperte, blieb am Bordstein hängen und fiel hin.

Und dann hörten sie auf. Einer von ihnen warf mir einen kurzen Blick zu, ich sah nur seine Augen, die mich aus den Löchern der Skimaske anstarrten. Er drehte sich weg und sie joggten die Straße entlang und verschwanden in einer Seitenstraße. Etwas regte sich in meiner Erinnerung; etwas ...

„Oh mein Gott!" Sophias schrille Stimme riss mich zurück ins Geschehen. Elias lag zusammengekrümmt auf dem Boden. Reglos. Ich fummelte mit zittrigen Fingern in meiner Handtasche, ertastete Schlüssel und Geldbeutel, dann das Handy. Notruf. Irgendwie fand ich ein paar Worte, mit denen sich beschreiben ließ, was geschehen war. Ich kniete mich neben meinen Bruder, legte mein Ohr an seinen Mund und lauschte. Nichts. Nur Sophias Wimmern und mein eigener Herzschlag.

Panik ergriff mich, aber ich zwang mich, still zu bleiben. *Bitte ... bitte ...*

Da. Ein schwaches Hauchen. Es wurde schneller, hastiger. Ich lehnte mich zurück und griff nach seiner Hand. Blut rann aus seinem Mundwinkel, seine Nase war gebrochen und zeigte schief nach rechts.

Als die Sanitäter kamen, traten Sophia und ich zurück. Sie hatte meine Hand genommen und drückte so stark zu, dass es wehtat. Aber das Gefühl war nur eine Randerscheinung. Sie weinte, und irgendwann hielt ich es nicht mehr aus und weinte auch. Zwei Polizisten redeten auf uns ein, nahmen die Personalien auf und boten uns eine Fahrt zum Krankenhaus an. Tränen verschleierten meine Sicht. Die Polizisten, die Sanitäter, die Angst ... alles wiederholte sich und versetzte mich zurück in eine lauwarme Juninacht. Wie oft würde ich das noch erleben müssen?

Meine Mutter schloss mich in ihre Arme. Ich klammerte mich an ihre Bluse, wollte das Zittern meiner Hände stoppen. Sie ließ nicht los, und die Wärme ihres Oberkörpers gab mir eine Geborgenheit, die ich schon seit langer Zeit nicht mehr bei ihr empfunden hatte.

Sophia schluchzte neben uns, und so nahm meine Mutter einen Arm von meinem Rücken und legte ihn um Sophias Schulter. Die Bluse meiner Mutter war nass, aber es schien sie nicht zu stören. Irgendwann öffnete ich die Augen und sah meinen Vater, mit weißem Gesicht und flatterndem Blick. Ich löste mich aus der Umarmung und wir setzten uns auf die Stühle im Wartezimmer des Krankenhauses. Mit heiserer Stimme begann ich zu erzählen. Ich konnte meine eigenen Worte nicht glauben. Ein Überfall. Auf Elias. Warum er? Und warum hatten sie Sophia und mich verschont? Geldbeutel, Handy und Schlüssel, alles war noch da. Es ergab keinen Sinn. Keinen verdammten Sinn.

Es gab nur eine Erklärung. Attila. Aber selbst das war unlogisch, warum sollte er es auf meinen Bruder abgesehen haben und nicht auf mich? Wenn er Jarrad hätte bestrafen wollen, dann hätte er doch mich genommen ...

Kurz darauf kamen Sophias Eltern und ließen sich den Vorfall von Neuem erklären. Immer wieder fragten sie nach, und da meine Mutter meistens keine Antwort wusste, musste ich schildern, was passiert war. Ich war froh, als eine Ärztin kam und uns beruhigte, bis sie von Überleben redete und bei meiner Mutter einen hysterischen Anfall auslöste. Er *wird* überleben, versuchte mein Vater ihr daraufhin zu erklären, aber sie glaubte ihm nicht ganz.

Immer wieder ging ich den Vorfall durch, ließ ihn wie einen Film in meinem Kopf abspielen. Einige Szenen waren wie ausgelöscht, aber die Gestalt, die mir in die Augen geblickt hatte, hatte ich nicht vergessen. Ein junges Gesicht … mit braunen Augen. Oder? Wann hatte ich dieses Gesicht schon einmal gesehen? Im Vertil? Ich war mir so sicher, dass ich es kannte. Diese Augen … wie ging es unter der Skimaske weiter? Was verbarg sich dort? Meine Haare stellten sich auf, als mein Gehirn die untere Hälfte des Gesichts rekonstruierte. Es war kein Junge gewesen.

Mein Handy vibrierte an meinem Bein und ich zuckte zusammen. Jarrads Nummer. Ich warf meiner Familie einen entschuldigenden Blick zu und verließ das Wartezimmer.

20

„Hallo." Layas Stimme zitterte.

Jarrad wusste sofort, dass etwas nicht stimmte. „Hey. Du hattest vorhin angerufen. Ist alles okay?" Er blieb am Fenster stehen und betrachtete die Lichter Frankfurts, die sich wie glimmende Kohlen in der Nacht verteilten.

„Mein – mein Bruder wurde schwer verletzt. Er liegt im Krankenhaus."

In der Spiegelung der Scheibe sah er sich selbst. Tiefe Falten zogen sich durch seine Stirn.

„Scheiße, das tut mir leid. Was ist passiert?"

„Wir waren auf dem Heimweg vom Kino und … auf einmal waren sie direkt hinter uns. Wir hatten keine Chance." Sie schluchzte leise. „Sie haben ihn verprügelt und – und getreten, als er am Boden lag. Diese – diese riesigen Stiefel … und dann haben sie auf einmal aufgehört und einer von ihnen hat mich angeschaut und", ihre Stimme wurde zu einem Flüstern, „ich glaube, es war Val."

„Val?", wiederholte er scharf.

„Ich konnte nur ihre Augen sehen, aber sie kam mir sofort bekannt vor."

Mit dem Telefon am Ohr ging er ins Schlafzimmer und griff unter sein Bett. Er zog eine Holzkiste hervor, klappte sie auf. Seine schwarze Beretta 92 glänzte ihm entgegen. Er nahm sie aus den Schaumstoffpolstern und steckte sie sich hinten in die Jeans.

„Wann war das?", fragte er, schob die Holzkiste zurück an ihren Platz und ging in die Diele. „Der Überfall."

„Vor – vor etwas mehr als einer Stunde."

Er griff nach seiner schwarzen Jacke und den Autoschlüsseln und schlüpfte in die klobigen Arbeitsschuhe. Die Tür fiel hinter ihm ins Schloss, in der Dunkelheit des Flurs ging er zum Aufzug und drückte auf den blau leuchtenden Knopf.

„Jarrad?"

„Hm?"

„Was war das? Dieses Knallen."

„Oh, nichts. Hör zu, du bleibst im Krankenhaus, okay?"

„Ich … was hast du vor?"

„Bleib im Krankenhaus. Geh nicht weg, hast du verstanden?"

„Jarrad! Du – du hast doch nicht vor, Attila … er ist gefährlich, du kannst nicht einfach –"

„Er lässt mir keine andere Wahl."

„Aber ich brauche dich hier! Jarrad, bitte! Bitte, tu das nicht, das ist es nicht wert."

Er legte auf. Die Aufzugtüren öffneten sich, Licht flutete den Flur. Er biss sich auf die Lippe und sah für einen kurzen Moment, wie sein Spiegelbild an den Aufzugwänden ihn nachahmte. Er drückte auf ‚Keller' und richtete seinen Blick auf den Boden. Sein schlechtes Gewissen schlich wie eine streunende Katze um ihn herum, sprang ihm auf die Schulter und flüsterte ihm ins Ohr. *Tu nichts Überstürztes. Laya braucht dich.* Aber Attila war zu weit gegangen. Und er würde es wieder tun, Grenzen ausdehnen und überschreiten, Jarrads Geduld strapazieren und lauernd darauf warten, dass er ausrastete. Wenn er jetzt nicht handelte, wann dann? Wenn Laya mit lebensgefährlichen Verletzungen im Krankenhaus lag? Wenn es zu spät war?

Während der Aufzug nach unten rauschte und ihm ein flaues Gefühl im Magen bescherte, wählte er Vals Nummer. Nur die Mailbox, wie er es erwartet hatte. Sie ging nie an ihr Handy.

Wo würde Attila sein? In seiner Villa? Im Warehouse oder im Vertil? Es war Sonntag, also vermutlich im Vertil. Attila sorgte nach den Party-Wochenenden gerne dafür, dass wieder alles an Ort und Stelle war. Im Warehouse erledigten das andere für ihn, aber zum Vertil hatte Attila einen besonderen Bezug. Er war öfter dort als zuhause.

Jarrads Schritte hallten durch die Tiefgarage, dann das Öffnen und Zuschlagen der Fahrertür. Er legte die Beretta ins Handschuhfach und nahm sich einen kurzen Moment, um sich zu sammeln. Dann parkte er aus, wartete, bis das Tor nach oben gerattert war, und fuhr auf die Straße. Die Lichter der Straßenlaternen näherten sich langsam und zischten schlagartig an ihm vorbei, am Rande seines Blickfelds zu Linien verschwommen. Er achtete kaum darauf, seine Konzentration richtete sich auf das, was ihm bevorstand.

Das Vertil war verlassen. Die Bar schimmerte rötlich, die Sofas und Sitzgruppen verschmolzen mit der Dunkelheit.

Ein Bier wäre nicht schlecht, ging ihm durch den Kopf, als er den Code auf dem Panel neben der Hintertür eingab. Auf seiner rechten Seite reihten sich Gläser und Schnapsflaschen mit goldenen und durchsichtigen Flüssigkeiten. Aber Reaktionsfähigkeit war momentan wichtiger als ein Mittel gegen Nervosität.

Die Tür zu den Hinterräumen öffnete sich mit einem Klicken und er betrat den schmalen Gang. Im Vorbeigehen flogen seine Augen über die Neonreklame auf der linken Wand. *B A R* in leuchtend blau, dann *super pussy* in pinker Schreibschrift und eine gelbe Ananas mit grünen Blättern. Die gegenüberliegende Seite war mit Graffiti vollgeschmiert, noch vom Vorbesitzer. Die Treppenstufen erhoben sich vor ihm schemenhaft aus der Dunkelheit.

Er spürte sein Blut in den Ohren rauschen, nahm zwei Stufen auf einmal. Der Boden im oberen Stockwerk knarzte leise, seine Augen waren noch nicht an die Dunkelheit gewöhnt und so sah er nichts außer einem schmalen Lichtspalt in nicht abschätzbarer Entfernung. Er ging darauf zu, bis seine Fingerspitzen die Tür berührten. Seine Hand überprüfte, ob die Beretta von der Jacke abgedeckt wurde, dann drückte er die Klinke herunter. Nicht abgeschlossen.

Attila stand mit dem Rücken zu ihm vor einem Bücherregal, seine schwarzen Haare glänzten im Schein einer Schreibtischlampe. Er warf einen kurzen Blick über seine Schulter.

„Hallo, Jarrad." Er drehte sich zu ihm und zeigte ihm den Einband eines Buches, das er in den Händen hielt. *Gott und der Staat.* „Schon gelesen?"

Jarrad schüttelte den Kopf. Attila blätterte durch das Buch. „Eine schöne Lektüre."

Jarrads rechte Hand tastete nach der Beretta, die Augen auf Attila fixiert. Sein Herzschlag dröhnte, er war sich sicher, dass Attila etwas bemerkt hatte. Das Buch, das interessierte Umblättern, ein Schauspiel, eine Fassade, um ihn abzulenken. Seine Finger strichen über die sanfte Riffelung am Griff und zogen an der Beretta. Attila klappte mit einem leisen Klatschen das Buch zu und schaute auf.

21

Er hatte aufgelegt.

„Jarrad!" Verzweiflung packte mich. Er würde Attila konfrontieren. Ihn in die Enge treiben. Seine Wut an ihm auslassen. Ich wusste, worin es enden würde. Er oder Attila. Ich dachte keine Sekunde darüber nach, riss die Toilettentür auf und ging mit zügigen Schritten zum Ausgang des Krankenhauses. Ich rief mir ein Taxi, dann wählte ich Faisals Nummer. Zum Glück ging er ran.

„Jarrad will Attila konfrontieren!", rief ich panisch in den Hörer, „Faisal, du musst ihn aufhalten, Attila wird ihn töten. Er hat meinen Bruder verprügeln lassen und jetzt will Jarrad sich an ihm rächen, aber er ist allein, er hat keine Chance, Faisal bitte, du musst –" Ich schnappte nach Luft und meine Kehle schnürte sich zu. Tränen mischten sich in meine Worte.

„Laya, komm runter, ok? Ich fahr hin und klär das mit ihm."

„Weißt du denn, wo er ist?", fragte ich atemlos und entdeckte ein Taxi am Ende der Straße. Das Symbol auf dem Dach leuchtete gelb.

„Sicher im Vertil." Er stockte kurz. „Du bleibst zuhause. Kapiert? Laya? Fu-!" Schnell nahm ich den Hörer vom Ohr und legte auf. Das Taxi hielt vor mir und ich stieg mit zitternden Knien ein. Ich wischte mir über die Augen. Mein Bedürfnis zu weinen war versiegt, ein einziger Gedanke füllte meinen Kopf aus: Ich musste Jarrad aufhalten.

Ich trippelte nervös mit den Beinen, massierte meine Hände und starrte ununterbrochen auf den Zähler. *13,10 … 13,30 … 13,50 …*

„Da is' tote Hose", sagte der Taxifahrer, als er neben dem Vertil hielt, „sach ich ja, am Sonntag läuft da nix."

„Ich bin hier verabredet", log ich und reichte ihm einen Zwanziger und mein letztes Kleingeld. „Danke." Ich stieg aus und schnappte nach frischer Luft. Der Taxifahrer musste mich für bekloppt halten – das Vertil lag zwischen Industrie und Wald und war ein denkbar schlechter Ort für eine Verabredung. Jedenfalls Sonntagabend.

Mein Blick wanderte über den geschwungenen Schriftzug an der dunklen Fassade. Der Motor des Taxis brummte noch immer hinter mir. Vielleicht wartete er, bis ich im Gebäude verschwand – oder zu ihm zurückkam.

Ich presste meine Handfläche gegen die Tür und tatsächlich schwang sie auf. *Jemand ist hier.* Aber wer? War ich zu spät?

Ein Leuchtpanel hinter der Bar tauchte den Club in dämmrig rötliches Licht und holte Umrisse aus der Dunkelheit: runde Tische, Barhocker, Scheinwerfer. Die Ecken versanken in undurchdringlichem Schwarz.

„Wer ist da?“

Ich erschrak so sehr, dass ich mit der Schulter gegen den Türrahmen stieß. Ein kleiner Schrei verließ meinen Mund.

Zwei Gestalten traten aus den Schatten, ganz in schwarz gekleidet, die sich kaum vom Hintergrund abhoben.

„Ich – ich wollte zu Jarrad“, stammelte ich.

„Hier gibt’s keinen Jarrad“, antwortete eine barsche Stimme. Einer der beiden leuchtete mir mit einer Handytaschenlampe ins Gesicht. Geblendet hielt ich mir die Hand vor die Augen.

„Ey“, hörte ich eine zweite Stimme, „die kenn ich. Die war mal hier.“

Der andere grunzte. „Der Club is’ geschlossen.“

„Was willst du hier?“, fragte die zweite Stimme, heller und jungenhafter. Er nahm die Taschenlampe herunter und beleuchtete den Boden. Langsam gewöhnten sich meine Augen wieder an die Dunkelheit und ich konnte ihre Gesichter erkennen. Der eine war stämmig und klein und trug einen dichten Bart, ihm ordnete ich die barsche Stimme zu. Der andere hatte lange schwarze Haare und einen schmächtigen Körperbau. Ich hatte ihn bei meinem letzten Besuch im Vertil getroffen. Er hatte neben Jarrad gesessen und mit dem schwarzhaarigen Mädchen geredet. Faisal hatte ihn Akki genannt, oder so ähnlich.

„Ich …“ Ich starrte in seine Augen, wie schwarze Knöpfe, die unter den dichten Augenbrauen etwas zu klein wirkten.

Beide Typen hielten ein Stück schwarzen Stoff in der Hand, in der Größe einer Mütze. Schwarzes Langarmshirt, schwarze Hosen, schwarze Springerstiefel, eingefangen vom Lichtkegel der Taschenlampe. Mein Blick flog hoch, als ich erkannte, *was* die beiden in den Händen hielten. Ich stolperte rückwärts, wusste, ich hätte stehenbleiben sollen, ruhig bleiben, aber ich konnte nicht. Die Springerstiefel. Skimützen, alles in schwarz. Und Akki … der verstand, dass ich ihn erkannt hatte.

„Bleib stehen!"

Zum zweiten Mal stieß ich mit dem Rücken gegen den Türrahmen, doch diesmal war es schmerzhafter. Ohne mich umzudrehen, suchte ich nach der Türklinke, aber meine Hände griffen ins Leere, und dann ragte sein schmächtiger Körper neben mir auf, wie ein abgebrannter Baum, und sein spindeldürrer Arm fand die Klinke, bevor ich es tat.

„Du solltest dich besser setzen." Ein drohender Unterton lag in seiner Stimme.

Eine Deckenleuchte ging an und tauchte den menschenleeren Raum in kaltes Licht. Der stämmige Kerl stand neben einer weiteren Tür schräg hinter der Bar, vielleicht eine Art Hintertür, und sofort flammte Hoffnung in mir auf. Eine zweite Tür, ein zweiter Fluchtweg. Aber dann sah ich das kleine Zahlenpad daneben und meine Hoffnung verpuffte.

„Da hin." Akki zeigte mit bleichem Zeigefinger auf ein Sofa am anderen Ende des Raums. So weit von beiden Türen entfernt wie nur möglich.

Mit zittrigen Beinen setzte ich mich auf die Kante des Sofas, spürte die Schwäche in all meinen Gliedern. Das Polster war so weich und ausgeleiert, dass ich fast bis auf den Boden sackte und meine Knie bis zu meiner Brust gingen. Die zwei Männer stellten sich vor mich und sahen auf mich herab, als wäre ich frische Beute. Der kleine Dicke lächelte zufrieden.

„Was machen wir jetzt mit dir, hm?" Sein Name, Akki, war alles, was dieser schmächtigen Gestalt noch etwas Menschliches, beinahe Kindliches, verlieh. Irgendwie erwartete ich, dass er bei der leichtesten Berührung zu Asche zerfallen würde. Und es hätte mich auch nicht gewundert, wenn es in seiner Nähe verbrannt gerochen hätte.

Mein Mund war ausgetrocknet. „Ich – ich werde nichts tun, versprochen", flüsterte ich.

Er lachte kehlig. „Ich soll dich gehen lassen und riskieren, dass du zur Polizei gehst? Das hättest du wohl gern."

„Warum habt ihr das getan?"

Sein Lächeln verschwand. „Weil er ein mieser kleiner Hurensohn ist. Und wenn du nicht dabei gewesen wärst, dürftest du ihn jetzt als Brei von der Straße kratzen. Dein Bruder?"

Ich nickte eingeschüchtert. „Aber – was hat er euch getan?"

„Mir persönlich? Nichts."

„Warum dann?", fragte ich flehend. „Bitte, ich muss es verstehen. War es ein Auftrag?"

Akkis Kiefermuskulatur zuckte. „Du weißt zu viel", knurrte er, „man sollte dir das Maul stopfen."

„Oder diese hübschen Lippen zusammennähen", warf der stämmige Kerl mit einem Grinsen ein.

In meinem Kopf drehte sich alles. „Ich rede nicht", rief ich, während Panik von mir Besitz ergriff, „bitte, ich – ich würde nie zur Polizei gehen, ich will es doch nur verstehen! Was hat mein Bruder getan? Vielleicht könnte ich ja mit ihm reden oder – oder –"

„Dein Bruder", sagte Akki und seine Stimme nahm einen geschäftigen Ton an, aber ich wusste, dass das nur Fassade war, „ist ein Schwanzlutscher. Ein verwöhnter kleiner Hurensohn mit einem Haufen Freunde, die sich für was Besseres halten. Aber er und seine *Homies* haben sich das falsche Opfer ausgesucht. Verstehst du? Und jetzt müssen sie dafür bezahlen."

Ich starrte ihn verständnislos an. „Das falsche Opfer", wiederholte ich langsam, „wieso Opfer? Meinst du damit, dass er andere Kinder ärgert?"

Akki antwortete nicht, aber an seinem kurzen, wütenden Blick erkannte ich, dass ich richtig lag.

„Wen ärgert er?", fragte ich leise.

„Genug Fragen", gab Akki bissig zurück.

„Bitte, ich … ich will auch nicht, dass er das tut. Vielleicht könnte ich mit ihm reden."

„Halt's Maul."

„Vielleicht würde er die anderen Kinder dann in Ruhe –"

„Ich sagte: HALT'S MAUL!" Auf einmal schoss seine Hand auf mich zu und stach mit einem Messer nach mir. Ich schrie auf und warf mich mit dem Oberkörper so weit zurück wie ich konnte. Eingekreist, schoss es mir durch den Kopf. Sie werden mich nicht gehenlassen. Ein lauter Knall ertönte. Die beiden Männer starrten zum Eingang, dann zur Zimmerdecke. Ein zweiter Knall. Mir wurde eiskalt. Jarrad war da oben.

22

„Warum bist du hier?“, fragte Attila.

Jarrad richtete die Beretta auf ihn und legte beide Hände um den Griff.

Attilas Kiefer spannte sich an. „Was soll das?“

„Du bist zu weit gegangen. Ich habe alles getan, was du wolltest. Und trotzdem hast du Laya angegriffen.“

Attila blinzelte überrascht. „Ich sie angegriffen? Da irrst du dich. Warum hätte ich das tun sollen?“

„Weil du ein mieses Arschloch bist“, spuckte Jarrad ihm entgegen, „und keine Grenzen kennst. Du denkst, du kannst dir alles erlauben. Aber heute hast du es zu weit getrieben.“

„Bitte, klär mich auf. Ich weiß wirklich nicht, worum es geht.“

„Warum auf einmal so feige? Wegen der hier?“ Jarrad gestikulierte mit der Pistole und beobachtete zufrieden, wie Attila zusammenzuckte. „Ich werde deinem alten Gedächtnis auf die Sprünge helfen. Vielleicht bist du wirklich schon so dement. Du hast Val den Auftrag gegeben, Layas Bruder zu töten. Und erzähl mir nicht, es war ein Zufall.“

Wieder tat Attila so überrascht. Jarrad hätte ihm am liebsten mit der Waffe die Nase gebrochen.

„Ich weiß von nichts, Jarrad. Val muss eigenmächtig gehandelt haben. Ich halte mein Wort, das verspreche ich –“

„Einen Scheiß hältst du“, brüllte Jarrad.

Attila hob die Hände über den Kopf und machte zwei winzige Schritte nach vorn.

„Bleib wo du bist!“ Jarrad winkte ihn mit der Beretta zurück. Er musste den Abstand wahren; er kannte Attilas Manipulationstechniken nur zu gut.

„Bitte, Jarrad. Das muss ein Missverständnis sein.“

„Ist doch egal.“ Auf einmal ging ihm die Kraft aus. Sein Arm fühlte sich schwer an. Alles wurde anstrengend. *Ich will doch nur, dass es endet ...*

„Wenn ich dich verschone, wirst du mich töten“, sagte er resigniert, „du kannst mir nicht mehr vertrauen, nach allem, was passiert ist. Was willst du noch mit einem wie mir?“

„Ich werde dich verschonen. Das verspreche ich dir."

Jarrad lachte verächtlich. „Ich weiß zu viel. Und ich kann nicht mehr. Du kapierst es einfach nicht, aber ich kann diese Aufträge nicht mehr."

„Über alles lässt sich reden. Nimm die Waffe runter und wir setzen uns zusammen hin und besprechen, wie es weitergehen kann. In Ordnung?"

Im selben Moment schwang die Tür auf und knallte an die hintere Wand. Während Jarrad die Beretta sofort auf den Eindringling richtete, verzog sich Attilas Mund zu einem erleichterten Lächeln.

Vals schmächtige Statur füllte gerade mal die Hälfte des Türrahmens aus. Sie musterte Attila von Kopf bis Fuß, bevor ihr Blick im Halbkreis durch den Raum wanderte und auf Jarrad zum Ruhen kam.

„Oh", rutschte es ihr heraus.

„Los, stell dich zu ihm. Und mach die Tür zu." Jarrad winkte sie mit der Pistole zu Attila. Sie gehorchte widerstandslos.

„Warum hast du Layas Bruder verprügelt?" Die Wut kochte wieder in ihm hoch.

„Das war Akkis Sache", sagte Val und kratzte sich mit der erhobenen Hand am Kopf, „ich hab ihm nur geholfen. Er hat uns doch beide gefragt, erinnerst du dich nicht mehr?"

Jarrad versuchte sich nichts anmerken zu lassen, aber innerlich hatte er das Gefühl, wie ein Kartenhaus in sich zusammenzustürzen. „Und warum hätte Akkinar das tun sollen?"

„Hatte doch mit seinem Mädchen zu tun. Irgend so eine Kindergeschichte. Vier böse Jungs ärgern den armen kleinen Autisten. Und der hat 'ne wütende ältere Schwester, die den naiven Akki um den Finger gewickelt hat." Val grinste und verdrehte die Augen. Die Beretta schien sie nicht im Mindesten zu beeindrucken.

Jarrad biss sich auf die Lippe und umklammerte den Griff etwas fester. Seine Hände schwitzten.

„Schön, dass wir das geklärt hätten", sagte Attila und lächelte, ein eigenartiger Mix aus Erleichterung und Zwang. „Dann kannst du die ja wieder einstecken."

Aber Jarrad rührte sich nicht, bis auf das schwache Zittern seiner Hand.

„Und jetzt?", fragte Attila, mit einem nervösen Blick auf die Pistolenmündung. Sein zuversichtliches Lächeln begann zu bröckeln. „Willst du uns beide töten? Zwei Leben, die du auf dem Gewissen hast. Zwei Familienmitglieder."

„Vielleicht wäre es besser so", sagte Jarrad leise, „du wirst mich weiterhin dazu zwingen, Menschen umzubringen. Vielleicht ist es besser, ich beende es gleich."

„Und die arme unschuldige Val mit reinziehen?"

„Es wird nur einen Toten geben", erwiderte er kühl.

Attila kniff die Augen zusammen. Mit einer blitzschnellen Bewegung schnellte sein Arm zu Val und riss sie an sich. Val zappelte, bis Attila ein Messer zückte und es ihr an den Hals presste. Sie wurde sofort still, ihre Augen waren weit aufgerissen.

„Du hast die Wahl. Wenn du mich tötest, stirbt sie. Oder du nimmst die Waffe runter und wir alle werden verschont." Attilas Lippen lagen an Vals Ohr.

Sie atmete flach und blickte flehend zu Jarrad. Attila drückte das Messer in ihre zarte Haut, bis sich eine rote Linie abzeichnete.

Widerwillig ließ Jarrad die Beretta sinken. Er ging in die Knie, legte die Waffe vor sich ab. Dann richtete er sich wieder auf und gab ihr einen Tritt. Die Pistole schlitterte quer über den Holzboden und blieb zu Vals Füßen liegen.

Attila lächelte. „Vernünftig."

Er verharrte für einen Moment, dann nahm er das Messer herunter und schubste Val. Sie stolperte nach vorne, streckte die Hände aus, um ihren Fall zu bremsen, und noch bevor Jarrad realisierte, dass sie absichtlich gestolpert war, hatte sie sich die Pistole geschnappt und sprang damit zur Seite. BAM! BAM! Die Schüsse knallten so laut, dass Jarrad das Gefühl hatte, sein Trommelfell würde zerfetzt. Er duckte sich, viel zu spät. Seine Hände suchten Schutz und griffen ins Leere. Er erwartete Schmerz, aber der kam nicht. Vielleicht hatte das Adrenalin ihn betäubt. Er sah sich um und verstand gleichzeitig, dass die Kugeln nicht für ihn gewesen waren. Val zeigte mit ausgestreckter Waffe zum Schreibtisch, wo Attila wenige Sekunden zuvor gestanden hatte. Er war zu Boden gesunken, eine Hand auf seine Brust gepresst. Sein schwerer Oberkörper lehnte an der Rückseite des Schreibtischs, die Beine hatte er von sich gestreckt. Er atmete schwer.

Seine Augenlider sackten zu, öffneten sich flatternd. Unter seiner Hand bildete sich ein dunkelroter Fleck, sog sich durch den Stoff seines khakifarbenen Hemds.

Niemand sagte ein Wort. Attilas Keuchen erfüllte das Zimmer, erst laut und hektisch, dann immer schwächer und kraftloser. Blubbernde Geräusche kamen aus seinem Mund.

Jarrad konnte den Blick nicht abwenden. Er wollte etwas sagen, dem Mann, der ihn gerettet und dann ins Verderben gestürzt hatte. Der für ihn dagewesen war, ihm zugehört hatte, ihn umarmt hatte. Der ihn angeschrien und ihm seine Freiheit geraubt hatte. Wie lange schon hatte er sich Attilas Tod gewünscht? Und jetzt lag er da, seine Autorität verschwunden, elendig und jämmerlich.

Als er Attilas Atemzüge nicht mehr hörte, ging er neben ihm in die Hocke und prüfte den Puls.

Nichts.

„Warum hast du das getan?", fragte er leise, ohne Val anzusehen.

„Mir ist klar geworden, dass mein Leben für ihn nichts bedeutet." Ihre Stimme klang leblos.

Ohne sich abzusprechen, schleppten sie Attilas Körper hinter den Schreibtisch. Dort würde man ihn wenigstens nicht sofort sehen.

„Ich werde die Schuld auf mich nehmen", sagte Val.

„Na das hoffe ich doch, schließlich hast du ihn umgebracht."

Val ließ Attilas Arm fallen und trat wortlos ein paar Schritte zurück.

„Hör mal, Attilas Leute werden dir das ziemlich übelnehmen", sagte Jarrad und folgte ihr zur Tür, „vielleicht wäre es besser, wir schaffen ihn weg und verlieren kein Wort darüber."

Sie schüttelte den Kopf. „Sie brauchen einen Sündenbock, das weißt du doch. Ich werde verschwinden, du kannst ihnen dann alles erklären. Sag, dass du mich aufhalten wolltest."

„Erstmal müssen wir ihn hier rausschaffen."

„Oder wir lassen ihn hier."

„Was?"

„Es macht keinen Sinn, dass ich die Leiche allein beseitigt hab. Er ist viel zu schwer für mich. Dann wüssten sie, dass ich Hilfe hatte. Wir müssen ihn hierlassen."

Jarrad warf einen letzten betroffenen Blick auf Attilas Füße, die hinter der Schreibtischkante hervorlugten.

„Was ist los?", fragte Val. „Trauerst du ihm nach?"

Er schüttelte den Kopf, auch wenn er nicht sagen konnte, was er empfand.

„Also, dann hau ich mal ab."

„Wo gehst du hin?"

Sie lächelte listig. „Das werde ich dir sicher nicht verraten." Sie reichte ihm die Beretta. „Sag deiner Freundin Grüße von mir."

„Ganz bestimmt nicht."

Val grinste, die Hand auf der Türklinke. „Ja, vielleicht besser so. Aber weißt du, ihr habt mir schon ein bisschen leidgetan. Irgendwie."

„Wie empathisch von dir", erwiderte Jarrad ironisch.

„Nee, ehrlich. Manchmal glaube ich sogar, ich hab euch deshalb entkommen lassen. Beim ersten Mal."

Jarrad stieß ein lebloses Lachen aus. „Alles klar."

Sie verließen Attilas Arbeitszimmer und schlossen die Tür.

Val klopfte ihm auf die Schulter, dann verschwand sie in der Dunkelheit. Er hörte ihre Schritte, das Schlagen einer Tür, dann nichts mehr. Irgendetwas drängte ihn dazu, einen letzten Blick ins Zimmer zu werfen und nach Attila zu sehen, aber er widerstand dem Drang. *Attila ist tot. Er ist tot und ich … ich bin frei.* Er folgte Val.

23

Die zwei Männer tauschten nervöse Blicke und ich überlegte, ob das meine Chance war. Meine einzige Chance. Aber bevor ich auch nur mit dem Finger zucken konnte, hatten sie ihre Aufmerksamkeit wieder auf mich gerichtet.

Akki spielte mit dem Messer in seiner Hand, das nach meinen spärlichen Kenntnissen wie eines dieser Butterflys aussah. Licht spiegelte sich in der Klinge.

Es knallte ein weiteres Mal, leiser und präsenter, und die beiden Männer wirbelten herum. Eine kleine Gestalt in einem schwarzen Hoodie eilte von der Hintertür, vorbei an der Bar, zum Ausgang.

„He! Bleib stehen!", rief die barsche Stimme und versetzte mir einen kalten Stich. Es war dasselbe *He*, das man Elias, Sophia und mir hinterhergerufen hatte.

Die Gestalt drehte sich um und unter der Kapuze erkannte ich Vals Gesicht mit dem markanten Muttermal.

„Was waren das für Schüsse?", fragte Akki.

Val drehte sich um und ging wortlos.

„Scheiß Fotze", murmelte der stämmige Kerl, „hält sich für was Besseres."

Die Hintertür ging ein weiteres Mal auf und prallte mit demselben leisen Knall an der Wand ab.

Erleichterung durchflutete mich. Jarrad. Er war hier und er war unverletzt. Mit einer Pistole in der Hand, deren Lauf auf Akki zielte.

„Weg mit dem Messer", knurrte er.

Akkis Mundwinkel zuckten. Mit gebeugten Schultern trat er zurück und ließ das Messer zusammengeklappt in seiner Hosentasche verschwinden.

„Was soll das? Wieso bedrohst du sie?" Jarrad hatte mich nur kurz angesehen. Anstatt die Waffe zu senken, legte er beide Hände um den Griff der Pistole.

„Ey, steck das Ding weg", sagte Akki und gestikulierte verärgert mit den Armen.

„Weg vom Sofa."

„Ey, lass den Scheiß —†"

„Ich sagte, weg vom Sofa." Jarrad wurde lauter und machte zwei Schritte nach vorn.

Mit Gesten seiner Waffe trieb er die Männer wie Marionetten in die Mitte der Tanzfläche. Sie gingen widerwillig, spuckten dabei auf den Boden und warfen Jarrad feindselige Blicke zu.

„Laya. Steh auf und komm hinter mich. Langsam."

Erst jetzt bemerkte ich, dass sich meine Hände in die Polster gekrallt hatten. Vorsichtig löste ich sie von dem Stoff. Mit zittrigen Beinen stellte ich mich neben ihn, froh, dass wenigstens die Hintertür in Reichweite war.

„Wieso bist du hier?", fragte er leise, ohne seine Augen von den Männern abzuwenden. Mit einer Hand schob er mich hinter sich.

„Ich … wollte dich abhalten", murmelte ich und merkte, wie dumm das klang, „ich wollte nicht, dass du dich an Attila rächst."

Er seufzte ungläubig, dann richtete er das Wort an Akki. „Beantworte die Frage. Warum hast du ihr gedroht?"

„Was hätte ich sonst tun sollen? Sie gehen lassen, damit sie zur Polizei rennt und mich verpfeift? Scheiße." Akki kickte mit seinen Stiefeln nach einer Bierdose. Sie schlitterte scheppernd über den Boden und knallte gegen die Wand.

„Ihr Bruder liegt schwer verletzt im Krankenhaus", schnaubte Jarrad, „und alles, was dir einfällt, ist, ihr zu drohen?"

„Der soll froh sein, dass er im Krankenhaus ist. Wär sie nicht dabei gewesen –" Akki nickte mir zu.

Jarrads Augen verengten sich. „Du mieser kleiner –"

„Jarrad, lass uns gehen", sagte ich eindringlich.

„Hast du gehört, was er gesagt hat? Er hätte deinen Bruder zu Tode geprügelt", sagte er verbissen.

„Sie wird zur Polizei rennen wie ein braves Mädchen und uns alle in die Scheiße reiten."

„Halt dein feiges Maul. Wenn sie das hätte tun wollen, wäre sie längst dort."

Akki stieß zischend die Luft aus. „Das heißt, ich soll sie gehen lassen?"

„Dir bleibt keine andere Wahl." Jarrad gestikulierte mit der Waffe und in seiner Stimme vernahm ich einen spöttischen Unterton.

Im selben Moment öffnete sich die Eingangstür.

„Hat die Party ohne mich angefangen?" Faisals Blick wanderte durch den Raum und blieb an mir hängen. „Wo ist Attila?"

„Was zum Teufel machst du hier?", fuhr Jarrad ihn an.

„Laya hat mich gewarnt, dass … egal. Was soll das?" Er nickte zu der Waffe in Jarrads Händen.

„Die Ratte hat Layas Bruder überfallen. Und jetzt bedroht er sie."

„Wenn Attila davon erfährt, bist du erledigt." Verachtung schwang in Akkis Worten.

„So?" Jarrads Stimme nahm einen gefährlichen Unterton an. „Ich wüsste nicht, wie Attila davon erfahren sollte."

„Bitte, Jarrad", sagte ich leise, „es gibt doch keinen Grund …"

Er schien mich nicht zu hören und näherte sich Akki mit erhobener Waffe. „Vielleicht erfährt Attila davon", er zuckte mit den Schultern, „vielleicht nicht. Aber das wirst du nicht mehr mitkriegen."

„Jarrad, bitte!" Meine Stimme klang fester. „Es gibt doch keinen Grund, sich gegenseitig zu verletzen."

Er war stehen geblieben, den Rücken zu mir gekehrt. „Laya, du bist die, die am meisten verletzt wurde. Dein Bruder liegt im Krankenhaus. Vielleicht wird er sterben."

„Ich weiß", sagte ich leise, „und ich will nicht, dass noch jemand dort landet. Heute Nacht wurden genug Menschen verletzt." Ich legte eine Hand an seinen Ellbogen. „Lass uns gehen."

Ich spürte seinen Widerwillen. Und auf einmal hatte ich Angst, dass es nicht um Attila oder Akki ging. Dass nicht sie die Bedrohung waren, sondern Jarrad. Jarrad, dessen Hände sich um den Griff einer Waffe klammerten. In seinem Inneren ein brennendes Feuer aus Hass und Wut, das aufloderte und ihn verzehrte. Ihm die Kontrolle genommen hatte. Was war hinter dieser Tür passiert? Zwei Schüsse, und Jarrad lebte. Das konnte nur bedeuten, dass Attila tot war.

„Bitte, Jarrad. Lass – lass uns einfach gehen. Niemand wird zu Schaden kommen. *Jarrad.*" Ich flüsterte seinen Namen. Er drehte sich zu mir und ich suchte nach dem Menschen, der mir so nah gewesen war, der mir bei einem Gewitter seine Finger auf die Wange legte und versprach, dass ich mir keine Sorgen machen müsste. Der meine Hand hielt, während ich mich meinen Ängsten stellte und in eiskaltes Bergwasser watete. Sein Blick wurde weicher, öffnete sich mir. Gab nach. Er blinzelte und nickte.

„Okay." Er nahm meine Hand und wir gingen zum Ausgang. Kurz bevor wir bei Faisal waren, zögerte ich und drehte mich um.

„Warte kurz. Du heißt Akki, richtig?", fragte ich den schmächtigen Kerl.

Er funkelte mich wütend an. „Akkinar."

„Okay, Akkinar. Ich muss wissen, ob du meinem Bruder wieder etwas antun wirst."

„Wenn er Scheiße baut."

„Ich könnte mit ihm reden. Ich rede mit ihm über das Mobbing, er wird mir ganz bestimmt zuhören. Aber bitte versprich mir, dass du ihm nichts tust."

„Einen Scheiß werd' ich tun. Wenn er Georg nicht in Ruhe lässt, kriegt er aufs Maul. Das kannst du ihm ausrichten. Mit freundlichen Grüßen von mir." Akkinar grinste voller Schadenfreude.

„Aber … wenn er aufhört, lässt du ihn in Ruhe. Oder?"

Akkinar warf mir einen genervten Blick zu. „Verpisst euch einfach."

Jarrad legte mir einen Arm um die Schulter. „Ich rede nochmal mit ihm", murmelte er mir ins Ohr, „keine Sorge, er wird ihm nichts tun."

Ich nickte unbehaglich.

Jarrad trat die Tür mit dem Fuß auf. Ein Geruch nach Rauch lungerte um den Eingang und ich lief ein paar Schritte, bis ich frische Nachtluft einatmete. Ich legte den Kopf in den Nacken und suchte mit den Augen, bis ich vereinzelte Sterne zwischen den dunkelgrauen Wolken fand. Es ist vorbei, sagte ich mir. Ich dachte an Barcelona, nachts vor Marlenes Wohnung, wo ich dasselbe getan hatte. Die Sterne gaben mir Sicherheit und Geborgenheit, auch wenn ich wusste, dass das Gefühl trog und mir kein Stern wirklich helfen konnte, wenn auf der Erde etwas passierte.

Jarrad legte mir von hinten seine Arme um den Oberkörper und drückte mich fest an sich.

„Ist alles okay?", flüsterte er.

Ich nickte nur.

Auf einmal fühlte ich mich schwach; ich wusste nicht, wie lange meine Beine mich noch tragen würden.

Faisal wollte wissen, was passiert war, aber Jarrad schüttelte den Kopf und sagte, er würde später mit ihm reden. Zuerst wollte er mich ins Krankenhaus fahren.

Wir verabschiedeten uns von Faisal und liefen schweigend über den Parkplatz. Jarrads Auto war ein dunkelgrüner, gebrauchter VW Golf. Im Auto legte sich Stille über uns. Wir saßen einfach nur da und starrten in die Dunkelheit hinter der Windschutzscheibe. Jarrad umklammerte das Lenkrad, seine Knöchel traten weiß hervor.

Langsam beruhigte sich mein Herzschlag, das Adrenalin ebbte ab. Ich verlor die Kontrolle. Tränen liefen mir übers Gesicht, mein ganzer Körper zitterte, meine Sorgen und Ängste überfluteten mich. Elias, blutüberströmt und bewusstlos, Akkinar, die Skimaske in seiner Hand, zwei laute Schüsse, Jarrads Wut. Die Erlebnisse der letzten Stunden erdrückten mich, wechselten sich in rasendem Tempo ab. Ich spürte eine Hand an meinem Unterarm, raue Finger strichen von meinem Handrücken bis zum Ellbogen und wieder zurück. Dann zog Jarrad mich in eine Umarmung. Unbeholfen hingen wir über dem Spalt zwischen den beiden Sitzen. Mein Körper wurde von Schluchzern geschüttelt, aber ich hielt sie nicht zurück. Konnte es nicht mehr. Schon das zweite Shirt von jemandem, das ich heute vollheule, dachte ich, aber es war mir egal. Es gab so viel Wichtigeres.

Irgendwann beruhigte ich mich und auf der Fahrt zum Krankenhaus erzählte Jarrad, was passiert war. Attila war tot. Val hatte ihn erschossen und nun war sie auf der Flucht.

Eine Weile schwieg ich geschockt. Während ich von Akkinar im Club bedroht worden war, war eine Etage über mir ein Mensch gestorben. Ein gewalttätiger, grausamer Mensch … aber immer noch ein Mensch. Und Jarrad hatte alles mitangesehen.

„Was passiert jetzt?", fragte ich leise. „Was ist mit Faisal, Akkinar und den anderen?"

„Zuerst werde ich sie überzeugen müssen, dass Val Attila getötet hat und nicht ich", sagte Jarrad schwerfällig, „ich weiß nicht, was danach kommt. Ein Haufen junger, gewaltbereiter Kerle, die gerade ihren Anführer verloren haben und von niemandem in die Schranken gewiesen werden – keine guten Aussichten für Frankfurt." Er seufzte. „Aber ich kümmere mich in den nächsten

Tagen darum. Mach dir keine Sorgen, okay? Du hast genug eigene Probleme im Moment."

Wir hielten auf dem Krankenhausparkplatz und Jarrad versprach, dass er später wiederkommen würde.

Meine Eltern sprangen auf, als ich das Wartezimmer betrat.

„Wo warst du?", fragte meine Mutter vorwurfsvoll.

„Ich hab frische Luft gebraucht", murmelte ich und ließ mich in einen der Plastikschalensitze fallen, „ich war draußen."

Meine Eltern tauschten einen Blick und setzten sich neben mich.

„Weißt du, wir haben uns Sorgen gemacht", sagte meine Mutter zögerlich.

„Tut mir leid."

Sie nickte langsam. „Vielleicht wirfst du nächstes Mal einen Blick auf dein Handy." Ich tat es – vier entgangene Anrufe und drei SMS. Ich biss mir auf die Lippe. „Tut mir wirklich leid. Ich wollte euch keine Sorgen machen."

Sie legte ihre Hand auf mein Knie. „Schon gut, Maus. Die Ärztin war da. Elias hat ein Penothorax –"

„Pneumothorax", verbesserte mein Vater.

Sie nickte. „Seine Lunge ist kollabiert. Drei gebrochene Rippen, meinte die Ärztin. Aber wir durften noch nicht zu ihm." An ihrer Stimme war eindeutig zu hören, dass ihr das überhaupt nicht passte. Nervös trippelte sie mit dem Fuß und zog ihren Ehering aus und wieder an.

Mein Blick fiel auf Sophia, ein Häufchen Elend zwischen ihren Eltern. Ihre Wimperntusche war verwischt, ihre Augen rot und aufgedunsen.

Noch in der Nacht durften wir zu ihm. Elias' Kopf war mit einem Verband umwickelt, aber die wenigen Stellen, die frei lagen, sahen schlimm genug aus. An seiner aufgesprungenen Lippe klebte dunkles, getrocknetes Blut, der sichtbare Teil seiner Wange war lila angeschwollen. Seine Stirn, sein Kinn und seine Nase waren unter weißen Mullbinden verborgen. Ich wollte mir nicht ausmalen, wie es darunter aussah. Still standen wir um sein Bett, jeder von uns mit einem inneren Entsetzen erfüllt. Elias schlief, aber Sophia und meine Mutter verhielten sich so, als wäre er tot. Ich war froh, als die Ärztin uns sanft, aber bestimmt aus dem Krankenzimmer geleitete.

Als die ersten Sonnenstrahlen früh morgens durch die Fenster des Krankenhauses fielen, ließ ich einen Teil der Anspannung abfallen. Ich hatte die ganze Nacht in Sorge um Elias und Jarrad verbracht, todmüde, aber zu nervös, um zu schlafen. Ein neuer Tag begann und ich konnte nur hoffen, dass er bessere Neuigkeiten brachte als der vergangene.

Mein Vater kaufte jedem von uns einen Kaffee und einen Schokoriegel aus dem Automaten.

„Macht es euch etwas aus, wenn ich Marlene anrufe?", fragte ich leise.

„Nein, ganz und gar nicht. Vielleicht … mag sie ja zu Besuch kommen."

„Ich frage sie." Marlene reagierte entsetzt und nach einem kurzen Zögern schlug sie vor, mit dem Zug anzureisen.

Minuten später rief sie wieder an. „Ich kann mir die Zugfahrt nicht leisten."

Ich stockte einen Moment. „Ich denke, das kriegen wir schon hin. Mama und Papa möchten auch, dass du herkommst. Wir können dir das Geld überweisen."

„Oh, Laya, ich danke dir dafür. Ich suche sofort einen Zug raus, ich ruf dich später nochmal zurück."

„Was ist los?", fragten meine Eltern, sobald ich aufgelegt hatte.

„Sie kann sich die Fahrt nicht leisten. Würdet ihr das übernehmen?"

Betroffen starrten sie mich an. „Selbstverständlich, aber … mein Gott. So wenig Geld hat sie?"

„Sie kommt schon klar. Das hat sie die letzten Jahre auch geschafft."

Nachmittags kam Jarrad zurück und wir schlenderten durch den Krankenhauspark. Seine Hand lag warm in meiner. Die Luft war abgekühlt, der Wind schob Wolken mit tiefhängenden Bäuchen über den Himmel.

„Ich hab mit Akkinar geredet", sagte er, „er wird deinen Bruder in Ruhe lassen. Trotzdem wäre es gut, wenn du mit ihm reden könntest. Ich weiß, er hat etwas Schreckliches durchgemacht, aber das entschuldigt nicht, was er getan hat."

Ich nickte betrübt. „Ich werd's versuchen."

Vor mir sah ich Elias' Gesicht, violett und grünlich, umwickelt von Verbänden, seine Lippe aufgerissen. *Wenn ich nicht dabei gewesen wäre ...*

Er hatte andere Kinder gemobbt und war dafür bestraft worden. So wie Mark.

Was, wenn man Elias vor einen Zug geschubst hätte? Wenn man ihm für einen Fehler seine Zukunft geraubt hätte? Und damit nicht nur sein Leben zerstört, sondern auch Sophias und das meiner Eltern und meins.

Hatte Mark Familie gehabt? Eine Schwester, wie Elias mich? *Wie es ihnen wohl geht ... sie müssen sich beschissener fühlen als ich. Ihr Sohn wird nicht wieder gesund.*

Ich wagte einen kurzen Blick zu Jarrad.

„Mark war kein Unfall, oder?", sagte ich leise.

Er biss sich auf die Lippe, aber sein Blick hielt meinem stand. „Nein."

„Wer war es?"

„Willst du das wirklich wissen?"

„Ja."

Er atmete seufzend aus. „Faisal."

Ich nickte langsam. „Das hab ich vermutet."

„Du klingst nicht sonderlich entsetzt."

„Ich finde es nicht gut. Und ich bin ehrlich gesagt froh, dass du es nicht getan hast. Aber ich habe mich schon an den Gedanken gewöhnt, dass es kein Unfall war."

Lange nachdem ich diesen Satz ausgesprochen hatte, dachte ich noch darüber nach. Es war schwer zu sagen, was ich wirklich fühlte und was ich mir einbildete, fühlen zu müssen. Meine erste Reaktion auf Marks Tod war Erleichterung gewesen. Und nun behauptete ich, ich hätte es nicht gut gefunden? Wie konnte das stimmen, wenn sich seitdem alles in meinem Leben gebessert hatte?

„Ich weiß nicht, ob das stimmt, Jarrad", sagte ich mit bebender Stimme. Ich war stehengeblieben, Jarrad drehte sich zu mir und sah mich überrascht an.

„Was meinst du?"

„Ich weiß nicht, was ich fühle. Vielleicht war es gelogen, dass ich es nicht gut finde. Schließlich *habe* ich Erleichterung empfunden. Vielleicht finde ich es nur nicht gut, weil man genau das von mir erwartet."

„Was wir als schlimm empfinden und was nicht, ist genauso von der Gesellschaft geprägt, wie vieles andere an unserem Charakter", sagte er leise, „es lässt sich schwer von dem trennen, was uns ausmacht. Aber das war schon immer so. Vor zweihundert Jahren haben die Leute gejubelt, wenn jemand vor ihren Augen geköpft wurde. Heutzutage sind wir schockiert. Wir sind die gleichen Menschen, aber wir leben ein anderes Leben. Uns geht es jetzt gut – ich weiß nicht, ob wir nachvollziehen können, wie sich die Leute damals gefühlt haben. Ein Volk, das leidet, das sich in seinem Schmerz gefangen fühlt, hilflos ausgeliefert ist und verängstigt, das sehnt sich danach, Köpfe rollen zu sehen."

„Du denkst, wenn wir in einer anderen Zeit leben würden, würde ich Marks Tod gut finden, weil es normal wäre?"

„Möglich. Heutzutage tun alle immer so mitfühlend, weil es leicht ist. Es ist leicht, hilfsbereit zu sein, wenn man selbst genug hat. Aber sind wir das wirklich? Mal ehrlich: Heutzutage gibt es so viel Leid auf der Welt, Millionen hungernde Menschen, Milliarden Tiere in Massentierhaltung. All das lassen wir zu und halten uns trotzdem für fortschrittlich."

Und vielleicht werden uns dafür die Menschen in zweihundert Jahren als barbarisch verurteilen – so, wie für uns die Guillotine barbarisch ist.

Ich blickte an Jarrad vorbei. Ein Maschendrahtzaun umlief den Park und trennte das säuberliche Gras von wildwachsendem Gebüsch.

Dennoch – es hatte immer Ausnahmen gegeben. Menschen, die das hinterfragten, was die Gesellschaft als richtig vorgab.

Jarrad drückte meine Hand. „Es ist deine Entscheidung, was du Mark und seiner Familie gegenüber empfinden möchtest. Wenn du ihm nicht verzeihen kannst, wenn du auch den anderen aus deiner Klasse nicht verzeihen kannst, ist das deine Sache. Niemand kann dir das wegnehmen. Du könntest dein restliches Leben der Rache an ihnen widmen. Aber meine Erfahrung der letzten Wochen war, dass es sich ohne diesen Hass leichter lebt."

War das der Grund, warum ich mich immer noch so von der Schule und der Meinung anderer beeinflussen ließ – warum ich nicht bedingungslos glücklich sein konnte? Weil ich, anstatt mich auf die guten Ereignisse zu konzentrieren, an meiner Wut festhielt?

Es war schwer, Elias zu besuchen, ohne dass Sophia bei ihm war. Sie wachte Tag und Nacht über ihn wie ein Greif, hartnäckig, unendlich ausdauernd, aber gar nicht so unausstehlich, wie ich irgendwann zugeben musste. Ich verbrachte viel Zeit mit den beiden, mit der unterschwelligen Hoffnung, dass sie uns einen Moment allein lassen würde, aber es bewirkte nur, dass ich Sophia mit der Zeit zu mögen begann. Und ich war mir ziemlich sicher, dass das auch umgekehrt galt.

Nach drei Tagen passierte das Undenkbare: Sophia stand auf, um Elias einen Tee zu bringen. Mir graute davor, das Thema anzusprechen, aber in naher Zukunft würde sich keine bessere Gelegenheit mehr bieten, also musste ich sofort auf den Punkt kommen.

„Hör mal", begann ich, „ich hab aus der Schule gehört, dass du andere manchmal ärgerst."

„Hmpf", brummte Elias durch den dicken Verband hindurch.

Ich fuhr fort: „Das ist nicht besonders nett, weißt du. Menschen vor anderen bloßzustellen."

Er blinzelte verständnislos und seine eingerissenen Lippen öffneten sich spaltbreit. „Ich hab graders'n Haufen Springerschdiefel in Bauch geramm bekomm – und du regs dich über Gleinichgeiden inner Schule auf?", nuschelte er.

„Ich weiß, dass es schlimm ist, was dir angetan wurde. Sehr schlimm, das stellt niemand in Frage. Aber wenn du andere in der Schule ärgerst, ist das für sie auch sehr schlimm, okay? Nur, dass es vielleicht nicht so offensichtlich ist. Aber wie würdest du dich fühlen, wenn man dich jeden Tag ausgrenzt und schlecht über dich redet?"

„Sie sin hald irgenwie selbs dran schuld. Neulich hab ich dem Fedden 'nen Widds erzähl und er had einfach *null* gelach. Nichmal reagier. Sein Bligg ging voll an mir vorbei, als wärer inner andren Weld. Voll schräg."

„Kann es vielleicht sein, dass er schon länger ausgegrenzt wird?"

„Ja klar, war hald von Anfang an komisch. Had nie was gesag."

„Dann ist es doch kein Wunder, dass er nicht mehr reagiert! Wahrscheinlich hat er einfach Angst, dass er dann nur wieder ausgelacht wird. Warum sollte er nett zu dir sein und über deinen Witz lachen, wenn ihr nie nett zu ihm wart?"

Elias blinzelte und für einen Moment glaubte ich, dass er mich verstanden hatte.

„Die sin hald voll nervig", stöhnte er dann.

„Wen meinst du mit ‚die'?"

„Finn unn Georg."

„Georg? Ist das nicht –" Ich verstummte. Elektromusik füllte meinen Kopf, und Georg, der dazu tanzte. Umkreist von lachenden und fingerzeigenden Kids, Handys gezückt. *Georg … der autistische Junge …* war er derjenige, von dem Akkinar geredet hatte? Diese Nacht war mir nur verschwommen im Gedächtnis geblieben, überlagert von Adrenalinschüben, Angst und Panik.

„Georg ist autistisch", sagte ich, „und selbst, wenn er es nicht wäre: Egal wie komisch oder lächerlich sich jemand verhält, das ist kein Grund, ihn fertigzumachen. Jeder hat seine eigenen Probleme, seine eigene Last, die er mit sich rumschleppt. Mach es den Leuten nicht schwerer, als es ohnehin schon ist. Du weißt doch gar nicht, warum er so ist."

„Was indressier dich das überhaup?"

Ich presste die Lippen zusammen. „Es ist halt ziemlich gemein, andere Menschen zu ärgern. Du musst sie ja nicht *mögen*, du könntest sie einfach in Ruhe lassen. Wo liegt das Problem?"

„Du bisso schlimm wie Mom", grunzte er und überraschte mich damit.

„Wieso? Hat sie auch etwas gesagt?"

„Nee, aber sie willoch immer, dass wir su allemunjedem nedd sind. Sie hakein Plan, wie das inner Schule läuf. Wennu su jedem nedd bis, wirse gemobb. Wenn ich aufhör, schlech über Finn unn Georg su reden, wird schlech über mich gereded. Und darauf kann ich ech verzichdn."

Ich starrte ihn verblüfft an. Mein Bruder hatte dieses System besser durchschaut, als ich angenommen hatte. Er machte zwar mit – aber wenigstens schien er auch verstanden zu haben, wie es funktionierte.

„Meinst du nicht, deine Freunde halten zu dir, wenn du aufhörst zu lästern?"

Er winkte ab. „Nee. Endweder du mobbs oder du wirs gemobb."

„Aber du trägst doch immer deine Markenklamotten und deine Hosen hängen dir fast in den Kniekehlen. Ist man dann nicht automatisch cool?"

Elias warf mir einen finsteren Blick zu. Dann wurden seine Züge weicher und er lächelte verkrampft.

„Ha-ha."

Ich lächelte zurück, und als wir uns dann ansahen, wirkte er viel reifer und erwachsener als noch vor ein paar Tagen.

„Versuch doch einfach diese zwei Schüler, die gemobbt werden, gar nicht mehr zu beachten. Tu so, als wäre es viel cooler, sie einfach in Ruhe zu lassen und dass coole Menschen was Besseres zu tun haben, als über andere zu lästern."

„Ich weiß immer noch nich, warum ich das machen sollde."

„Doch, tust du. Für mich. Tu mir den Gefallen."

„Nur, wennu mir auchn Gefallen tus. Wennu mein Zimmer puds." Und so schnell war er wieder mein kleiner Teenager-Bruder … von wegen erwachsen.

Ich verdrehte die Augen. „Gut, ein Mal."

„*Und* aufräums."

„Jaja."

„*Und* meine Hausaufgaben machs."

„Jetzt reicht's aber langsam", sagte ich und hob drohend den Zeigefinger.

Er grinste, was mit seiner dicken Lippe eher in einer Grimasse endete. „Also abgemach?"

„Abgemacht", murrte ich und die Tür schwang zeitgleich hinter mir auf. Sophia war mit dem Tee zurück, gerade rechtzeitig.

Sie lächelte Elias verliebt an und stellte drei Tassen auf den Beistelltisch.

„Ich hab dir auch was mitgebracht, Laya. Ich hoffe, du magst Tee?"

„Oh, ja danke", sagte ich überrascht.

„Eure Eltern sind zurück. Sie haben eure Schwester vom Bahnhof abgeholt, ich glaube, sie müssten gleich da sein."

Sie setzte sich zu Elias, nahm seine Hand und die beiden redeten. Ein gequältes Zucken lief über seine Züge.

Eine Traurigkeit von unerwarteter Heftigkeit überkam mich, als ich den beiden zusah. Würde unser Gespräch etwas ändern? Hatte es für Elias überhaupt eine Bedeutung, würde er es nicht innerhalb der nächsten Stunden wieder vergessen haben? Ich dachte an Finn und Georg und fragte mich, wie lange sie damit kämpfen würden. Würden sie mit fünfundvierzig ihren eigenen Kindern davon erzählen und darüber lachen, über die alte Schulzeit, da passierte so etwas nun mal, da musste man durch … oder würden sie bei jeder Begegnung daran erinnert werden, und wenn andere es längst vergessen hatten, ihr Brandzeichen noch immer tief in sich tragen?

Die Tür wurde aufgestoßen und meine Eltern betraten das Zimmer. Ihnen folgte Marlene, aber sie lächelte nicht, anders als in Barcelona. Sie wirkte eingeschüchtert und verängstigt und ihre sommerliche Unbeschwertheit war irgendwo auf dem Weg von Spanien nach Deutschland verloren gegangen.

Sie begrüßte uns und setzte sich zögerlich zu Elias. „Wie geht's dir?" Ihre Stimme war leise.

„Bassd schon", antwortete er. Keiner der beiden zeigte, dass er sich freute, den anderen zu sehen. Vielleicht lag es am Überfall. Oder daran, dass Elias erst acht gewesen war, als Marlene uns verlassen hatte. Es gab keine Bindung zwischen ihnen.

Marlene war in den letzten Jahren auch für mich zu einer Fremden geworden, aber vielleicht waren wir uns doch näher, weil ich sie in mancher Hinsicht verstand. Weil ich mir lange Zeit gewünscht hatte, dasselbe tun zu können.

Elias hatte keinen Grund wegzuwollen, er war so geworden, wie sein Umfeld ihn akzeptieren konnte. Vielleicht nicht der beste Schüler, aber dafür umso beliebter. Für ihn musste es aussehen, als hätte Marlene uns aus unerfindlichen Gründen im Stich gelassen.

Die Familie war wieder zusammen. Das erste Mal seit acht Jahren befanden wir uns alle im selben Raum. Die Stimmung war angespannt und niemand wusste so recht, was wichtiger war: der Überfall oder Marlenes Rückkehr. Ich war jedenfalls froh, einmal nicht der Mittelpunkt eines Konflikts zu sein. Mein Verschwinden im Sommer wurde von Marlenes jahrelanger Abwesenheit überschattet. (Und auch die Ohrfeige schien vergessen zu sein, zumindest hatten meine Eltern kein weiteres Wort darüber verloren.)

Man sah ihr an, dass sie am liebsten davongerannt wäre – allein die Schuldgefühle ihren jüngeren Geschwistern gegenüber hielten sie davon ab.

„Ich bin froh, dass wir alle hier sind", sagte meine Mutter ins Nichts hinein. Ihre restlichen Familienmitglieder sahen sie verblüfft an. „Und ich bin froh, dass ich euch drei habe."

Mein Vater nickte bekräftigend. „Aber das wisst ihr ja sowieso."

Marlene und ich blickten unsere Eltern mit fassungslosen Blicken an. Meinten sie das ernst? Wieso klangen ihre Stimmen so selbstverständlich?

Marlenes Mund klappte auf – sie wollte etwas sagen, überlegte es sich dann aber anders. Auch mir fehlten die Worte. Ich konnte mich nicht daran erinnern, wann meine Eltern das letzte Mal gesagt hatten, dass sie froh waren mich zu haben. Wenn das stimmte, warum hatten sie dann so viel auszusetzen? Und warum waren sie nie da?

„Seid ihr sicher, dass ihr nicht lieber andere Kinder wollt?" Ich hatte es tatsächlich ausgesprochen. Vielleicht war es nicht der richtige Zeitpunkt für so ein Gespräch, aber wann gab es den schon?

„Nein, aber warum denn?", erwiderte meine Mutter verwirrt. „Natürlich ist bei uns nicht alles perfekt, aber wir könnten uns keine besseren Kinder wünschen und wir lieben euch doch."

„Warum habt ihr dann zugelassen, dass Marlene geht?"

„Weil wir dachten, es wäre das, was sie will. Wir dachten, sie würde es uns nie verzeihen, wenn wir sie nicht gehen lassen."

„Warum habt ihr euch nie gemeldet?", fragte Marlene leise.

Sprachlos wanderten ihre Blicke von Marlene zu mir. „Wir – wir dachten, du würdest das nicht wollen …"

„Welches Kind will von den Eltern einfach ignoriert werden? Ich war sauer auf euch, ja – weil ich dachte, ich wäre nicht genug für euch! Und dadurch, dass ihr kein einziges Mal angerufen habt, habt ihr mich nur darin bestätigt."

Marlene sprach das aus, was ich jahrelang gefühlt hatte. Nicht genug zu sein. Immer noch besser, noch perfekter sein zu müssen, ohne dass es je reichen würde.

Mein Vater schaute von Elias zu Marlene, zu mir, die Stirn fragend gerunzelt, als ob er nicht verstand, woher dieser plötzliche Konflikt kam. Meine Mutter hielt sich die Hände vors Gesicht, während ihr Körper erbebte.

Ein unangenehmes Schweigen breitete sich im Raum aus.

Nach einer Weile nahm meine Mutter ihre Hände herunter, ihre Augenwinkel waren feucht. „Falls wir euch das Gefühl gaben ... ihr wärt nicht gut genug für uns ... tut es uns sehr leid."

Marlene und ich nickten mit gesenkten Köpfen. „Schon okay." Es war nicht okay für uns. Jedenfalls nicht für mich. Für den Moment konnte ich ihr glauben, aber was würde passieren, wenn ich von dem Mobbing in der Schule erzählte? Warum sollten sie es auf einmal verstehen?

Ich ließ das Thema fallen, im Moment würde es nur zu weiteren Tränen führen. Wir hatten das Problem noch nicht gelöst, aber diese Entschuldigung aus dem Mund meiner Mutter war für mich der erste große Schritt.

24

Philip, Scott und Adam erschienen auch in der folgenden Woche nicht in der Schule. Louise hasste uns, das war ziemlich offensichtlich, und sie versuchte, die ganze Klasse gegen uns aufzubringen. Ein paar Jungs ließen sich mitreißen und vielleicht lästerten die Mädchen auch über mich. Aber bei Greta mit ihrem Rollstuhl hatten sie Respekt. Ein Fünkchen Anstand.

Als ich nachmittags an meinen Hausaufgaben saß, klingelte es an der Tür. Froh über die Ablenkung, lief ich nach unten und öffnete. Faisal stand mir gegenüber.

„Hi. Kann ich reinkommen?"

Verwundert sah ich ihn an. „Was gibt's?"

„Nix, dachte nur, wir könnten mal wieder abhängen." Sein Blick glitt hinter mich. Ich drehte mich automatisch um, aber da war nichts.

„Okay, komm rein", meinte ich und er marschierte an mir vorbei. Ich folgte ihm irritiert ins Wohnzimmer. „Du hast vergessen, deine Schuhe auszuziehen." Ich deutete auf seine Stiefel.

Faisal blickte eine Weile an sich herab, bevor er reagierte. „Oh. Sorry."

„Alles okay bei dir?"

„Klar." Er öffnete seine Schnürsenkel, zog sich die Stiefel aus und stellte sie auf einen Schuhabtreter neben der Eingangstür. Dann kam er zurück ins Wohnzimmer, ein Loch in seinem linken Socken, und sah sich um. Ich runzelte die Stirn. Was war los mit ihm? Er schien nach etwas zu suchen … oder nach jemandem.

„Marlene ist bei meinem Bruder im Krankenhaus", sagte ich, und als ich sah, wie es in seinen Augen leuchtete, zog sich meine Brust zusammen.

„Faisal", begann ich, „vielleicht solltest du sie besser in Ruhe lassen."

Er presste die Lippen zusammen. „Keine Ahnung, was du meinst."

Ich verdrehte die Augen. „Du weißt genau, was ich meine. Euer Rumgemache in Barcelona war nicht gerade unauffällig." Nun hatte ich ihm endgültig die Röte ins Gesicht getrieben.

„Kümmer' dich um deinen eigenen Mist."

„Sie ist meine Schwester, Faisal. Und du bist einer meiner besten Freunde. Ich kenne euch beide und", ich schüttelte den Kopf, „es wäre zu viel für sie. Sie könnte damit nicht umgehen. Du dürftest ihr niemals davon erzählen, du müsstest sie immer belügen. Und das will ich genauso wenig."

„Das geht dich 'n Scheiß an. Als ob du sie besser kennst, sie is' vor 'ner Ewigkeit abgehauen."

„Ja, das kann sein, aber –"

„Da warst du noch ein Baby."

„Ich war zehn. Und vielleicht kenne ich sie nicht so gut, aber ich weiß, dass sie die unangenehmen Dinge im Leben meidet, anstatt sie zu konfrontieren. Sie will einfach nur glücklich sein, vor sich hinleben. Stell dir vor, du würdest ihr davon erzählen – glaubst du wirklich, sie würde sich einfach damit abfinden? Glaubst du, sie könnte damit glücklich sein?" Ich suchte Faisals Blick, und als ich ihn fand, zuckte ich zusammen. Er war wütend. Richtig wütend.

„Du traust mir nicht zu, dafür zu sorgen, dass es ihr gutgeht."

„Es geht nicht um dich, Faisal. Es geht um das, was du tust."

Er schnaubte. „Weißt du, ich war derjenige, der Jarrad davon überzeugt hat, dich anzurufen. Ohne mich wär es nie so weit gekommen. Und du gönnst mir nicht dasselbe. Ich hätte mehr von dir erwartet."

Ich biss mir auf die Lippe. „Ich glaub einfach nicht – hör zu, ihr seid mir beide wichtig. Ich will nicht, dass es schlimm endet. Ich würde mich freuen, wenn es bei euch klappt, aber –"

„Aber du willst uns keine Chance geben."

„Nein. So ist es nicht."

„Doch, genau so ist es. Genau das hast du gesagt. Du traust ihr nicht zu, so damit umzugehen wie du. Und du traust mir nicht zu, sie glücklich zu machen."

Ich verschränkte die Hände über dem Kopf und seufzte. „Okay. Wenn ihr es unbedingt versuchen wollt, dann –"

„Ich hatte dich nie um Erlaubnis gefragt", sagte Faisal verächtlich, „beschissene Diskussion. Komm mir bloß nie wieder mit sowas."

„Okay." Seine Aggressivität schüchterte mich ein, erinnerte mich an die Zeit, als ich mich in seiner Nähe unwohl gefühlt hatte. Ich brauchte Abstand von ihm und öffnete die Schiebetür zum Garten. Die Nachmittagssonne hatte die Steinplatten unserer Terrasse gewärmt. Ich zog meine Socken aus und lief über das weiche Gras zum Apfelbaum, pflückte einen Apfel und machte es mir auf einem Liegestuhl bequem. Faisal setzte sich neben mich auf einen Klappstuhl, das Gesicht zur Sonne gewandt.

„Sorry. Ich kann solche Gespräche einfach nicht leiden. Ich würde Jarrad und dir auch nicht dazwischenfunken."

„Schon okay", murmelte ich, „ich schätze, es geht mich nichts an."

„Wie läuft's sonst bei dir? Alles klar in der Schule?"

Ich zuckte mit den Schultern. „Es läuft besser. Nicht, dass die anderen sich geändert hätten, aber ich kann irgendwie besser damit umgehen."

Ein krummes Lächeln stahl sich auf sein Gesicht. „Freut mich."

„Naja, vielleicht hab ich es ein bisschen übertrieben. Ich hab Louise eine Ohrfeige verpasst."

Faisal lachte laut. „Mann, das hätte ich dir gar nicht zugetraut. Nicht schlecht. Und jetzt haben sie alle krass Respekt vor dir?"

Ich wog den Kopf hin und her. „Noch nicht so ganz, nein. Aber ich arbeite dran."

Er boxte mir in die Schulter. „Coole Sache. Wenn du Hilfe brauchst, sag Bescheid."

Missbilligend verzog ich den Mund. „Faisal … ich muss mit dir über was reden. Jarrad hat mir erzählt, dass du für Marks ‚Unfall' verantwortlich bist."

„Ah." Sein Lächeln verschwand.

„Du wirkst nicht überrascht. Ist dir egal, dass ich es weiß?"

„Ich hatte nicht vor, es geheim zu halten. Du weißt, was wir tun, und du hast dich damit abgefunden. Wo ist bei Mark das Problem?"

Ich rang nach einer plausiblen Antwort. „Ich weiß nicht, es ist … es ist meine Schuld, weißt du. Marks Tod ist meine Schuld. Nur weil ich davon erzählt habe, nur weil ich so unter ihm gelitten habe … hör auf zu grinsen", sagte ich anklagend.

„Hör auf so'n Schwachsinn zu labern", erwiderte er mit sichtlicher Belustigung, „das bin ich gar nicht von dir gewohnt. Ich hab ihn umgebracht, oder? Und du hast mich nicht darum gebeten. Also ist es allein meine Schuld. Fang bloß nicht an ein schlechtes Gewissen zu kriegen. Ich wollte, dass du ein schöneres Leben hast und nicht, dass du dich mit Schuldgefühlen plagst."

„Denkst du denn, dass er es verdient hatte?"

„Scheiße, wen interessiert das. Ich hab gesehen, dass es zwei meiner besten Freunde beschissen geht und es war der einzige Weg, wie ich helfen konnte. Also hab ich getan, was notwendig war."

„Aber hast du jemals daran gedacht, dass er Familie hat? Eltern, die sich Sorgen um ihn machen? Vielleicht eine Schwester, die ihren Bruder nie wieder sehen wird? Vielleicht hatte Mark das verdient, aber seine Angehörigen doch nicht."

„Diese Angehörigen haben ihn zu dem gemacht, was er ist. Wenn überhaupt, haben genau die es verdient. Mark ist wie jedes andere Kind – geprägt durch sein Umfeld. Seine Familie ist es, die verschissen hat."

Faisal lag falsch, da war ich mir sicher … aber ob ich richtiglag, wusste ich ebenso wenig. Wo war die Grenze zwischen menschlichen Fehlern und unverzeihlichen Taten? Wir alle hatten Fehler gemacht – aber wann hörten wir auf, uns gegenseitig dafür zu bestrafen?

„Wenn du das wirklich denkst", sagte ich mit zittriger Stimme, „dann ist meine Familie für dich doch genauso wie Marks. Oder nicht? Faisal, ich habe auch einen Bruder, der andere Kinder gemobbt hat … und Akkinar hätte ihn dafür fast umgebracht. Heißt das, dass wir es verdient haben?"

Faisal starrte mich an. Ich konnte nicht viel aus seinem Blick lesen, er war so verschlossen und verbittert wie immer. „Sorry, Laya", meinte er dann und wandte sich ab, „klar find ich's dumm, was deinem Bruder passiert ist. Weil es für dich scheiße ist und du mir wichtig bist. Ich denk eben anders als du, das musst du akzeptieren, wenn wir weiterhin befreundet bleiben wollen. Meine Leute kommen für mich an erster Stelle und ich kann ihnen 'ne Menge verzeihen. Aber wenn ihnen jemand schadet, hat er verloren. Okay? Deshalb ist Mark weg. Und deshalb tut's mir trotzdem leid, was mit deinem Bruder passiert ist."

Ich schwieg und musste daran denken, was Jarrad einmal gesagt hatte. *Er ist sehr loyal. Das schätze ich an ihm. Aber was steckt dahinter, empfindet er Zuneigung? Sympathie?*

„Erzähl mir davon", sagte ich leise, „wie ist es passiert? Und wann?"

Er stöhnte genervt. „Ist doch egal. Wieso willst du das wissen?"

„Bitte, Faisal. Das würde mir helfen."

Er warf mir einen finsteren Blick zu.

„Hat er irgendwas gesagt, bevor du ihn geschubst hast? Hat er irgendwie Reue gezeigt oder sowas?"

„Ich hab ihn nicht geschubst. Ich hab ihn betäubt."

„Oh. Wann? Wie?" Ich spürte ein kaltes Prickeln über meinen Rücken wandern.

„K.O. Tropfen. Er kam aus'm Club raus – guck nicht so."

„Sorry." Ich musste ihn mit weit aufgerissenen Augen angestarrt haben; ich versuchte, meine Gesichtszüge zu glätten.

„Wann hast du dich dazu entschieden? Warum ausgerechnet dann?"

„Naja, wegen Jarrad. Wenn ich ihm nicht zuvorgekommen wäre, hätte er sich Mark geschnappt."

Ich konnte es nicht fassen. „Jarrad wollte ihn töten?"

„Er hätte es getan, wenn er sich nicht so zugesoffen hätte. Er war total fertig, wegen dir. Hat die ganze Zeit gesagt, dass er wenigstens irgendwas für dich tun muss."

„Das war an dem Wochenende, als ich bei ihm war", erinnerte ich mich und Faisal nickte. Meine Gedanken wanderten zurück, die Tür des Apartments öffnete sich, Musik und Lachen von drinnen, warmes Licht, Jarrads Augen leer und leblos wie Mondkrater. Irgendwann zwischen Freitagnacht und Montagfrüh musste es passiert sein.

„Also hast du Mark getötet, damit Jarrad es nicht tut?", fragte ich leise.

Er zuckte mit den Schultern. „Ich wusste, dass er es irgendwann bereuen würde. Wir hatten keine Ahnung, wie du reagierst, also … du hättest ihn auch dafür hassen können."

Ich war erstaunt, wie vorausschauend Faisal gedacht hatte. Er hatte in Kauf genommen, dass ich ihm diese Tat niemals verzeihen würde – damit Jarrad keine Schuld auf sich lud.

„Danke, Faisal."

Er verschränkte die Arme vor der Brust und nickte knapp. Ich wandte mein Gesicht wieder der Sonne zu.

„Sag mal, hast du heute Abend schon was vor?" Mir war ein spontaner Gedanke gekommen.

„Äh, nee … glaub nicht."

„Was hältst du davon, wenn wir zu viert ausgehen?"

Er starrte mich entgeistert an. „Zu viert?"

„Ja. Jarrad, Marlene, du und ich."

„Jetzt auf einmal doch?"

Ich zuckte mit den Schultern. „Es ist nur fair, wenn ihr auch eine Chance bekommt. Und so kann ich euch wenigstens im Auge behalten." Ich grinste leicht und sah aus dem Augenwinkel, wie er mir einen bösen Blick zuwarf.

„Dann sag ich den beiden Bescheid?"

„Wenn du willst." Er tat wieder so, als läge ihm nichts daran – aber seine glänzenden Augen verrieten ihn.

Ich stand auf. „Dann bis heute Abend – oder willst du immer noch abhängen?"

„Naja, du musst dich ja bestimmt 'n paar Stunden im Bad stylen, das ist doch bei euch Mädels immer so."

Ich verdrehte die Augen. „Schon klar, es liegt an mir. Also dann, bis später. Neunzehn Uhr?"

„Jo, bis dann."

Er verschwand ziemlich schnell. Ich konnte nur den Kopf schütteln und hätte Marlene am liebsten davon erzählt. Aber ich wollte Faisal nicht zu sehr blamieren und ich tippte darauf, dass er mir das ziemlich übelgenommen hätte.

Ich rief Jarrad an, um ihm davon zu erzählen.

„Ich glaube kaum, dass Faisal davon begeistert ist, wenn wir ihn mit deiner Schwester verkuppeln", zweifelte er, „und ich kann mir auch nicht vorstellen, dass sie …"

„Oh, glaub mir, das wird klappen", sagte ich zuversichtlich.

„Kennen die beiden sich schon?"

„Ja, ich denke am Strand rummachen könnte man so nennen."

Jarrad lachte. „Das muss ich mit eigenen Augen sehen, vorher glaub ich dir kein Wort."

„Na dann ist das die perfekte Gelegenheit."

„Ja, stimmt. Wo gehen wir hin?"

„Hmm, ich weiß nicht, ich hab noch gar nicht darüber nachgedacht ..."

„Umso besser, ich hab schon 'ne gute Idee. Habt ihr eine Uhrzeit ausgemacht?"

„Ja, neunzehn Uhr."

„Okay, ich hole euch ab. Bis später."

Nachdenklich legte ich auf. Es hatte geklungen, als hätte er es sehr eilig gehabt.

Ich rief Marlene an, um auch ihr Bescheid zu geben. Sie schien sich über den Vorschlag zu freuen. Dann setzte ich mich wieder an die Hausaufgaben, konnte mich aber kaum konzentrieren und gab nach zehn Minuten auf. Weil ich sonst nichts Besseres zu tun hatte, begann ich meinen Kleiderschrank nach einem passenden Outfit für heute Abend zu durchwühlen.

Dann kümmerte ich mich um meine Frisur. Ich hatte viel Zeit und damit die Möglichkeit, mal was richtig Aufwändiges zu machen. Nicht, dass ich darin besonders erfahren war, aber YouTube half mir weiter.

Es war noch lange nicht neunzehn Uhr, als es wieder an der Tür klingelte. Vielleicht Marlene.

Ich ließ meine Haare fallen, die ich gerade versucht hatte mit Klammern hochzustecken, und lief nach unten. Zu meiner Überraschung wartete Jarrad vor der Tür.

„Hey." Er lächelte, und mein Herz begann vor Freude schneller zu schlagen. Er schloss mich in seine Arme und drückte seine Lippen auf meine Haare.

„Du bist früh dran", sagte ich.

„Ich bin schon etwas früher fertig geworden und dachte, ich komme gleich vorbei. Stört dich das?"

„Nein!", antwortete ich, vielleicht etwas zu hastig. „Natürlich nicht. Ich bin nur noch nicht ganz fertig."

„Macht doch nichts." Er hielt mich mit seinen Armen auf Abstand und musterte mich belustigt. „Ich finde, du siehst schon hübsch genug aus zum Ausgehen."

„Danke", murmelte ich.

„Lass dich von mir nicht abhalten – mach einfach, was du noch geplant hattest, ich kann warten."

„Okay." Ich löste mich von ihm und lief nach oben in mein Zimmer. Jarrad folgte mir.

„Also, was hast du heute so gemacht?", fragte ich, während ich kritisch das Outfit begutachtete, das ich für heute Abend ausgesucht hatte. Ein schwarzer Rock und ein weißes Top. Aber vielleicht war ein Kleid doch besser. Ich suchte weiter.

Meine Matratze quietschte, als Jarrad sich darauf fallen ließ.

„Ich hab nochmal mit Akkinar geredet", sagte er, „er zweifelt immer noch daran, dass Val allein für Attilas Tod verantwortlich ist. Er hält es für ein abgekartetes Spiel, zwischen ihr und mir. Weil wir beide da waren, als die Schüsse fielen. Aber die meisten glauben mir."

„Das ist gut."

Er antwortete nicht, also drehte ich mich zu ihm. „Oder nicht?", hakte ich nach.

Er nickte und lächelte verkrampft. „Genug davon. Wie war dein Tag?"

„Ach, nichts Besonderes. Schule halt." Ich betrachtete das dunkelblaue Kleid, das ich in den Händen hielt. Der Stoff fühlte sich weich an, als würde er auf der Haut zerfließen.

„Warum hat Val das getan?", fragte ich, innerlich unruhig. Jarrad war dabei gewesen, er hatte gesehen, wie Attila gestorben war. Dieser Gedanke erschreckte mich. Manchmal, wenn wir uns in die Augen sahen, hatte ich das Gefühl, ihn ganz zu kennen. Aber das stimmte nicht. Diese Szenen hatte er allein erlebt und sie würden immer etwas sein, das uns voneinander unterschied; uns trennte.

„Weil er sie enttäuscht hat. Wieder mal", sagte Jarrad. Er lag auf dem Bett und hatte die Arme hinter seinem Kopf verschränkt. „Val und ich sind in etwa zur gleichen Zeit zu Attila gekommen, aber er hat mich immer bevorzugt. Sie war Ballast für ihn, und das hat sie zu spüren bekommen, ständig. Und an dem Abend ist ihr klar geworden, dass es sich niemals ändern würde. Er hat sie nur ausgenutzt."

„Da kann sie einem fast schon leidtun", murmelte ich.

Jarrad lächelte schwach. „Sie erwartet nicht, dass du ihr verzeihst."

„Nein, ich mein's ernst", sagte ich, „klar, sie hat uns bedroht und verfolgt und dazu gezwungen, umzukehren, aber … sie ist noch so jung. Was musste sie durchmachen, um so zu werden?"

„Natürlich hatte sie 'ne schlimme Kindheit. So wie tausende andere. Aber darum geht's doch immer, oder? Reicht das als Entschuldigung, um sich jetzt wie das letzte Miststück aufzuführen?"

„Ich weiß es nicht. Aber vielleicht geht es eben nicht darum. Sondern, dass wir versuchen, uns mehr in andere reinzuversetzen. Uns fragen, was sie erlebt haben und warum sie so sind, wie sie sind. Warum sie vielleicht manchmal gar nicht anders können. Wir legen unsere Maßstäbe immer bei anderen an und ärgern uns dann, dass sie nicht so handeln, wie wir es wollen. Aber vielleicht müssen wir uns viel mehr in sie reindenken."

Er lächelte, als wüsste er etwas, das man mir vorenthalten hatte.

„Was ist?"

„Du bist so … mitgerissen, bei diesem Thema. Deine Wangen sind ganz rotfleckig."

Ich verdrehte die Augen und widmete mich wieder dem Kleiderschrank.

„Aber das ist doch was Schönes", sagte Jarrad und schob sich vom Bett, „ich mag es, dass du dich so damit beschäftigst." Er trat hinter mich. Seine Hände strichen über meinen Hals, meine Arme entlang bis zu den Ellbogen. Dann nahm er mir das Kleid aus der Hand und hielt es hoch. „Das ist hübsch. Zieh das an."

Ich zögerte kurz, dann zog ich kurzerhand meinen Pulli aus. Jarrad musterte mich eingehend.

„Darf ich?", fragte er leise, als ich meine Hände an den Saum meines Tops legte. Ich nickte und hob meine Arme etwas an. Langsam zog er mir das Top über den Kopf und warf es aufs Bett. Dann knöpfte er meine Jeans auf, kniete sich vor mich und half mir, aus den Hosenbeinen zu steigen. Er küsste mich unterhalb des Bauchnabels, seine Hände lagen auf meiner Hüfte und strichen sanft über meine Seite, als er sich aufrichtete. Mein Herz klopfte schneller.

Ich spürte seine Blicke auf mir, während er das Kleid aufhob und es über meinen Kopf gleiten ließ. Seine Arme wanderten um meinen Oberkörper und zogen den Reißverschluss auf der Rückseite zu. Ich stellte mich auf die Zehenspitzen, um ihn zu küssen.

„Die anderen werden bald da sein", sagte ich leise.

„Hmm ... na und?", murmelte Jarrad und strich mit seinen Lippen über meine Wange und an meinem Kinn entlang.

„Ich muss mich noch um meine Frisur kümmern", sagte ich und musste kichern, „das kitzelt."

Er verharrte mit seinem Mund an meinem Hals. „Frisur? Du hast doch schon eine Frisur."

Ich musste lachen. „Ich hab doch noch gar nichts gemacht mit meinen Haaren."

„Ich mag es, wenn du sie offen trägst. Du solltest sie so lassen." Er nahm eine Strähne und wickelte sie zwischen seine Finger. „Was meinst du, sollten wir den anderen absagen?"

Genau in diesem Moment klingelte es.

Jarrad seufzte tief. „Zu spät."

Wir blieben noch einen Moment stehen und mir ging durch den Kopf, was für ein Glück ich hatte, dass wir jetzt zusammen sein konnten. Noch vor etwas mehr als einer Woche war es völlig aussichtslos gewesen. Hand in Hand liefen wir nach unten und öffneten. Marlene strahlte, als sie uns zusammen sah.

„Ich muss mich noch kurz frisch machen, okay? Faisal hat mich direkt am Krankenhaus abgeholt." Sie verschwand nach oben und wir warteten zu dritt.

Jarrad konnte sich ein verblüfftes Grinsen nicht verkneifen – offenbar hatte er mir bis jetzt nicht geglaubt. „Na hoffentlich verschwindest du mir nicht nach Barcelona", meinte er mit gespielter Besorgnis, „ich brauch dich hier."

Faisal funkelte ihn kommentarlos an.

Jarrad klopfte ihm auf die Schulter. „War doch klar, dass du dir von mir was anhören musst. Und das war noch harmlos."

Marlene brauchte nicht so lang wie ich und sah trotzdem umwerfend aus.

„Lass mit dem Porsche fahren, oder?", sagte Faisal, als wir über die Einfahrt liefen. Auf der gegenüberliegenden Straßenseite parkten ein dunkelgrüner VW Golf und ein schwarzer Porsche hintereinander.

„Was hast du gegen meinen Golf?", fragte Jarrad und spielte Entrüstung.

„Er is' alt und dreckig. Mit dem lässt uns niemand in 'nen Club."

Wir fuhren mit dem Porsche, auch wenn Marlene und ich ziemlich gequetscht auf der Rückbank saßen.

Als wir dem Türsteher gegenüberstanden, ließ er Marlene und mich kommentarlos durch. Bei Jarrad zögerte er eine Sekunde, aber Faisal hielt er mit der Hand zurück.

„Du siehst aus wie einer, der Probleme macht", grummelte er.

„Was?", rief Faisal. „Weil ich Ausländer bin oder was?"

„Ich kann hier keinen Clown brauchen. Zisch ab."

„Ey, der Kerl hat'n Porsche", sagte Jarrad und legte Faisal einen Arm um den Hals.

„Die beiden sind mit uns da", sagte Marlene und drängte sich auf Faisals andere Seite.

„Und was juckt mich das?", grunzte der Türsteher und presste seine Brust raus. Er war nur wenige Zentimeter größer als Jarrad, aber deutlich breiter.

„Schon gut. Lasst uns gehen, Leute. Scheint ein Laden voller arroganter Drecksäcke zu sein."

Jarrad, Marlene und ich traten zurück. Faisal blieb wie festgefroren stehen. Dann spuckte er dem Türsteher vor die Füße, wich der großen Pranke aus, die nach ihm ausholte, und joggte zu uns.

„Da hilft auch der Porsche nicht mehr", meinte Jarrad und klopfte ihm auf die Schulter, aber Faisal schnaubte bloß.

„Warum hast du das gemacht, der hätte dich fast erwischt", sagte Marlene anklagend und hakte sich bei ihm unter.

„Und wenn schon." Ein Grinsen kroch über Faisals Gesicht und vertrieb seinen Ärger. „Ich hätte ihm gern aufs Maul gehauen."

„Gut, dass du es nicht getan hast", erwiderte sie. Ihre Stimme klang bewundernd und vorwurfsvoll zugleich, und ich hatte das Gefühl, dass sie insgeheim das Gegenteil dachte.

Wir kauften ein paar Flaschen Bier und eine Flasche Feigling und setzten uns damit an den Kai. Unsere baumelnden Füße spiegelten sich im schwarzen Wasser.

Marlene beugte sich nach vorne und taxierte uns mit ihrem neugierigen Blick.

„Also. Wie habt ihr euch kennengelernt?"

Es war kein besonders schönes Erlebnis, an das ich da erinnert wurde. Ab jetzt würde es immer so sein, dass mein größtes Glück untrennbar mit der schlimmsten Nacht meines Lebens zusammenhing. Marlene sah sofort, dass sie einen wunden Punkt getroffen hatte. Aber Jarrad und Faisal wussten ja schon Bescheid und sie war meine Schwester. Ich erzählte es ihr.

„Mein Gott, das ist ja schrecklich", sagte sie und streichelte mein Knie, „meine arme kleine Schwester. Ehrlich, diese Typen sind doch nur bemitleidenswerte Kreaturen mit Minderwertigkeitskomplexen. Wenn ich diesem Kerl mal begegne –"

„Er ist tot", murmelte ich tonlos, „er wurde von einem Zug überrollt."

Das brachte sie nur noch mehr aus der Fassung und sie lehnte sich schließlich, nach Worten ringend, zurück.

„Ich will uns damit nicht den Abend verderben", sagte ich und nahm Jarrad die Flasche ab, um von seinem Bier zu nippen. Faisal reichte den Feigling herum, aber ich trank nichts davon.

Faisal spielte mit seinem Handy Musik ab, und bald darauf tanzten Marlene und er hinter uns. Wir hörten sie lachen und nach Luft schnappen und Marlene rief: „Kommt schon, ihr Süßen! Macht mit!"

„Gleich", rief ich über meine Schulter.

Jarrad legte seine Hand auf meinen Oberschenkel und lächelte mich an, eine Falte zwischen den Augenbrauen.

„Wie geht es jetzt weiter?", fragte ich ihn. Ich wusste selbst nicht genau, was ich damit meinte; mit uns, mit Akkinar und Attilas anderen Leuten, mit Elias. Aber ich wollte meine Frage nicht eingrenzen.

„So, wie jedes Leben weitergeht", antwortete er und richtete den Blick aufs Wasser, „wir leben, solange wir es können, und irgendwann werden wir sterben."

Ich legte meinen Kopf auf seine Schulter. Ich wusste, was er dachte. Jedenfalls war es das, was mir durch den Kopf ging. Solange wir lebten, mussten wir es ausnutzen. Dieser Gedanke konnte niederschmetternd sein, aber mir gab er in diesem Moment Mut. Es war so, wie ich es Greta in Barcelona gesagt hatte, wie ich es empfunden hatte, als wir zu zweit in dieser Oldie-Bar saßen, Jazz-Musik lauschten und die Stimmung genossen. Wir konnten uns unseren Leiden ergeben und die Zeit verstreichen lassen – oder wir holten uns etwas davon zurück.

„Bist du glücklich?", fragte ich.

Er drehte seinen Kopf und gab mir einen Kuss auf die Schläfe.

„Ich war in meinem Leben noch nie so glücklich wie jetzt", sagte er leise, „außer vielleicht auf unserer Wanderung. Das zwischen uns ist was Besonderes. Und egal, was auf mich zukommt – ich hab durch dich so viel gewonnen, dass es sich lohnen wird."

Ich dachte eine Weile über seine Worte nach.

Irgendwann schien ihn mein Schweigen zu verunsichern und er nahm das Wort erneut auf. „Bist du denn glücklich?"

Ich traute mich nicht, ihm in die Augen zu sehen. „Ja, irgendwie schon."

„Irgendwie?"

Ich seufzte. „In Barcelona hab ich gemerkt, wie abhängig meine Laune eigentlich von anderen ist. Ich hab mich immer so schnell von allem runterziehen lassen, aber ich will das nicht mehr. Ich kann's auch nicht mehr, es macht mich fertig. Ich *bin* glücklich mit dir und zwar sehr. Aber ich weiß auch, dass nur eine Kleinigkeit passieren muss und alles könnte kaputt sein. Ich muss nur einen Schritt in die Schule setzen und alles fängt an zu bröckeln. Deshalb … hatte ich mir vorgenommen, möglichst viele schöne Dinge zu unternehmen. Damit sie die schlechten Ereignisse in den Schatten stellen."

„Das ist doch ein guter Anfang."

„Ich weiß nicht, ob es genug ist. Das kann doch nicht alles sein, oder? Das kann nicht der Schlüssel zum Glück sein, sein Leben mit lauter tollen Ereignissen zu überhäufen, immer mehr und noch mehr zu wollen. Und es wird nie genug sein, bis zum Ende nicht. Ist das nicht einfach nur Verdrängung? Eigentlich geht es einem beschissen und man schiebt es mit glücklichen Momenten in den Hinterkopf. Aber das lässt sich nicht unendlich weitertreiben, man kann nicht alles kontrollieren. Was, wenn ich im Studium wieder jemanden wie Mark treffe? Ich weiß, dass ich nicht damit umgehen könnte. Alles würde wieder wie in der Schule sein, alles würde mich daran erinnern, wie unbeliebt ich damals war. Und mit der Arbeit ist es genauso, man kann sich seine Kollegen nun mal nicht aussuchen! Aber sie haben so viel Einfluss auf das eigene Leben … wie soll man da jemals glücklich werden?"

„Du kannst nicht verhindern, dass etwas Schlimmes passiert, genauso wenig kannst du wissen, mit wem du später zu tun hast. Aber es bringt nichts, sich jetzt schon Sorgen darüber zu machen." Er streichelte mir über die Haare. „Meine Mutter hat fest daran geglaubt, dass sich die Menschen in alte und junge Seelen unterteilen lassen. Die jungen Seelen leben gegenwartsbezogen, es fällt ihnen leichter, mit dem Denken abzuschließen. Die alten Seelen verstricken sich in ihre Gedanken an Vergangenheit und Zukunft, an den Sinn des Lebens und den Tod und eigentlich finden sie immer etwas, worüber sie nachdenken können."

„Ich bin eine alte Seele", murmelte ich und Jarrad lachte leise.

„Ich auch. Ich glaube, uns fällt es schwerer, glücklich zu sein. Aber wir können es trotzdem schaffen, da bin ich fest davon überzeugt."

Unzufrieden starrte ich ins Leere; die Spiegelungen des Wassers verschwammen vor meinen Augen zu einem abstrakten Gemälde. Lichter, die Brücke, das unergründliche Schwarz, alles wurde eins. Und dann verstand ich es; verstand, dass es sich mit dem Glück wie mit der Wirklichkeit verhielt, und auch wenn es so viel schwerer sein würde, auch wenn ich mehr tun musste, als meinen Blick ins Leere gleiten zu lassen, ich doch am Ende nur meine Sichtweise zu ändern brauchte.

Ich lächelte Jarrad an, dann rappelten wir uns auf. Hinter uns brach lautes Gejubel aus. Marlene und Faisal waren dabei, eine Art Indianertanz aufzuführen. Die anderen aus meinem Jahrgang hätten sich darüber lustig gemacht. Aber ich lachte, weil es mir gefiel.

Danksagung

Ich möchte mich bei allen bedanken, die mich auf meinem Weg in den letzten Jahren begleitet und mein Romanprojekt und mich mit Begeisterung unterstützt haben. Vor allem die, die das Buch in verschiedenen Versionen zwei, drei oder auch vier Mal gelesen haben!

Manuel, du warst in den letzten acht Jahren immer für mich da, du hast mir Mut gemacht, wenn ich gezweifelt habe und du hast immer geglaubt, dass ich es schaffe.

Mama und Papa, ihr habt mich immer unterstützt und mich darin bestärkt, das zu tun, womit ich glücklich bin. Mama, du hast so viel Zeit und Liebe in mein Projekt gesteckt und dafür gesorgt, dass der Roman eine wunderschöne Hülle bekommt.

Christoph und Dorothee, ihr wart meine ersten „Fans" und eure ehrliche Begeisterung war für mich wie ein Feuer, das mich aus so manchem Tief voller Selbstzweifel gerettet hat.

Johanna und Christian, ihr wart eine super Hilfe bei meiner Website und euer Lebensweg hat mich darin bestärkt, mehr Zeit dem Schreiben zu widmen.

Außerdem möchte ich mich bei meinen Lektoren Daniela und Lisamarie bedanken. Eure Hinweise waren enorm hilfreich und gaben mir immer wieder Denkanstöße, wenn ich selbst in einer Sackgasse steckte.

Lieber Leser,

ich freue mich, dass du meinen Roman gelesen hast und hoffe, er hat dir ein paar schöne und abwechslungsreiche Lesestunden beschert. Als Selfpublisherin lebe ich von guten Rezensionen und mündlichen Empfehlungen. Wenn dich das Buch begeistert hat, würde ich mich zum Beispiel über eine Rezension bei Amazon freuen. Wenn du über meine nächsten Projekte informiert bleiben möchtest, folge mir doch auf Instagram oder Facebook oder schau regelmäßig auf meiner Website rein. Ich hoffe, dass ich dort auch bald einen Newsletter etablieren kann.

Danke für deine Unterstützung!

Website: www.jl-zuern.de
eMail: info@jl-zuern.de
Instagram: jl_zuern
Facebook: jl.zuern